W0400367

BEST-SELLERS

Collection dirigée par Jean Rosenthal

DU MÊME AUTEUR

Aux éditions Bernard Grasset.

MON PREMIER AMOUR
UN CIEL SI FRAGILE

Aux éditions Robert Laffont.

MONSIGNORE
CAPRICCIO
L'HEURE DU TIGRE

JACK-ALAIN LÉGER

MONSIGNORE II

roman

ÉDITIONS ROBERT LAFFONT
PARIS

Si vous désirez être tenu au courant des publications de l'éditeur de cet ouvrage il vous suffit d'adresser votre carte de visite aux Editions Robert LAFFONT, Service « Bulletin », 6, place Saint-Sulpice, 75279 Cedex 06. Vous recevrez régulièrement et sans aucun engagement de votre part leur bulletin illustré, où chaque mois, sont présentées toutes les nouveautes que vous trouverez chez votre libraire.

© Éditions Robert Laffont , S.A., Paris, 1981

ISBN 2-221-00679-8

Montrez-moi un seul athée, et je vous prouverai l'existence de Dieu.

Donatien-Alphonse, Marquis de Sade.

AVERTISSEMENT

C'est un roman que vous allez lire. C'est dire que tous les faits qu'on y rapporte sont fictifs. Même si certains personnages portent les noms de personnes existant ou ayant existé réellement. Mais, quand il lit Les Trois Mousquetaires, *par exemple, le lecteur sait bien que les vrais d'Artagnan, Richelieu ou duc de Buckingham n'ont jamais agi dans la vie ainsi que l'a imaginé Alexandre Dumas. Et, de même, qui pourra croire que l'Eglise fait des affaires douteuses avec la Maffia, que le Vatican est peuplé d'intrigants et d'arrivistes ou que certains prélats se déshonorent en rompant leur vœu de chasteté dans de luxueuses maisons de rendez-vous ? Pure invention, évidemment. Et pardon pour ceux dont je peux paraître flétrir la mémoire : je n'ai pas voulu les offenser.*

L'auteur.

PREMIÈRE PARTIE

DIES IRAE

1
LE SEPTIÈME CERCLE

— Et j'attends la résurrection...

Les paroles, les divines paroles meurent sur ses lèvres dans un flot de sang. Il est entré en agonie, il le sait. Lui, Son Eminence le cardinal John Kevin Flaherty, évêque titulaire d'Aurea Azurea de Phrygie, curateur de l'Institut pour la Charité Chrétienne et nonce extraordinaire de Sa Sainteté le pape Paul VI va achever sa vie ici où reposent pour l'éternité deux de ses plus illustres collègues en l'Eglise et en Dieu : le cardinal Ascanio Sforza et le cardinal Basso della Rovere ; lui, enfant du peuple devenu par la grâce de l'Eglise et de Dieu prince de sang, va achever sa vie ici, sous la coupole de Sainte-Marie-du-Peuple...

Mais il en a encore le sentiment : c'est donc qu'il n'est pas mort, se dit-il. Devant ses yeux, des lueurs légères et colorées dansent dans la poussière d'or qui tombe, oblique, des verrières de la nef. Il chancelle, se retient d'une main à la grille du chœur, porte l'autre à son front : de la sueur et du sang mêlés lui coulent dans les yeux, l'aveuglent.

Ils revêtirent Jésus de pourpre,
et lui ceignirent la tête d'une couronne d'épines.

Il songe à la passion du Christ qui alla ainsi à son supplice, le regard noyé de sang. Il s'agenouille alors et cherche à prier, mais en vain : c'est à peine s'il se souvient de quelques bribes des Evangiles. Puis, tandis que peu à peu l'obscurité gagne alentour, il se couche sur le pavement de marbre, au pied de l'autel — pour mourir. Tout est gluant de sang...

Le sang, toujours ! le sang ! le sang maintenant que des scènes confuses du passé, des scènes peuplées de figures ricanantes commencent d'assaillir sa mémoire : l'odeur du sang, le goût du sang..

Où ? A Williamsburg, en 1937. Quelques jours après Noël,

quelques jours après ce Noël historique où lui, John Kevin Flaherty, chef de la bande des *Devils,* a signé un armistice avec le chef de la bande des *Black-Fangs,* Eliah Mose Varese. En présence de leurs troupes, qui déjà fraternisent, les deux enfants ont scellé leur solidarité nouvelle en mélangeant leur sang : chacun s'est ouvert une mince entaille à l'index et ils ont tenu leurs doigts joints le temps du serment solennel qu'ils ne s'agresseraient plus entre *Devils* et *Black-Fangs.* Au contraire, ils feraient front commun désormais pour nettoyer le quartier des *Barracudas* qui, depuis peu, prétendaient imposer leur loi. Ces caves ! Le soir même, au croisement de Johnson et de Humboldt Avenue, il y en avait trois qui perdaient leur raisiné sur l'asphalte verglacé — une sacrée embuscade qu'ils leur avaient tendue, Eliah et lui ! Mais, aussi, ça leur apprendrait à vouloir rançonner les fifils-à-sa-maman sur le territoire de chasse des *Devils* et des *Black-Fangs :* devant le drugstore Maujer...

Puis, c'est au séminaire de l'Immaculée Conception, dans la torpeur de l'été. Le jour de la douche hebdomadaire. Mais, en dépit de la chaleur, John l'attend sans plaisir aucun, cette douche : il sait qu'il va devoir comme chaque semaine endurer le bizutage de ces fils de putes du *10th grade.* Ces tordus, ces pauvres refoulés, ça les excite de voir le tatouage de *devil* qu'il porte sur le bras. Et la grande affaire, c'est de le forcer à ôter sa main gauche de son biceps droit où il dissimule de toute la largeur de sa paume la croix renversée, entourée de flammes, et la devise par laquelle il proclame fièrement qu'il est un *devil,* un démon. Gifles, pinçons, pichenettes, croche-pieds, coups de coude en douce ; tout est bon pour ces faux-derches qui, les yeux baissés, jouent aux petits saints devant les pions et s'acharnent sur lui dès qu'ils ont le dos tourné. On le harcèle, on le traite de « Couilles-molles » et lui, blême de rage, serrant les dents, rengorgeant des pleurs qui lui viennent sous les vagues de la douleur, il soutient l'assaut sans broncher... Il comprend que s'il réplique et se rebiffe, ce sera bien pire : Morrisson — « le plus salaud de tous les pions » de l'avis général —, Morrisson va encore l'accuser d'avoir provoqué le bordel dans les rangs. Et, en lui tordant méchamment l'oreille, le traîner sous la douche glacée...

— Flaherty ! Je te prends encore à chahuter !

Ah ! c'en est trop : il n'a pas bougé et, pourtant, c'est de nouveau lui qu'on punit. Alors, n'y tenant plus, il se rue sur le surveillant et le projette violemment contre le carrelage. Le crâne heurte l'arête coupante du robinet ; le sang se met à jaillir... Le sang, le sang réveille en lui un instinct qu'il croyait oublié depuis plus d'une année qu'il se trouve enfermé ici, au séminaire, en butte à toutes les injustices et toutes les vexations qu'on lui fait subir sous le prétexte d'amender le voyou qu'il était. Eh bien, comme le voyou qu'il était en effet quand il tenait le pavé d'Oak Street — de Cack Street, disait-on : la rue de la Merde —, eh bien voici qu'il se déchaîne ! Voici que, pris de folie, il frappe Morrisson à coups de poing, à coups de pied — une vraie boucherie ! Et, ivre de joie, ivre de détresse, il ne le sait plus, il crie :

— O Christ !

et tombe enfin à genoux dans l'eau rougie...

Le sang encore. Le sang quand, quelques années après, aumônier de la 5e Armée, il se bat en Italie. A Caserte, dans les jardins du Palais-Royal — il s'en souvient. Avec le jeune Jim Butley, il patrouille au bord de la pièce d'eau, au clair de lune. Il rampe à terre jusqu'à une statue d'Apollon dont le marbre très blanc luit mystérieusement dans l'obscurité argentée... Quand, soudain, un S.S. embusqué derrière la statue lui tombe dessus en hurlant : « A mort ! » en allemand. Alors, c'est un corps à corps furieux ; tous deux roulent dans l'herbe. Mais, le premier, il parvient à se dégager de l'étreinte et se saisit de son *Fright,* le coutelas qu'il porte sous sa chemise, le manche juste maintenu par la chaîne du crucifix qu'il a autour du cou. La lame brille ; il la plonge dans les chairs à nu, entre la jugulaire du casque et le col marqué S.S. — le sang gicle aussitôt. Il en a dans les yeux, sur les mains, les lèvres...

Le sang. Au Trocchio. A la traversée du Rapido, quand il se jette dans les eaux bouillonnantes du torrent pour tenter de sauver des soldats qui s'y noient...

Le sang. A Rome, quelques années après. Jeune prélat très en vue au Vatican, il a été invité à une soirée dans le monde. Le prince de Boccanera, dernier d'une illustre lignée qui donna tant de cardinaux à l'Eglise, ce dégénéré de Baby Boccanera, le provoque brusquement, au milieu de tous. Ne traite-t-il pas les gens du peuple, les humbles, les déshérités de canaille, de racaille ? Alors, dans un accès de haine qu'il ne peut réprimer, lui s'écrie avec superbe :

— Je suis un enfant de cette canaille, de cette racaille ! et le roue de coups comme il aurait fait d'un quelconque petit voyou de Williamsburg. Sous les plafonds à caissons dorés, les lustres brillamment éclairés de la salle de bal du palais Boccanera, le sang coule comme il coulait dans la fétide petite salle de boxe de Monsieur Romeo où, enfant, il regardait en cachette s'entraîner son dieu d'alors : Bee Killing Kid, dit le King...

Le sang. Le sang à Las Vegas, pendant la guerre des gangs qui oppose les patrons de casinos et les maquereaux à Eliah Varese — le sang jusque sur les marches de son église, un matin...

Et le sang en Corée. Au Yalou, où ce jeune soldat qui se proclame athée avec véhémence pleure la mort d'un de ses camarades déchiqueté par une grenade. Il revit la scène maintenant : le soldat l'insulte, ce curé qui ne peut trouver la moindre parole consolatrice qui ne soit pas une banalité ; il l'insulte, ce Dieu qui permet de pareilles horreurs.

— Je sais, Jammie, je sais, lui dit John tendrement. Crie, Jammie, révolte-toi ! Fais comme moi...

Et cette nuit-là, le révérend Flaherty se soûle et lance des blasphèmes à tue-tête des heures entières. A son tour, il injurie le Seigneur, lui reproche sa cruelle indifférence au malheur humain... Ce n'est que le matin qu'il finit par s'incliner, brisé. L'invocation d'une sublime prière lui revient en mémoire et il s'entend soupirer :

— O Seigneur ! écoute notre pauvre bouche d'ombre qui pleure dans l'ombre...

Toute révolte s'est éteinte en lui : il n'y a de salut que dans la mort et le renoncement. Mais faut-il que, nés du sang, nous mourrions ainsi dans le sang, abandonnés de tous ?

— O Seigneur ! ta gloire est donc dans notre misère, notre abaissement...

Il revoit le mur de l'*in pace* du couvent mexicain des bénédictins où, volontairement, il s'était fait jeter pour y souffrir sa passion solitaire et expier. Ses mains s'écorchent sur la pierre : un peu de sang lui fait des stigmates...

Il revoit la foule immense qui, à Bombay, presse de toutes parts le pape et l'acclame. Mais lui, « le gorille de Sa Sainteté » comme l'ont surnommé des journalistes en mal de sensationnel, lui seul voit le tueur se frayer un chemin au milieu des croyants et des curieux, entre les haies du service d'ordre ; lui seul voit son regard égaré d'hystérique ; lui seul, la pointe effilée du poignard que l'homme s'apprête à lancer sur Paul VI. Alors, il se précipite sur le pape pour lui faire un rempart de son corps et hurle... Il porte la main à son sein, très près du cœur : elle est rouge de sang...

— Seigneur ! O Seigneur, aie pitié !

Des flots et des flots de sang bouillant où ils seront noyés !

C'est ce qui attend les damnés au Septième Cercle de l'Enfer, le Cercle des Violents. Et violent, le cardinal John Kevin Flaherty l'aura été toute sa vie, il le sait. Est-ce déjà le châtiment suprême ou vit-il encore ? Il l'ignore et commence à désespérer . on ne l'entend donc pas gémir, demander de l'aide ? Quoi, ne se trouvera-t-il pas dans cette église un prêtre pour le secourir, le confesser peut-être s'il en est encore temps et lui administrer l'extrême-onction ? Il lui semble qu'il appelle mais appelle-t-il vraiment ? Ah ! il a peur maintenant ! Peur comme il n'a jamais eu peur, lui dont toute la vie aura été un acte de courage. Il se sent comme un enfant perdu dans le noir, il ne comprend plus. Si, du moins, il pouvait pleurer...

— Seigneur ! O Seigneur, aie pitié ! Seigneur, ne me laisse pas seul...

Le peu de raison qui lui restait l'abandonne. A présent, il perçoit un atroce charivari de fin du monde — on nettoie l'orgue pour la grand-messe de l'Ascension qui doit être célébrée tout à l'heure. Il voit les cieux s'entrouvrir — on essaie le jeu de lumières au plafond...

Puis il sent qu'on s'agite non loin de lui... Ce sont des bruits de pas... Des éclats de voix... Au milieu des dissonances grotesques de la musique, une stridence suraiguë qui décroît lentement, jusqu'au silence...

On lui essuie les yeux, lui semble-t-il. Il devine, penché sur son front, un visage de madone auréolé d'un halo surnaturel ; il distingue une main qui élève vers le ciel un flacon de sang ; il hurle de terreur :

— Non ! Non ! Non !

Il veut vivre encore. Vivre ! — ne serait-ce que pour se venger... Mais il a le sentiment vague d'être soulevé de terre et, autour de lui, tout chavire, tout sombre dans le noir néant.

On l'emporte.

2

L'APOCALYPSE

On l'emporte.

Après le Septième Cercle de l'Enfer où les damnés se noient dans des flots de sang, voici le cercle suivant : la place du Peuple vers où depuis quelques minutes convergent ambulances, voitures de police et camions de pompiers appelés sur les lieux. Sous le ciel rouge, obscurci par la fumée, c'est un immense ululement assourdissant de toutes les sirènes mêlant leurs tons discordants. Et les gyrophares bleus, rouges, orangés entrecroisent leurs faisceaux lumineux. Au centre de l'ovale, au pied de l'obélisque, la Porsche accidentée et renversée sur le toit s'est embrasée brusquement à la façon d'une torchère. Une formidable déflagration retentit, dispersant un instant le petit attroupement de badauds. Des débris de tôle et de caoutchouc brûlé fusent dans l'air et retombent en pluie. Dans le ciel, grandit le fracas des rotors d'un hélicoptère en approche...

— L'Apocalypse ! l'Apocalypse ! dit quelqu'un dans la foule.

Les hommes du service d'ordre qui s'est improvisé autour de Sainte-Marie-du-Peuple et des fontaines hurlent en vain :

— Reculez ! Reculez ! Allons, reculez !

et doivent, à la fin, user de leurs lances à incendie. Un canon à mousse carbonique projette une neige légère, irréelle dans cette atmosphère torride, empuantie par le feu. Au milieu de ce ballet de casques, de cirés et de blouses blanches, quelques secouristes armés de chalumeaux se précipitent déjà vers la carcasse du coupé pour dégager des tôles broyées un cadavre calciné. Les restes de Mikaël Wyatt.

Alors, les sirènes se taisent l'une après l'autre, peu à peu les clameurs s'apaisent. Puis, dans la foule qui grossit de minute en minute, une nouvelle rumeur :

— Là-bas ! Un autre incendie...

Vers la Trinité-des-Monts, en effet, le mauve pâle de l'aube s'est chargé de suies, de flammes, de fumées — tout un amoncellement de ciel baroque. Venant de la via Flaminia, d'autres voitures de pompiers ont surgi sur la place, les sirènes en action, et foncent en direction du Corso. Au même moment, une douzaine de fourgonnettes de la *Celere* descendent de la salita Valadier. En moins de trois minutes, tous les accès à la place du Peuple sont bloqués et les policiers des forces d'intervention spéciale se postent en position de combat de rue, le masque à gaz en sautoir, le fusil anti-émeute déjà armé. Ils ne s'écartent que pour laisser passer les deux ambulances qui emportent, l'une le cardinal, grièvement blessé ; l'autre, le journaliste américain, mort.

Ce matin, le centre historique de Rome se réveille avant l'heure dans un concert d'avertisseurs...

Les badauds ont été peu à peu refoulés vers la rue du Babuino où reflue maintenant toute l'agitation. Certains, avides de sensations, courent à la Trinité-des-Monts. En haut de l'escalier monumental, c'est un nouveau spectacle d'horreur qui s'offre à leurs yeux, un nouveau plaisir à leur voyeurisme. Face à l'Hôtel Hassler dont, pour la plupart, les riches clients se sont massés aux fenêtres, qui en chemise de nuit, qui en pyjama ou en robe de chambre, l'attique de la Residenza Gregoriana est en flammes. On murmure dans la foule qu'il y avait là-haut pour des milliards de lires en meubles anciens et en tableaux. Une collection de portraits de cardinaux, précise quelqu'un. Et, de fait, un pompier juché sur la grande-échelle jette dans la rue des toiles de maître dont certaines sont déjà à demi consumées : le cardinal Zanti peint par le Caravage, les mains du cardinal Galeazzo par Guido Reni, un très grand Salvador Dali... Des carabiniers font une haie pour les soustraire au vol. Mais ce qui captive le plus les curieux, c'est le sauvetage qui s'effectue à partir d'un hélicoptère : on ne pouvait les voir d'en bas, mais trois hommes qui n'avaient trouvé un salut momentané qu'en plongeant dans la piscine sont maintenant treuillés et tous trois, tels des anges, s'élèvent dans les airs au-dessus du brasier.

— Les serviteurs d'Harold Finnegan, c'est-à-dire : de Mgr Flaherty, commente Pepe, le gardien de la résidence.

Pepe s'agite comme un beau diable. Il houspille les pompiers qu'il trouve trop lents à intervenir. Il se lamente mais, en même temps, il est très fier de se trouver impliqué dans un pareil événement. Ah ! il va en avoir à raconter aux journalistes qui l'entourent et le pressent de questions... Même la télé qui s'est déplacée pour le filmer — lui, l'illustre Signor Pepe. Nul doute qu'il va devenir une célébrité dans le quartier... Et tous ces foutus larbins de la résidence, ils vont en baver de jalousie... Ah ! c'est qu'il en a appris des choses sur le Monsignore scandaleux — allez ! Seulement, si on veut qu'il parle, faudra se montrer généreux, hein ? Il a un fils, Pepe, et des petits-enfants qu'il aime bien gâter... Et puis, tout de même, c'est un sacré manque à gagner pour lui, cet incendie : pensez, le Monsignore qui habitait l'attique, il lui donnait à ses étrennes... Oh ! il ose à peine dire le chiffre, Pepe, modeste comme il l'est. Il lui donnait... Eh bien ! pas moins d'un million de lires... Encore heureux si les autres propriétaires de la résidence ne revendent pas après une telle catastrophe : *Madonna mia !* il se retrouverait tout seul ici... Ça, d'ailleurs, cet incendie, c'est à cause de la malédiction des Zanti... Le mage l'avait bien dit que tous leurs palais devaient brûler... Vous connaissez pas l'histoire ?

L'histoire de la prédiction de Maître Abracadabra, Pepe s'apprêtait à la raconter avec force gestes à tous ceux qui commençaient à faire cercle autour de lui devant la Trinité-des-Monts. Quand, soudain, dans un grand fracas métallique, la porte des parkings souterrains de la résidence bascule au plafond. Des stridences suraiguës, le grondement de la première poussée au régime maximum : de la rampe en pente forte, une Alfa-Romeo rouge bondit sur la chaussée de la via Gregoriana et déjà s'éloigne en trombe, aussitôt prise en chasse par deux motards...

— Quoi ? s'écrie Pepe, surexcité. Il y avait encore des gens dans le palais ? Je croyais que tout avait été évacué. Qui ça peut bien être ? Ils ont piqué la voiture à la p..., à la petite amie du cardinal... Oui, parce qu'il avait une petite amie, le cardinal ! Parfaitement... Et une beauté encore, faut pas croire... Même que les pompiers l'ont descendue de là-haut tout à l'heure. Oh ! j'ai vu avant qu'ils jettent une couverture : c'était l'horreur ! Elle est morte brûlée vive...

Via del Tritone. L'Alfa-Romeo — Joe Jeffrey au volant avec, à son côté, Eliah Varese blessé —, l'Alfa-Romeo coupe la route à une ambulance qui file à toute vitesse vers le nord de la ville... Embardée sur le trottoir, crissement de pneus, coups de freins : un motard qui poursuivait est renversé...

— Putain ! qu'est-ce que c'est que ce western ? demande un infirmier.

Et le médecin :

— Je vais demander qu'on nous augmente la prime de risque si ça continue !

Dans le fourgon où agonise cet homme qu'on a retrouvé

baignant dans son sang devant l'autel de Sainte-Marie-du-Peuple, ils sont quatre à tenter de le réanimer et le ramener à la vie : l'anesthésiste, le médecin et deux infirmiers. Hémostase, perfusion, trachéotomie — ce qui ne les empêche pas, malgré la gravité du cas, de discuter de choses et d'autres tout en plaisantant comme si de rien n'était. Telle est la force de l'habitude. Mais ce qui les intrigue, c'est l'identité du grand blessé. Il est en jeans et T-shirt avec une décalcomanie de l'Année Sainte mais la jeune anesthésiste vient de faire remarquer aux trois hommes la lourde croix pectorale et l'anneau cardinalice...

— Eh bien, c'est un monsignore, voilà tout ! fait le médecin avec assurance.

— Penses-tu !

— Si, si. Je sais ce qu'il en est. J'ai été élevé chez les Jèses, moi. A la distribution des prix nous avions toujours un monsignore pour venir nous faire le petit laïus de fin d'année et, après, c'était cette interminable séance de baisemain à l'Eminentissime et Révérendissime... Je m'en souviens : il portait une bague comme celle-ci et à ce doigt-ci...

— Ecoutez, patron : vous avez vu comme il est fringué ? Et puis, tout de même, on a pas l'habitude de trouver un monsignore buté dans une église... Et le jour de l'Ascension encore...

— Peut-être un coup des Brigades rouges. Tout ce déploiement de flicaille sur la place du Peuple !

— Mais regarde-moi ce balèze, toi. Tu vas pas me dire que ce type est cardinal. Il a plutôt la carrure et la musculature d'un boxeur, tu trouves pas ?

— C'est l'aggiornamento, mon pote !

— Vous croyez qu'il va s'en tirer ?

— Je sais pas. Il est assez mal parti. Mais si le Seigneur est avec lui...

— Amen ! s'écrie cyniquement un brancardier.

Le chauffeur de l'ambulance répète alors à voix haute à travers la glace de séparation, les ordres qu'on lui transmet par radio :

— Direction le Parioli. Opération au bloc 3. Avec Rossi et Michelozzi... — A quoi il ajoute : — Oh ! et puis faites gaffe, il paraîtrait que c'est un cardinal. D'ailleurs, on va nous balancer une escorte de protection. Je sais pas ce qu'ils craignent, ces cons...

Au même moment retentissent les sirènes de trois jeeps de la police. Deux se placent devant le fourgon pour lui ouvrir la route, la troisième derrière, à quelque distance. Et quatre carabiniers à moto viennent le flanquer de part et d'autre.

— Vous voyez ce que je disais.

Les infirmiers acquiescent, pénétrés de respect brusquement. Mais l'anesthésiste fait sur un ton amusé :

— Il n'y a plus de religion, décidément !

— En tout cas, il semblerait qu'en haut lieu on n'ait pas tellement envie qu'il meure tout de suite, le monsignore.

— Hé, mais ce type est peut-être dangereux pour qu'on nous sorte tout le grand jeu !

— Dangereux, un monsignore ?

3

UNE ÂME

Le révérend père Francisco-Javier Olivares de la Huerta de Isunza y Pacaÿe, fils aîné d'un grand d'Espagne dont la colossale fortune héréditaire s'était encore considérablement accrue sous la dictature du général Franco par le moyen de douteuses opérations immobilières où il se trouvait immanquablement en compte à demi avec l'Opus Dei, vivait pour sa part dans le plus complet dénuement. Bien qu'il eût été des rares privilégiés à disposer d'un appartement de deux ou trois chambres au Vatican s'il l'avait voulu, il n'y habitait plus depuis plusieurs années. Ses fonctions secrètes au palais apostolique, fonctions si secrètes qu'elles n'apparaissaient pas même dans les organigrammes les plus détaillés de la Curie et que, d'ailleurs, la très modeste rétribution qu'il en tirait n'était nulle part indiquée en clair dans aucun budget, ses fonctions lui avaient paru exiger non seulement le plus grand effacement de sa personne mais encore cette discrétion suprême qui consiste pour un prélat à vivre hors les murs de la Cité Léonine et à n'y venir travailler qu'aux heures de bureau des congrégations et des administrations vaticanes. Le R. P. Olivares était, en effet, une sorte de ministre de l'Intérieur, mais de ministre occulte : le chef des services de renseignement, ou, pour mieux dire, de délation que Pie XII, dans une certaine tradition des papes de la Renaissance, avait, sans même en référer au Sacré Collège, créés aux derniers temps de son pontificat, quand, dans le délire grandissant de sa paranoïa, il commençait à voir des conspirateurs embusqués derrière chaque tapisserie des innombrables corridors du palais, à entendre des bruits de pas suspects dans le moindre craquement des boiseries anciennes, le plus infime frémissement des tentures… Si Jean XXIII et Paul VI n'ont jamais connu quant à eux de ces craintes morbides d'un complot contre leur vie, ils n'en ont pas moins maintenu tacitement et continué de pourvoir sur leur cassette personnelle cet office parallèle dont, depuis dix ans maintenant, le R. P. Olivares se trouvait être le grand maître. Les rares de la maison pontificale à connaître l'existence de ce jésuite espagnol l'avaient surnommé entre eux : « le Grand Inquisiteur ». Et, d'un Grand Inquisiteur, de ces terribles religieux qu'ont immortalisé les peintres du Siècle d'Or, le R. P. Olivares avait en effet l'apparence hautaine et austère. Prématurément vieilli par les privations et les impitoyables pénitences qu'il s'infligeait, d'une maigreur squelettique, d'une très haute taille, avec ses yeux exorbités et ses dents pourries dans un visage émacié, son teint bistre qui tirait presque sur le bleu, il inspirait à quiconque le croisait par hasard dans la pénombre de quelque galerie reculée du palais ou sous la voûte sonore d'un escalier dérobé le sentiment de terreur instinctive que provoque en nous la vue d'un fou.

Pour la plupart, les prélats qui ont un appartement en ville apprécient de pouvoir y vivre dans un luxe et une liberté qu'il leur serait plus difficile de soutenir à la cour pontificale, sous le regard dénué d'indulgence et de charité de leurs hypocrites collègues. Pour le R. P. Olivares, au contraire, loger hors les murs, c'était d'abord jouir des possibilités de vivre dans un ascétisme monacal d'une si grande rigueur, d'une si grande pureté, que des esprits malveillants auraient pu, au palais apostolique, le tenir pour de la pose, voire une forme exacerbée de vanité. Le proverbe le dit : « Il faut être Romain à Rome » — se conformer aux usages un peu faciles de Rome si l'on ne veut pas passer pour un tartufe de la pire espèce. Or, le R. P. Olivares désapprouvait sincèrement le confort, pourtant assez modeste, que les deux derniers souverains pontifes avaient laissé s'introduire au Vatican : les salles de bain, les mini-bars, les télévisions... Plus encore, il avait en horreur les mœurs qui y ont cours et qu'il jugeait par trop relâchées. Le jour où, tout jeune prélat, il avait appris par une indiscrétion d'une religieuse de l'Annone — l'économat de la Cité — quelle effarante consommation il s'y faisait de vieux whiskies irlandais, de grands vins français et de cigares et cigarettes de qualité, il en avait été indigné au point de s'abîmer en prières et actes de contrition divers une nuit entière. Quoi, l'Etat du Vatican consommerait donc plus de litres d'alcool par tête d'habitant adulte et par an que tout autre pays, la France y compris alors qu'elle arrive en tête dans toutes les statistiques officielles sur l'alcoolisme ! Quoi, tandis qu'à Cuba les chrétiens sont persécutés pour leur foi, l'Etat du Vatican achèterait chaque année pour plusieurs milliers de dollars en havanes premier choix à sa régie des tabacs ! Madre Teresina avait eu beau lui représenter que tout n'était pas consommé sur place, qu'il fallait tenir compte du trafic de ces produits détaxés qui se faisait communément entre le Saint-Siège et l'Italie par l'entremise de quelques monsignores complaisants, il n'en avait été que plus violemment choqué Parce que, non content de boire et de fumer, on trafiquait au Vatican ! Et que fallait-il penser aussi de ces parties de poker enragées qui se jouent, toutes portes closes, dans les appartements de certains cardinaux, depuis après complies jusqu'à la première messe ? Il s'y perd parfois, il l'avait appris quelque temps plus tard, des trois, des cinq millions de lires en une seule nuit ! Et on y a vu un éminent archiviste de la Congrégation pour la Doctrine de la Foi n'ayant plus d'argent à ponter mais un brelan de dames en main, miser sa croix et son anneau pastoral...

C'était toute cette atmosphère qu'il jugeait rien de moins que « borgiesque », c'était toute cette douceur de vivre à l'abri des murailles léonines que le R. P. Olivares avait fui en allant habiter à cent mètres de la place Saint-Pierre, via della Conciliazione, dans un de ces grandioses et hideux immeubles de style fasciste qui bordent l'avenue triomphale. Là, il disposait sous les combles d'une chambre unique, sans entrée ni dégagement, et guère plus spacieuse qu'une cellule dans un couvent. Un étroit fenestron dispensait un peu de jour jauni et ne suffisait pas à renouveler l'air délétère et surchauffé qui commençait d'y stagner dès les premiers beaux jours. Sur les murs, peints uniformément d'un blanc sale écaillé, rien sinon un crucifix et, au-dessus du lavabo, un miroir de poche : le R. P. Olivares ne voulait pas être induit dans la tentation de contempler de son humble personne plus qu'il était nécessaire au rasage des joues et du menton. Il ne se rasait d'ailleurs qu'un jour sur deux et se reprochait encore de consacrer trop de temps à sa toilette... Pour tout mobilier le père jésuite possédait un petit lit de fer, sans matelas, aux draps d'un blanc passablement douteux — ils n'étaient changés que quatre fois l'an et, dans ses pratiques religieuses, l'ascète les maculait abondamment de sa sueur et de son sang — ; une grande table de bois clair encombrée de centaines de livres pieux empilés et une penderie où il rangeait, avec le reste de sa bibliothèque, un costume gris sombre qu'il ne revêtait que hors le Vatican, dans les seules circonstances où le port de la soutane l'aurait empêché d'accomplir sa mission ; et, appendus à des cintres comme s'il se fût agi d'habits ordinaires, les instruments de ses mortifications. Il y avait là tout ce qu'ont inventé pour leur autopunition les imaginations les plus dévotes et les plus perverses des siècles passés. Certains cilices avaient appartenu à la famille Olivares de la Huerta et aux Isunza y Pacaÿe, lesquels s'enorgueillissaient d'avoir donné trois saints à l'Eglise. Mais d'autres étaient des modèles récents commandés sur catalogue à la seule fabrique qui confectionne encore ces vêtements de torture pour quelques pratiquants intégristes particulièrement scrupuleux : la Procure du couvent des Camaldules de Sant'Ambrogio. Car en ce XXe siècle finissant, en cette époque d'aggiornamento et de révisionnisme, en cette époque où l'on peut entendre des messes rock'n roll ou salsa, en cette époque où dans certaines paroisses l'office du dimanche est célébré le samedi, quand ce n'est pas le vendredi soir pour permettre aux fidèles de partir en week-end plus commodément ; en cette époque où l'on ne fait plus maigre le jour saint et où, à la communion, on garde les yeux ouverts en recevant des mains du desservant l'hostie, le R. P. Olivares se mortifiait la chair comme s'étaient mortifiés dans sa noble famille la plupart des pères jésuites et des inquisiteurs, ses prédécesseurs.

Huit heures sonnaient à Saint-Pierre comme il achevait, solitaire, le dîner qu'il prenait à son habitude sur un coin de sa table de travail après avoir repoussé sa machine à écrire et quelque gros dossier qu'il étudiait. Dîner très frugal que, chaque soir, lui montait une veuve qui habitait l'immeuble et qui lui rendait de menus services en remerciement d'une bonne place aux audiences générales du pape, le mercredi ; dîner qu'il avait voulu encore plus frugal que d'ordinaire en cette fête de l'Ascension : un quignon de pain rassis, une assiette de pommes de terre bouillies, un fruit. Tout en mangeant, il avait lu et relu, quoiqu'il la sût par cœur, la prière de l'*Anima Christi* qui figure au début des *Exercices spirituels* de saint Ignace :

Âme de Jésus-Christ, sanctifiez-moi,
Corps de Jésus-Christ, sauvez-moi,
Sang de Jésus-Christ, enivrez-moi...

Et maintenant, il choisissait parmi ses cilices celui qui le ferait le plus souffrir, une camisole de crin cloutée dans le dos et sur la poitrine d'une croix, les pointes des clous tournées vers l'intérieur. Il la laçait très serrée, à même sa peau nue qui se trouvait à la fois écorchée, scarifiée, et comme tannée par les milliers de supplices qu'il avait endurés ainsi en quelque vingt années de pénitence. C'est que, ce soir, il allait rencontrer Sa Sainteté — avec tout ce que cela impliquait d'éventuelles tentations d'en tirer vanité, cette vanité demeurât-elle secrète. Et puis, tant de choses lui répugnaient dans la façon au fond très bourgeoise de vivre de Paul VI, dans ses manières très civilisées : il fallait qu'il se punît préventivement des mauvaises pensées qui pourraient lui venir durant l'entretien. L'intolérable irritation qu'aurait à subir sa chair le retiendrait de s'irriter en esprit...

Un jeune minutante de l'entourage immédiat du Saint-Père lui avait porté, en fin d'après-midi, une carte de visite aux armes de Saint-Pierre qui, pliée d'une certaine manière, lui avait signifié que le Pape voulait le voir d'urgence et qu'il le recevrait après dîner, en privé. Ces sortes d'audiences impromptues se faisaient même à l'insu de Mgr Durand qui, pourtant, était chargé de tenir le carnet des rendez-vous d'ordre privé du souverain pontife. Le R. P. Olivares disposait personnellement des clefs d'une petite porte située derrière la colonnade du Bernin et, sans avoir à se faire annoncer, par des couloirs et un escalier secrets il se rendait directement aux appartements pontificaux. Nul n'était censé savoir comment, à quel moment et encore moins pourquoi.

Pourquoi ? Hélas, ce soir-là, il n'était pas très difficile d'imaginer pourquoi : pour parler du « scandale » assurément. Il n'était d'ailleurs même plus besoin de préciser lequel : « le scandale Flaherty » comme on disait déjà, « le scandale » comme on dirait bientôt. Le scandale qui secouait depuis l'aube Rome, l'Italie, le monde chrétien tout entier. Le plus scandaleux des scandales auxquels l'Eglise se fût trouvée confrontée en ce siècle, estimait le R. P. Olivares. Ce matin-même, jour de l'Ascension de Notre-Seigneur, un cardinal avait été victime d'une tentative d'assassinat place du Peuple. La chose en soi était déjà suffisamment monstrueuse pour choquer le public et risquer de ternir la dignité du clergé tout entier. Mais il y avait bien pire dans cette tentative d'assassinat, et, au fil des heures, le simple fait divers qui avait surpris les auditeurs des premiers bulletins d'information à la radio s'était transformé en une formidable énigme, pleine de coups de théâtre et de rebondissements qui, révélés l'un après l'autre, ruinaient toujours un peu plus les très vagues espoirs que le Saint-Siège aurait pu avoir jusque vers le milieu de la matinée d'étouffer l'affaire dans l'œuf, en accréditant la thèse de la tragique méprise. Bientôt, la Curie serait éclaboussée ; bientôt, Sa Sainteté en personne... Car chaque nouveau développement de l'enquête à laquelle dès le début s'étaient livrés les journalistes constituait une circonstance aggravante — aggravante pour la victime ! Plus personne déjà ne pouvait croire en son absolue innocence ; sous peu, les dernières obscurités seraient éclaircies et sa personnalité apparaîtrait en pleine lumière pour ce qu'elle était : celle d'un gangster, d'un escroc... Alors, songeait le R. P. Olivares, le scandale serait total ; ses conséquences, inévaluables, inimaginables... Et tandis qu'il remontait d'un pas rapide la via della Conciliazone en passant sous les arcades, avec une rage froide il récapitulait mentalement tout ce que la police et la presse avaient déjà divulgué ; il recensait point par point les découvertes ahurissantes dont l'opinion avait été informée heure par heure depuis le matin et qui, sans cesse, grossissait le tapage autour de ce qu'on appelait maintenant « l'affaire Flaherty », « le scandale Flaherty » , il se les remémorait dans l'ordre même où elles avaient été rendues publiques :

— L'homme qu'on avait découvert grièvement blessé dans l'église Sainte-Marie-du-Peuple était un cardinal.

— Quoique cardinal, il était vêtu d'un blue-jean, d'un T-shirt, et les enquêteurs avaient trouvé dans ses poches un coup de poing américain et un chargeur de revolver.

— Il s'appelait Mgr John Kevin Flaherty.

— Mgr John Kevin Flaherty était tombé dans un guet-apens en compagnie d'un journaliste américain, correspondant de *World* en Italie : Mikaël Wyatt.

— Il conduisait alors une Porsche volée à une certaine Claudine Lambaire. A peu près au même moment, Claudine Lambaire mourait dans l'incendie de la via Gregoriana.

— Mgr John Kevin Flaherty était propriétaire de l'attique de la Residenza Gregoriana. Il l'habitait sous le nom de Harold Finnegan.

— La Porsche n'avait pas été volée : Claudine Lambaire, ex-Miss France, était en fait la maîtresse du cardinal.

— L'appartement avait été incendié à la suite d'une altercation avec des inconnus — peut-être les assassins.

— Les assassins ou, du moins, des suspects qui se trouvaient dans la Residenza Gregoriana s'étaient enfuis à bord d'une Alfa-Romeo appartenant également à Claudine Lambaire. Ils n'avaient pu être arrêtés. On les recherchait activement.

— Mgr Flaherty connaissait sans doute son ou ses assassins.

— Selon certaines rumeurs, il se serait agi d'un règlement de compte avec la Maffia.

— Les trois domestiques du cardinal, des ecclésiastiques, avaient pu être sauvés grâce à l'intervention d'un hélicoptère. Ils s'étaient tous trois évadés de l'hôpital San Giovanni où ils avaient été placés en observation pour des brûlures légères et des contusions. On les recherchait activement.

— Le tueur était seul et il avait tiré de la terrasse de la salita Valadier. Il était introuvable mais on le recherchait activement.

— Mgr Flaherty avait été blessé dans l'accident de la Porsche et non par balles.

— Mgr Flaherty était curateur de l'Institut pour la Charité Chrétienne, c'est-à-dire la banque du Vatican.

— Selon certaines sources autorisées, cette banque était impliquée dans l'affaire de la Huelco et, donc, dans le coup d'Etat de l'émirat d'Ahmat-Ahbat.

— Mikaël Wyatt enquêtait sur Mgr Flaherty. L'attentat contre lui avait été précédé d'une première tentative via Zanardelli, laquelle avait coûté la vie, comme on s'en souvenait, au petit Giani, le fils d'un restaurateur.

— Mikaël Wyatt était l'ami de la chanteuse de cabaret Honey-Pie, enlevée l'avant-veille...

Deo gratias ! pour le moment, rien n'avait encore transpiré de l'emprisonnement de Mgr Flaherty au Vatican ni de son évasion. L'Eglise pouvait donc feindre d'avoir ignoré jusqu'ici les activités crapuleuses auxquelles se livrait l'un de ses plus hauts dignitaires. Personne, en dehors de la Curie et de l'entourage immédiat du Pape ne savait non plus que le Sacré Collège venait, selon les termes du droit canon, de conseiller au Souverain Pontife la *censure* du cardinal. Et qu'il était maintenant question de le *suspendre* complètement, peut-être même de le *déposer.* Un cardinal déposé ! Cela ne s'était pas vu depuis le consistoire de septembre 1791, et encore s'agissait-il d'une décision d'ordre politique visant une éminence française qui avait prêté serment à la République. Les dernières dépositions pour raison de mœurs remontent à la Renaissance, époque pourtant peu regardante sur ce sujet : c'était un Pompée Colonna, débauché tenant bordel en son palais, auteur de livres licencieux, soudard sans foi ni loi à qui Clément VII avait fini par retirer le chapeau ; c'était un Charles Caraffa, bandit de grand chemin rançonnant les pèlerins et qui se battait en duel jusque dans la chapelle privée de son oncle Paul IV, lequel à la fin s'en était trouvé « impatienté »... En érudit, le R. P. Olivares évaluait à la lumière du passé le retentissement qu'aurait aujourd'hui dans l'opinion une pareille sanction. Car, il le savait, le secret tiendrait le temps que tiennent les secrets au Vatican. Il se trouverait toujours quelqu'un pour parler et trahir la loi du silence que depuis bientôt deux mille ans la papauté s'efforce bien en vain de faire respecter autour du tombeau de saint Pierre. Si l'on songe que toute révélation publique ou privée sur la façon dont a été acquise l'élection du souverain pontife frappe aussitôt d'excommunication le participant au conclave qui se sera rendu coupable de cette indiscrétion et si l'on sait qu'on connaît par le détail exact les scrutins successifs qui ont fait Pie XII, Jean XXIII et Paul VI pour ne citer que ces trois cas récents, on mesure avec quelle insouciance sont respectées *extra muros* les consignes de réserve et de prudence sur ce qui se passe *intra muros* au Vatican. Est-ce la pesanteur de l'ambiance suspicieuse qui y règne, comme dans tout Etat totalitaire, au sein du gouvernement et de l'appareil ; est-ce cette lourde atmosphère d'espionnage et de cafardage qui provoque chez la plupart des citoyens du Saint-Siège un irrépressible besoin de commérages dès qu'ils sont au-dehors ? S'il n'avait tenu qu'au R. P. Olivares, les bavards auraient été punis de mort — pour haute trahison. Et il regrettait que les règlements intérieurs et, surtout, leur application n'eussent pas la rigueur qui fait la puissance effrayante et mystérieuse des Cités Interdites dans les théocraties. Les kremlinologues, les China-watchers ont la tâche beaucoup plus ardue que les simples curieux qui gravitent de près ou de loin autour du palais apostolique — telle est la grande faiblesse de l'Eglise, se disait ce Jésuite épris d'ordre et d'autoritarisme qui rêvait d'un univers organisé selon les lois de la Compagnie. Mais aussi, on en voyait les conséquences ! Le monde laïc, c'est-à-dire le monde tout court, apprendrait demain que l'Eglise se trouvait compromise dans une affaire sordide, dont elle n'ignorait rien...

Ah ! c'est la honte suprême, le péché des péchés, s'écriait-il intérieurement, avec une moue de dégoût qui creusait un peu plus ses traits sévères d'anachorète. Et il hâtait le pas vers Saint-Pierre... Le frottement du crin de son corset contre sa peau à vif l'excitait secrètement, le poussait à aller plus vite encore. Bientôt, sous la soutane élimée et si lustrée qu'elle tirait sur le brun des capucins, il sentirait déjà moins son corps tant il souffrirait dans son cilice : la douleur insensibiliserait peu à peu en lui tout ce qu'il y avait de charnel, de nerveux, d'humain. Alors, une joie divine l'envahirait, le submergerait : un instant, il lui semblerait n'être plus qu'une âme...

4
L'ENGRENAGE

Il faudrait vivre dangereusement désormais. Il faudrait vivre comme le fauve dans la jungle : tout suspecter, toujours se tenir sur ses gardes, ne jamais relâcher l'attention un instant et demeurer nuit et jour armé. Il faudrait vivre en proscrit, que ce fût ici ou aux Etats-Unis ; en exilé peut-être, si les choses tournaient plus mal encore et qu'il devenait nécessaire de changer d'identité, d'habiter un autre pays. Ou s'engager plus avant dans l'escalade de la violence : attaque, riposte, contre-attaque... On sait quand cela commence mais jamais quand cela finira. Et brusquement, on est pris, on est piégé...

Les choses se font sans qu'on y pense. On commence par aider son père, à lui donner de loin en loin un coup de main. C'est un jeu au départ. Un jeu un peu plus excitant que le bal des débutantes à Long Island, le surf en Californie, les raids à ski dans les Rocheuses — oh ! à peine plus. On fait le garde du corps, on convoie des fonds, on contacte des gens, on en menace d'autres s'ils se montrent récalcitrants — rien de bien méchant. Ensuite, on enlève un enfant, qu'on est bien décidé à rendre sain et sauf à ses parents, rançon versée ou pas ; on piège la voiture d'un journaliste un peu trop curieux ; on casse tout dans un cabaret, en guise d'avertissement... Des petites choses sans importance, sans grand danger non plus : la routine qui déjà s'installe... Et puis, par un beau matin de mai, à six heures moins dix, sans l'avoir vraiment voulu, sans savoir comment tout cela a pu arriver, on se retrouve tueur...

Pourtant, ce n'était certainement pas ce destin-là que John-Kevin Varese s'était imaginé au sortir des études. Continuer les affaires de son père, les reprendre en main, certes... N'était-il pas l'aîné des fils Varese après tout ? Et ne devait-il pas se conformer à l'immémoriale tradition de la Cosa Nostra ? Ne le devait-il pas à son père, ce va-nu-pieds de Brooklyn devenu milliardaire à la force du poignet et qui lui avait fait donner la meilleure éducation bourgeoise ; et qui l'avait aimé comme un Italien aime ses enfants ? Certes ! Mais continuer par d'autres voies, en utilisant d'autres méthodes. C'était là ce qu'il avait espéré, et c'était ce dont son père, Eliah Varese, avait rêvé pour lui — il le savait. Pour cette raison, le père avait poussé son fils à faire de hautes études en droit et en économie. Alors, John-Kevin était entré à Harvard où il avait brillamment été reçu à tous ses examens ; puis, comme en se jouant, il avait obtenu les diplômes de la Harvard Business School et, à vingt-six ans, il se trouvait être déjà avocat et conseiller financier dans le cabinet Kauff, Kauffman & Kew — le célèbre « 3 K ». Il avait compris, et beaucoup mieux que son père avant lui, il avait compris que le crime organisé à l'ancienne manière avait fait son temps. C'était maintenant dans les milieux financiers qu'il fallait se battre, pas dans les arrière-salles des maisons de jeux. Et pour cette guerre-là, mieux valait connaître l'usage de l'ordinateur que celui de la « sulfateuse », mieux valait connaître la juridiction sur les sociétés domiciliées aux Iles Maldives ou au Liechtenstein que le nom des hommes de paille de tel ou tel patron de casino à Las Vegas...

Son ami Pozzo, Oliver Pozzo pour les filles, Pozzo, le fidèle camarade de chambrée à qui on peut confier ses projets, ses désirs et ses rêves sans se faire trop charrier, Pozzo, le fils de Mike Pozzo, un des pontes du Syndicat — eh bien, voilà quelqu'un qui avait saisi vite ! Avec un informaticien, il avait monté une arnaque en or quand il était encore à Harvard. Ce que les banques appellent « le coup des chiffres flottants » depuis qu'elles ont commencé à s'inquiéter de cette forme particulièrement élaborée de rackett à laquelle longtemps elles avaient été soumises à leur insu. De quoi s'agit-il ? Une idée. Une idée simple mais simplement géniale, estimait John-Kevin Varese. Les opérations qu'effectue l'ordinateur d'une banque — change, agio, etc. — dégagent chaque jour toute une masse de fractions de cents qui demeurent en mémoire dans la machine faute de pouvoir être payées par le banquier : il n'existe en effet pas de monnaie correspondante. Il suffit donc de modifier très légèrement le programme pour que l'ordinateur crédite un compte fantôme de toute cette poussière de cents qui, accumulée, peut représenter à la fin de l'année plusieurs dizaines de milliers de dollars dans une banque de première grandeur. Et Pozzo n'était pas homme à s'attaquer à un minable petit organisme provincial de crédit où, du reste, il serait plus difficile de mettre en place une pareille fraude ! Tandis que la First National X ou Y n'ira pas vérifier si, entre les milliers de comptes courants qu'elle gère, le numéro tant est crédité par un ordre de virement permanent débité sur un compte interne, ni rechercher pourquoi... Ainsi, aucun client de la banque n'est lésé, il n'y a pas à user de violence sinon pour faire respecter la loi du silence et le « travail » peut être accompli par un personnel très restreint — ce qui diminue d'autant les risques. Voilà qui est net, intelligent, sans bavure, se disait John-Kevin, éperdu d'admiration. Et d'ailleurs, on pouvait sans aucun doute améliorer le procédé, le systématiser, et prélever de cette façon une dîme sur toute opération financière. Le 0,005 % du Syndicat en quelque sorte. « Très peu de beaucoup ou beaucoup de très peu », n'est-ce pas la première loi du commerce ? Et celle du crime...

Ou bien, plus risqué mais rapportant bien plus aussi : le trafic du sang. Un trafic qui remplace avantageusement celui de l'héroïne, où il y a, certes, beaucoup à ramasser, mais également beaucoup de mauvais coups et d'années de tôle si on se fait pincer. Tandis que le sang, « le sang, comme le notait avec une pointe d'humour macabre le jeune Varese, c'est ce qu'il y a de plus juteux » ! Le commerce du sang humain est interdit et sa collecte strictement réglementée dans la plupart des pays civilisés ? Mais les laboratoires pharmaceutiques desdits pays civilisés ont toujours plus besoin de sang ? Eh bien, qu'à cela ne tienne : on leur en fournira ! Et de surcroît, on alimentera au noir, dans les pays en guerre, les mouvements de résistance et autres guérilleros qui en manquent tant pour leurs blessés et ne peuvent s'en procurer autrement. Les luttes armées, voilà un marché qui, de par le monde, n'est pas près d'être saturé !

Comment procède-t-on ? C'est très simple : on ouvre au Brésil ou en Inde des officines de collecte qu'on donne à gérer à des médecins. Il s'en trouve toujours pour accepter le boulot. Et les gens là-bas sont si pauvres qu'ils vous vendraient leurs yeux pour acheter de quoi manger. Qu'ils tombent comme des mouches parce que les prises auront été trop fréquentes ou que l'aiguille avec laquelle on les a piqués aura servi vingt fois dans la matinée sans jamais être stérilisée — c'est leur affaire ! Mais ce qui était bon à savoir, selon John-Kevin, c'est qu'à l'autre bout de la chaîne, à Toronto, à La Haye, à Lausanne, villes cossues où l'on ne voit pas de favelas ni de bidonvilles avec des enfants nus et sous-alimentés qui jouent parmi les poubelles, des sociétés aux noms très anodins : Hema Service, Hema International, L'Helvétienne du sérum... sont installées dans de luxueux et discrets hôtels particuliers, et que là, sous les lustres en cristal du conseil d'administration, des messieurs distingués qui n'ont jamais vu le moindre flacon de plasma, le moindre sachet de fibrine lyophilisée, discutent de leur bénéfice annuel, lequel se compte en millions de dollars...

Eh bien, il fallait entrer dans ces nouvelles combines. Il fallait, comme l'exprimait parfois avec une affectation ironique et en choisissant délibérément des termes du langage financier le jeune et brillant avocat d'affaires John-Kevin Varese, il fallait « réorienter les prises de participation ». Depuis toujours, c'est ce qu'avait enseigné à son père puis à lui John K. Flaherty, son parrain. Son parrain qui lui avait donné ses deux prénoms de baptême, desquels ses parents avaient fait un seul prénom composé, un très rare prénom composé. Quelque chose d'assez chic pour snober les copines de Radcliffe College et leur faire oublier un peu le nom de Varese...

Combien de fois Eliah Varese n'avait-il pas raconté à ses deux fils que, tout jeune encore, celui qui deviendrait un jour Son Eminentissime et Révérendissime Excellence le cardinal John K. Flaherty l'avait devinée, l'avait pressentie, cette nécessité d'évoluer vers moins de violence et plus d'intelligence ? Qu'il en parlait souvent à son vieux pote des *Black-Fangs,* disant dans sa manière volontiers gouailleuse :

— Les schlasses, les feux, toutes ces combines véreuses, Bébé, il faut laisser tomber ! Au séminaire, j'ai appris à penser dans ma petite tête et j'ai pigé qu'il y avait mieux à faire si on voulait s'en foutre plein les fouilles que de défourailler à tout-va sur tout ce qui bouge et de racketter n'importe quel cave...

Une fois, il s'en souvenait — et comment ne s'en serait-il pas souvenu, alors que c'était le soir même de l'ordination de John et qu'ils allaient fêter ça au Morocco en faisant les fous toute la nuit ? —, l'abbé Flaherty était allé plus loin encore, en comparant l'Eglise à la Cosa Nostra :

— L'Eglise, c'est d'abord un Etat et une affaire. Une affaire formidable, éternelle, plus solide que la plus solide des compagnies bancaires. Et tu sais pourquoi, Eliah ? Parce que c'est un système fondé sur les mêmes lois, les mêmes mécanismes que le Syndicat. Il y a la même hiérarchie rigide, la même méthode de cooptation des dirigeants entre eux, la même infaillibilité du parrain — je veux dire : du pape, au sommet. La même loi du silence, de l'*omertà*...

Seulement, il jugeait l'Eglise supérieure en efficacité à la Cosa Nostra : elle sait beaucoup mieux s'adapter à son temps. C'est, au reste, pourquoi elle est éternelle...

Pour Eliah, il le disait sans avoir conscience de faire une mauvaise plaisanterie, c'était là « parole d'évangile ». De ce jour-là, il avait compris qu'il fallait en effet se reconvertir, tendre vers des formes moins brutales, moins élémentaires du... Mais non ! il n'y avait pas de mot pour désigner ça. Ce n'était pas à proprement parler du gangstérisme — il s'en défendait véhémentement. C'était, selon John, « l'art d'utiliser au mieux les possibilités infinies de succès temporel qu'offre une société aussi sophistiquée que la nôtre ». Et, souriant involontairement d'avoir retrouvé leur formulation exacte, John-Kevin se répétait les paroles de son parrain ; sur ce même ton de cynisme élégant... Ces paroles, il les avait prononcées l'année passée, à Palerme où l'on fêtait l'anniversaire d'Eliah Jr. Oui ! Il se les rappelait tout comme il se rappelait les moindres détails de la garden-party... C'était une de ces journées comme il y en a si peu dans une vie, une de ces journées miraculeuses où tout invite à jouir de l'instant : la transparence du ciel par un bel après-midi de printemps... La grandeur du paysage de la Conque d'Or avec, au loin, sur la mer très bleue, les voiles d'une régate... Ici, sous la tonnelle fleurie où l'on goûte de brioches siciliennes aux fruits confits et de cassates, l'ivresse légère du champagne... Et cette tarentelle, nerveuse et bien enlevée, que joue l'orchestre...

Quand le soleil avait commencé de décliner à l'horizon et qu'un peu de fraîcheur était montée des orangeraies qui s'étendent en contrebas des terrasses, les deux garçons avaient proposé un double au tennis, contre « les vieux ». Et, bien sûr, « les vieux » avaient été battus à plate couture. Mais non pas parce qu'ils étaient les plus vieux. Non. Seulement, Monsignore — c'était ainsi que John-Kevin surnommait affectueusement son parrain parfois, et celui-ci ne s'en offusquait d'ailleurs pas —, Monsignore avait fait remarquer :

— Le tennis, de notre temps, c'était un truc de gosses de riches. Et nous deux, ton père et moi, les loqueteux de Williamsburg, on s'y est mis trop tard !

Puis, comme Monsignore, en dépit de ce qu'il prétendait, s'était senti tout de même un peu humilié de sa défaite, il avait alors, au milieu des rires, des sifflets et des applaudissements, provoqué son filleul à la boxe.

— Tiens, je t'accorde trois rounds, petit morveux ! Encore heureux si tu tiens jusqu'au second !

Ah ! Monsignore était bien le plus fort — aucun doute là-dessus Dès la deuxième reprise, John-Kevin, épuisé par l'intensité et la rapidité du combat, pourtant très amical, s'était laissé tomber à genoux dans l'herbe et, avec drôlerie, tandis que les rires redoublaient autour de lui, avait imploré devant tous les invités la grâce de Son Eminence...

Oui, ç'avait été un moment de bonheur simple mais inoubliable. Les Varese étaient tous unis alors, et Mgr Flaherty, l'ami de toujours, était là à partager la gaieté et l'entrain de la famille. Il faisait partie de la famille. C'était l'an dernier...

Mais que s'était-il donc passé entre-temps ? Qu'y avait-il eu, quel enchaînement malheureux de malentendus pour que John-

Kevin en soit venu aujourd'hui à se retrouver dans la peau d'un tueur, d'un quasi-parricide ? Il y avait que les vieux démons de la violence s'étaient ressaisis de son père. Il y avait qu'Eliah Varese, au fond, ne voulait plus recevoir les leçons de savoir-faire, de savoir-vivre de son ami — de son rival de la bande des *Devils*. John-Kevin l'avait deviné : il savait que, quelque part en son for intérieur, son père n'avait jamais admis l'évidente supériorité intellectuelle de Flaherty. Au tournant de la vie, maintenant que ses fils allaient voler de leurs propres ailes et ne plus avoir besoin de lui, il s'était aperçu que, malgré son éclatante réussite, il lui manquait et il lui manquerait toujours quelque chose. Quelque chose d'immatériel, d'indéfinissable et qu'il était trop fruste pour savoir exprimer. Alors, il se sentait floué maintenant. Et c'était de sa part la jalousie, la petitesse des nouveaux riches à l'égard de ceux qui ont la culture, l'intelligence, et surtout ce je-ne-sais-quoi qui fera toujours la différence, dans certains milieux très fermés des affaires, entre ceux qu'on reçoit et les autres. A partir d'un certain nombre de millions de dollars, les millions de dollars, hélas ! ne sont plus suffisants — il en avait fait l'amère expérience. Et aujourd'hui, en dépit de toute l'indulgence qu'il avait pour son père, en dépit de tout l'amour qu'il lui portait, John-Kevin saisissait que Eliah Varese éprouvait également des sentiments ambivalents de fierté et de jalousie mêlées à l'encontre de ses deux fils. Eux aussi étaient plus cultivés, plus intelligents que lui. Eux aussi montraient cette aisance dans la vie qui distingue le grand seigneur du parvenu — quelle que soit, par ailleurs, l'origine sociale du grand seigneur : on peut être né dans la rue et avoir de la classe. Son Eminence le cardinal Flaherty en donnait la preuve. John-Kevin et Eliah Jr. avaient, quant à eux, beaucoup appris de lui. Par exemple, leur façon de s'habiller un peu n'importe comment Tantôt en jeans et baskets, tantôt en discret costume trois-pièces, suivant les circonstances. Tandis que leur père avait cette vulgarité d'être toujours vêtu avec recherche, en homme qui a encore quelque chose à prouver... Un autre exemple : Mgr Flaherty leur avait enseigné l'art et la manière de menacer sans en rien laisser paraître, de se faire obéir en baissant le ton de voix, au besoin — « Un truc des jésuites, disait-il. Mais qui a du bon. » Leur père, lui, croyait faire preuve d'autorité en entrant en fureur pour un oui ou un non...

Mais il n'était certainement pas assez buté pour n'avoir pas remarqué quelle admiration ses enfants portaient à son ami de toujours. Et peu à peu il en avait conçu une sorte d'envie maladive qui avait fini par tourner à la haine. Alors, il avait voulu les soustraire à l'influence de John, en se les associant plus étroitement Il avait voulu resserrer autour de lui le clan Varese, y reprendre son ascendant. Et pour cela, il n'avait imaginé qu'une seule manière de procéder : revenir aux méthodes anciennes de l'organisation, ces méthodes que John et son filleul désapprouvaient tant. Oui, il allait jouer son propre jeu désormais, le jeu des Varese. Il le jouerait *contre* Flaherty et l'Institut pour la charité chrétienne — non plus *avec*. C'en était fini du fifty/fifty, il prendrait tout. Il se servirait de Monsignore maintenant, il le manœuvrerait, il le « baiserait » pour dire les choses crûment ; et on verrait bien que, des deux, c'était lui le plus malin. John-Kevin pourrait toujours objecter qu'il n'était pas très fair-play ! Il n'y a pas de fair-play qui tienne dans ces sortes d'affaires. Il s'agit de gagner et voilà tout. Dans la combine de la Huelco, par exemple, c'est lui qui allait tout rafler... Pour éviter le scandale, le Vatican décidait de retirer ses billes ? Eh bien, il faisait un enfant dans le dos à Flaherty et en tirait encore un bon paquet de fric. Il traitait avec l'Eglise directement, Eliah Varese ! Il aurait même traité avec le Diable pour prouver qu'il était le plus fort. Le plus fort à la tête du Syndicat, le plus fort à Las Vegas... Oui, il montrerait au monde que les *Devils* n'étaient que des lopettes, et les *Black-Fangs,* des cracks !

C'était une puérilité, certes. Mais, fouillez dans l'enfance de tout homme et vous y trouverez le mobile de la plupart de ses actes présents : une gifle reçue dans la cour de récréation, un premier chagrin à cause de la petite fille d'en face, une humiliation quelconque dont la plaie qu'elle a laissée au cœur ne s'est jamais tout à fait refermée... Voilà comment Eliah Varese en était venu à trahir, en court-circuitant toute l'opération d'Ahmat-Ahbat... Voilà comment il en était venu jusqu'à vouloir la femme de son ancien ami, jusqu'à l'avoir, cette putain... Et, d'y repenser, John-Kevin en avait une moue de nausée. Ah ! il s'était bel et bien laissé piéger dans cette lamentable histoire. Parce qu'il sentait qu'il lui échappait, son père avait voulu le ramener dans le clan Varesse et revenir ainsi aux sources. Il avait voulu reprendre son ascendant sur lui en l'entraînant sur un terrain qu'il connaissait au fond beaucoup mieux que les subtilités du monde financier : le règlement de comptes armé, le crime sordide, la trahison. Tout ce qui avait fait de tout temps la déplorable réputation du Syndicat... Et, pour n'avoir pas su résister à son père, John-Kevin s'était fait peu à peu son complice. Il avait mis le doigt dans l'engrenage : le petit gangstérisme qui mène fatalement au grand, ce « grand-gangstérisme à la papa » comme il le qualifiait avec mépris ; et de là, sans doute, à la tôle un jour ou l'autre... Il avait participé à deux enlèvements et il avait tué à deux reprises déjà. Aujourd'hui, il avait été sur le point d'assassiner son parrain. De l'assassiner de sang-froid, sans presque y prêter attention, comme il eût fait d'un inconnu, tant il était bien conditionné. Quand on en est arrivé là, c'est que c'est foutu ! jugeait-il lui-même, pris d'une sorte d'effroi. Et, songeant à ce gâchis, il lui venait une envie de pleurer, de vomir...

Monsignore vivait-il encore ? se demandait-il aussi. Etait-il en train d'agoniser dans l'église de Sainte-Marie-du-Peuple vers où il l'avait vu courir ? Etait-il mort ? Et s'il devait vivre, quelle serait sa réaction quand il ressortirait de l'hôpital où on l'aurait soigné ? Riposterait-il aussitôt ? Voudrait-il se venger ? Ou serait-il assez intelligent, assez habile, comme il l'avait maintes fois prouvé, pour ne pas répondre à l'attaque, pour ne pas céder à la tentation de laver son honneur et continuer toutefois de se faire respecter ? Refuserait-il ainsi l'escalade de la violence ? Briserait-il le cercle infernal en faisant la paix avec Eliah Varese, en pardonnant à son filleul ? Saurait-il que c'était son filleul qui avait tué Mikaël Wyatt, son filleul qui avait esquissé ensuite le geste de tirer sur lui alors qu'il était déjà grièvement blessé et perdait son sang ?

Et lui, John-Kevin, parviendrait-il à se désengager progressivement des combines douteuses de son père ? A ne pas tomber sous l'emprise du Syndicat ?

Parviendrait-il seulement à ne pas se faire piquer par les flics ?

Les flics, à peine était-il remonté dans son Innocenti Cooper et avait-il filé en sens interdit vers les jardins du Pincio, il les avait vus au loin qui venaient dans sa direction par les avenues de la villa Borghese au milieu du ululement déchirant des sirènes. Que ce fût déjà pour ce qui venait de se passer place du Peuple ou parce qu'on les avait appelés de la Residenza Gregoriana, il fallait se tirer de là tout de suite ! Braquant d'un brusque coup de volant, John-Kevin avait alors foncé à travers les taillis des abords du Campo di Siena et laissé la voiture s'immobiliser d'elle-même dans un fourré touffu. On ne la retrouverait pas immédiatement...

Il expira profondément, pacifiant peu à peu les battements désordonnés de son cœur. Déjà il retrouvait le calme, le sang-froid de l'homme de main bien entraîné qu'il était. Non, il n'y avait aucune raison de s'affoler, se dit-il... Il commença donc par essuyer méticuleusement, avec un chiffon imbibé de produit nettoyant pour les glaces, le volant, le tableau de bord, les ceintures de sécurité, l'intérieur et l'extérieur des portières... Quand il était en opération, il portait toujours des gants ; mais il pouvait avoir laissé des empreintes, la veille, dans un moment d'inattention... Puis il eut une hésitation : le magnum à canon scié, que devait-il en faire ? L'abandonner là, assurément, dans quelque fossé. Il pensa que c'était dommage pourtant : un si bel objet ! Et qu'il ne pourrait peut-être jamais récupérer... Mais le garder avec soi était vraiment trop risqué. Il avait tué avec. Pour la première fois de sa vie, il avait tiré à balles sur un être vivant et non une cible en carton. Ç'avait été aussi simple d'ailleurs ! Exactement comme à l'instruction : armer, épauler, ajuster, viser... Il avait accompli tout cela sans aucune espèce d'émotion — « en pro » comme on dit dans le milieu... Et John-Kevin s'aperçut soudain qu'il éprouvait tout de même une vraie fierté. Un vrai déchirement aussi, de devoir se séparer de son arme et la jeter à quelque distance de l'Innocenti parmi des ronces et des branchages piétinés... Ensuite, revenu à la voiture, il prit le cric qui se trouvait sous le siège du conducteur et cassa le déflecteur avant. Enfin, il retira la clef de contact, la lança au loin. On penserait à une voiture volée et abandonnée là ; au moins pendant ces huit ou dix minutes qui lui étaient nécessaires pour regagner au pas de course l'Excelsior, via Veneto...

Mais, de nouveau, les stridences conjuguées d'une douzaine de jeeps de la *Celere...* Dans quelques minutes, il ne serait plus question de sortir du bois, sans doute. Tout le quartier serait bouclé...

— Merde ! fit-il à mi-voix. Merde ! Merde ! Merde !

Il commençait à ressentir une vague inquiétude. Quand il avisa un coupé rouge qui roulait au pas devant le Campo di Siena. A six heures du matin, il se trouve encore des putains pour racoler en voiture villa Borghese. Encore ou déjà ?

Il courut vers l'avenue, ralentit le pas dès qu'il fut sur le trottoir, à hauteur de la Lancia, et marcha alors à petites foulées, dans la même direction, avec l'allure nonchalante d'un promeneur matinal. Il s'arrêta, comme pour souffler ; la Lancia s'arrêta aussi.

— Tu viens, chéri, ou tu fais ton footing ?

La putain qui le hélait à travers la vitre baissée était une énorme blonde moulée dans une robe très décolletée de lurex rose vif. Elle avait l'air fatigué de celle qui n'en est pas à son premier client de la nuit et, par endroits, son maquillage avait coulé, lui barbouillant le visage de paillettes bleues et de mascara. John-Kevin s'approcha et fit en souriant :

— Je veux bien, mais je baise pas dans les bois. Il me faut un grand lit et la salle de bains. Tiens, je t'emmène à l'Excelsior, ça te dit ?

Est-ce qu'il se foutait d'elle ou est-ce qu'il était sérieux ? La fille trouvait ça un peu suspect : un client assez huppé pour coucher à l'Excelsior et qui se balade dans les bois à six heures du matin.. Et puis, il avait des gants : est-ce que c'était pas un tordu par hasard, un type avec des goûts bizarres, un sadique qui allait l'étrangler ? Pourtant, il avait l'air sain. Et un bon sourire. Il était même plutôt beau gosse, ce jeune Américain...

Il lui tendit cinq billets de dix mille lires. Et comme trois autres jeeps de la police s'avançaient maintenant dans l'avenue, à vitesse réduite, tous phares allumés et sans faire retentir leurs sirènes, il ouvrit en toute hâte la portière du coupé, s'assit à côté d'elle et l'enlaça.

— Ecoute-moi : tu me sors du bois, tu prends la via Veneto, tu me jettes devant l'Excelsior et il y en a cinq autres à gagner. Pigé ?

Elle se dégagea de l'étreinte, le regarda dans les yeux. Puis, très vite, bourra les billets froissés dans son sac à main.

— Et si je me fais piquer ?

— Tu te feras pas piquer.

— Ils seraient pas après toi, ces flicards, par hasard ?

— T'occupe !

Il devina qu'elle était intriguée par ses gants de cuir noir ; il les ôta et les glissa dans la ceinture de son blue-jean. Mais elle hésitait encore...

— Et puis merde ! s'écria-t-il. Et, mêlant l'argot de la *mala-vita* sicilienne à son italien très scolaire : — Cent sacs à six plombes de l'aurore, sans même avoir à ôter ta petite culotte, catin !

Elle eut une réaction imprévue : elle éclata de rire et démarra en trombe, sans plus rien dire...

Trois minutes plus tard, elle le déposait devant l'Excelsior pour cinquante mille lires de plus et un laconique :

— Merci.

John-Kevin poussa la porte à tambour du palace. Le hall était désert à cette heure matinale et, à la réception, il n'y avait encore derrière le comptoir que le portier de nuit, lequel somnolait à demi. Il demanda sa clef, l'homme la lui tendit en étouffant un bâillement.

— Dis donc, Francesco, lui fit-il avec un clin d'œil appuyé, je suis rentré vers minuit et demi. Et j'ai demandé qu'on me monte une bouteille d'eau minérale. D'ailleurs, tu l'avais noté, n'est-ce pas ?

C'était tout à fait le jeune homme de bonne famille qui craint que son père apprenne ses frasques et achète le silence du valet de chambre. Sauf qu'il ne lui glissa pas la plus petite pièce de monnaie dans la main. Il n'en était pas besoin...

— Mais bien sûr, monsieur Varese ! répondit cependant le

portier d'un air entendu. Je m'en souviens très bien : je venais justement de prendre mon service...

Il n'était pas dupe : il devinait que le jeune Varese avait bien autre chose à cacher que des fredaines. Et que, de toute façon, l'alibi n'était pas pour son père mais d'éventuels curieux — la flicaille peut-être... John-Kevin, d'ailleurs, n'était pas dupe non plus. Il savait que Francesco savait : c'était entre eux une sorte de jeu convenu et tacite. Seulement, il se trouvait que Francesco ne pouvait rien refuser à John-Kevin. Parce qu'il ne pouvait rien refuser à Eliah Varese — à cause d'un certain très grand service que l'Américain lui avait rendu en Sicile, il y a quelques années. Et que le fils aîné d'Eliah Varese, c'était sacré...

— Mon père n'est pas rentré ? demanda, plus affirmatif qu'interrogatif, celui-ci tandis qu'il se dirigeait vers les ascenseurs.

Francesco fit signe que non.

Son père vivait-il encore, avait-il été blessé, était-il arrêté ? Reviendrait-il ici ? Et s'il ne revenait pas, où irait-il : à Palerme ? à New York ? D'où il serait, chercherait-il à le contacter tout de suite ? Y aurait-il entre eux une explication orageuse ou une conversation affectueuse, de père à fils ? Quelle serait sa réaction ? John-Kevin ne voulait plus se poser toutes ces questions. Il voulait dormir, dormir, dormir maintenant. Ne fût-ce que deux ou trois petites heures, oublier. Faire le vide en lui avant d'affronter la situation nouvelle... Oui, il aviserait demain — c'est-à-dire · tout à l'heure, un peu plus tard dans la matinée... Entre-temps, il ne pouvait rien lui arriver...

Une chose était sûre : il vivrait sa vie désormais. Coûte que coûte, il jouerait son jeu à lui. Sans se soucier de ce que décideraient son père, les Varese, le Syndicat... Oui, il allait s'en sortir, se soustraire au piège, se dégager de l'engrenage : s'il le fallait, il vivrait à l'étranger, il changerait d'identité ; Kauff, Kauffman & Kew l'aideraient au besoin, il leur en parlerait — pourquoi pas ? Et quant à ses... quant à ses crimes : on ne découvrirait jamais qui...

Puis, alors qu'il se jetait tout habillé sur le grand lit drapé de satin vert empire, il eut à nouveau une pensée pour son parrain et se surprit à murmurer :

— Seigneur ! faites qu'il s'en tire lui aussi. Je t'en prie, Seigneur...

Il s'aperçut que, pour la première fois depuis ses quatorze, quinze ans, quand, après sa communion, il avait cessé de réciter sa prière du soir, oui, que pour la première fois depuis bien longtemps il invoquait personnellement le nom du Seigneur et lui demandait une grâce... Mais, comme tous ceux qui ont été élevés à la dure et ont acquis par eux-mêmes la parfaite maîtrise de leur corps dans la pratique intense du sport, en dépit de l'état d'agitation nerveuse où il se trouvait, il sombra presque aussitôt dans un profond sommeil. Un sommeil d'enfant...

Il s'éveilla en sursaut — il était midi. Une pensée l'assaillit alors qu'il n'avait pas tout à fait repris conscience du lieu où il se trouvait, ni de l'heure, ni de la rumeur étale qui montait de la via Veneto :

— Honey-Pie !

Il fallait la relâcher tout de suite. Il y avait eu assez de gâchis comme ça...

Mais, curieusement, au fur et à mesure qu'il s'éveillait, les événements de la matinée lui apparaissaient plus lointains, plus irréels — telles les images résiduelles d'un mauvais rêve qui va finir par s'effacer de la mémoire. Comme si ce n'était pas vraiment à lui que tout cela était arrivé, pas vraiment lui qui...

Il avait tourné machinalement le bouton de la radio encastrée dans la table de chevet de style empire : c'étaient les nouvelles. Et on ne parlait que de ça : l'attentat contre le cardinal John K. Flaherty.

Du moins John-Kevin savait-il deux choses essentielles maintenant :

— Son père était en vie et n'avait pas été arrêté jusqu'à présent, ni même, semblait-il, soupçonné. On ignorait également tout de celui que les journalistes appelaient « le tueur de la place du Peuple ».

Monsignore n'était pas mort. Son état était jugé critique mais nullement désespéré.

Dès cet instant, il eut le pressentiment que son parrain serait sauvé.

5

UNE GRANDE DAME

La princesse Albano, née comtesse dell'Orto, Farnese par sa mère, Galeazzo-Consalvi par sa grand-mère, Hesse-&-Darmstadt par son arrière-grand-mère, Bourbon-des-Deux-Siciles par son arrière-arrière-grand-mère ; la princesse Laura Albano, de par son mariage la dernière et unique héritière en droite ligne du titre princier, Laura-bella pour quelques rares intimes, Laurella pour la vingtaine d'hommes qui l'avaient passionnément aimée et qu'elle avait seulement feint d'aimer en retour pour s'amuser parfois quelques semaines ou quelques mois..., la princesse Laura Albano était en proie à la mélancolie.

C'était cette tristesse sourde, insidieuse, indéfinie qui la saisissait chaque année au printemps, à quelques jours de la grande réception annuelle qu'elle donnait, selon la tradition, en la Villa Albano de Frascati, le mardi qui suit le 7 mai, fête de la Saint-Sixte-Albano, commémorant la mort « en extase avec lévitation attestée par trois témoins et saignement au front formant couronne d'épines » du grand prédicateur mystique [1661-1717] canonisé par Pie IX en 1859 et l'une des plus nombreuses gloires de l'illustre maison princière.

Comme chaque année, elle se conformerait scrupuleusement à l'immémorial rituel : elle recevrait deux cent cinquante invités choisis dans la meilleure noblesse romaine d'origine ou d'adoption ancienne : les Chigi, les Colonna, les Caetani, les Aldobrandini, les Orsini, les Torlonia, les Borghese, les Pignatelli, les Doria-Pamfili, les Pierleoni, les Savelli, les Frangipani, les Boccanera... Et comme chaque année, elle ajouterait sa note personnelle en invitant aussi « une centaine de gens célèbres à d'autres titres que d'en avoir un », disait-elle, non sans impertinence pour les premiers... Et puis, comme chaque année, elle dépenserait une cinquantaine de millions de lires en une douzaine d'heures et ce serait parfait : il y aurait, pour les amateurs de musique, concert l'après-midi au théâtre de verdure — Scarlatti, Palestrina, Vivaldi —, il y aurait pour les autres des jeux : croquet, tir aux pigeons, loterie et pantomime ; il y aurait un souper assis, par tables de douze couverts, et cinq buffets composés chacun sur un thème floral ; il y aurait trois parquets de danse dispersés dans les jardins et trois très bons orchestres qui feraient danser toute la nuit — valses de Vienne, slows et rocks, reggae jamaïcain ; il y aurait grandes eaux, feux de Bengale et fête vénitienne autour du nymphée, avec vingt-huit laquais en livrée à la française et portant torchères ; il y aurait à l'aube un petit déjeuner servi au fond du parc, dans les charmantes ruines de la laiterie XVIIIe ; il y aurait enfin tout l'équipage en grand habit aux couleurs des Albano — azur et jaune d'or —, pour venir sonner à six cors la diane...

Et tout cela pour la plus grande gloire d'une famille qui n'était pas vraiment la sienne, qui ne l'avait jamais été vraiment et ne le serait jamais ! Tout cela pour le renom d'une famille où elle n'avait pas été absolument acceptée encore vingt-cinq ans après son mariage, d'une famille dont elle avait voulu rejeter le dévolu sur elle dès le début de ses fiançailles, avant même d'en être ; d'une famille dont le seul nom lui avait jadis fait horreur au point qu'elle ne pouvait le voir gravé sur le cadre d'un tableau ou au fronton d'un monument sans détourner instinctivement le regard ! Est-ce que la vie n'était pas d'une cruelle ironie envers elle ? Est-ce qu'il n'y avait pas de quoi se sentir parfois amère, cynique et désenchantée ? Et ce pensum : devoir déjeuner aujourd'hui avec le préfet, le maire, un responsable du ministère de l'Intérieur et l'ancien Porte-Etendard de la Garde-Noble du Vatican pour régler les mille questions que posait la sécurité des invités en ces temps de contestation gauchiste et de terrorisme — les restrictions apportées à la circulation dans les rues de Frascati et alentour, la position des tireurs d'élite sur les toits de la villa, le contrôle des invitations aux grilles du parc, l'organisation d'une patrouille volante autour des sept kilomètres de murailles, etc. ! Certes, la princesse se déchargeait d'à peu près tous ces soucis sur Ricci, sur son majordome, sur sa secrétaire ; mais elle ne pouvait pas faire moins que recevoir à déjeuner pour les remercier de leur collaboration ces sinistres fonctionnaires dont la morne conversation et les politesses exagérées la feraient périr d'ennui, elle le savait. Elle en bâillait déjà !

— Comme tout ça m'assomme ! fit-elle à voix haute en s'accoudant à la loggia de sa chambre à coucher.

Des terrasses en contrebas s'élevait un martèlement cadencé d'outils divers, des éclats de voix : les ouvriers s'affairaient déjà à monter une des cinq vastes tentes de toile azur et jaune d'or qui serviraient de refuge en cas de mauvais temps. Agacée, elle referma la vitre en soupirant...

Mais cette fête était une obligation. Plus qu'une obligation : un devoir. Et Laura Albano n'aurait pas été Laura Albano si elle n'avait eu, et de par sa naissance et de par son propre caractère, une très haute idée, une idée aristocratique de ce qui se fait et de ce qui ne se fait pas. Elle était de ceux, aujourd'hui bien peu nombreux dans la noblesse, qui estiment qu'un grand nom ne confère pas que des droits et des privilèges mais qu'il appelle aussi un certain sens du respect des convenances et des traditions. Laura Albano était une grande dame... Et puis, cette réception grandiose qui surpassait en luxe et en invention tout ce que peuvent imaginer les milliardaires italiens, dont la réputation de prodigalité et d'ostentation est pourtant proverbiale, cette fête annuelle constituait en quelque sorte une revanche sur le destin : une fois l'an, elle se vengeait de l'humiliation inoubliable endurée le jour même où elle était devenue princesse Albano. Laura n'était pas une dell'Orto pour rien : elle avait la fierté, l'arrogance, l'esprit hautain et caustique de cette vieille et noble famille ruinée. Elle tenait par ailleurs de son père cette forme singulière d'humour désespéré qui tempère un orgueil excessif... Elle avait été outragée le jour de son mariage, le jour de ses dix-huit ans ? Eh bien ! depuis près d'un quart de siècle maintenant, le ressentiment étant un plat que les Romains mangent ordinairement beaucoup plus froid encore que les autres Méridionaux, cette impérieuse beauté romaine faisait payer le terrible affront que lui avait fait subir le dernier prince Albano. Elle le faisait payer à sa façon élégante de grande dame : en continuant de donner chaque année la traditionnelle fête... Et tous les autres Albano — Albano des lignes collatérales, Albano sans principat, Albano sans leurs entrées à la cour de Belgique et à la cour de Suède, Albano sans les charges perpétuelles de « gardien de conclave » et de « camériers honoraires de Sa Sainteté », Albano sans les privilèges du faldistoire et du coussin à glands d'or dans les églises suburbicaires de Rome —, tous « ces Albano de second rayon », comme elle les surnommait ironiquement, crevaient de dépit et d'envie depuis près de vingt-cinq ans à la seule idée que cette veuve sans enfants, légataire universelle des biens et des titres de leur lointain cousin le défunt prince Ercole Albano, serait, jusqu'à sa mort, la plus éminente représentante du nom ; oui, qu'elle serait, malgré tout, plus Albano qu'eux-mêmes, cette femme qui menait une vie si libre, si scandaleuse, cette belle femme altière, insolente, admirée, redoutée...

Mais combien avaient jamais deviné son secret, son cruel secret ?

Les Albano sont — ou plutôt, étaient, puisque leur maison va s'éteindre avec la princesse Laura — une des plus antiques et illustres familles romaines. Aux dires de certains historiens, héraldistes et archivistes des siècles passés, ce serait même la plus antique de toutes : n'ont-ils pas réussi à remonter le cours de la filiation dans la maison princière jusqu'aux Curiaces qui, on le sait, furent, contre les Horaces, champions de Rome, les défenseurs malheureux d'Albe, l'ancienne Albano ? Faut-il préciser, cependant, que ces généalogistes particulièrement flagorneurs étaient stipendiés par les Albano eux-mêmes, lesquels revendiquèrent de tout temps la préséance sur toutes les autres familles nobles du Latium ?

Albano e poï niente !

« Albano, et puis rien ! » — telle est leur devise. Mais, s'il paraît assurément hasardé d'en faire les lointains descendants des Curiaces, il n'en est pas moins vrai que, dès le XIe siècle, la puissance, la fortune, l'autorité ne leur étaient plus contestées par leurs pairs. Les siècles passèrent et leur gloire ne se démentit jamais. Ils donnèrent trois papes à la chrétienté, pas moins de vingt-deux cardinaux à l'Eglise, deux bienheureux, un saint ; ils donnèrent sept reines et neuf souverains aux dynasties autrichienne, espagnole, belge, savoyarde, suédoise et roumaine. Il serait trop long d'énumérer les ambassadeurs, les ministres, les militaires, les financiers, les érudits, les explorateurs, les savants, les missionnaires, les écrivains qu'ils donnèrent au monde...

Mais, au début du siècle, la famille s'étiole brusquement et, en 1917, naît du prince Umberto, lui-même fils unique, et de Marie-Sophie, une Tour & Taxis, l'unique et ultime héritier mâle : Ercole. Toutes les fées semblent s'être penchées sur le berceau de l'enfant : c'est un Albano et il porte bien son nom de baptême herculéen ; il est grand, sain, vigoureux et beau, il est immensément riche puisque toute la fortune immobilière et mobilière qui s'était, aux générations précédentes, quelque peu dispersée entre frères sans enfants et sœurs demeurées vieilles filles, se retrouvera réunie dans ses mains à la mort de son père, en 1937. Et nul ne doute qu'avec lui la lignée princière va reprendre, s'étendre à nouveau et prospérer...

A la même époque, dans cette entre-deux-guerres très trouble où, toute honte bue, la plupart des grandes familles italiennes collaborent avec le fascisme, ce fascisme qui prétendait pourtant, du moins au commencement, mépriser l'aristocratie du sang ; à la même époque, alors même que certains n'hésitent pas à troquer leur honneur millénaire contre un titre dérisoire et précaire de haut dignitaire du nouveau régime, les dell'Orto commencent à se ruiner avec une belle insouciance dans la vie facile d'un exil doré, en France et en Suisse d'abord, puis aux Etats-Unis et enfin au Mexique, quand les Etats-Unis à leur tour entrent en guerre contre l'Axe.

— Nous, les dell'Orto, nous ne devons rien avoir à faire avec ce clown ! ce gangster grotesque ! ce César de carnaval !

Laura n'oublierait certainement jamais les tonitruantes invectives que, tout enfant déjà, elle entendait son père, le comte Aldo dell'Orto, proférer contre ce « Mussolini de malheur », ce « dictateur d'opérette » dont, pendant vingt ans, il assura imperturbablement qu'il ne tiendrait plus très longtemps... Puis, quand il avait épuisé sa réserve d'insultes au Duce, c'était au tour du roi Victor-Emmanuel III, ce « moins-que-rien », ce « paillasson »...

— D'ailleurs, les Savoie ont toujours été des minus ! s'écriait-il. Et je n'ai jamais compris que notre oncle Ottone II leur ait cédé si facilement la Brianza et le Val Veny !

Un étranger à la famille aurait pu croire que cet oncle Ottone II était un habitué de la maison, peut-être ce vieux monsieur charmant qui se balançait dans un rocking-chair sur la terrasse du château où la famille s'était réfugiée dans le Genevois : non ! le comte faisait alors allusion à un traité passé en 1109 entre les Savoie et les dell'Orto comme s'il se fût agi d'un événement qui avait fait la une des quotidiens du matin. Et il pouvait parler de Laurent le Magnifique, d'Isabelle d'Este, de Sixte Quint ou de Charles d'Anjou tout comme s'il eût déjeuné avec eux la veille... Mais tel était le comte : grand seigneur fier de ses prérogatives, jouisseur, joueur, buveur, coureur — un extravagant aventurier égaré pour son malheur dans un siècle mesquin, étriqué ; un chevalier perdu dans une époque historique sans grandeur...

Comme ses enfants l'avaient aimé, ce géant qui faisait trembler de terreur tout son entourage quand il entrait dans une de ses formidables colères, mais avec eux se montrait doux, drôle, affectueux ; comme ils l'avaient adoré, cet homme qui trouvait toujours pour eux une idée nouvelle de fête ou de jeu ! Que Laura évoquât, dans un accès de nostalgie, son enfance et, aussitôt, ce n'étaient que rires et plaisirs, que fantaisie... Elle fermait les yeux et elle revoyait cette folle course en traîneau dans les bois enneigés autour de Davos ; elle revivait ces jours de bonheur fou qu'ils avaient vécus en vrais sauvages sur une petite île des Antilles que son père avait gagnée dans une partie de dés contre un lord anglais ; elle feuilletait l'album de photos un soir de vague à l'âme et, de nouveau, c'était le Noël 39 à New York, quand, sur le coup de minuit, il avait fait rouvrir un magasin de jouets et dit : « Mes chéris, choisissez ce que vous voulez ! » ; de nouveau, c'était le jour anniversaire de ses quatorze ans, alors qu'elle avait déjà tout d'une femme, disait-on, et qu'en robe d'organdi blanc, dans les jardins de la villa de Cuernavaca, elle dansait, enlacée à lui... A lui, qui était bien le plus bel homme de la soirée, celui qui valsait le mieux, celui qui trouvait les mots les plus délicieux pour séduire sa fille...

Mais des larmes lui venaient maintenant : elle se remémorait certaines scènes pénibles que les domestiques essayaient de cacher aux enfants mais que les enfants surprenaient tout de même à la dérobée, ou qu'ils devinaient. On avait ramené leur père ivre mort du casino de Monte-Carlo où il avait perdu plusieurs dizaines de millions au baccara en quelques heures... Il avait disparu depuis trois jours de la maison et le détective privé dont leur mère avait loué les services pour le retrouver venait lui annoncer d'un air gêné que son mari logeait avec trois femmes dans un bordel chic de San Angel... Une fois encore, il avait fracassé une Rolls absolument neuve contre des rochers dans un pari stupide de course automobile les yeux bandés... Il avait été grièvement blessé par un taureau en se jetant dans l'arène au milieu d'une corrida, à Mexico, et il avait fallu l'amputer d'une jambe...

En 1948, quand il parut certain que les communistes n'y prendraient pas le pouvoir, c'est un infirme, un homme brisé et complètement ruiné qui revint avec sa famille s'installer dans une Italie elle aussi infirme, elle aussi brisée et complètement ruinée par vingt ans de fascisme et une très longue guerre... Il fallait vivre dans la misère maintenant ; il fallait se priver de tout et habiter à cinq, avec une seule vieille domestique, dans un quatre pièces petit-bourgeois dont les fenêtres donnaient sur la lugubre et très bruyante via Salaria — la fête était finie... A l'âge de six ans, la petite Laura avait eu un adorable mot d'enfant : un jour où sa gouvernante lui lisait un livre de catéchisme pour les tout-petits, elle l'avait interrompue dans sa lecture pour lui demander :

— Et Dieu, mademoiselle, est-ce qu'il a autant d'argent que papa ?

Mais qu'il était loin ce temps où la fillette ne pouvait pas même concevoir qu'il y eût sur terre... et au ciel des gens plus fortunés que les dell'Orto, plus heureux ! Et comme il était humiliant d'être, à seize ans, la plus éclatante beauté parmi toutes les débutantes de la saison, d'être la plus noble et, de surcroît, d'une famille qui ne s'était à aucun moment compromise avec le fascisme, ah ! comme il était humiliant d'être la divine Laura dell'Orto, Laura-bella,

Laurella, et de n'avoir pas même une robe un peu présentable à se mettre sur le dos pour se rendre au bal des Albano.

Oui ! le bal annuel de la Villa Albano à Frascati. Car les vaincus de la veille, eux, avaient su relever la tête très vite. Et ils recommençaient à donner des fêtes où s'étalait un luxe insolent. Ils avaient servi le fascisme et s'en étaient plus encore servis pour s'enrichir sans aucun scrupule ; avec la même loyauté ils serviraient maintenant la démocratie chrétienne : n'y avait-il pas des milliards à glaner dans la reconstruction du pays ?

Ainsi, Ercole, le fils unique de feu le prince Umberto Albano, lequel avait été l'un des conseillers intimes de Mussolini et, en raison des liens privilégiés qui unissaient sa maison à la maison pontificale depuis la Renaissance, un des maîtres d'œuvre des accords du Latran par lesquels en 1929 fut créé l'Etat du Vatican ; cet Ercole qui, quant à lui, avait poussé l'imprudence jusqu'à suivre Mussolini à Salò et l'impudence de se retrouver quelques semaines plus tard, on ne sait par quel tour de passe-passe, décoré pour faits de Résistance ! Prince, milliardaire, premier propriétaire terrien de toute l'Italie après l'Eglise, figure de proue du monde politique nouveau, lequel voyait volontiers en lui un futur chef de gouvernement ; de plus, beau garçon et sportif émérite, le jeune Ercole Albano se trouvait être en 1950, à l'âge de trente-trois ans, l'homme le plus en vue de tout Rome. Et pour les grandes familles qui ont palais sur le Corso et villa dans les Castelli Romani, s'il s'y trouvait cette année-là une fille à marier, il était le parti inespéré — il était « le » gendre... On lui attribuait tous les talents, toutes les qualités possibles. Certes, on s'étonnait bien un peu de ce qu'il fût encore célibataire et sans qu'on lui eût jamais connu la moindre liaison, mais on le tenait pour très pieux et on mettait sur le compte de ses sentiments religieux son sérieux. Puis, si une mauvaise langue faisait remarquer qu'il ne dansait jamais, pas même pour ouvrir les bals qu'il donnait lui-même, on parlait de timidité, timidité qui, personne n'en doutait, passerait avec le temps. A vrai dire on l'eût jugé mortellement ennuyeux en société si jamais la noblesse romaine avait songé à déceler une quelconque imperfection chez un homme portant un tel nom et jouissant d'un revenu annuel auprès duquel celui des Borromée ou celui des Beïstegui semblait plutôt relever de l'aide aux nécessiteux.

— Ercole, drôle ? Il est drôle comme Crésus ! s'était récriée méchamment la jeune Laura devant qui, dans une réception, plusieurs mères vantaient l'esprit du prince.

Mais elle était assurément la seule à ne pas partager l'enthousiasme général à son sujet. Et, avec une liberté, une désinvolture qui, dès ce moment, commença de scandaliser la bonne société, elle se permettait de dire tout haut ce qu'elle pensait et de lancer de bons mots qu'Ercole Albano eût été, en effet, bien incapable d'imaginer et de placer opportunément dans la conversation. C'était un sentiment, une impression qu'elle ne pouvait s'expliquer : elle lui trouvait quelque chose de repoussant, un air faux, un regard peu franc et, avec ça, un fond de vulgarité brutale qui transparaissait jusque dans ses manières gourmées.

— On voit encore la chemise noire qui dépasse sous le plastron blanc, notait-elle non sans justesse. S'il croit que le comble de la distinction, c'est de se tenir droit comme un piquet à la porte de son salon et de ne parler aux gens que du bout des lèvres ! Pour qui se prend-il, ce constipé ? Dieu merci ! Je n'ai aucune chance, moi, dans la course à la timbale : papa est si fauché, il ne doit pas même y penser ! Mais la malheureuse qui devra être la femme de ce pisse-froid ! Tiens, je préférerai encore entrer au carmel. Au moins, on y fait son salut !

Laura ignorait que, tout ruiné qu'il fût, son père était toujours un dell'Orto, que sa mère était née Farnese et que tous deux envisageaient à ce moment-là un tel mariage. Mariage qu'ils pouvaient raisonnablement espérer voir aboutir. De son côté, le prince Albano avait fait savoir par personnes interposées qu'il était, en dépit de certaines rumeurs, dans ses intentions de se marier — ne fût-ce que pour faire taire ces rumeurs déplaisantes. Mais il était si imbu de son nom et de son rang, lui qui pourtant avait été moins regardant sur l'honneur quand il avait suivi le Duce à Salò, il lui aurait paru se mésallier à moins d'épouser... eh bien, par exemple, la petite dell'Orto !

Le comte Aldo dell'Orto était maintenant un homme brisé par la vie, aigri par la misère et l'infirmité, prématurément vieilli — un géant déchu dont le caractère autoritaire et emporté n'était plus tempéré par les extraordinaires qualités de cœur qu'il avait montrées à ses enfants, plus jeune. Il était mourant... Quelle que fût son aversion instinctive d'ancien jouisseur pour ce prince Ercole et tout ce qu'il représentait de conformisme, il n'en avait pas moins conçu que la seule façon pour les dell'Orto de retrouver dans le monde la situation qui leur était due, c'était de s'allier aux Albano. Au reste, ce ne serait pas la première fois dans l'histoire que l'argent et la puissance d'une famille régénérerait l'autre : bien des Albano avaient épousé des dell'Orto depuis près d'un millénaire ! Et tantôt c'étaient ceux-ci, tantôt c'étaient ceux-là qui redoraient ainsi leur blason... Laura, devenue princesse Albano, aiderait ses frères : ce serait une renaissance pour la famille, un renouveau ! Oui, plus il ressassait son projet de mariage arrangé et plus le comte le trouvait, somme toute, honorable ; plus il arrivait même à s'aveugler sur le dégoût, sur le mépris que sa fille marquait ouvertement à l'endroit du richissime Ercole. Il voulait assister à la cérémonie nuptiale avant de mourir, il voulait être certain de ne pas laisser femme et enfants dans le besoin après sa mort. Il faudrait lui obéir. Et vite ! Il se sentait faiblir de jour en jour ; ce serait bientôt la fin...

Mais il eut un sursaut de dignité et ce fut la mort dans l'âme qu'il fit venir un soir dans sa chambre, où désormais il se tenait alité toute une partie de la journée, sa fille chérie, sa Laura-bella, sa petite Laurella. Pour lui parler d'une certaine chose la concernant, et qui ne pouvait plus attendre...

— Ah ! tu veux me vendre. C'est ignoble ! Papa, tu veux me vendre comme une putain ! Tu n'es qu'un...

— Tais-toi, Laura ! Tais-toi !

Cris, larmes, hurlements de fureur, bris de verre — rien n'y fit. Il demeura inflexible.

— Tu épouseras le prince Ercole, et voilà tout. La chose a été décidée entre nous. Ce n'est plus qu'une question de date.

— Comment, toi ? Comment peux-tu, comment oses-tu me demander ça ? Epouser cet individu ! Un camarade du Duce ! N'es-tu plus un dell'Orto, papa ? As-tu déjà abdiqué ?

Ah ! elle était bien sa fille : orgueilleuse, arrogante, intransigeante, excessive, assez courageuse pour ne pas même grimacer quand, du fond de son lit, il lui avait lancé une gifle à toute volée ; mais intelligente aussi, et généreuse, et belle jusque dans la colère — irrésistiblement séduisante. Et lui, il était bien son père : Jupiter tonnant, il avait tempêté, il avait menacé mais sans se départir jamais d'une certaine hauteur aristocratique. Puis, tout à coup, il avait éclaté en sanglots, comme un enfant... Alors, entre ces deux êtres supérieurs et supérieurement sensibles, entre ces deux âmes déchirées, l'animosité avait laissé la place à la vieille complicité. Ils avaient retrouvé leur terrain d'entente : l'humour hautain, la dérision élégante — l'esprit dell'Orto en un mot. Cette sorte de dédain amusé qu'ils montraient pour tout ce qui leur paraissait platement petit-bourgeois. Petit-bourgeois comme, par exemple, de se disputer entre père et fille sur un sujet aussi inintéressant, au fond, que celui du mariage.

— Epargnons-nous le vaudeville, dit-elle. Toi et moi valons beaucoup mieux que ça.

Il acquiesça :

— C'est bien mon avis. Cette chamaillerie est indigne de deux grandes personnes comme nous !

Mais, parce que ni l'un ni l'autre ne voulait s'avouer vaincu, il y eut encore un échange de mots cinglants. Qui, insensiblement, se changea en une conversation affectueuse, une vraie causerie d'amoureux, comme jadis ils en avaient tant eu ensemble... Il arrivait alors qu'on les prît parfois non pour le père et la fille mais pour des amants : on les voyait, oublieux de tout, perdus dans un tendre tête-à-tête au milieu d'une fête bruyante ; ou bien qui se tenaient la main dans un restaurant où il l'avait invitée à déjeuner pour célébrer son prix d'excellence en italien...

Elle se rappelait brusquement ce déjeuner, cette fête. Elle se rappelait aussi la course en traîneau, l'île des Antilles où ils avaient joué les Robinson Crusoé, la nuit de Noël dans le magasin de jouets new-yorkais, le bal à Cuernavaca, pour ses quatorze ans — c'était il y a quatre ans, à peine ! A travers ses larmes, elle parvint à sourire à son père — et tout fut dit. Elle venait d'accepter...

Il l'attira à lui, la fit s'asseoir à son côté en lui arrangeant un oreiller et, la prenant par la taille, lui dit doucement, sur le ton d'un père qui donne une leçon de sagesse à son enfant :

— Crois-moi, ma chérie : rien n'est pire que la misère quand on est né dell'Orto. J'en sais quelque chose, moi qui ai stupidement dilapidé toute notre fortune... Laura, je ne te demande pas d'aimer Ercole. Comment le pourrais-tu d'ailleurs ? Telle que je te connais ! Laura, je ne te demande même pas de faire semblant ! Mais je te dis : sois riche, Laura ! Sois brillante, sois enviée... Quand on est comme toi un être d'exception, on ne doit pas accepter une situation médiocre dans la société... Et puis, en somme, que t'importe de ne pas l'aimer ? Le bonheur, une chaumière et deux cœurs, c'est pour les humbles, ça ! Laisse-leur les illusions, aux humbles, ils n'ont que ça ! Toi, tu es une dell'Orto ! Oh ! je sais : tu n'as pas encore dix-huit ans, tu es à l'âge où l'on rêve du prince charmant. Mais je sais aussi que tu es beaucoup trop intelligente pour croire à ces balivernes romantiques : le grand amour ! Le grand amour qui durera toujours !

« Oui, montre-toi dell'Orto, ma fille ! Montre-toi Renaissance, montre-toi Siècle-des-Lumières ! Sois cynique ! Que diable, ça ne te sera pas si difficile de jouer la comédie ! Oh ! et puis, si ça te chante, fais-le cocu, cet Ercole Albano. Après tout, tu ne feras jamais pire que ta grand-tante Simonetta : elle n'avait pas froid aux yeux et il en a vu de belles, le prince Ascanio Albano, si l'on en croit les Mémoires de cette langue de vipère qu'était notre cousine la marquise Visentini ! Laura, je te le dis : vis ta vie ! Mais vis-la en grande dame... Une princesse Albano peut bien faire les quatre cents coups, elle sera toujours princesse. " L'argent fait tout ", comme dit en français la Marcellina des *Noces de Figaro*. L'argent lave toutes les réputations, l'argent blanchit tous les écarts de conduite, l'argent met à l'abri de toutes les médisances et les calomnies... Tandis qu'une pauvre comtessine dell'Orto ne pourrait pas même se permettre le moindre faux pas, avoir le plus discret petit béguin : elle passerait pour une putain ! On dirait : " Eh bien, c'est qu'elle doit vraiment être aux abois pour coucher avec Untel ou Untel... " Tu n'es pas beaucoup sortie dans le monde jusqu'ici, ma chérie, mais tu connais la mesquinerie des gens aussi bien que moi...

— En particulier des gens de notre monde !

— Exactement. D'ailleurs, pour en revenir à Ercole : je ne crois pas que ce soit en amour un grand... — j'allais dire un gros mot ! Non, je ne crois pas que ce soit un foudre de guerre. Il n'aura sans doute pas les moyens de se montrer trop jaloux et il te fichera la paix ! Vois-tu, Laura, je te parle très librement, comme un homme parle à un vieux copain de régiment. Mais c'est que, à dix-huit ans, tu es beaucoup plus mûre que les filles ne le sont habituellement à cet âge, surtout dans notre milieu...

— Oh ! ça, oui ! Toutes des dindes ! Dans ce mariage, s'il y a une chose qui peut me faire plaisir tout de même, c'est d'imaginer déjà la tête de toutes ces chipies quand elles apprendront la grande nouvelle ! Elles qui n'en ont que pour leur Ercole et qui me traitent de toquée quand je dis que je ne lui trouve vraiment rien d'excitant, à part son argent...

— Ah ! tu me fais rire, Laura-bella ! C'est parce que je sais que tu comprends, que je suis si libre avec toi. Et c'est parce que je t'aime que j'ose t'avouer ce qu'aucun père n'a jamais osé avouer à sa fille après avoir arrangé un mariage, un mariage de raison comme on dit : oui ! je te vends en effet. Je te vends, comme tu me l'as reproché si vivement tout à l'heure ! Mais je te vends d'un coup, une fois pour toutes, et très très très cher. Je le fais pour t'éviter le sort de la plupart des femmes : elles, elles doivent se vendre petit à petit, jour après jour, à leur mari. Oh ! certes, c'était un mariage d'amour ! Et elles auront parlé d'amour huit jours dans leur vie. Mais ce sera pour parler d'argent ensuite, tout le restant de leur vie ..

« Laura, je vais te dire encore une autre chose, une chose que je n'ai jamais dite à personne : ta mère m'a épousé contre son gré elle aussi... Il se trouve qu'à l'époque, les Farnese étaient sans un et les dell'Orto, ma foi... Il se trouve également qu'elle a fini par m'aimer, la malheureuse ! Moi qui lui ai mené une vie d'enfer avec mes fredaines imbéciles, mes frasques ! Non, je ne veux pas suggérer que tu finiras par trouver du charme à ce bonnet de nuit qu'est Ercole. Mais, la nuit de tes noces, songe cependant à ce que je viens de te révéler et, avant de... consommer, si je puis dire, eh bien! fais un signe de croix, ma chérie! Dieu te viendra en aide...

« Voilà. Je crois avoir tout dit. Maintenant, si tu tiens toujours à entrer au Carmel, je peux écrire à l'instant une lettre à la mère supérieure des carmélites déchaussées de Ravello. C'est notre chère vieille cousine. Tu sais qui je veux dire : Chiara... Chiara-de-la-Sacrée-Rédemption, née Galeazzo-Consalvi... »

Laura leva un regard embué de larmes sur le plafond de sa chambre à coucher. C'était, peint à fresque par Annibal Carrache, *Le Triomphe Albano,* dans lequel le peintre avait représenté l'origine légendaire de l'illustre maison princière. L'œil vaguait parmi de gros nuages crayeux, rosâtres et bleu pâle, où trônaient, drapés dans des toges aux plis tumultueux, des dieux et des divinités antiques. Avec une grande déférence, Jupiter, Minerve et Mars accueillaient dans l'empyrée, comme des leurs, trois athlètes casqués et cuirassés d'or, couverts de sang et de poussière : les Curiaces, tous trois morts au combat... Aux quatre arceaux de la fausse rotonde figuraient les armoiries de la famille, le blason « d'or écartelé d'azur, à licorne en dextre du chef, timbré du heaume à lambrequins et de la couronne, fascé du cri » :

Albano e poï niente !

C'était exactement cela, songea-t-elle tristement : Albano et puis rien... Ce pouvait être sa devise personnelle. Qu'avait-elle été d'autre aux yeux du monde depuis vingt-cinq ans qu'elle portait ce nom? La princesse Albano! Mais qu'avait-elle fait de sa vie? En quoi s'était-elle distinguée, pour quels talents bien à elle demeurerait-elle dans les mémoires? Oh! certes, elle était célèbre, célèbre auprès de cent personnes qui l'enviaient, pour sa beauté que les ans n'avaient pas altérée encore ; elle était célèbre, célèbre auprès de vingt-cinq personnes qui pouvaient l'apprécier, pour son esprit... Mais après? Quand elle serait morte, quel souvenir laisserait-elle, et à qui? A Pierluigi Ricci, s'il lui survivait ; à deux ou trois de ses amants peut-être — mais qui ne sauraient dire que des banalités sur son compte, parce qu'elle ne les avait pas aimés... Elle avait seulement fait l'amour avec eux, elle s'était amusée...

Albano et puis rien... Pas de fils dont elle aurait fait un homme et qui la pleurerait comme un enfant... Pas de fille à laquelle elle aurait fait don de sa beauté, de son intelligence et en qui, plus tard, on verrait une autre Laura — « Vous souvenez-vous de sa mère? »

Albano et puis rien. . Albano et puis, maintenant, la cinquantaine qui venait, la mortelle cinquantaine et ses mortelles années à vivre pour une femme comme elle ; la soixantaine ensuite... Pierluigi Ricci qui mourrait... Elle serait seule... Sans doute donnerait-elle encore ici, chaque année, la grande réception. Mais elle ne reconnaîtrait plus aucun de ses invités et les jeunes gens ne voudraient pas croire leurs parents quand ils diraient d'elle qu'elle avait été belle autrefois, très belle : « Quoi ? ce paquet d'os trop fardé avec son hideux décolleté et ses diamants gros comme des bouchons de carafe... » Ils ne voudraient pas croire qu'elle avait été follement spirituelle : « Cette gâteuse qui répète toujours les mêmes trois prétendus bons mots qui ne font plus rire personne ? » Non, ils ne voudraient pas croire que c'était la princesse Albano, cette horreur édentée ! « Vous devez vous tromper ! Regardez-la, on dirait une vieille de Goya ! »

Perdue dans ses sombres pensées, Laura frissonna et, instinctivement, referma l'échancrure de son kimono de surah blanc, renoua la ceinture...

Quand soudain retentit le timbre à trois tons du téléphone intérieur. Aussi discret que fût le carillon, elle sursauta. Pierluigi l'appelait : c'était la lampe témoin qui correspondait au poste de son appartement dans l'aile opposée de la villa. Pierluigi avait ce don rare et précieux de souvent deviner le moment où elle avait envie d'entendre une voix affectueuse mais se refusait, par amour-propre, par fierté de dell'Orto, à appeler la première.

— Oui, mon ami ! dit-elle. Qu'y a-t-il ?

Si, quand ils se trouvaient ensemble en public ou en présence des domestiques, ils se parlaient italien et se tutoyaient comme cela se fait dans la haute société et, singulièrement, la haute société romaine ; dès qu'ils étaient en privé, tête à tête, ils passaient au français, qu'ils parlaient parfaitement tous deux, et se vouvoyaient. Ils avaient institué tacitement cet usage charmant de longue date. C'était là leur secret ; leur façon de se témoigner le respect immense et les sentiments délicats de tendresse et d'intime amitié qu'ils se portaient mutuellement depuis bientôt vingt-cinq ans. Ce vouvoiement, cet emprunt d'une langue étrangère leur paraissaient soustraire à la médiocrité de la vie quotidienne des couples ordinaires ce qu'avait de rare, ce qu'avait de suprêmement civilisé leur liaison. Ils n'auraient jamais cette vulgarité d'être mari et femme mais demeureraient à jamais unis dans une exceptionnelle complicité. Et peut-on concevoir complicité plus profonde que celle qui se fonde sur le secret partagé d'un crime ? Sur le silence...

Un crime ? Non. Un accident. Le malheureux accident qui fit, le 11 septembre 1952, de la princesse Laura Albano, une veuve de vingt ans.

— Eh bien...

Il parut hésiter. Sa voix trahissait une sorte de nervosité qui lui était peu naturelle. Elle répéta :

— Qu'y a-t-il ?

Pierluigi Ricci était un homme solide, posé, pondéré. Il fallait d'ailleurs qu'il le fût pour avoir conçu et réalisé avec un tel sang-froid, il y a vingt-trois ans, « l'accident ». Et il avait à cœur de ne jamais donner d'inquiétude à Laura, sur rien. Il avait à cœur de ne jamais lui parler d'affaires préoccupantes ou simplement ennuyeuses : il arrangeait tout en son nom et elle n'avait plus qu'à signer les papiers qu'il lui présentait. Il la déchargeait des soucis et des questions matérielles qui trament la vie de tous les jours, même lorsqu'on est princesse Albano ; il la protégeait au mieux des agressions du monde extérieur.

Ce devait donc être assez grave pour qu'il prît ce ton...

— Auriez-vous écouté les nouvelles à la radio ?

— Non, pourquoi ? Vous savez que je lis seulement la revue de presse que vous me préparez vous-même tous les soirs

— Il s'agit de Mgr Flaherty.

— Oui ? Dites-moi.

Un sourire involontaire illumina fugitivement le visage de Laura. Ce nom lui évoquerait toujours sa plus belle leçon d'amour. C'était il y a trois ans, au Vatican. Oui ! au Vatican.

— Qu'est-il arrivé à John ?

Voici qu'elle l'appelait par son prénom. A l'autre bout du fil, Pierluigi Ricci se demanda si c'était de sa part une manière de provocation délibérée ou, au contraire, l'effet du trouble où l'avait soudain plongée le nom de leur relation d'affaires et ami, le cardinal curateur de l'Institut pour la Charité Chrétienne. Il s'était toujours vaguement douté qu'il avait dû y avoir quelque chose entre elle et lui, une brève aventure ; mais il n'avait jamais posé de questions. De tout temps cela aussi avait fait partie de leurs conventions tacites : chacun pouvait parler librement à l'autre de ses amours s'il le voulait, chacun pouvait, au besoin, en discuter avec l'autre, lui demander conseil... Mais chacun respectait le secret de l'autre si l'autre désirait garder le secret... Laura aurait-elle eu honte de cette passade pour un monsignore, parce qu'il s'agissait d'un ecclésiastique, justement ? Non, Pierluigi ne parvenait pas à imaginer que c'était là la raison de son étrange discrétion sur cet après-midi où elle était allée chercher, cour du Saint-Office, au Saint-Siège, un chéquier de l'I.C.C. pour lequel elle avait dû se déplacer personnellement afin de signer l'engagement solennel à un usage chrétien de l'argent déposé sur son compte : Laura n'était certainement pas femme à se laisser arrêter par ce genre de scrupules. Elle était dénuée de toute espèce de préjugé moral, de toute pusillanimité bourgeoise : ce n'était pas seulement une aristocrate de par sa naissance, elle l'était aussi de par ses mœurs et sa philosophie. Elle ne connaissait qu'une loi : son bon plaisir. Tout comme les rois... Et puis, songeait-il, ecclésiastique, Flaherty l'est si peu ! Non, si Laura faisait un tel mystère de ses sentiments pour Monsignore — c'est ainsi que tous deux le surnommaient souvent quand ils parlaient de lui —, c'était peut-être bien qu'il y avait entre elle et le cardinal autre chose qu'un simple attachement sensuel : une fascination intellectuelle réciproque, une fascination spirituelle. Et Laura avait assez d'intuition et de délicatesse pour deviner que lui, Pierluigi, aurait pu en éprouver un peu de jalousie. Alors qu'il se moquait éperdument des hommes avec qui elle avait eu des liaisons avouées, affichées au grand jour, sachant qu'ils ne comptaient pas pour elle, sinon à titre de divertissement passager. De ceux-là, d'ailleurs, ils en plaisantaient ensemble quand tout était fini Et même assez souvent bien avant que tout ne soit fini. En bons amis qu'ils étaient.

— Une tentative d'assassinat, fit-il brièvement. Ce matin. Place du Peuple. — Il ajouta : — L'homme avec qui il se trouvait a été tué, lui

— Ah ! mon dieu. Et, pour Monsignore, c'est... C'est grave ?

— Oui. Il est très sérieusement amoché à ce qu'il paraît. Il peut ne pas s'en tirer. « Etat critique » disent les médecins.

— Mais, Pierluigi, c'est horrible. S'il ne s'en tire pas, alors...

Elle se mordit les lèvres, n'osant pas achever une pensée aussi égoïste. Elle éprouvait un brusque sentiment d'inconvenance, elle qui attachait tant d'importance à la politesse du cœur. Mais Pierluigi l'avait comprise. Et ce fut sans détours hypocrites qu'il finit la phrase qu'elle avait commencée :

— Alors, mon amie, il se peut que nous nous retrouvions tous deux à moitié ruinés. Et nous ne serons pas les seuls... Comme personne ne connaît les dispositions qu'il a prises en cas de... En cas de malheur... Comme personne ne sait même s'il avait pris de quelconques dispositions puisque tout reposait sur la confiance en la parole donnée..

— Mais, son avocat — comment s'appelle-t-il déjà ?

— Berg ? Introuvable. Et, de toute façon, il est très possible qu'il ne sache rien... En revanche, j'ai eu tout à l'heure au téléphone Manfredi et Di Cori. Ils sortaient du cabinet de

Giovanni : à l'Intérieur ils venaient de recevoir un rapport sur.. Monsignore. Il semblerait que Flaherty ait eu quelques ennuis au Vatican ces derniers temps. On dit même qu'il aurait été arrêté...

— Arrêté par qui ? Ils doivent tout de même bien le savoir à l'Intérieur...

— Non, vous ne m'avez pas compris : ce n'est pas en Italie, c'est au Vatican qu'il aurait été arrêté. Emprisonné, même.

— Ils ont une police au Vatican, ils ont une prison ?

— Sans doute. Votre aïeul, le cardinal Cesare dell'Orto en fit l'expérience, lui qui resta enfermé sept ans...

— Mais c'était au château Saint-Ange. Et sous Innocent X, au XVIIe siècle..., répliqua Laura qui se faisait un point d'honneur de très bien connaître l'histoire de sa maison. — A quoi, parce qu'elle affectait la nostalgie d'un passé dont elle ne cessait de comparer la grandeur héroïque à la petitesse étriquée du présent, elle ajouta pensivement : — Le cardinal Cesare dell'Orto ! Plus personne n'aurait le courage, l'énergie qu'il a eus... Que les hommes avaient en ce temps-là. Mgr Flaherty, peut-être...

— S'il était vraiment en état d'arrestation, reprit Pierluigi, en tout cas ils s'y prennent fort mal au Vatican (le manque d'habitude, je présume !) : Monsignore venait de s'évader puisque c'est dans Sainte-Marie-du-Peuple qu'il a été retrouvé blessé...

— Ah ! très bien, fit Laura, appréciant l'évasion supposée sur le ton dont on commente un joli coup réussi dans une partie quelconque. — Non, elle ne doutait pas du courage, de l'énergie de ce contemporain, prince de l'Eglise, leur banquier et ami, leur pair. — Mais, pour quelle raison l'aurait-on arrêté ?

— C'est ce que j'ignore, hélas ! C'est ce qu'ignore Manfredi, ce qu'ignore Di Cori. Et le pire, c'est que, selon eux, personne ne sait rien de précis non plus au ministère. Du moins, Giovanni le prétendait devant eux et je le crois volontiers. Il était dans tous ses états : Manfredi et Di Cori ont plus ou moins deviné que lui aussi avait un compte secret à l'I.C.C. Si on apprend que notre ministre de l'Intérieur lui-même ! Vous voyez d'ici le scandale : le ministre saute... Enquête sur le gouvernement : le gouvernement saute... Enquête sur les caisses noires de la D.C. : c'est toute la démocratie chrétienne qui saute...

« Et quant à nous, mon amie...

— Nous sautons aussi ! s'écria Laura sarcastique.

Ils se surprirent à rire en dépit de la gravité de la situation dont tous deux étaient pleinement conscients. Mais ils étaient joueurs dans l'âme et ils ressentaient une sorte de griserie à savoir que tout risquait de s'écrouler ainsi, comme un château de cartes — tout l'édifice financier très complexe que, comme tant d'autres grosses fortunes, ils avaient habilement monté en expatriant leurs capitaux et en créant des sociétés fantômes à l'étranger par l'entremise de Harold Finnegan, c'est-à-dire de monseigneur Flaherty et de l'Institut pour la Charité Chrétienne...

— Il faut qu'il s'en sorte ! reprit-elle. Il le faut.

— Oui ! renchérit-il. Et qu'il demeure à la tête de l'I.C.C Mais il y a une inconnue, et de taille : c'est ce que va faire le Saint-Siège. En haut lieu, on n'exclut même pas la demande d'extradition : Monsignore a la citoyenneté vaticane et, même si le cas ne s'est jamais présenté jusqu'ici, en vertu du Concordat il leur est théoriquement possible de le réclamer. En outre, Monsignore est nonce extraordinaire de Sa Sainteté ; on peut craindre de sérieux incidents diplomatiques. .

— Mon cher, vous connaissez le mot de Staline : « Le Vatican, combien de divisions blindées ? »

— Laura, ne plaisantez pas. Si la Curie le destitue de ses fonctions, Flaherty perd également le contrôle sur nos fonds puisqu'ils sont déposés au nom de l'I.C.C. ; et c'est la catastrophe ! Le Saint-Siège peut très bien ne pas honorer les engagements de son ex-curateur à la charité chrétienne. Ils jouent sur le velours et ils le savent, sans doute : contre qui diable pourrions-nous bien nous retourner alors ? Le gouvernement italien ? Pour leur dire : « Voilà ! Nous avons fraudé le fisc de plusieurs dizaines de milliards de lires, nous avons passé plusieurs dizaines de milliards de lires à l'étranger mais ces voleurs du Vatican ne veulent pas nous les rendre ! Au secours, aidez-nous ! » Non, Laura, de toutes parts nous risquons le pire. Nous pouvons être faits comme des rats

— Comme des rats ! répéta Laura qui, peu à peu, prenait conscience de l'ampleur du désastre que pouvait provoquer la disparition subite de Mgr Flaherty ou simplement, s'il avait la chance d'en réchapper, sa destitution de l'Institut pour la charité chrétienne.

Tout cela pouvait signifier misère, déshonneur. Peut-être même scandale, procès, prison.

— Et on ne sait même pas le pourquoi de cette tentative d'assassinat ? demanda-t-elle encore. On ne sait pas d'où cela vient ? C'est effrayant !

— Il y a tant d'obscurités dans cette histoire .

— Ah ! mais il ne faut pas. Il ne faut pas que John meure, il ne faut pas ! s'écria-t-elle.

Et, tandis qu'elle redisait anxieusement . « Il ne faut pas ! », Laura, sans en avoir le sentiment, frappait nerveusement du pied comme si sa seule volonté, sa volonté de princesse Albano à qui rien ni personne n'avait jamais osé résister, eût pu suspendre le cours des événements ou même l'infléchir selon ses désirs...

Puis, s'étant ressaisie, de sa belle voix rauque et grave d'alto, qu'elle savait charmeuse et dont elle jouait en actrice de talent, elle laissa tomber sur un ton apparemment sans passion .

— Bien. Il faut que nous parlions plus longuement de tout ça, mon ami. Venez donc prendre un thé avec moi. Retrouvons-nous au petit salon des perroquets, voulez-vous ? Laissez-moi cinq minutes...

Elle esquissa un sourire.

Il lui semblait que, pour la première fois de son existence, sa luxueuse et oisive existence, elle aurait peut-être enfin un rôle à jouer sous peu, un rôle moins désespérément futile que celui de femme du monde... ; oui ! qu'elle aurait une intrigue à mener

Et, qui sait, peut-être serait-ce amusant ?

6

LA PARTICULE

ADMINISTRATION
DU
SAINT-SIEGE

SACRÉE CONGREGATION POUR LE CULTE DIVIN
SACRA CONGREGATIO PRO CULTU DIVINO –

De la Cité Vaticane,
le 8 mai 1975

A Son Altesse Sérénissime,
la Princesse d'Albano

Illustrissime princesse,

En réponse à votre lettre datée du 5 mars 1975, j'ai le plaisir et l'honneur immense de vous informer que bonne suite a été donnée à votre requête concernant le renouvellement des saintes reliques de saint Sixte Albano volées en votre chapelle de la Villa Albano de Frascati.

Sous la présidence effective de son Eminentissime et Révérendissime Excellence, le Cardinal James Robert King, préfet de la Sacrée Congrégation pour le Culte Divin, la Commission pour l'attribution et la répartition des saintes reliques s'est réunie en séance pleinière le mercredi 1er mai afin d'examiner le cas malheureux que Votre Altesse Sérénissime a aimablement soumis à l'attention de son saint dicastère

Après délibération, la Commission est convenue de ce qui suit :

En remplacement du reliquaire volé, quelques saintes reliques de saint Sixte Albano prélevées sur le fonds dont dispose notre cabinet des Reliques seront remises à Votre Altesse Sérénissime par ce présent courrier, sous pli distinct, clos et recommandé avec accusé de réception.

Qu'il me soit permis, illustrissime Princesse, de vous rappeler ici que, ainsi que nous avons eu l'honneur de vous l'indiquer dans une précédente correspondance, les dites saintes reliques qui vous sont confiées devront être au plus tôt reconsacrées en la chapelle de votre villa par l'évêque titulaire de Frascati, Son Eminentissime et Révérendissime Excellence le cardinal Jacques Veuillot ou, à défaut, Son Excellence Monseigneur Luigi Verlizanni, évêque résident dudit évêché suburbicaire auquel ressortit la chapelle ; et qu'il vous revient de vous mettre en rapport, pour ce faire, avec le vicaire général, Monseigneur Rozzo.

Qu'il me soit également permis d'attirer votre attention sur le fait que les saintes reliques de saint Sixte Albano remises gracieusement à Votre Altesse Sérénissime demeurent éternellement propriété inaliénable de Notre Sainte Mère l'Eglise Universelle et qu'elles ne sauraient être dissimulées, dispersées, données, engagées, gagées, jouées, louées, prêtées, retenues, vendues ni faire l'objet d'aucune simonie telle que définie dans notre Droit Canon sous peine d'excommunication majeure — latae sententiae.

Que si les saintes reliques de saint Sixte Albano volées le 9 janvier 1975 en votre chapelle étaient retrouvées, vous seriez tenue d'en informer immédiatement par lettre recommandée notre Sacrée Congrégation pour le Culte Divin.

Enfin, je vous confirme que, si vous disposez d'un compte courant à l'Institut pour la Charité Chrétienne, les dons à la Congrégation pourront être, comme Votre Altesse Sérénissime le suggérait dans un précédent courrier, virés de compte à compte, celui de la Sacrée Congrégation pour le Culte Divin portant le numéro : 02-72-132.

Sachez, illustrissime Princesse, que Son Eminentissime et Révérendissime Excellence le cardinal James Robert King me charge du plaisir et de l'honneur immense de transmettre à Votre Altesse Sérénissime sa bénédiction en N.S.

Pour la Sacrée Congrégation du Culte Divin, son premier secrétaire, Mgr Pompeo Burla.

— Et voici la dernière. Ce sera tout pour aujourd'hui. Basta !

Tout en étouffant un bâillement de lassitude, l'abbé Antoine Chesnaye repoussa de devant lui la lourde machine électrique après en avoir retiré du chariot la lettre qu'il venait de très soigneusement dactylographier sur beau papier filigrané. Papier désigné dans l'argot des fonctionnaires du Vatican où, jusqu'au choix de sa qualité en épaisseur et blancheur se fait, selon des critères impresciptibles, en proportion de la considération que le Saint-Siège porte au destinataire de sa correspondance : *Torchecul première classe.* Il n'y a ainsi pas moins de cinq degrés dans les marques d'estime : cela va du vergé gravé aux armes de Saint-Pierre pour les Eminences, les Excellences et autres Altesses jusqu'au vulgaire *64 grammes* simplement imprimé pour les lettres au curé de campagne calabrais ou au pauvre pécheur de quelque paroisse ouvrière qui aura sollicité une indulgence de Sa Sainteté. L'Eglise Universelle ne saurait confondre dans le Peuple de Dieu les seigneurs et les manants. Au reste, les premiers ne seront-ils pas les derniers dans l'autre monde ? Cette satisfaction éternelle vaut bien de recevoir son courrier sur vilain papier dans celui-ci...

Rédiger au nom de Mgr Burla de ces longues lettres ridiculement emphatiques puis les soumettre à son approbation et à sa signature avant de les porter à poster : c'était à quoi, entre autres occupations tout aussi fastidieuses, l'abbé Antoine Chesnaye gâchait son temps dans les offices de la Sacrée Congrégation pour le Culte Divin ! C'était à quoi il usait sa patience, sa jeunesse et ses riches facultés intellectuelles dans les sinistres bureaux mal éclairés du palais apostolique !

Il se relut. Non sans éprouver de l'agacement. Comme ces formules protocolaires, redondantes et surannées, comme cet étalage baroque de titres et de qualités lui semblaient grotesques ! Même en tenant compte d'un goût très italien pour le style épistolaire ostentatoire, exagérément fleuri et flatteur, il fallait convenir que cette lettre-ci était un modèle du genre et qu'elle s'apparentait assez au délire d'un aliéné atteint de la folie des grandeurs : « Illustrissime ! Sérénissime ! Eminentissime ! Révérendissime... » On avait envie de crier : « De grâce ! Un peu de simplicité évangélique... »

Elle n'avait rien que d'ordinaire pourtant. Car tels sont encore les usages, les « bons usages » au Vatican. Et l'abbé Antoine Chesnaye avait dû patiemment en apprendre toutes les nuances, toutes les subtilités, toutes les règles complexes autant qu'impératives, hélas ! depuis deux ans déjà qu'il exerçait son emploi dans l'administration pontificale. Aux yeux de ses supérieurs hiérarchiques, il l'avait compris, ce savoir-là distinguera toujours beaucoup mieux le bon du mauvais minutante qu'une vaste culture biblique ou que la lecture approfondie des Pères de l'Eglise. Ce que le cardinal King résumait d'un mot d'esprit quand il accueillait les nouveaux venus « aux Rites » — à la Congrégation pour le Culte Divin :

— Si vous voulez faire votre trou ici, mes amis, mieux vaut savoir votre Gotha que votre Golgotha !

Il est vrai que le cardinal King passait pour un « mondain » au Vatican. C'était un homme de cour plutôt qu'un homme de religion. Et, quoique Australien de naissance, il aurait pu donner des leçons d'étiquette à ses plus italianissimes collègues. Le cardinal-camerlingue de Sa Sainteté faisait d'ailleurs souvent appel à ses lumières pour les épineuses questions de protocole que soulève la visite à Saint-Pierre d'un chef d'Etat ou d'un chef religieux non catholique.

Cette lettre, pour y revenir, présentait, comme dans les lettres types des manuels de savoir-vivre, tous les exemples de gradation dans l'expression de la politesse : l'abbé Antoine Chesnaye avait donné, comme il convient, et en se gardant bien d'abréger, de l' « Eminentissime et Révérendissime Excellence » au secrétaire d'Etat de Sa Sainteté, l'évêque titulaire de Frascati, ainsi qu'au cardinal préfet de la Sacrée Congrégation ; il avait donné de l' « Excellence Monseigneur » à l'évêque résident ; du « Monseigneur » tout court au vicaire général de l'évêché... Puis, très loin après ces sommités, quelqu'un venait humblement, en dernier ; quelqu'un de si peu d'importance qu'on ne croyait pas même nécessaire de mentionner son nom de baptême. Non, on le désignait sous une sorte de matricule infamant composé de deux initiales, alors que « Notre Sainte Mère l'Eglise Universelle » était riche, quant à elle, de toutes ses majuscules : il s'agissait du Christ en effet ! Il s'agissait de Jésus de Nazareth ; oui ! de Jésus, qui s'est sacrifié pour le rachat de nos péchés, de Jésus Crucifié, Notre Sauveur, Notre-Seigneur : « N. S. » ! Aussi habitué qu'il fût à accomplir son morne labeur machinalement, sans y impliquer le moindre sentiment personnel ou simplement chrétien ; aussi loin de Dieu et de la foi qu'il se sentît depuis quelque temps, l'abbé Antoine Chesnaye trouvait toujours très choquant une telle désinvolture à l'égard du Rédempteur. Il éprouvait une manière de honte chaque fois que, rédigeant le courrier de Mgr Burla, il devait achever une lettre par la banale formule de bénédiction. Mais tel est l'usage, et il s'y conformait. Notre Sainte Mère l'Eglise le voulait ainsi, sinon N. S...

Au fait, cet étalage indécent de superlatifs aurait été comme une insulte faite au Christ,. se dit-il tout à coup ; et il contint à grand-peine un sourire qui lui venait et aurait pu être surpris par le second assistant avec lequel il partageait son bureau à la Congrégation, ce faux jeton d'abbé Daniel Lynch dont il fallait constamment se méfier. Il est bien connu que les gens dont la renommée est la plus justifiée sont souvent aussi ceux qui montrent le plus de simplicité dans leur abord Les titres ronflants et les *issimes*, c'est comme les décorations, ça ne flatte que les imbéciles et ceux qui savent, au fond d'eux-mêmes, qu'ils ne les ont pas méritées... N'y tenant plus, l'abbé Antoine Chesnaye se mit à rire ouvertement de son impertinente réflexion. Ce n'était pourtant pas si drôle ! — il en eût convenu si on lui en avait fait la remarque à ce moment-là. Mais rire était un tel soulagement au milieu de cet accablement général ! Et tant pis si ce salaud de Lynch devait aller le cafarder...

Puis, presque aussitôt, ce furent les larmes. .

Depuis quelque temps déjà, cela lui arrivait de plus en plus fréquemment : de brusques bouffées d'hilarité provoquées par des riens et immédiatement suivies d'une crise de mélancolie. Des accès incontrôlés de nervosité, des exaspérations irraisonnées, des emportements ; puis, un grand abattement, tout aussi soudain. Perdu dans ses pensées moroses, il regardait fixement le vide et ses yeux bleu pâle de blond s'emplissaient de pleurs qu'il laissait couler le long de ses joues, sans prendre la peine de les essuyer d'un revers de main, comme s'il n'en avait pas conscience...

Récemment, Mgr Burla, qui, pourtant, obsédé par son propre salut, ne portait qu'un intérêt médiocre à ses frères humains, en avait fait la remarque et s'en était inquiété, demandant à son jeune minutante sur un ton plein de perfidie :

— N'auriez-vous pas dans votre entourage quelque neurologue que vous pourriez consulter ?

Antoine avait répliqué qu'il ne souffrait pas des nerfs mais que ces troubles étaient causés par un asthme saisonnier qui le frappait chaque début de printemps. Mensonge dont il n'avait pas même songé à se confesser par la suite : en vérité, aussi profondément atteint qu'il fût déjà par la dépression nerveuse, il avait encore assez de lucidité pour savoir qu'il s'y enfonçait de plus en plus, qu'il sombrait. Et, connaissant intimement sa fragilité mentale, il prenait peur maintenant...

Mais comment n'aurait-il pas cédé à la neurasthénie ? Tout était si absurde, si absurdement vain dans sa vie. Le sacrifice de soi dans la prêtrise, de brillantes études théologiques et littéraires, l'honneur d'avoir à vingt-six ans été distingué par le recteur de l'université grégorienne et par Son Eminence le cardinal King — et pourquoi ? Pour finir ici, attaché de première classe de la Sacrée Congrégation pour le culte divin — tel était son rang dans l'administration apostolique ; c'est-à-dire, en dépit du titre ronflant, employé aux écritures. Et gâcher son énergie à des besognes sans intérêt : assister à d'interminables séances de commission de la

Congrégation où l'on discute à perte de vue sinon sur le sexe des anges, du moins sur des sujets aussi passionnants que :

— Le chevet d'une chapelle sur un porte-avions peut-il servir d'écran géant de télévision en dehors des offices ?

— Pour un missionnaire en déplacement avec sac à dos léger, un gobelet en plastique peut-il faire fonction de ciboire ?

— Peut-on autoriser une messe-samba à Sainte-Marie-des-Favelas de Rio ?

Tenir à jour le grand livre d'enregistrement du bureau des Reliques et le fichier des documents d'authentification. Rédiger le courrier du secrétaire de la Congrégation...

Ah ! était-ce donc à cela que Dieu l'avait destiné ? A écrire cette bafouille ! cette longue bafouille chichiteuse à la princesse de Machin-chose ; et la taper à la fin de cette foutue journée tout entière perdue ainsi à de menues trouduculteries bureaucratiques..

L'abbé enrageait. Le jour de l'Ascension n'est pas férié dans l'administration vaticane. Mieux : alors qu'il quittait les offices de la Congrégation à six heures en temps ordinaire, il devait ce soir-là attendre que Mgr Burla, retardé par ses devoirs religieux, fût revenu signer son courrier pour pouvoir s'en aller. Le prélat ne serait pas rentré avant huit heures moins le quart, il l'en avait prévenu. Antoine devait donc patienter, patienter encore, les yeux fixés sur l'horloge à balancier : elle ne marquait que sept heures et demie et, hélas ! il le savait, avançait de cinq grosses minutes... Vis-à-vis de lui, l'abbé Daniel Lynch compulsait un épais dossier ou, du moins, faisait semblant. Lui n'avait aucune raison de se trouver ici à cette heure tardive : il fayotait, voilà tout. Dans l'espoir que Mgr Burla, entrouvrant la porte de son cabinet pour appeler son attaché tout à l'heure, le remarquerait...

Quant à occuper plus intelligemment ce temps en se rendant au cabinet des Reliques pour y chercher le petit tas d'immondices sacrés qu'on enverrait sous pli recommandé à l'Altesse Sérénissime, ce n'était pas possible. Pour pénétrer dans la lipsanothèque, il fallait à Antoine un bon dûment tamponné et signé ; et les clefs, que Mgr Burla, justement, avait toujours sur lui...

La princesse d'Albano ! Ah, il l'imaginait aisément ! Une vieille toquée assurément. Une de ces bigottes hystériques et centenaires comme on en voit tant dans la haute société romaine. Ces dames font les quatre cents coups, la *dolce vita*, comme on dit ici, et puis, quand plus un seul gigolo ne veut de leur vieille peau flétrie par le soleil de Fregene, alors elles se jettent dans les bras du Christ et deviennent les pires grenouilles de bénitier... Ah ! il voyait très bien à quoi elle devait ressembler, l'illustrissime : à cette horreur de duchesse Branca d'Oria dont son ami, l'abbé Jean-Marie Ouladh, lui avait raconté les extravagances.

La richissime Lucia Branca d'Oria, qui a près de quatre-vingt-quinze ans — pour moitié consacrés à la galanterie et pour moitié à la dévotion la plus bornée —, n'a jamais pu se faire à l'idée de l'aggiornamento dans l'Eglise ni à la simplification des rites et des fêtes religieuses. Elle n'a jamais pu accepter la suppression par Paul VI en 1970 de la Garde-Noble et de la Garde-Palatine dont bon nombre de charges et de brevets perpétuels revenaient de droit à sa famille depuis des temps immémoriaux. Alors, de loin en loin, elle organise pour quelques vieux amis, nostalgiques comme elle du luxe et de la splendeur passée des cérémonies pontificales, une sorte de concours d'élégance sacerdotale. Avec la complicité de prélats et de cardinaux très âgés et réactionnaires, tel Mgr Galeazzo-Consalvi, elle réunit dans son palais de la via Appia Antica une trentaine de jeunes ecclésiastiques qui se font ainsi un peu d'argent de poche en jouant les mannequins amateurs à ce défilé.

— Galeazzo-Consalvi m'a choisi, avait dit Jean-Marie, parce que je suis nèg'e. (Par manière de plaisanterie, il prononçait à la petit-nègre.) La vioque trouvait que ça ferait joli dans le tableau final, un nèg'e. J'ai eu cinquante mille lires pour la soirée et, au buffet, j'ai mangé pour trois jours au moins. Mais, ce n'était pas volé, crois-moi : on ne rigole pas. Moi, j'étais, tiens-toi bien, en tenue de grand apparat de cardinal grand-maître de l'ordre équestre du Saint-Sépulcre de Jérusalem. Une tonne de robes, de surplis, d'aubes, de camails, de rochets, de mozzettes, un manteau doublé d'hermine avec la traîne et Dieu sait quoi encore ! Une heure pour mettre tout ça, et avec l'aide d'une habilleuse de l'Opéra ! Déjà qu'il faisait une chaleur à crever ; j'ai cru que j'allais tourner de l'œil en descendant le grand escalier au milieu de la garde palatine, à la fin... Mais, après le défilé, la Branca d'Oria est venue en personne me féliciter. Et, pas ouaciste pou' un sou : elle m'a dit que c'était ravissant ma peau noire sur la soie écarlate avec le rabat blanc !

Voilà bien un des aspects les plus déroutants de la Rome moderne, estimait Antoine : ces grandes familles nobles nostalgiques des vanités ecclésiastiques passées et qui, parce qu'elles ont longtemps régné sur la Curie, continuent, comme si rien n'avait changé, à considérer que l'Eglise est à leur service avant d'être au service de Dieu. Par exemple, se disait-il, cette princesse d'Albano... Elle disposait d'une chapelle consacrée dans son palais d'été de Frascati. Au début de l'année, pendant des travaux de réfection du toit de la villa, le reliquaire contenant quelques restes de saint Sixte — le saint de la maison ! — avait été volé. Alors, la princesse illustrissime, sérénissime et... emmerdantissime avait écrit pour signaler le fait à la Congrégation des rites et demander qu'on lui en envoie d'autres... Réunion préparatoire, sous-commission, commission plénière, délibération : on lui donnait satisfaction cinq mois plus tard. Encore avait-on fait diligence. Parce qu'il s'agissait d'une princesse. Et que cela compte énormément au Vatican ! La cathédrale de Notre-Dame de Kananga au Zaïre pouvait bien attendre un an, deux ans, trois ans, plus encore, ses « grigris » — c'est ainsi qu'on nomme les saintes reliques dans l'argot vaticanesque ; le vicaire général de telle paroisse ouvrière de São Paulo pouvait en être à sa onzième sollicitation par lettre recommandée ; pour une chapelle où elle ne mettait peut-être pas les pieds deux fois dans l'année, Son Altesse Sérénissime passait avant. C'est qu'elle payait, Son Altesse Sérénissime ! C'est qu'elle savait accompagner chacune de ses lettres d'un don à la Congrégation. Elle connaissait les usages, elle n'ignorait pas que tout s'achète au Vatican, que tout se monnaye. Indulgence, demande d'absolution par le Grand Pénitencier, requête pour une annulation de mariage auprès de la Rote : si l'on ne souhaite pas voir son dossier aller croupir sur les rayonnages où s'entassent les causes perdues, il est recommandé de libeller par la même occasion un chèque aux bonnes œuvres de la Congrégation ou du tribunal qui doit juger. Un prélat n'ouvre jamais la chemise cartonnée que lui tend son minutante sans poser la question fatidique : « Combien ? »

La d'Albano avait craché cinq briques au bassinet déjà ! Et, à n'en pas douter, elle était influentissime ou intrigantissime : n'avait-elle pas un compte à l'I.C.C. ? Antoine avait ignoré jusqu'à ces derniers jours qu'un particulier qui n'est ni ecclésiastique ni citoyen du Vatican avait le droit cependant de déposer son argent à la banque du Saint-Siège. La d'Albano était sûrement.. « quelqu'un ».

Il sentait monter en lui une sorte de colère sourde, indéfinie Comme il se levait pour se délasser quelque peu d'avoir été trop longtemps assis, la porte du cabinet de Mgr Burla s'entrouvrit. Il glissa précipitamment la lettre dans le maroquin rouge frappé aux armes de Saint-Pierre et s'avança en le tenant contre sa poitrine..

Burla veut dire blague en italien. Mais si quelqu'un portait mal son nom, c'était bien le secrétaire de la Congrégation pour le culte divin Les paupières tombantes, les lèvres minces, presque inexistantes, les traits du visage crispés : tout en lui suait l'ennui et l'austérité. Avec ça, des manières efféminées et un ton mielleux, geignard même. Il parlait si bas qu'il fallait d'ailleurs se pencher sur lui pour saisir ses paroles... Paroles courtoises mais, immanquablement, désobligeantes... Un silence de sa part équivalait à une approbation. Grand coupeur de cheveux en quatre, Mgr Burla trouvait presque toujours à redire à ceci ou cela. Il aurait préféré un point virgule là où l'on avait tapé deux points ; il aurait choisi un passé simple là où l'on avait usé d'un passé composé — bref, c'était convenable mais ce n'était jamais parfait. La perfection, il est vrai, n'est pas de ce monde. C'était cependant à quoi Mgr Burla aspirait...

L'abbé Chesnaye, après l'avoir respectueusement salué, ouvrit devant lui le parapheur, puis recula de trois pas et se campa sur le côté du bureau, les bras croisés. L'épreuve commençait...

Première lettre : aucune remarque. Le prélat signa. Deuxième lettre : aucune remarque. Le prélat signa. Troisième lettre : toujours rien... l'abbé Chesnaye était un excellent minutante. Surtout si l'on tenait compte qu'il n'écrivait pas dans sa langue. Certes, Mgr Burla ne serait pas allé jusqu'à lui faire le plaisir de le féliciter. Mais cela revenait au même puisqu'il se taisait. Mieux : il hochait imperceptiblement la tête en signe de satisfaction. C'était comme s'il avait crié : « Bravo ! »

Enfin, la dernière. La lettre à la princesse d'Albano... Antoine avait fini par se détendre un peu. Il songeait avec soulagement qu'il n'aurait plus qu'à aller chercher les reliques et que dans vingt minutes au plus tard, il en aurait fini...

Mgr Burla lut. Il ne broncha pas plus que pour les précédentes. Et il allait signer quand, se ravisant tout à coup, il reprit le premier feuillet pour le relire. Dès l'adresse, à un plissement des sourcils dans ce visage ordinairement impassible, Antoine comprit qu'il avait commis une bourde. Mais était-ce une vraie bourde, ou Mgr Burla cherchait-il maintenant la petite bête uniquement pour tester l'état nerveux de son minutante ?

— C'est parfait, murmura dédaigneusement le prélat.

Il laissa passer un silence. Puis, Antoine, abasourdi d'être complimenté pour la première fois depuis qu'il travaillait sous ses ordres, l'entendit avec horreur ajouter :

— Sauf qu'il vous faut tout recommencer. A cause d'un détail, monsieur l'abbé. Vous avez écrit « princesse *d'*Albano ». Il s'agit en fait de la princesse Albano Ignorant, ne savez-vous pas que les familles les plus anciennes de l'aristocratie romaine ont rarement une particule à leur nom ? C'est même là le signe infaillible de l'ancienneté d'une maison aux yeux de la vraie noblesse. Et si la plupart des nobles aujourd'hui méconnaissent les usages et s'affublent eux-mêmes d'un *de* qu'ils auraient jugé insultant il y a cent ans, la princesse Albano, pour sa part, trouverait sans doute de fort mauvais goût que vous amputassiez de quelques quartiers la sienne.

« Veuillez me refaire cette première page et me la rapporter au plus vite. Ensuite, je vous enverrai au cabinet des Reliques. »

Quand il ressortit du bureau, Antoine ne savait pas s'il allait être pris de fou rire ou éclater en sanglots.

Pour se rendre au cabinet des Reliques, il devait traverser une dizaine d'offices, descendre deux volées d'escaliers, enfiler toute une suite de galeries, de rotondes et de salons d'apparat, remonter par un ascenseur, prendre par la loggia vitrée d'une cour intérieure, enfin suivre un long corridor continuellement plongé dans une pénombre sépulcrale...

Les rares prélats, minutantes et autres employés de l'administration pontificale qui se trouvaient encore au palais apostolique à huit heures du soir et le croisaient en chemin auraient pu le prendre pour un fou, un illuminé s'ils avaient levé les yeux sur lui quand ils se trouvaient à sa hauteur. Mais, on le sait, les ecclésiastiques et, par conformisme ou par mimétisme involontaire, les fonctionnaires civils qui travaillent avec eux au Vatican, tournent humblement le regard vers le sol du plus loin qu'ils aperçoivent un de leurs semblables dans un couloir. Ils ne voyaient donc pas l'abbé Chesnaye, blême et tremblant, les yeux rougis, qui s'avançait en marmonnant entre ses dents ces quatre mots dénués de sens : « Amputassiez de quelques quartiers... ! »

Antoine ne décolérait pas...

Il était parvenu à l'ascenseur. Ou, plutôt, à l'*anabathrum electride actus* ainsi que l'indiquait une inscription latine gravée dans le porphyre au-dessus des portes d'acier. Il s'apprêtait à entrer dans la cabine quand il s'entendit héler :

— Antoine...

C'était l'abbé Ouladh. Antoine esquissa un très vague sourire.

— Qu'est-ce que tu fiches ici ? demanda-t-il. A une heure pareille ?

— J'allais te poser la même question, figure-toi.

— Service service, mon vieux !

— Eh bien, moi itou. Une commission qui n'en finissait pas. Toujours le père de Foucauld ! Ça va bientôt faire cinquante ans que ça dure !

Le jeune minutante noir dépendait, quant à lui, de l'office judiciaire de la Sacrée Congrégation pour la Cause des Saints. Il était secrétaire de l'Avocat du Diable, Mgr Scarpia. Certains ignorent sans doute d'où l'expression « l'avocat du diable », passée dans la langue courante, tire son origine : il faut savoir qu'une procédure en béatification se déroule absolument comme un procès civil ordinaire, avec défense — l'avocat du grand chrétien disparu qu'on souhaite canoniser —, et accusation — l'avocat qui représente l'Esprit du Mal et doit apporter preuves et témoignages que le « client » est indigne d'être sanctifié. Dans certains cas, comme celui du vicomte Charles-Eugène de Foucauld, dont les années de jeunesse furent assez peu édifiantes, l'affaire peut s'éterniser. Depuis 1926, les avocats du diable et leurs assesseurs fouillent encore dans la masse de près de trois mètres cubes d'écrits divers — notes, brouillons, bribes de journal intime, etc. — laissés par le grand mystique, à la recherche d'une parole équivoque, d'un mot malheureux qui lui aurait été inspiré par le Malin. Or, à peu près tout est sujet à interprétation malveillante pour un bon avocat. L'abbé Ouladh, qui rédigeait les gros mémoires que Mgr Scarpia remettait régulièrement au cardinal *ponent,* c'est-à-dire au juge d'instruction du procès en béatification, en savait quelque chose.

— Imagine-toi qu'ils ont trouvé du nouveau, fit-il avec un petit sourire ironique. Bien que la méthode psychanalytique...

— *Vade retro Satanas !*

— Bien que la méthode psychanalytique ne soit pas plus reconnue chez nous qu'ailleurs dans l'Eglise, Mgr Adorno s'est avisé de rechercher si des fantasmes sexuels...

— *Libera me Domine !*

— Si des fantasmes sexuels ne se cachaient pas derrière certaines paroles de nos théologiens, même les plus anodines d'apparence.

— Eh bien, ça risque de ne pas être triste quand ils liront dans Teilhard de Chardin que « Tout ce qui s'élève, converge » !

Les deux amis étouffèrent ensemble un éclat de rire dans leur paume de main. Mais Jean-Marie devinait qu'Antoine était encore plus agité nerveusement, encore plus troublé qu'il ne l'avait été ces jours derniers. Ses traits étaient maintenant profondément creusés par la souffrance et il s'inquiétait d'une si grande versatilité, d'une si grande vulnérabilité. Il le regarda droit dans les yeux et dit d'un ton très affectueux, en baissant la voix :

— Ça ne va pas, toi. Tu as pleuré, non ?

Antoine avoua à sa manière : en esquissant un vague hochement du front. Mais il ne voulait pas répondre à la question posée. La forte empreinte de son éducation chrétienne, extrêmement rigoriste, l'empêchait encore aujourd'hui de se laisser aller à ce genre de confidences, fût-ce avec quelqu'un d'aussi généreux, discret et compréhensif que Jean-Marie. Cela lui aurait paru de l'impudeur, de la vulgarité. Inconsciemment, il se mordait les lèvres. Au sang...

Ils s'étaient postés tous deux dans un recoin d'ombre, sur le côté de la cage d'ascenseur. Il y eut entre eux un silence gêné et qui se serait prolongé si Jean-Marie n'avait pas fini par prendre sur lui de le rompre à nouveau :

— Ecoute, dit-il, tu ne peux pas rester dans l'état où tu es. Il faut... Je ne sais pas moi ! Que tu demandes un congé à Burla ; que tu fasses retraite...

— A quoi bon ! répliqua Antoine.

Aucune espèce d'affectation dans cette banale expression de lassitude : il était sincèrement désespéré. Mais c'était un désespoir tranquille. Et d'autant plus effrayant. Jean-Marie, désemparé, demanda :

— Tu vas aux Grigris ?

Antoine fit oui des yeux. Ses yeux qui, une nouvelle fois, s'emplissaient de larmes. En même temps, il tourna vers le regard interrogateur de son ami le dos du pesant dossier qu'il tenait dans ses bras afin que celui-ci pût en déchiffrer la cote : — *Tusculan. Laura Princ Albano.Sanct Sixt Reliq.5 Jan.Mgr Burla.7/75. SCCD.* —

De minutante à minutante, cela suffisait : l'abbé Ouladh en conclut que dans le diocèse de Frascati (en latin : *Tusculanum*), une certaine princesse Laura Albano avait fait le 5 janvier une réclamation concernant les reliques de saint Sixte et que Mgr Burla instruisait l'affaire, laquelle était la septième de l'année 1975 à être enregistrée par la Congrégation pour le Culte Divin...

Les charmes de la bureaucratie ! : c'est ce que signifiait en clair le reniflement narquois qu'ils grimacèrent l'un et l'autre en même temps.

Puis, ils pénétrèrent enfin dans l'ascenseur

Flaherty
John XXIV !

Sur la paroi d'aluminium du fond de la cabine, une main anonyme avait buriné au moyen d'un objet en métal, clef, couteau ou crucifix, l'insolent graffiti. Et, sans doute, plusieurs montées et descentes avaient-elles été nécessaires pour une gravure aussi soigneuse des dix-sept caractères. A moins que l'inscription ne fût une œuvre collective des élèves de l'Ecole vaticane de paléographie qui empruntaient cet ascenseur pour se rendre à leurs cours. Ils laissaient en somme une énigme à résoudre pour ceux qui leur succéderont sur les bancs de l'Ecole dans mille ou deux mille ans, si les Quatre Cavaliers de l'Apocalypse ne sont pas venus avant faire paître leurs chevaux sur les pelouses du Vatican..

Depuis quelques jours, le slogan était apparu avec quelques autres sur les murs de la Cité Léonine. On pouvait lire un peu partout, écrit au crayon-feutre ou à la craie des « A mort Nichols ! », des « A mort Razzi ! », des « Vive Flaherty ! » Et, la veille, toute une équipe de *sanpietrini* — d'ouvriers travaillant à Saint-Pierre — avait été vue qui s'affairait à effacer un immense « John XXIV » peint à la bombe dans la cour du Perroquet par quelque prélat particulièrement audacieux. L'agitation était extrême au palais apostolique, même si tout semblait au premier abord reposer dans ce calme pieux qui y règne ordinairement. Mais le froissement d'un rideau, le craquement ténu d'un parquet dans une chambre silencieuse résonnent avec plus d'acuité que le déchaînement fortissimo des cuivres dans un orchestre symphonique. A proportion, le mouvement quasi imperceptible qui animait les cours et les couloirs n'était rien de moins qu'une émeute, qu'une révolution. Il suffisait en effet de prêter un peu d'attention et l'on découvrait non seulement les inscriptions scandaleuses mais, chose beaucoup plus inhabituelle encore, de petites groupes qui se formaient spontanément çà et là pour discuter à voix basse et, non s'épier les uns les autres, donner les dernières nouvelles de ce qu'on appelait pudiquement : les événements...

Les événements, c'était, bien entendu, la tentative d'assassinat perpétrée le matin même sur la personne du cardinal curateur de l'Institut pour la Charité Chrétienne. Mais aussi, pour les mieux renseignés, tout ce qui avait précédé : — la réunion extraordinaire de la Commission Cardinalice de Vigilance de l'Institut où Mgr McAwkleen s'était trouvé violemment pris à partie par Mgr Flaherty ; — l'arrestation de celui-ci et sa détention à la caserne des Suisses, lesquels Suisses étaient consignés depuis l'avant-veille ; — son évasion la nuit dernière... Les rumeurs les plus folles se donnaient libre cours. Les prélats irlandais, qui forment un Etat dans l'Etat au sein du Vatican, une maffia que le cardinal Flaherty, le plus glorieux des leurs, avait toujours su habilement utiliser comme groupe de pression et d'influence afin d'asseoir son pouvoir, avaient évidemment pris fait et cause pour lui. Ils n'hésitaient pas à faire courir le bruit que le coup de main avait été monté par les barbouzes du secrétaire d'Etat en personne. Et comme, en de telles circonstances, on ajoute vite foi à ses propres racontars aussi extravagants soient-ils, certains allaient même jusqu'à nommer le ou les tueurs à gage ; précisaient qu'ils avaient été stipendiés sur la cassette de Sa Sainteté. C'était tel ou tel camérier secret ; c'était le R. P Olivares... D'ailleurs, cette évasion était assez louche ! Un guet-apens en fait : on avait aidé ce pauvre cardinal Flaherty à se faire la belle pour pouvoir le descendre plus facilement, hors les murs du Vatican, et rejeter de cette façon la responsabilité de l'attentat sur un quelconque groupe de terroristes ou sur le milieu...

Peu à peu, tous reprenaient à leur compte ce petit bout rimé qui avait été tracé à la craie sur un mur de l'antichambre de Mgr Veuillot :

Tes jours sont comptés Montini
Et le gangster lyonnais
Est fini !
Voici le temps des Irlandais
On t'aura averti
Notre vrai pape c'est Flaherty

Mais le palais apostolique est vaste comme une ville et l'agitation y était restée cantonnée aux cours et aux galeries du bas. Elle n'avait pas encore gagné les étages. Antoine, qui, de la journée, n'était pas descendu des offices de la Congrégation ne s'était aperçu de rien. Au reste, de plus en plus indifférent à tout ce qui l'entourait, il avait jusqu'ici tout ignoré des « événements ». A peine s'il jetait de temps à autre un œil aux gros titres de l'*Osservatore Romano.* Et ce n'était certainement pas dans le quotidien du Saint-Siège qu'il avait quelque chance d'apprendre ce qui s'était passé le matin place du Peuple : la rédaction du journal avait reçu de la secrétairerie d'Etat les plus strictes consignes de silence. La presse vaticane a ceci de commun avec la presse des pays de l'Est qu'elle exalte une doctrine plutôt que de donner des nouvelles exactes et, surtout, qu'elle est absolument aux ordres du gouvernement...

L'abbé Ouladh fut tout de même assez étonné d'entendre son ami demander :

— Mais, de quel Flaherty s'agit-il ?

La question, cependant, n'était pas absurde : dans l'Annuaire pontifical de la Cité du Vatican — on le trouve traînant partout dans les bureaux en aussi grand nombre que bibles et missels et, comme il fait également office de *Who's Who* ecclésiastique, il constitue la lecture favorite des prélats snobs —, dans le petit volume rouge frappé aux armes de Saint-Pierre on dénombre en effet pas moins de sept Flaherty. Mais Jean-Marie de répondre avec brusquerie :

— Voyons ! Le seul, le vrai : le cardinal John Kevin Flaherty.

— Le curateur de l'Institut pour la charité chrétienne ? Cet

Américain, ce grand type blond très baraqué ? Le gorille de Sa Sainteté ?

— Oui. Tu ne sais pas qu'il a manqué de se faire buter ?

— Oh ?

Et Jean-Marie de raconter à son tour les « événements », de rapporter les bruits qui couraient. Que Monsignore menait une double vie, que Monsignore était lié à la maffia, que Monsignore était milliardaire, que Monsignore vivait dans un luxueux attique avec piscine suspendue à la Trinité-des-Monts, que Monsignore avait eu une maîtresse, une ex-Miss France, une très belle femme à ce qu'on disait...

Parvenus à l'étage, ils étaient ressortis tous deux de la cabine d'ascenseur et s'apprêtaient à se séparer quand Antoine, habituellement si réservé sur les questions d'ordre privé, fit tout à trac cette demande indiscrète :

— Et toi, Jean-Marie, tu as déjà aimé ? Je veux dire aimé : une femme ? Ou même... un homme. Enfin... Quelqu'un d'autre que Notre-Seigneur Jésus ?

Jean-Marie, d'abord désarçonné par une question à laquelle il était loin de s'attendre, laissa errer un sourire sur ses lèvres, un sourire qui ne disait ni oui ni non mais plutôt oui que non Puis, il fit cette étrange réflexion :

— Est-ce que je sais seulement si j'ai jamais aimé Dieu ?

L'interrogation était si abruptement, si anxieusement métaphysique qu'elle n'appelait pas d'autre réplique que le silence.

Antoine, pourtant, s'entendit poursuivre très pensivement :

— Et la mort, dit-il, y as-tu déjà pensé ? Le suicide ?

Mais c'était à lui-même plus qu'à son ami qu'il parlait maintenant tout en marchant vers le cabinet des Reliques.

7
LE CONSEIL

Paul VI
Evêque de Rome
Vicaire de Jésus-Christ
Successeur du Prince des Apôtres
Pontife Suprême de l'Eglise Universelle
Patriarche de l'Occident
Primat d'Italie
Archevêque et Métropolite de la Province Romaine
Souverain de l'Etat de la Cité du Vatican
Servant des Servants de Dieu

La carte de visite gravée en anglaises prétentieuses et où s'étalaient immodestement tous les titres officiels de Sa Sainteté, ils étaient quatre à l'avoir reçue dans l'après-midi : les quatre cardinaux de la Commission cardinalice de vigilance de l'Institut pour la charité chrétienne. Un camérier de confiance du pape la leur avait remise en mains propres. Un paraphe et une inscription codée, comme il est d'usage au Vatican pour les convocations aux conseils secrets extraordinaires, indiquaient aux quatre Eminentissimes et Révérendissimes Excellences qu'elles étaient attendues à huit heures et demie dans la petite antichambre attenante à la chapelle privée du Saint-Père pour un entretien avec lui. Elles devinaient à quel sujet...

Vers huit heures vingt, trois longues et luxueuses limousines noires immatriculées *SCV*, les rideaux précautionneusement tirés aux places arrière pour dérober à la vue du vulgaire leurs occupants, traversaient la place Saint-Pierre et s'arrêtaient devant les grilles de la porte de l'arc des Cloches sur le côté gauche de la basilique. Là, les deux Suisses hallebardiers se figeaient au garde-à-vous tandis qu'un troisième, en petite tenue ordinaire de drap bleu, jetait un œil à l'intérieur des voitures.

Le chauffeur de la première annonça :
— Mgr Nichols.
Celui de la seconde :
— Mgr Maraîcher.
Celui de la dernière, une énorme Lancia noire des années 50 admirablement entretenue :
— Mgr di Galeazzo-Consalvi.

Seul des quatre cardinaux appelés en consultation par le pape, Mgr McAwkleen se trouvait alors dans les murs de la cité. Il avait été retenu au palais apostolique par une commission de la « Propaganda Fide ». Ainsi n'aurait-il que quelques galeries à traverser, que quelques escaliers à descendre ou à monter pour se rendre au rendez-vous. Mais s'y rendre aussi discrètement que possible, en déjouant la curiosité des espions du secrétaire d'Etat — qui, vraisemblablement, avait été écarté de cette conférence improvisée ; en déjouant la curiosité, peut-être encore plus redoutable, des prélats du clan des Irlandais acquis à Mgr Flaherty. Il lui fallait se méfier aussi des Gardes-Suisses, lesquels étaient tous, plus ou moins, les hommes liges de « Monsignore » qui, jadis, les avait entraînés militairement et quelque peu fanatisés... Ah ! Mgr McAwkleen savait qu'il est peu chrétien de se réjouir du malheur de ses ennemis et combien diabolique de souhaiter leur mort ; mais il devait s'avouer qu'il aurait appris sans déplaisir que Mgr Flaherty n'avait pas survécu à ses blessures. Et mentalement il évaluait de quel surcroît de pénitence il devrait payer cette mauvaise pensée. Il verrait demain, avec son confesseur, le R. P. Chanel — le confesseur chic, le confesseur du gratin au Vatican où sévit le snobisme du confesseur comme ailleurs, dans d'autres milieux, sévit le snobisme du coiffeur, du masseur ou du professeur de golf à la mode... Le cardinal préfet de la Sacrée Congrégation pour l'Evangélisation des Peuples avait, il est vrai, toutes les raisons d'être mécontent de Mgr Flaherty : son visage aux traits énergiques portait encore témoignage de la violente altercation qu'il avait eue récemment avec lui. Les lèvres gonflées et bleues, une grosse ecchymose présentant sur la tempe gauche toutes les nuances du jaune et du violet, cinq points de suture au-dessus de l'arcade sourcilière où le sang séché avait formé une croûte brunâtre : c'était là la face pathétique du boxeur après « le combat de trop », même si la main qui cachait à demi la paupière tuméfiée était d'une blancheur et d'une mollesse toutes cléricales... Quelques mauvais esprits, inspirés par le Malin, s'apitoyaient devant Son Eminence, lui demandant la cause de son infortune alors qu'ils la connaissaient fort bien et, ce qui était le plus agaçant de tout, Son Eminence devait donner le change en fournissant des explications aussi fausses que la pitié qu'on lui marquait : elle avait malencontreusement glissé et chuté sur le pavement de marbre de la salle du consistoire dont on avait retiré le chemin de tapis rouge pour le nettoyer l'autre jour... Tandis qu'il se rendait d'un pas décidé aux appartements de Sa Sainteté, Mgr McAwkleen sentait grandir toujours plus en lui le ressentiment...

Après être passées devant les églises mineures de la Cité, Sainte-Marthe et Saint-Stéphane, après avoir pris la via delle Fondamenta et traversé la place du Four, les trois limousines noires pénétrèrent en roulant au pas dans la cour de la Sentinelle, puis la cour Borgia, la cour du Perroquet et enfin la cour Saint-Damase où elles se garèrent. Mais nul employé du Service civil de surveillance pour venir ouvrir les portières, nul camérier pour accueillir leurs occupants et nul Garde-Suisse pour leur rendre les honneurs. La plus grande discrétion avait été recommandée aux cardinaux sur la carte de visite qui faisait office de convocation. Précaution inutile pour Mgr di Galeazzo-Consalvi : en dépit des nombreuses remontrances qui lui avaient été faites en personne, remontrances allusives, courtoises mais explicites cependant, le vieillard n'avait pu se résoudre à se conformer aux *aggiornamenti* vestimentaires. Il était en soutane à mozette de soie écarlate, une des plus somptueuses que lui eût jamais confectionné sur mesure Duffy & Quinn ; il portait par-dessus le vaste manteau de moire pourpre appelé ferraïole, il portait la barrette quadricorne, les escarpins de velours rouge à boucle dorée et, au doigt, le fameux diamant de quatre-vingt-deux carats dit le Rodrigue, du nom de baptême d'Alexandre VI Borgia qui en fit don à une de ses maîtresses, lointaine aïeule du prince. On eût dit, descendu de son cadre et animé par on ne sait quel miracle, le cardinal Massimo di Galeazzo-Consalvi peint par Raphaël, un des chefs-d'œuvre de la collection Albano.

Mgr Nichols et Mgr Maraîcher, respectueux des bulles et brefs pontificaux quant à eux, étaient en simple soutane noire à boutons rouges et tâchaient de n'être pas trop remarqués. Ils se précipitèrent auprès de leur collègue italien que son chauffeur aidait à descendre de la Lancia : l'intention apparente était de charitablement le soutenir et le conduire ainsi vers cet ascenseur de secours qu'on emprunte au Vatican lorsqu'on doit rendre visite au Saint-Père incognito. La restriction mentale : qu'il fallait, autant que possible, soustraire aux regards indiscrets cette vision de soies et de moires rouges froufroutantes qui s'avançait en chancelant. Ah ! qu'il est difficile d'être un bon chrétien sincèrement, surtout lorsque Dieu a voulu qu'on soit un des plus éminents d'entre ces chrétiens, donc un des plus exposés !

A mort Nichols !

Le slogan avait été tracé au crayon-feutre rose sur chacune des parois de la cabine d'ascenseur et il semblait impossible de feindre de ne pas l'avoir vu. Ce fut pourtant à quoi parvinrent les trois Excellences, toutes trois excellemment éduquées au séminaire dans l'art de travestir ses sentiments et de dissimuler jusqu'à ses mouvements d'humeur. On eût été bien en peine de trouver un seul trait de caractère commun à l'Américain, calculateur froid et méprisant, à l'Italien, grand seigneur décadent et efféminé, et au jovial Périgourdin, esprit terre à terre et grand amateur de bonne chère ; mais tous avaient reçu la même formation rigoureuse. Et ils observaient un même mutisme, ils montraient un même regard humblement absent alors que chacun, en son for intérieur, ressentait différemment la situation : le premier étouffait de rage de se voir insulté publiquement, le second jubilait car il détestait son collègue en qui il voyait un de ces modernistes auxquels on doit la suppression de la pompe ecclésiastique, du luxe et de l'apparat ; quant au dernier, s'il était profondément offusqué, en même temps il pensait avant tout à remercier Dieu de lui avoir épargné jusqu'ici d'être la cible de ces menaces anonymes qui fleurissaient un peu partout depuis quelques jours sur les murs de la Cité...

L'austère et grandiose étiquette pontificale veut que le Souverain Pontife prenne ses repas seul, aucun commensal n'étant digne de rompre le pain avec le Successeur du Prince des Apôtres. Certes, cela n'empêcha nullement les banquets orgiaques de la Renaissance avec ribaudes et mignons, avec camériers et palatins dressés à satisfaire tous les caprices, tous les vices pour lesquels Sodome et Gomorrhe furent détruites ; mais on avait soin de toujours dresser contre la grande table du souper une petite table pour Sa Sainteté. Ainsi, la dignité de l'Eglise était-elle préservée.. Pie XII, le premier, prit quelques libertés avec la règle. Il invitait de temps à autre à sa table un prélat qu'il voulait distinguer, un cardinal, un nonce qu'il voulait honorer ou avec qui, plus simplement, il avait envie de continuer une conversation théologique commencée avant son dîner. Il arrivait même, car tel était son bon plaisir, qu'il acceptât pour second commensal un protégé du nonce ou du cardinal : c'est ainsi que celui qui deviendrait Son Eminence Mgr John K. Flaherty mais n'était alors qu'un obscur aumônier de la 5e Armée eut l'honneur de déjeuner avec le pape pendant la guerre. . Mais, à la fin de sa vie, Pie XII ayant, comme Louis XIV, succombé à la paranoïa du pouvoir et trouvé en sœur Pasqualine une nouvelle Mme de Maintenon, en revint à la stricte observance de la tradition. Son successeur, Jean XXIII, homme simple que le protocole monarchique accablait d'ennui, osa à son tour braver l'interdit, mais en homme simple, timidement : de loin en loin il invitait une ou deux personnes à dîner. L'invitation, cependant, revêtait toujours un caractère solennel. Ce fut Paul VI, grand-bourgeois de naissance, qui, avec une aisance de grand-bourgeois, institua des manières moins formelles et, surtout, de ne jamais dîner seul. Ordinairement, deux jeunes abbés partageaient ses repas. Depuis quelques années, c'étaient toujours les deux mêmes jésuites : un Italien et un Français. L'un comme l'autre avaient été distingués pour leur intelligence et leur culture exceptionnelles. Ils pouvaient, soir après soir, soutenir une conversation étourdissante de brio et qui ne cessait de passer de la musique à la théologie, de la théologie à la littérature, de la littérature à la philosophie et aux langues. Ils aimaient Bach, Mozart, Dante et Christ — comme Sa Sainteté. Le hasard avait fait qu'ils étaient tous deux fils de riches industriels comme Giovanni Batista Montini et tous deux d'une remarquable et très semblable beauté virile — deux Antinoüs...

Jamais les sujets vulgairement temporels dont le pape avait eu à traiter dans la journée n'étaient abordés dans ces dîners : la politique, le quotidien étaient bannis de la salle à manger. Les murs tendus de velours gris n'entendaient que le murmure bien élevé de propos hautement intellectuels, de paroles hautement spirituelles...

Ce soir-là, contrairement à son habitude, Paul VI préféra prolonger la conversation autour des compotiers et de la corbeille de fruits plutôt que de passer au salon où sœur Luisa venait de mettre en marche la télévision. Il n'avait aucune envie de regarder le journal télévisé. Il savait que pour un bon tiers sinon la moitié du temps, l'émission serait consacrée à l'attentat qui avait failli coûter la vie à Mgr Flaherty...

— Mais, dans le *Lacrymosa,* le *staccato* et le *legato* forment opposition tout comme le *forte* et le *piano* dans le *Recordare...*

D'un signe de la main, le pape interrompit l'intéressante remarque de l'abbé Aldovino, mais comme à regret. Qu'il eût été agréable de poursuivre cette discussion sur la composition du *Requiem* de Mozart et d'entendre l'avis de l'abbé de La Force ! Cependant, il était temps d'aller prier maintenant. Prier pour la vie et le salut de Mgr Flaherty en particulier ; demander à Dieu d'inspirer cette réunion qui suivrait le rosaire... Les deux abbés se levèrent d'un même mouvement pour aider Sa Sainteté à quitter la table. Il y avait dans leur empressement à la servir une émulation toute fraternelle qui la réjouissait : elle leur jeta le regard reconnaissant qu'un père porte à ses fils quand ils font sa fierté.

Tout ce qu'il avait pu entrevoir à la dérobée et savoir de cette vie somme toute fort bourgeoise et facile ; ces vanités intellectuelles, ce relâchement spirituel dégoûtaient au plus haut point l'austère révérend père Francisco-Javier Olivares de la Huerta de Isunza y Pacaÿe, S. I. Pour celui qu'on surnommait indûment le « Grand Inquisiteur », que le « Servant des Servants » pût perdre son temps à des frivolités telles que la musique de Mozart, cet abject franc-maçon, ce libertin obsédé de scatologie, voilà qui dépassait l'entendement ! Et, en se rendant auprès du Souverain Pontife par des couloirs et des escaliers secrets dont il était un des seuls à posséder les clefs des portes au palais apostolique, ce sévère moraliste éprouvait d'avance une sorte d'agacement... *Deo Gratias !* ce sentiment peu charitable était tempéré par les douceurs d'une béatitude tout intérieure : le frottement intolérable du cilice sur la peau avait échauffé son corps jusqu'au point de lui faire connaître le martyre de saint Laurent sur le gril, ou peu s'en fallait. Il brûlait comme brûlent les damnés en enfer ; il était inondé de sueur. De joie, il pressait encore le pas...

Soudain, il s'arrêta : il venait de voir une ombre passer là-bas, dans la pénombre de cette galerie que bien peu utilisaient pourtant, surtout à cette heure tardive. Etait-ce l'abbé Daniel Lynch ? Un secrétaire de la Sacrée Congrégation pour le Culte Divin qui lui remettait fréquemment des rapports secrets sur ce qui se passait dans le service des Rites, un de ses meilleurs et plus ponctuels agents...

C'était lui en effet. Le jeune minutante s'avança, vaguement étonné de découvrir le père Olivares à demi caché dans l'embrasure d'une travée entre deux pans de tenture.

— Est-ce vous, mon père ?

— C'est moi.

Qui d'autre au Vatican exhalait une odeur aussi pestilentielle, une odeur cadavéreuse — prémices, peut-être, à l'odeur de sainteté ?

— J'allais justement vous poster ceci, dit l'abbé Lynch en tendant une enveloppe dont le R. P. Olivares devina aussitôt qu'elle contenait quelques nouvelles délations.

— Je vous remercie, fit ce dernier avec froideur.

Et il continua son chemin en enfouissant l'enveloppe dans une poche de sa soutane dont les plis étaient raidis de crasse...

Nunc et in hora mortis nostrae. Amen.

Le pape achevait son rosaire. Le R. P. Olivares coula un regard vers la chapelle. Il y avait là ce bas-relief d'Enrico Manfrini représentant une Pentecôte et dans lequel le sulpteur a, par flatterie, représenté, parmi les apôtres agenouillés devant la Vierge, Paul VI. La vanité du sujet l'écœurait au sens fort du mot : instinctivement il porta sa main à ses lèvres. En revanche, il était insensible au défaut majeur de l'œuvre : son indescriptible laideur, son indicible médiocrité. Selon Mgr Flaherty, très connaisseur en art quant à lui, elle constituait une véritable offense au Seigneur. « Où sont les Bernin, où sont les Michel-Ange d'aujourd'hui ? avait coutume de demander le curateur de l'Institut pour la Charité Chrétienne. Qui, pour exalter la splendeur de notre foi ? »

Le R. P. Olivares entendit des pas, un froissement de soie... Il se retourna vivement... De part et d'autre la surprise était totale : très imbus de leurs prérogatives cardinalices, Mgr Nichols, Mgr Maraîcher, Mgr di Galeazzo-Consalvi et Mgr Mc Awkleen, qui venait de les rejoindre, appréciaient fort peu de n'avoir pas été convoqués seuls au conseil extraordinaire, de n'avoir pas même été informés qu'ils ne seraient pas seuls. Et, de même, le R. P. Olivares s'attendait à un entretien privé...

Poussant lui-même la grille de son oratoire, le pape s'avança et fit cesser aussitôt les salutations déférentes et profuses des cinq conseillers :

— Je vous en prie, l'heure est grave. Ne perdons pas notre temps en de vaines et peu chrétiennes mondanités. Pas de préambule, non plus. Vous savez tous pourquoi je vous ai demandé de venir ce soir conférer en secret avec moi, n'est-ce pas ?

Cinq hochements de tête lui répondirent, dont celui, irrépressible, de Mgr di Galeazzo-Consalvi qui, atteint de gâtisme, paraissait toujours acquiescer à tout.

D'un geste, il invita alors les prélats à s'asseoir dans les imposants fauteuils tendus de velours gris qui meublent la petite antichambre attenante à la chapelle. Par humilité, le R. P. Olivares se contenta d'un tabouret bas ; tabouret bas sur lequel s'asseoir, d'ailleurs, rendait encore plus voluptueusement douloureux le port du corset de crin. Mais ce fut sans humilité aucune, et avec la réprobation muette de Leurs Excellences éminentissimes et révérendissimes, qu'il prit la parole le premier ainsi que paraissait le lui suggérer un sourire affable du Très Saint-Père à lui seul adressé.

— Que Votre Sainteté, commença-t-il d'une voix soupirante de pécheur repenti, que Vos Eminences me permettent de dresser d'abord un résumé de la situation afin que, tous ensemble (ce

« tous ensemble » fut une vexation de plus pour les cardinaux), nous puissions envisager toutes les questions que pose le... que pose l'événement malheureux survenu ce matin à Mgr Flaherty — que Dieu le garde !

— Que Dieu le garde !

— Que Dieu le garde !

— Que Dieu le garde !

— Et, ensuite, inspirés par l'Esprit saint, tâcher de les résoudre au mieux de nos intérêts... J'entends : des intérêts de l'Eglise.

Etait-ce avec une intention ironique que le R. P. Olivares estimait utile de préciser qu'il s'agissait ici ce soir... oui ! qu'il ne pouvait s'agir en l'occurrence que des intérêts de l'Eglise, non d'intérêts personnels ? Etait-ce une allusion perfide, une flèche décochée dans le plus pur style jésuite ? Mais, songèrent au même instant Mgr Nichols et Mgr McAwkleen, le R. P. Olivares, qui était si bien informé de tous les secrets du Vatican, ne pouvait certainement pas ignorer qu'ils avaient tous deux — tous trois, avec Paul VI — d'énormes intérêts engagés dans l'Institut pour la charité chrétienne et les divers organismes financiers internationaux qui en dépendaient — d'énormes intérêts personnels. Mgr Maraîcher qui, pour sa part, était sans fortune et n'aurait perdu que deux ou trois mille dollars si l'I.C.C devait pour une raison ou une autre, liée à la disparition de Mgr Flaherty, tomber en cessation de paiement, Mgr Maraîcher s'amusa de la pique sans en rien laisser paraître. Mgr di Galeazzo-Consalvi, lequel, ayant confié ses affaires au Crédit Lombard, ne pouvait être que très indirectement touché par une éventuelle faillite de la banque du Vatican, continua de hocher la tête quoiqu'il n'eût entendu aucune malice dans les propos du religieux.

— Oui, les intérêts de Notre Sainte Mère l'Eglise, bredouilla le vieillard d'un ton sénile et presque imbécile en se blottissant frileusement dans sa ferraïole, comme si l'ample cape de moire pourpre figurait la robe de cette Mère vénérée dont il n'était qu'un humble enfant...

Haussant peu à peu le ton, le R. P. Olivares poursuivit :

— Mgr Flaherty est donc, comme vous le savez, soigné à l'hôpital Ognisanti-al-Parioli où il a subi dans la journée deux longues opérations. Les médecins, le professeur Rossi et le professeur Carloleone sont encore assez réservés sur son cas, mais ils ont dit avoir bon espoir cependant...

— Oui, confirma le pape, le professeur Lanfranco a conféré avec eux tout à l'heure et c'est aussi son avis que Mgr Flaherty en réchappera, *Deo gratias*. A ce propos, oserai-je suggérer à Vos Eminences de ne pas laisser uniquement à mon médecin particulier le soin de demander régulièrement des nouvelles de votre collègue ?

Le pape insista sur le mot *collègue* Un silence embarrassé accueillit cette réprimande à peine déguisée. Aucun des cardinaux présents n'avait en effet songé à s'enquérir auprès de l'hôpital de l'état de santé du grand blessé ; aucun n'avait jugé bon de lui faire parvenir un télégrammme de réconfort ; et aucun, en privé, de prier pour lui. Le Sacré Collège non plus n'avait pas estimé qu'il eût été de la plus élémentaire courtoisie et, à tout le moins, de la plus élémentaire habileté d'envoyer une délégation de quelques collègues éminentissimes et révérendissimes au chevet de Mgr Flaherty Or, l'opinion ignorait encore que celui-ci avait été *censuré.* Au reste, *censuré* il n'en était pas moins cardinal : il n'avait pas été *suspendu.* A défaut de simple charité chrétienne, le Sacré Collège aurait dû avoir la décence... la décence et l'intelligence, surtout, de se rendre à l'hôpital en corps constitué ; de se déranger pour un des siens. Après tout, des membres du gouvernement italien l'avaient bien fait en début d'après-midi, et comme s'ils agissaient spontanément A commencer par le ministre de l'Intérieur en personne. Non pour voir le blessé, ce qui, étant donné son état, s'avérait inutile pour le moment ; mais pour être vu au journal télévisé du soir, descendant les marches du Policlinico du Parioli et déclarant avec gravité, sur le fond de musique pathétique qui accompagne habituellement ce genre de reportage, qu'il était inquiet, terriblement inquiet... Mais que tout serait mis en œuvre pour retrouver les coupables, etc.

Ils avaient renié un des leurs, en leur âme et conscience les cardinaux le savaient. Et ils savaient que c'était cela que le pape leur reprochait à sa manière... pontifiante. Seul de toute la Curie, il avait, lui, dès l'instant où il avait appris la terrible nouvelle, prié pour la vie du curateur de l'Institut pour la Charité Chrétienne et demandé, d'heure en heure, un bulletin de santé...

Au milieu du silence crispé, Mgr Maraîcher prit la parole et dit d'un ton mielleux qui lui était tout à fait inhabituel :

— C'est une faiblesse, nous devons le reconnaître et battre notre coulpe. D'autant plus que cela pourrait prêter à malveillance, à médisance, être mal interprété : en nous désintéressant apparemment du sort de John (à dessein, il nomma affectueusement par son prénom le cardinal dont la vie même ou la mort constituaient tout un dramatique enjeu pour l'Eglise), en nous désolidarisant de lui nous ne ferions qu'aggraver certains soupçons désobligeants dont la presse se fait déjà l'écho...

Si, de la journée, elles n'avaient pas accordé une seule pensée pieuse à leur collègue ; si elles étaient demeurées indifférentes à sa souffrance, Leurs Excellences éminentissimes et révérendissimes avaient en revanche, semblait-il, beaucoup lu les journaux, beaucoup écouté la radio et regardé la télévision depuis le matin. Brusquement, chacun y alla de son couplet sur la façon dont les médias avaient présenté le « scandale » — le sentiment dominant étant que le pire scandale était bien celui-là !

Le R. P Olivares, jugeant que la discussion s'égarait, revint à l'objet même du conseil secret, disant :

— Assurément, des réticences, des réserves à l'égard de Mgr Flaherty pourraient accréditer chez de petits esprits habités par le Malin et toujours prompts à dénigrer Notre Sainte Mère l'Eglise les bruits qui courent : que le cardinal était retenu prisonnier au Vatican et qu'il s'en est évadé..

— Ah ! parce qu'il s'est évadé ?

La question inopinée de Mgr di Galeazzo-Consalvi saisit de stupeur l'assistance. Quoi ? il était à ce point gâteux qu'il n'avait pas compris que, pour avoir été victime d'un attentat place du Peuple, il fallait nécessairement que Mgr Flaherty se fût évadé de la caserne des Gardes-Suisses où il était emprisonné au Vatican ? Mais, dans ce cas, peut-être même ne comprenait-il pas le pourquoi de cette réunion... Personne, cependant, ne prit la peine de le lui expliquer. C'était tout comme s'il n'avait rien dit ; tout comme s'il ne prenait pas part au débat...

— Il est de notre devoir, reprit Mgr Maraîcher, de présenter face à l'opinion une sincère affliction, cela seul peut désarmer la rumeur et démentir des faits... des faits qui, hélas ! sont avérés maintenant. Pour le reste, je crains que le scandale ne soit inéluctable. D'une certaine façon, il a déjà éclaté...

Mgr Nichols l'interrompit :

— Mais, fit-il véhément, c'est l'inverse qui, à mon sens, est vrai, mon éminent collègue. Le public n'en a déjà appris que trop ; nos démentis viendraient trop tard, ils ne seraient pas pris au sérieux. Ne trouvez-vous pas plus... politique, plus politique de... oui, disons-le quoi qu'il en coûte à un chrétien de le dire, plus politique d'abandonner à l'opprobre... à un juste opprobre celui qui, en vérité, n'est plus notre collègue depuis longtemps, même s'il l'est toujours en droit ? Celui qui par ses agissements s'est, de lui-même, exclu de notre Sacré Collège... Sinon de l'Eglise.

Sur quoi, Mgr McAwkleen, d'une voix vibrante de colère, renchérit .

— Oui, pouvons-nous, aux yeux de l'opinion, catholique ou non, demeurer solidaires d'un cardinal dont le monde découvre aujourd'hui, étalées au grand jour, les turpitudes ?

— La vie de débauche et de luxe...

— Les relations coupables avec une Marie-Madeleine...
— L'adoration du Veau d'Or, de Mammon...
— Les amitiés douteuses avec un gangster, avec un Caïn...

Quand le pape, profondément choqué par ce débordement de rancœurs qui, pour abonder en fleurs de rhétorique bibliques, n'en étaient pas moins fort peu évangéliques, haussa le ton :

— Mes amis ! Mes amis ! vous navrez mon cœur. C'est de votre collègue, c'est de votre frère que vous parlez, et il souffre ! Qui seriez-vous pour le renier si honteusement ? Non, non ! Je l'entends qui crie miséricorde ; et vous, du Sacré Collège, vous demeureriez sourd à sa plainte ? Ah ! rassurez-moi vite : je ne vous aurai pas bien entendus... Comment ? dites-vous : ses agissements auraient entaché l'honneur de l'Eglise ? Mais n'avez-vous pas lu saint Paul ? L'Eglise ne connaît pas l'honneur, ni aucune de ces petites vanités trop humaines... Que l'Eglise porte sa croix !

Un silence s'ensuivit — pesant. Chacun, baissant les yeux, parut s'abîmer dans la méditation...

Ce fut Mgr Maraîcher qui, le premier, osa reprendre la parole après que le Saint-Père se fut tu. Le subtil casuiste qu'il était sut fort bien démontrer que le choix présent était pour l'Eglise entre la vérité, la charité, la dignité sacerdotale. Ou bien on faisait de Mgr Flaherty le bouc émissaire, on le laissait subir seul les injures sans en prendre sa part chacun et on préservait ainsi l'image de propreté, sinon de pureté de l'Eglise. Mais, bien évidemment, rien n'assurait que le scandale qui frappait un cardinal ne rejaillirait pas sur le Sacré Collège tout entier, sur la Curie et le Saint-Siège :

— *Ab uno disce omnes* (« D'après l'un d'eux, connais-les tous »), fit remarquer en incise Mgr di Galeazzo-Consalvi, lequel, à défaut de saisir parfaitement l'enjeu du débat, savait parfois, dans ses rares accès de lucidité, placer à propos une citation latine et signaler ainsi sa présence au conseil secret.

Ou bien, deuxième solution, on se solidarisait complètement avec Mgr Flaherty tout en niant les faits hautement blâmables qui lui étaient reprochés. Mais on mentait alors, on commettait un péché...

Ou bien, troisième solution : sans pharisianisme, mais avec un vrai courage, on exposait ouvertement la situation, on l'assumait collectivement et, en même temps qu'on condamnait le banquier, on défendait l'homme... C'était la solution la plus difficile car elle exigeait une transparence absolue, une absolue sincérité ; c'était la solution la plus authentiquement chrétienne... Et, bien sûr, celle qui fut donc rejetée tout de suite, sans examen, comme si elle n'avait pas même été suggérée..

C'est que les questions morale et religieuse apparaissaient tout à coup comme des plus secondaires ; on en venait aux choses sérieuses maintenant : « *Quid de Christiana Caritate ?* » Ce qui, traduit en langue vulgaire, aurait pu se dire : « Et notre fric ? »

Le R. P. Olivares, qui s'était vu constamment interrompu dans son exposé, pouvait prendre sa revanche : sur ce point, lui seul avait approfondi et il pouvait à présent apporter quelques révélations. Révélations propres à jeter dans la consternation ces affairistes qu'étaient les cardinaux Nichols et McAwkleen.

— Vos Eminences, dit-il, plein d'une joie mauvaise, en s'adressant plus particulièrement à eux, notre enquête via Sottocolle nous a conduit à la conclusion tant redoutée : sans aucun doute Mgr Flaherty est seul à détenir les codes et la clef des listings de la banque.

Mgr di Galeazzo-Consalvi intervint à nouveau, citant à nouveau Virgile, son auteur favori semblait-il :

— *Felix qui potuit rerum cognoscere causas !* lança-t-il.

« Heureux celui qui a pu pénétrer le secret des choses ! » Remarque intempestive qui eut pour seul effet d'augmenter la tension nerveuse qui régnait sur le conseil.

Le R. P. Olivares continua néanmoins, imperturbable. Scrutant du regard le regard sans cesse plus fuyant des deux cardinaux américains, il leur assena :

— Lui seul connaît l'état et le fonctionnement tout à fait particulier de certains comptes ; comptes qui, à ce qu'il paraîtrait, travaillent, si je peux m'expliquer ainsi, oui : travaillent illégalement à l'étranger, Vos Eminences...

Ce « à ce qu'il paraîtrait » dit à mi-voix avec une feinte candeur était un chef-d'œuvre de l'art tout jésuitique de la litote : le religieux de l'illustre Compagnie en savait beaucoup plus long qu'il ne voulait bien le dire.

— Ah ! mon Dieu ! ne put se retenir de s'écrier Mgr Nichols.

L'amour de Dieu entrait pour fort peu dans ce cri du cœur ; mais pour beaucoup la peur que le compte n° 63-89-46 de l'I.C.C., riche de ses cent dix mille dollars en actions se trouvât tout à coup « gelé ». Pire encore : l'évêque *in partibus* de Laodicea de Numidie possédait le trentième d'un pétrolier géant, il possédait huit wagons, il possédait la majorité des parts dans une multinationale du sang, la Hema International, et tout cela était géré par diverses *Anstalts,* sociétés écrans, sociétés fictives, sociétés fantômes domiciliées au Liechtenstein et à Glarus, en Suisse — sociétés dont un certain Harold Finnegan, alias Mgr John K. Flaherty, était le président... Qu'en adviendrait-il maintenant ?

— Mais, c'est impossible, impossible ! fit en écho Mgr McAwkleen.

Moins fortuné que son collègue, il disposait tout de même d'un important portefeuille dans un certain Groupe des Investisseurs Anonymes qui usait et abusait des facilités fiscales accordées par la principauté de Monaco, les Emirats Arabes et les Iles Maldives. En outre, il avait un compte numéroté à la Strauss, Strauss & Strauss, une banque travaillant principalement avec les fonds secrets et autres trésors de guerre de mouvements de résistance, de groupuscules terroristes ; les fortunes d'anciens hauts dignitaires nazis réfugiés en Amérique latine et de chefs d'Etat ou de chefs religieux en exil tels les ayatollahs iraniens. Mais rien ne se faisait jamais directement : tout passait par l'entremise de l'I.C.C. ou, ce qui revenait au même, d'Harold Finnegan... Qu'en adviendrait-il maintenant ?

Et le titulaire du compte 16-16, enregistré à l'I.C.C. sous le nom de Giovanni Battista Montini, à quoi songeait-il présentement, lui qui, millionnaire en lires quand il avait été créé cardinal au consistoire du 15 décembre 1958, se trouvait aujourd'hui millionnaire... mais en dollars ! alors qu'il faut près de mille lires pour faire un dollar ? Son visage ne trahissait aucune émotion particulière — « sérieux comme un pape », dit-on.

Le R. P. Olivares, torturé par son cilice, prenait pour sa part un plaisir évident à torturer en paroles Leurs Eminences :

— Les informaticiens ont été interrogés, dit-il. Ils sont formels : ils pourraient sans doute reconstituer le code des ordinateurs et leur clef mais cela leur prendrait plusieurs semaines sinon plusieurs mois..

— Plusieurs jours à l'écart des marchés et de la bourse sont déjà une éternité ! soupira plaintivement Mgr Nichols.

Il se reprit :

— Pour une banque, s'entend.

On aurait pu croire, à le regarder douloureusement grimacer, qu'il sentait lui aussi dans sa chair la brûlure du crin et des courroies de cuir trop étroitement sanglées.

— Au reste, poursuivit le R. P. Olivares, la question est de celles qui peuvent se résoudre. Et les employés de l'I.C.C. continueront d'expédier les opérations *ordinaires,* de gérer les comptes *ordinaires* (deux fois il appuya intentionnellement sur le mot *ordinaires*). Non, messeigneurs, ce qui paraît absolument impossible, hélas ! c'est de démêler dans tout cet inextricable réseau d'affaires dont s'occupait Mgr Flaherty... C'est de distinguer celles où sont impliquées des personnes privées, même si ces personnes sont, ce qu'à Dieu ne plaise ! des ecclésiastiques : ces affaires-là ne nous concernent pas (ici, il y eut un échange muet d'expressions de haine entre le père jésuite et NN. SS. Nichols et

McAwkleen qui n'échappa pas même à l'attention défaillante de Mgr di Galeazzo-Consalvi)... et les affaires où est impliquée l'Eglise elle-même. Tout reposait en effet sur la confiance en la parole donnée et sur des jeux d'écriture entre sociétés plus ou moins fictives... Exactement, je suis au regret de le dire, comme dans les associations de malfaiteurs, les syndicats du crime... Sans Mgr Flaherty pour nous servir de guide, nous nous trouvons en *terra incognita*...

— Mais, intervint à ce moment-là Mgr Nichols, nos deux agents, Messieurs...

— Barbieri et Aduanello ?

— C'est cela. N'ont-ils rien retrouvé à la Residenza Gregoriana ?

— Ils s'y sont rendus dès ce matin, quand ils ont appris la terrible nouvelle. Beaucoup de choses ont brûlé et, de toute façon, c'est la police et la justice italiennes qui maintenant enquêtent sur les lieux. Leur tâche n'en sera guère facilitée : le ministère de l'Intérieur, les renseignements généraux, le deuxième bureau, ils sont tous sur l'affaire... Un véritable cordon sanitaire a été installé autour de la Residenza...

— Eh bien, ne serait-il pas judicieux de proposer la collaboration de nos services à...

— A l'honorable Giovanni, au ministre de l'Intérieur qui, vraisemblablement, est titulaire d'un de ces comptes anonymes de l'I.C.C. par lesquels transitaient vers la Suisse depuis plus de dix ans des milliards et des milliards de lires ?

— Attendez, mon père, Mgr Flaherty n'a-t-il pas un avocat ?

— Oui. M. Robert Berg. En fuite. Ou, en tout cas : introuvable. Peut-être était-il complice des assassins.

— Seigneur !

— Et n'avait-il pas à Londres une Rolls-Royce ? Messieurs Barbieri et Aduanello nous avaient révélé que cette voiture était munie d'un ordinateur dont ils pensaient qu'il contenait sans doute en mémoire toutes ces... toutes ces affaires parallèles traitées par l'I.C.C. ; qu'il en constituait en somme le cerveau, si je puis m'exprimer ainsi...

— Ah ! vous soulevez un point intéressant, mon éminent collègue. Ne serait-ce pas en effet une sorte de... piste. Oui, une piste.

— Quel moyen aurions-nous de faire place sous séquestre cette Rolls-Royce ? Et si Messieurs Barbieri et Aduanello réussissaient à s'en emparer illégalement, d'ailleurs, il est à craindre que cela ne changerait rien : sans doute cet ordinateur est-il aussi inviolable que ceux de la via Sottocolle.

— Ah ! nous sommes donc pris au piège de toutes parts ?

— Et ce que vous nous dites, mon père, c'est qu'il ne nous reste plus qu'à prier le Seigneur qu'il garde en vie Mgr Flaherty !

On était en train de battre tous les records d'indécence, constata Mgr Maraîcher. A peine s'il put réprimer face aux deux cardinaux américains une moue de dégoût qui lui venait : Leurs Eminentissimes et Révérendissimes Excellences lui faisaient brusquement penser à quelques rapaces au plumage noir et au ventre taché de rouge... De son côté, Mgr di Galeazzo-Consalvi bredouillait des :

— *Turpe ! Turpissime !* (« C'est une honte, une très grande honte ! ») à peu près inaudibles et dont on ne savait au juste à qui ou à quoi ils s'adressaient : à l'obsession de ses collègues envers l'argent, à la situation périlleuse de l'Institut pour la Charité Chrétienne, aux pratiques à tout le moins contestables du curateur de cet institut... Le R. P. Olivares récitait à part soi quelques Ave et quelques Pater ; il opposait maintenant à la hargne des cardinaux des traits empreints d'onction et de douce sérénité ; un sourire de béatitude flottait sur ses lèvres... Quant à Sa Sainteté, elle demandait pardon à Dieu pour ses frères pécheurs et demeurait de marbre...

Terrible avec son visage défiguré, Mgr McAwkleen laissa enfin éclater toute la rancœur accumulée depuis des jours et des nuits que la douleur avait écourtées :

— En conclusion, fit-il, si Mgr Flaherty est rappelé à Dieu ; ou s'il échappe de nouveau à notre contrôle... nous sommes ruinés !

Il prit conscience, cependant, qu'il ne dissimulait plus ses sentiments, et ajouta :

— Nous : je veux dire, l'Institut pour la Charité, je veux dire... l'Eglise !

Mais toute l'assistance avait compris qu'en disant « l'Eglise », il pensait à certains de ses clercs les plus éminents.

Alors, Mgr Nichols, avec une semblable véhémence :

— Il faut que le Saint-Siège demande... non, exige immédiatement son extradition !

— Son extradition ?

— Une demande d'extradition du Vatican au gouvernement italien, mon éminent collègue ?

— Cela ne s'est jamais vu !

— Non, jamais depuis la signature des Accords du Latran.

— Certes. Mais il ne s'était jamais vu non plus pareils agissements d'un de ses ressortissants. Il ne s'était jamais vu qu'un cardinal fût victime d'un règlement de compte avec la Maffia !

— Car il est sûr que ce soit la Maffia qui ?

— Absolument sûr !

— Seigneur !

— Un certain Varese, je pense Un homme avec qui...

Le R. P Olivares quêta sur les lèvres du Souverain Pontife l'autorisation de révéler ce qu'ils étaient très peu à savoir encore ; le pape acquiesça.

— Eh bien, avec qui nous avons été en rapport très récemment.

Etrangement, la révélation ne provoqua aucune des réactions scandalisées escomptées. Le Vatican était décidément un palais de verre : tous devaient déjà avoir été mis au courant par Sa Sainteté en personne de l'opération menée en secret — prétendument en secret ! — par Mgr Razzi et négociée par le père jésuite. Par leur entremise, et à l'insu de Mgr Flaherty, l'Institut pour la charité chrétienne était parvenu à se débarrasser sur Eliah Varese des actions de la Huelco que la banque apostolique détenait et à faire antidater l'acte de cession afin de blanchir le Vatican d'éventuelles accusations d'avoir trempé dans le complot contre l'émir Farouh-Ahbat... C'était d'ailleurs, songea-t-il brusquement, une chance que Mgr Flaherty, au moment où il avait acheté en masse ces actions de la Huelco, l'eût fait ouvertement et régulièrement ! Mgr Razzi et lui-même avaient pu ainsi effacer, comme d'un coup d'éponge — un coup d'éponge qui coûtait tout de même deux cent mille dollars à l'Eglise —, cette prise de participation...

— Mon père, demanda Mgr Nichols, estimez-vous que Mgr Flaherty court encore des risques ?

— Qu'entendez-vous par là, monseigneur ? Des risques d'être assassiné par la Maffia ?

— Oui.

— Très certainement, hélas ! répondit à la place du R. P. Olivares Mgr Maraîcher. Il n'est pas dans la manière de ces gens-là de ne faire les choses qu'à moitié. Et, semblait-il, il ne s'agissait pas d'un simple avertissement ce matin, place du Peuple. Le journaliste américain qui se trouvait avec notre éminent collègue a été tué...

Le cardinal éprouvait un peu de honte d'avoir à soutenir une conversation qu'on est plus accoutumé d'entendre dans les locaux crasseux de la police judiciaire ou l'arrière-salle d'un tripot que dans les salons tendus de velours gris et beige du palais pontifical, sous ces riches plafonds baroques peints à fresque et dorés...

— Raison de plus ! fit vivement Mgr Nichols. Raison de plus pour demander l'extradition : ici, nous pourrons le protéger...

— Le surveiller ! rectifia Mgr McAwkleen dont le ressentiment à l'égard de Mgr Flaherty ne désarmait pas, oui ! le surveiller..

Il se mit à rêver pour son collègue de culs-de-basse-fosse, de supplices médiévaux qui le feraient avouer à la fin comment fonctionnait tout cet institut secret qui, en quelque sorte, doublait l'Institut pour la Charité Chrétienne et par les opérations duquel il avait si vite fait fortune lui-même. N'y a-t-il pas dans les caves du palais apostolique des salles de torture dont les instruments, bien entretenus par le service de maintenance des musées vaticans, sont en parfait état de marche ?

— Hélas ! dit Mgr Maraîcher, il semblerait que nos Gardes-Suisses ne sont plus très sûrs. Mgr Flaherty a très certainement bénéficié de quelques complicités pour pouvoir s'évader si aisément de leur caserne la nuit dernière.

— Que faire ?

— L'extradition, l'extradition...

— Oui. Nous pourrions alors exercer ici un contrôle sur lui... Et, si cela s'avérait nécessaire, nous ferions doubler la Garde-Suisse par le Service civil de surveillance. Je crois ces hommes beaucoup moins sensibles au prestige de guerrier que Mgr Flaherty avait acquis sur les champs de bataille dans la campagne d'Italie.

— Et acquis en recrutant nos hallebardiers, plus tard. En les entraînant...

— Cependant, songez, mes éminents collègues, au scandale que risque de soulever une demande d'extradition en bonne et due forme... Ce serait forcément accréditer les pires rumeurs concernant Mgr Flaherty, ce serait avouer qu'il a commis des exactions passibles de la prison aux yeux de notre justice...

— Outre que Mgr Flaherty étant nonce extraordinaire de Sa Sainteté, il jouit de l'immunité diplomatique.

— Lever cette immunité et fournir au gouvernement italien un dossier suffisamment accablant sur le compte de Mgr Flaherty, donc de l'I.C.C... Suffisamment accablant pour justifier une demande d'extradition et que cette demande ne soit pas rejetée... Je vous laisse imaginer l'embarras...

— En tout état de cause, le gouvernement italien refuserait : tant de ministres sont en rapport avec l'I.C.C... Ils auraient beaucoup trop à y perdre ! Non, ils voudront garder Mgr Flaherty, le déférer devant leur justice...

— Ou, plus vraisemblablement, ne pas l'inquiéter du tout. Etouffer l'affaire. Ce sera pour eux la seule garantie qu'ils puissent peut-être un jour récupérer leur mise sinon reprendre leurs fructueuses relations avec l'Institut...

— Dans ce cas, une seule solution ! L'enlèvement...

— L'enlèvement ?

— Oui, l'enlèvement ! Une opération risquée mais qui nous évite d'avoir à fournir des explications aux Italiens, donc d'exposer l'Eglise au scandale... Qui irait soupçonner le Saint-Siège d'un pareil acte de piraterie ? On cherchera du côté de la Maffia plutôt, voire des terroristes...

— Mais sans doute Mgr Flaherty est-il intransportable encore.

— C'est ce qu'il faut savoir !

— De toute façon, cela demande réflexion... et une sérieuse préparation. On ne peut pas improviser ce genre de... ce genre d'opération. Si nous venions à être surpris...

— Assez ! Assez ! Assez ! se mit brusquement à crier le pape en se dressant debout, un doigt pointant le ciel.

Il n'aurait pu supporter un instant de plus d'entendre de si sordides propos. Il tempêtait :

— Etes-vous devenus fous ? Où sommes-nous ? Devant les portes de la chapelle du Successeur du Prince des Apôtres, entre hauts dignitaires de Notre Sainte Mère l'Eglise ? Ou bien avec la pègre, dans quelque bas-fond des quartiers chauds ? Avez-vous oublié qui nous sommes ?

Il éclata en sanglots et se jeta à genoux, disant :

— Oh ! Prions ! Prions ! Implorons Notre-Seigneur, implorons la Vierge Marie ! Demandons-leur grâce !

Tous alors, blêmes de stupeur, l'imitèrent aussitôt et se laissèrent tomber de leurs fauteuils sur le pavement froid ; Mgr di Galeazzo-Consalvi dans un inquiétant froissement de soie et d'os... Le R. P. Olivares s'y coucha même de tout son long et, avec ostentation, baisa l'escarpin de velours rouge de Sa Sainteté qu'il avait tout contre lui, à hauteur de son visage.

Larmes, plaintes déchirantes, murmures des invocations au Christ en Croix ; et le pape répétant d'un ton d'hébétude :

— Il m'a sauvé la vie ! Jadis, Mgr Flaherty m'a sauvé la vie ! Ah ! Seigneur, pardonne-leur ! Ils ne savent pas...

« Il m'a sauvé la vie ! Jadis, Mgr Flaherty m'a sauvé la vie ! Seigneur Seigneur, ne l'abandonne pas ! »

DEUXIÈME PARTIE

LACRIMOSA

1

LA RÉSURRECTION

Un murmure indistinct dans les lointains. Ici, un pan de mur blanc où dansaient de pâles lueurs azurées, une odeur légère et indécise de fleurs coupées, de linge lavé, de sueur, d'éther… Etait-ce cela l'Au-delà ?

Dans l'état où il se trouvait, entre l'hébétude de l'ivresse et la béatitude, il lui semblait flotter, l'âme comme détachée du corps. Il n'éprouvait aucun sentiment de pesanteur encore, aucune douleur ni aucune peur. Peut-être était-il mort, peut-être ne l'était-il pas : au fond, peu lui importait pourvu que cette impression heureuse persistât indéfiniment…

Puis, très doucement, il commença à remuer les lèvres. Sans qu'il en eût clairement conscience, elles articulaient à nouveau ces mots mystérieux, écrits à la craie sur un tableau noir et qu'il avait déchiffrés sans les comprendre le jour où il avait fait son entrée dans la classe des petits, au séminaire de l'Immaculée Conception :

Et expecto resurrectionem mortuorum…

« J'attends la résurrection des morts » — il sut alors qu'il vivait. Et il en ressentit presque aussitôt un immense découragement. Il faudrait donc lutter, il faudrait donc douter, il faudrait donc croire, il faudrait aimer et haïr, il faudrait vouloir de nouveau. Ah ! comme il eût été préférable de se laisser aller enfin, de se laisser vivre — c'est-à-dire de se laisser mourir. Car vivre, vivre quand on était *Monsignore,* n'avait qu'un sens : se dominer, se dépasser, reprendre l'incessant combat sur soi-même…

En même temps qu'il recouvrait la conscience de la réalité alentour, en même temps qu'il recouvrait la conscience qu'il devrait l'affronter, cette triste réalité, une impression confuse se faisait jour en lui. C'était plus qu'un malaise : c'était une souffrance imprécise mais diffuse dans tous ses membres… Son corps ! une terreur soudaine l'assaillit. Qu'en était-il de son corps ? Etait-ce toujours, intact, entier, ce formidable corps d'athlète et de lutteur qui faisait sa fierté ? Ce corps aguerri par la pratique des sports, ce corps magnifié par la pratique amoureuse : ce corps massif, musculeux et pourtant souple, délié et si bien dessiné que, le voyant torse nu, jadis, Mgr Walkman n'avait pu s'empêcher de s'écrier : « Un Michel-Ange ! » Oh ! certes, l'Eglise a souvent condamné la vanité de la chair et clamé son mépris de la beauté humaine, John ne pouvait l'ignorer. Mais Dieu n'est-il pas censé avoir fait l'homme à son image ? Faudrait-il donc que nos corps soient malingres, tordus, débiles pour être des corps de bons chrétiens et faire honneur à Notre-Seigneur ? Quelle absurdité ! estimait-il. D'ailleurs, il n'est pas une seule parole des Evangiles qui puisse être interprétée dans ce sens. C'est après coup, à cause d'un moralisme étriqué, à cause d'un pharisaïsme sans grandeur que la sensualité a été prise en horreur par l'Eglise ; à commencer par cette sensualité singulière du danseur, du nageur, du coureur de fond qui jouit de sa souplesse, de sa vitesse, de sa vigueur nerveuse — de sa grâce en un mot. Mais qu'on relise les grands mystiques comme sainte Thérèse d'Avila : on verra qu'ils n'ont pas renié le corps mais, au contraire, conçu la sensualité comme un, sinon le seul, accès à la spiritualité. La grâce mène à la Grâce... Au reste, les nus sublimes de Michel-Ange ne glorifient-ils pas mieux la création divine que les horreurs sulpiciennes ? Oui ! exercer ses muscles, discipliner son souffle et ses battements de cœur, c'était encore une manière de prier, pensait-il ; c'était encore une manière de louer le Seigneur et de révérer la Création...

Mais s'il devait se retrouver infirme maintenant ? S'il devait être amputé d'un membre ou paralysé, s'il devait ne plus bénir faute de pouvoir lever ses belles mains, s'il devait ne plus remettre les gants pour boxer, s'il devait être diminué d'une quelconque manière : ne serait-ce que boiter ou respirer avec difficultés ; s'il devait n'être plus tout à fait *Monsignore ?* Ah ! l'éventualité lui faisait tant horreur qu'il en aurait hurlé s'il en avait eu la force. Mais il venait à peine d'émerger d'un long coma chimique et il ignorait toujours où il se trouvait quoiqu'il commençât de soupçonner que c'était là une chambre d'hôpital...

Enfin, il perçut tout près de lui une très légère agitation, un remuement de linge blanc, et il vit un beau visage se pencher sur le sien.

— Son Eminence révérendissime...

Un second visage, un homme coiffé d'un calot de toile verte

— Son Eminence révérendissime..

Tout autour, c'était maintenant un chuchotis déférent, humble et suave, ponctué de « Monseigneur », d'« Excellence », d'

« Eminence », allons ! on savait donc qui il était et, mieux, on savait lui rendre les honneurs dus à son rang... D'emblée, avant même d'avoir saisi plus précisément le sens de ce qui se disait autour de lui, John en fut comblé de bonheur et, mentalement, en rendit aussitôt grâces à Dieu. Ah ! il était donc toujours, et aux yeux de tous, Son Eminentissime et Révérendissime Excellence le cardinal John K. Flaherty, « Flaherty le Magnifique » comme on l'avait maintes fois surnommé — il était *Monsignore !*

Outre le respect obséquieux qui s'attache à ses hautes fonctions sacerdotales, un cardinal jouit d'un avantage certain : on lui dit la vérité. Lui mentir, fût-ce avec de pieuses intentions, ce serait, semble-t-il au commun des mortels, comme mentir à Dieu lui-même dont il est, après le pape, le plus proche servant : peu s'y risqueraient. Aussi, quand les professeurs Rossi, Carloleone et Michelozzi d'abord ; puis le médecin de Sa Sainteté en personne, le professeur Lanfranco ; puis sœur Luisa, sœur Lucia et sœur Maria-Pia, toutes trois désignées par l'hôpital Ognisanti-al-Parioli pour ne servir et soigner que l'éminentissime et révérendissime malade en se relayant de huit heures en huit heures à son chevet — quand tous ces bons chrétiens lui eurent juré qu'il ne garderait aucune infirmité, aucune séquelle de son terrible accident si ce n'est une infime cicatrice de trachéotomie au cou, John fut pleinement rassuré. D'ici un mois, il aurait retrouvé toute son énergie, son énergie proprement surhumaine. Et les jeunes internes que les professeurs Rossi et Carloleone lui présentèrent et à qui il tendit, dans un geste très princier, son anneau à baiser pourraient dire plus tard avoir assisté à un cas exceptionnel de rétablissement et de guérison — une vraie résurrection. Mais, cette résurrection, l'attribueraient-ils à la foi ou, plus scientifiquement, aux qualités physiques hors du commun de l'illustre patient ?

Puis John se fit expliquer en détail les deux opérations qu'il avait dû subir et le pourquoi des soins qu'on lui prodiguait. Les médecins se firent un point d'honneur de répondre à toutes ses questions.

— Et ce pansement ? demanda-t-il tout à coup en désignant du menton son biceps droit.

Il y eut un silence, un échange de regards embarrassés entre les internes. Enfin, le professeur Rossi dut avouer :

— Un tatouage, Excellence... Vous avez là un tatouage.

— Oui, eh bien ?

— Eh bien, nous avons craint que cela ne choque les deux religieuses qui doivent s'occuper de votre toilette le matin... Nous leur avons demandé de ne pas toucher à ce pansement-là... Nous pensions que Votre Excellence...

— Mais oui, je vous en remercie, dit John.

En fait, la situation lui parut si cocasse que, à l'effarement de toute l'assistance, il éclata de rire...

I'm a devil!

proclamait imprudemment le tatouage (« Je suis un diable ! ») — toute l'équipe chirurgicale avait pu le constater. C'était décidément un bien étrange ecclésiastique qu'ils soignaient là... Et, en tout cas, le patient le mieux surveillé de tout Ognisanti. Car, outre le personnel médical surabondant attaché à son service, il avait pour le protéger un personnel militaire digne d'un chef d'Etat. Deux policiers à la porte de sa chambre, deux policiers pour arpenter les couloirs, quatre pour garder les issues de l'étage, quatre pour contrôler les allées et venues dans le hall du bâtiment et vérifier, si besoin était, l'identité des visiteurs, quatre sur le toit-terrasse prêts à descendre encordés le long des baies vitrées afin de prévenir toute attaque extérieure. Dès que le blessé était ressorti du bloc opératoire, l'impressionnant dispositif avait été mis en place pour parer à un éventuel attentat, un éventuel enlèvement. De plus, depuis ce matin, arguant que Mgr Flaherty était nonce extraordinaire de Sa Sainteté et jouissait donc de certaines prérogatives diplomatiques, le Vatican avait obtenu du ministère de l'Intérieur italien l'autorisation de poster en renfort cinq tireurs d'élite de sa Garde-Suisse. Ceux-ci, bien entendu, ne portaient pas le magnifique uniforme Renaissance bleu flammé de jaune dessiné dit-on par Michel-Ange, ni même la petite tenue à justaucorps et chausses bleu uni : comme les « commandos » de défense urbaine des meilleures armées modernes, ils étaient vêtus de combinaisons en treillis gris et, avec leur harnachement extrêmement sophistiqué — casques blancs à mentonnière protectrice et talkie-walkie intégré, lunettes anti-plombs en verre miroir, gilets pare-balles légers, masques à gaz cagoules, baudriers porte-munitions en nylon, poches cuissardes bourrées de grenades offensives et ces *Magnum Force Special* auxquels seuls ont droit dans la C.I.A. quelques agents d'élite — ils faisaient l'envie de leurs homologues italiens, beaucoup moins bien équipés. Quant au petit personnel hospitalier qui n'avait pas encore été mis au courant, quant aux visiteurs et aux malades qui les croisaient dans les couloirs, ils étaient tout simplement terrifiés par l'allure martiale de ces cinq hommes parlant en allemand et dont pas un ne mesurait moins d'un mètre quatre-vingt-cinq. Quelle n'était pas leur stupéfaction quand ils venaient à distinguer, brodées sur la poitrine de leurs combinaisons, les armes de Saint-Pierre . la tiare et les clefs entrecroisées '

Par des indiscrétions involontaires et parce qu'il avait l'art de poser des questions insinuantes aux trois religieuses, lesquelles se montraient éperdues d'admiration pour Son Eminence, John sut très vite qu'il disposait ainsi de pas moins de vingt et un gardes du corps pour défendre sa vie jour et nuit. Pour défendre sa vie ou pour le tenir prisonnier ? Pour lui éviter de tomber à nouveau sous les balles d'un tueur à gages de la Maffia ou pour le priver de tout contact avec l'extérieur ? Pour prévenir un enlèvement ou empêcher une évasion ? Aussi épuisé nerveusement qu'il fût encore, John ne pouvait s'empêcher de s'interroger déjà, de réfléchir intensément à la situation périlleuse où il se trouvait ; de dresser des plans, même, de chercher les moyens de mener de nouvelles intrigues ! et d'évaluer ses chances — bref, de retrouver son génie de l'aventure, de la manœuvre, de la *combinazione*...

La force gît, avant tout, dans l'exacte connaissance de ses propres faiblesses, de ses propres limites. L'erreur vient presque toujours d'avoir sous-estimé l'adversaire et surestimé ses avantages personnels. S'il voulait reconquérir le pouvoir perdu, il devait en premier lieu se demander quels étaient ses atouts et quels étaient les leurs — peser le *pour* et le *contre*.

Contre lui ? Evidemment, il avait d'être cloué au fond d'un lit, avec un mince tuyau d'arrivée d'oxygène collé au sparadrap au-dessus de la lèvre, une aiguille à perfusion continue dans le bras, les deux jambes plâtrées jusqu'au bassin, l'épaule gauche prise dans une attelle... Mais, pour lui : de n'avoir plus à se tenir constamment sur ses gardes comme il eût dû le faire, et plus que jamais, s'il s'était trouvé en liberté. Sa chambre d'hôpital était le seul endroit où Varese pourrait le rencontrer désormais et, pour pénétrer dans cette chambre, il lui faudrait passer sur les cadavres de quelque dix ou douze hommes armés... De cinq hommes armés, du moins ! rectifia John mentalement, car s'il n'avait guère confiance dans les policiers italiens, mal entraînés, mal équipés et si mal payés qu'il serait certes injuste de leur reprocher leur manque d'enthousiasme à se faire tuer, en revanche il était sûr du dévouement de ses chers Gardes Suisses : aucun corps d'armée, dans l'Histoire, n'a autant cultivé qu'eux la bravoure et le sens du sacrifice...

Pour lui encore ? Eh bien ! l'amitié de ces Gardes-Suisses, justement. Assurément, la Curie, en obtenant du gouvernement italien de les envoyer ici pour sa.. « protection » ; la Curie avait cru se montrer plus machiavélique et retorse qu'il n'était lui-même.

Elle avait cru l'intimider en lui faisant habilement sentir que si, pour la galerie, elle lui prodiguait des honneurs dus à un diplomate du Saint-Siège, en même temps, elle le considérait toujours comme prisonnier du Vatican et s'attendait à ce qu'il comprît clairement l'allusion — c'était du moins ce que John, versé dans les roueries de la pensée jésuite, supputait allégrement. Seulement, se disait-il, c'était peine perdue ! A malin, malin et demi ! (Le Seigneur veuille lui pardonner cette fâcheuse expression...) John K. Flaherty n'était plus un enfant de chœur, ma foi ! (Le Seigneur veuille aussi lui pardonner celle-ci...) En s'évadant de la caserne des Gardes-Suisses, n'avait-il pas assez démontré à ces maladroits du Sacré Collège qu'il jouissait auprès des soldats de certaines complicités ? Ce serait bien le diable (Oh ! décidément...), oui ! ce serait bien le diable s'il ne parvenait pas à « retourner » — comme on dit dans les polices secrètes — les cinq tireurs d'élite, c'est-à-dire les employer à son service personnel et se constituer ainsi une véritable milice privée. Quoi ? Le Saint-Siège voulait renouer avec certaines pratiques de l'Eglise de la Renaissance, emprisonner un cardinal sans même le déférer au préalable devant un tribunal ecclésiastique, lui déléguer des sbires armés jusqu'aux dents pour, prétendument, le protéger mais, à la vérité, pour l'espionner ? Fort bien ! ce serait donc comme au temps des cardinaux Pompeo Colonna, Carlo Caraffa ou Ascanio dell'Orto, ce serait comme au temps des papes Borgia : bandes mercenaires contre bandes mercenaires, et embuscades, et trahisons, et complots — pourquoi pas ? Si on cherchait Flaherty sur ce terrain, on saurait le trouver ! Les *Devils*, jadis, avaient bien montré de quoi ils étaient capables...

D'ailleurs, que pouvaient-ils contre lui, les McAwkleen, les Nichols ? Avaient-ils envie d'un surcroît de scandale ? Certainement pas : ils risquaient d'être les tout premiers éclaboussés. Et puis, le curateur de l'Institut pour la charité chrétienne leur était bien trop utile encore, ils n'ignoraient pas pour quelles petites affaires peu catholiques ! Quant à l'église, elle devait également redouter un éclat de sa part : ils voudraient négocier avec lui dès qu'il commencerait à se rétablir, John n'en doutait pas. Mieux : ils l'appelleraient au secours. Car, sans lui, tout le formidable édifice financier du Vatican s'effondrait comme un château de cartes. Sa vie leur était plus précieuse que la plus précieuse des reliques du Christ... Et, en somme, songeait-il à présent, il n'avait jamais été aussi puissant, aussi peu vulnérable qu'aujourd'hui où, apparemment, il se trouvait à leur merci, immobilisé sur un lit d'hôpital. C'est qu'il pouvait exercer une manière de chantage : la presse, la police et la justice italiennes n'allaient plus cesser de le harceler maintenant pour connaître la vérité, la très scandaleuse vérité. Si le

Saint-Siège souhaitait qu'il continue de respecter la loi du silence qui prévaut depuis toujours dans la Cité apostolique, il faudrait que le Sacré Collège lui restitue tous ses pouvoirs et le laisse agir à sa guise désormais — tels seraient les termes du marché. Longtemps, il les avait tenus par la complicité propre aux affairistes ; il les tiendrait par la peur, dorénavant... En cet instant, John souriait ; il se souvenait de ce sage précepte zen : « Etends-toi sur ta couche et feins de dormir, te voici maître de l'univers ! »

Sinon maître de l'univers, du moins était-il, du fond de son lit où il faisait présentement semblant de somnoler, tout à fait maître de la situation. Car il n'avait guère plus à redouter d'être inquiété par la justice italienne qu'il ne craignait les décisions du Sacré Collège maintenant qu'il était hors du Vatican. Le commissaire de police et le magistrat chargés de l'enquête sur l'attentat de la place du Peuple n'avaient pas insisté quand il leur avait fait dire par le professeur Rossi en personne qu'il était encore trop fatigué pour leur parler, ce que le professeur Carloleone avait confirmé avec beaucoup de complaisance. Vraisemblablement, l'homme de loi et le policier avaient reçu du gouvernement des conseils officieux de prudence et de modération : ils avaient affaire à un prince de l'Eglise. Aussi lui demanderaient-ils tout au plus son témoignage sur l'attentat dont il avait été victime ; ils l'interrogeraient sur les circonstances immédiates mais se garderaient bien de lui poser des questions embarrassantes sur ses activités et sur ce qui aurait pu motiver une tentative d'assassinat — c'était couru d'avance, se disait John gaiement. Pour la raison qu'on devait estimer dans les hautes sphères du pouvoir que moins il parlerait et mieux cela vaudrait pour tout le monde. Tout le monde : c'est-à-dire le ministre Giovanni en premier lieu, mais aussi tous ceux qui, de près ou de loin, émargeaient aux caisses noires de la Démocratie Chrétienne. Le parti en place, ce parti qui a choisi pour devise *Caritas* — « La Charité ! » — se verrait ruiné du jour au lendemain si l'Institut pour la Charité devait sauter ou si seulement son curateur devait cesser de présider à ses destinées...

Mais, aurait fait remarquer un esprit peu averti des dessous de la vie politique italienne : les socialistes, les communistes n'auraient-ils pas eu, quant à eux, tout intérêt à ce que le scandale des transferts de fonds à l'étranger par l'entremise de l'I.C.C vînt au grand jour ? C'était ignorer que certains des dirigeants du P S.I « en croquaient » aussi, comme on dit familièrement, et possédaient qui des participations dans un groupement d'investisseurs

Anonymes domicilié à Glarus en Suisse et dont Harold Finnegan était le fondé de pouvoir ; qui, même, un compte secret à l'I.C.C.

Quant aux camarades dirigeants du P.C.I., outre que, pour des questions de haute stratégie, ils soutenaient momentanément la politique démo-chrétienne, ils avaient eux aussi, non pas à titre personnel mais en tant que membres responsables du Parti, toutes les raisons de laisser étouffer dans l'œuf l'affaire Flaherty. Il faut savoir en effet que l'Institut pour la Charité Chrétienne servait depuis cinq ans d'intermédiaire dans les mouvements de fonds entre l'U.R.S.S. et le Parti. Comment, se récriera-t-on, mais Enrico Berlinguer ne prône-t-il pas l'eurocommunisme et l'indépendance à l'égard de Moscou ? Certes ! En paroles... Seulement, s'il avait pris brusquement à John la fantaisie de révéler comment fonctionnait un des principaux systèmes de financement du grand parti du prolétariat, un des mythes majeurs de notre temps aurait aussitôt volé en éclats... C'était là toute une habile construction née de l'esprit de *combinazione* du banquier du Saint-Siège, toute une machinerie compliquée dont l'invention le remplissait légitimement de fierté ; c'était là, avec l'*Anstalt* A.M.D.G., son chef-d'œuvre. Et qui, de par ses multiples intrications et implications, donnait un assez bon exemple du délire schizophrénique dans lequel vit la société occidentale — le délire dont elle finira par mourir : ses absurdes complicités avec son pire ennemi, le totalitarisme. Qu'on en juge :

Tout en haut de l'édifice, les usines Togliatti, autrement dit la Fiat soviétique. Chaînes de production gracieusement offertes par le contribuable italien — son tribut à la « détente » sans doute ! — ; matières premières fournies à moindre prix, main-d'œuvre scandaleusement sous-payée et, bien entendu, jamais de grèves puisque ici le prolétariat, ne pas l'oublier ! est au pouvoir. Cependant, pour une finition moins poussée, des délais de livraison interminables et un service après-vente quasi inexistant, la voiture russe coûte beaucoup plus cher à l'achat que sa sœur jumelle italienne. C'est ainsi qu'on fait des bénéfices substantiels ; à tout le moins en économie socialiste, où la concurrence a été abolie !

Mais, se demande-t-on, où va le produit de cette plus-value éhontée ? Eh bien, il est presque intégralement converti par la Banque nationale soviétique en dollars U.S. Où vont ces dollars U.S. ? Ils sont versés sur le compte d'une certaine Société d'études et d'enquêtes pour le développement du bassin méditerranéen. Siège social de la S.E.E.D.B.M. ? Berne, Confédération Helvétique. Adresse ? Aux bons soins de la Nonciature apostolique, Thunstrasse 60. Président-directeur général ? Mgr John K. Flaherty. De quoi s'occupe cette société ? Entre autres, de commander des travaux de recherches socio-économiques à d'éminents savants groupés au sein d'un certain Club pour le Sud qui se trouve domicilié dans l'immeuble du P.C.I., via della Botteghe Oscure à Rome. Que fait-elle des rapports que lui envoie régulièrement ce club et où sont simplement recopiées les dernières statistiques de la F.A.O., de l'O.M.S. et de l'U.N.E.S.C.O., statistiques que tout un chacun peut se procurer en s'abonnant aux diverses revues éditées par ces organismes internationaux ? Rien, absolument rien sinon qu'elle les paye extrêmement cher — en dollars U.S. Dollars U.S. qui vont, par la suite, alimenter, sous forme de contributions volontaires et de cotisations, les caisses du P.C.I. Et voilà comment on peut affirmer en un raccourci saisissant que le *commandatore* Agnelli finance sur le dos des ouvriers russes le mouvement ouvrier italien ! Non sans que l'Eglise ne prélève au passage sa dîme. Très exactement sa dîme : la commission de la S.E.E.D.B.M., donc de l'I.C.C., est de 10 %.

Etait-ce cette étonnante *combinazione* que le parti communiste voulait voir étalée au grand jour ? Assurément non. Le Parti, lui aussi, se tairait — John ne pouvait en douter. Encore une fois, la loi de l'*omertà* jouerait en sa faveur...

Et, de même, les quelques rares et très riches particuliers qui lui avaient confié leurs affaires et pour le compte de qui l'I.C.C. ne cessait, en toute impunité, d'exporter illégalement des capitaux vers l'étranger. Il les tenait à sa merci. Mieux : il les mettrait eux aussi à son service. Car tous avaient, ne serait-ce qu'en raison de leur situation sociale exceptionnelle, des accointances avec le pouvoir. Usant de leur influence, sans même qu'il ait, lui, à le leur suggérer, ils s'entremettraient pour l'aider à reconquérir sa position — leur fortune en dépendait... Il songeait, par exemple, à Pierluigi Ricci pour qui, récemment encore, il avait « passé » en Amérique et à Hong Kong, via la Suisse et le Liechtenstein, quelque douze milliards de lires. L'ami, sinon l'amant en titre — John n'était jamais parvenu à éclaircir ce point —, le conseiller et l'homme d'affaires de la princesse Albano était à tu et à toi avec tout ce que la démocratie chrétienne comptait de ministres, ex-ministres et futurs ministres. Il était couramment appelé en consultation au palais Spada et au Quirinal. Mais, très habilement, il s'était, une fois pour toutes, donné pour ligne de conduite de ne briguer aucun rôle politique officiel, de ne pas même militer dans le parti de la majorité et de refuser les honneurs qui compromettent... Pierluigi Ricci saurait bien agir auprès des gens en place. En les achetant au besoin : car, ayant toujours eu l'intelligence de ne pas se laisser obliger lui-même, il savait admirablement corrompre autrui. Là-dessus, John pouvait compter sur son soutien. Quant à la princesse, aucun homme en vue n'avait jamais su résister à ses charmes. Et comme elle n'était pas femme à s'embarrasser de préjugés moraux, s'il le fallait...

Il eut une pensée pour la divine Laura et un sourire lui échappa qui fit croire à sœur Maria-Pia, dont c'était le tour de garde à son chevet, que Son Eminence, perdue dans quelque profonde méditation, venait d'être illuminée d'une pieuse et heureuse révélation inspirée par l'Esprit saint. Si la naïve religieuse avait pu se douter que le cardinal se rappelait alors une de ses plus brèves et plus belles aventures sentimentales ! La seule fois de sa vie, assurément, où il n'avait pas vraiment gardé de bout en bout l'initiative ; la seule fois où le séducteur avait été séduit le premier et, le premier, avait succombé. Certes, c'était lui qui, sur un coup de tête, avait fait entrer la princesse dans ce salon tendu de velours rouge attenant à son cabinet de travail au Vatican ; lui qui l'avait conduite nonchalamment au grand canapé recouvert de satin pourpre sur lequel, autrefois, il arrivait que Léon XIII s'assît pour conférer en privé avec ses familiers... Mais c'était sans intentions précises, sinon de poursuivre dans un lieu plus propice à la conversation ce bavardage exquis commencé vingt minutes plus tôt avec une femme élégante, spirituelle et d'une beauté qu'il avait définie, sitôt qu'il l'avait vue, comme « émouvante ».

Emouvante Laura, fascinante... Elle paraissait si fragile et cependant si sûre d'elle ; si orgueilleuse et si désespérée. Ses grands yeux bruns pailletés d'or semblaient toujours près de s'emplir de larmes mais, brusquement, pour un mot qui lui déplaisait, un geste qu'elle jugeait déplacé, d'un seul regard impérieux elle vous rejetait à votre misère.

Ce jour-là, rien n'avait été dit ni même suggéré par l'un ou l'autre. Simplement, il s'était trouvé que, comme sans y penser, Laura lui avait dégrafé un bouton écarlate de sa soutane noire, puis un second, puis un autre encore. Elle avait dénoué sa large ceinture rouge...

Deux heures plus tard, tandis que sonnait l'angelus au *Torrione* de la cour du Saint-Office, elle pouvait se dire, non sans en éprouver un certain plaisir assez pervers, qu'elle avait été pendant cent vingt minutes la maîtresse d'un cardinal. Et que ce cardinal, Dieu lui pardonne, savait divinement bien aimer...

Ils s'étaient revus, peu de jours après. L'un comme l'autre, ils avaient senti alors qu'il y avait entre eux autre chose que le désir : un sentiment plus riche, un attachement plus profond... De l'amour, peut-être ? Lui était désemparé, n'ayant jamais eu de liaisons qu'avec des femmes faciles, un peu vulgaires, et qu'il dominait de toute sa supériorité intellectuelle — le genre de femmes qu'aiment les ecclésiastiques, lesquels ne peuvent concevoir la femme que vierge et mère ou putain, que Marie ou Marie-Madeleine. Laura, elle, était différente : intelligente, immorale et libre... Une aristocrate, comme lui. Mais il s'en trouvait tellement surpris, tellement décontenancé qu'il l'avait laissée prendre l'avantage et, pour ainsi dire, mener la partie... Elle, elle avait déjà compris, avec toute son intuition féminine, qu'ils étaient au fond trop semblables pour s'aimer sans se déchirer, sans se détruire. Et cela, Laura ne le voulait pas : elle refusait de souffrir. Un certain jour de ses vingt ans, elle se l'était juré : plus jamais elle ne souffrirait par la faute d'un homme...

Ce soir-là, au Vatican, tandis qu'elle se rhabillait posément, elle dit tout à coup sans détour :

— John, finissons-en, voulez-vous ? Et demeurons bons amis... Nous sommes décidément trop proches l'un de l'autre, nous sommes deux âmes sœurs. Et pareillement orgueilleux, pareillement cyniques... Nous ne pourrions que nous faire du mal, vous le savez.

— Cyniques ?

— Oui, cyniques : vous avez bien entendu. D'ailleurs, pourquoi vous le cacher ?

— Mais si je vous dis, Laura...

— Ne le dites pas ! Ne dites rien. Ne comprenez-vous pas que nous allions à la catastrophe ?

— Parce que, de fait, nous ne sommes pas totalement cyniques...

— Exactement.

— Mais que notre orgueil est sans bornes. Notre volonté...

— C'est cela même. Ce qui avait commencé comme un jeu risquait de...

— Laura, vous avez raison sans doute. Il faut arrêter là. C'est dur, cependant. C'est dur, j'ose vous l'avouer. C'est dur...

— C'est dur, oui. Pour moi aussi, John. Mais ne vous attendez pas à ce que je pleure devant vous. Peut-être, à peine sortie de ce salon. Au fait, faut-il que je retraverse tous les bureaux de l'Institut, comme la dernière fois ?

— Non, regardez ! Il y a un escalier derrière cette fausse bibliothèque...

— Oh ! On se croirait dans un roman noir anglais du siècle dernier. La porte par où on vous jette aux oubliettes...

— Quelle idée ! Vous voyez : vous descendez deux étages, vous prenez le couloir à votre droite et vous débouchez directement dans la cour du Saint-Office. Après, vous connaissez le chemin. Si jamais vous rencontrez un Suisse ou un appariteur du Service de surveillance et qu'il se permet de vous demander par où vous êtes passée, il vous suffira de lui donner mon nom...

— Ah ! Ah ! Dois-je comprendre que je ne serais pas la première à avoir abandonné mes derniers scrupules religieux sur le canapé de Léon XIII ?

— Je vous laisse juge. Qu'en pensez-vous ?

— Non, je sais bien que je suis la première, John.

— C'est vrai. Avant vous, je n'avais jamais... fauté ici.

— Ce « fauté » est délicieux. Embrassez-moi. Ce sera la dernière fois. Quoique nous soyons appelés à nous revoir souvent, n'est-ce pas ?

— Je vous aime, Laura.

— Je vous aime. Je vous aimerai... je ne dis pas : toujours. Je ne crois pas à l'« amour-toujours ». Je vous aimerai... longtemps.

— Je vous aimerai, c'est tout.

— Oui, c'est tout. Et je suis triste à en mourir, John. John, vous connaissez *Le Chevalier à la rose ?*

— Vaguement. C'est une œuvre assez peu... édifiante, à ce qu'il me semble !

— Oh ! ne me faites pas rire, Eminentissime et Révérendissime !

— Laura, ce que vous cherchez à me dire, c'est que vous êtes une sœur de l'héroïne du *Chevalier,* la Maréchale : une princesse belle et spirituelle mais qui n'a plus vingt ans, qui n'en a plus trente et qui devine que bientôt le plaisir...

— Ah ! je vois donc que vous connaissez *Le Chevalier à la rose.*

— Je pourrais même sans doute vous le chanter... Qu'allez-vous imaginer ? Que je n'écoute chez moi que des œuvres liturgiques ?

— Eh bien, dans ce cas, vous connaissez ma devise, c'est celle de la Maréchale : « Mieux vaut quitter maintenant qu'être quittée plus tard... »

Sur ces mots, elle s'était laissé encore voler un baiser sur la nuque. Puis, sans se retourner, elle s'était avancée vers la pénombre, avait repoussé derrière elle le panneau coulissant de la fausse bibliothèque et il avait entendu son pas décroître dans l'escalier dérobé...

2
LA VENGEANCE

Ainsi, alors qu'il revenait des rivages de la mort, alors qu'il relevait à peine d'un coma suivi d'une longue anesthésie, il avait déjà recouvré toute l'exceptionnelle énergie de son intelligence, toute cette puissance de pensée où se conjuguaient clarté, hauteur de vue, sens aigu des réalités et cette absence parfaite des petites pusillanimités et des scrupules qui arrêtent les hommes ordinaires dans l'action et les empêchent de bien dominer une situation. Un autre que lui, encore sous le choc d'avoir réchappé de si peu à un attentat, aurait d'abord consacré toute sa réflexion à cet attentat ; encore sous le coup de la peur, il aurait mobilisé toute son attention sur la question et négligé momentanément les autres données du problème. Aux yeux de John, c'eût été là une faiblesse : l'attitude même du perdant. Un grand joueur d'échecs ne s'obnubile pas sur la perte d'une pièce maîtresse, au contraire il peut se sentir stimulé par une telle perte dans son jeu : elle ouvre de nouvelles perspectives et le pousse à se surpasser. De même, John, qui n'avait cessé de garder une vue d'ensemble des événements et ne s'était pas arrêté à cette péripétie que constituait l'accident place du Peuple, l'accident qui pourtant avait failli lui coûter la vie. Pour lui, Eliah Varese et le tueur inconnu — son filleul John-Kevin, peut-être : il n'avait pas même exclu cette épouvantable éventualité ! —, pour lui, les hommes du Syndicat n'étaient, dans cette partie engagée depuis toujours entre lui, le cardinal John K. Flaherty, et le monde, rien d'autre que des pièces adverses : pièces qui jouaient en offensive, sans doute, mais pièces au même titre que ses collègues de la Curie ou que les policiers italiens. De petites pièces, au reste ! songeait-il avec mépris : des pions...

Des pions qu'il avait, en somme, neutralisés pour un temps en se dégageant du piège où ils avaient essayé de l'enfermer dans un coin de l'échiquier. C'était Varese qui, en renversant les alliances et en déplaçant son fou pour attaquer, s'était rendu vulnérable. Oui ! tel était pris qui avait cru prendre : lui, John K. Flaherty, retranché dans ce camp inexpugnable qu'était sa chambre d'hôpital, se trouvait bien plus menaçant pour le Syndicat que s'il avait erré à travers le vaste échiquier du monde...

Pleinement rassuré sur son propre sort maintenant qu'il avait fait le tour de la question, le tour du jeu, il aurait dû se détendre enfin : il aspirait tant à un peu de repos et d'oubli... Hélas ! comme autant de reproches à cette envie soudaine de paresse et de laisser-aller, à ce désir de relâchement qui était si peu dans sa nature, les terribles versets du *Livre d'Isaïe* lui revenaient en mémoire à cet instant :

Je les ai piétinés avec colère,
Je les ai foulés avec fureur,
Leur sang a giclé sur mes vêtements,
Et j'ai taché tous mes habits.
C'est que je voulais une journée de vengeance,
Et l'année des représailles était venue.

Non sans une certaine amertume, il devinait qu'il n'aurait d'apaisement désormais que lorsque sonnerait pour lui l'heure de la revanche...

L'heure de la revanche ? Mais il était seul, désespérément seul pour lutter et reprendre peu à peu le dessus... Seul pour triompher enfin, après avoir mis mat l'adversaire...

Seul, dans une certaine mesure, il l'avait toujours été. La solitude, c'est le prix qu'on doit payer la supériorité intellectuelle et morale en ce bas monde — il ne l'ignorait pas. Dès l'âge de raison et ses débuts de caïd du quartier, il en avait accepté le tribut. Les moutons vont en troupeau ; l'aigle plane solitaire dans le grand ciel vide : il avait choisi le destin de l'aigle...

Mais, comme la plupart des êtres d'exception, il avait également su s'entourer. Compagnons de bande, associés en affaires, collègues en l'Eglise, amis même, maîtresses : tous le soutenaient dans son combat — cet obscur combat de la vie dont lui seul semblait deviner le sens caché. Ils étaient là, en somme, à ses côtés, pour le servir avec un dévouement aveugle, fascinés qu'ils étaient par sa personnalité hors du commun mais tout en ignorant les fins secrètes qu'il poursuivait. Ce qu'ils ne comprenaient pas, c'est qu'il les avait choisis lui mais ne s'était jamais laissé choisir. Ils étaient pour ainsi dire ses garde-fous : ils lui permettaient de briser le miroir du narcissisme, ils l'empêchaient de tomber dans la mégalomanie à laquelle finissent tôt ou tard par succomber les âmes fortes, les esprits supérieurs s'ils se sentent trop solitaires. Dieu distingue un être pour mieux le perdre : ce qu'Il lui donne en génie, Il le lui reprend de l'autre main, en folie. C'était là depuis toujours l'idée de John — et sa grande crainte. La grâce donnée à l'élu, l'élu doit encore la préserver, la cultiver, l'enrichir. Car, précisément, il n'est pas Dieu mais un humble mortel. John, s'il avait toujours su puiser en lui-même sa force, cette grâce que Dieu lui avait conférée, John avait su aussi ne jamais céder aux vertiges de la solitude. S'il avait pu, jadis, dans un accès de mysticisme qui confinait à la démence, se faire jeter en un *in pace*, ce tombeau creusé comme un puits, à la fin il en était ressorti : c'est que, dehors, ils étaient alors quelques-uns à l'attendre, qui l'aimaient encore...

Mais voilà pourquoi aujourd'hui il prenait peur : pour la première fois de sa vie, il était absolument seul.

Seul parce que l'ami de toujours... non ! plus que l'ami : le compagnon, le complice, le frère d'armes, le frère tout simplement ! Eliah, dit « Bébé » ! Eliah Mose Varese l'avait trahi.

Eliah avait péché par où, justement, lui avait craint de faillir : la mégalomanie, cette étrange maladie qui saisit ceux qui ont obtenu le pouvoir de haute lutte et leur retire, une fois qu'ils l'ont, le sens des réalités. Du moins était-ce ainsi que John analysait les raisons de la trahison de son ami d'enfance : la folie des grandeurs. Varese avait voulu plus, toujours plus. Mais son enrichissement avait été strictement matériel ; il ne s'était pas accompagné comme chez lui d'un approfondissement moral, spirituel. Du pouvoir, il n'avait considéré que la jouissance et non les exigences...

A quoi s'ajoutait sans doute de la jalousie à son égard et à l'égard de ses enfants : jalousie d'un esprit incomplètement formé face à des intelligences qui le dominaient, qui l'écrasaient. Rien de pire, au fond, que ces aigreurs-là chez des êtres violents de nature, songeait John : elles donnent des Hitler, des Staline... Si l'on connaît l'histoire de ces deux tyrans on sait combien elle fut déterminée par leurs rancœurs à l'endroit d'hommes qui leur étaient intellectuellement supérieurs : savants, artistes et penseurs juifs par exemple... Eliah Varese, du jour où il était devenu un des pontes du Syndicat et n'avait plus été tenu à la modération en raison de sa haute situation dans la hiérarchie de la Cosa Nostra, loin de se comporter en prince magnanime s'était laissé dicter sa conduite par le ressentiment personnel. Il était d'ailleurs prévisible que la direction collégiale de la Maffia finirait par l'écarter du pouvoir, si ce n'était déjà fait... Tout comme lui, le cardinal John K Flaherty, s'était vu exclu du Sacré Collège par ses pairs. Mais à cette différence près que lui, du dehors, il continuait d'avoir barre sur eux. Ce seraient eux qui céderaient les premiers et lui restitueraient les droits et les honneurs que confère le chapeau, il en avait la certitude. Tandis qu'Eliah Varese, sans l'appui de son église, le Syndicat, n'était plus rien...

A cette autre différence près, aussi, que lui cherchait dès à présent quelqu'un de plus jeune que lui pour continuer son œuvre à l'Institut pour la Charité Chrétienne ; un second *Monsignore* qu'il saurait former avant de se retirer — un fils spirituel à défaut d'un fils par le sang. Eliah, dont il avait si souvent envié le bonheur d'avoir deux beaux enfants, lui qui, hélas ! mourrait sans postérité ; Eliah, pour sa part, n'avait pas su leur accorder sa confiance. Il n'avait pas su les initier à l'exercice du pouvoir ainsi que doit le faire un roi quand il commence à descendre l'autre versant de la vie. Comme il s'y était mal pris avec l'aîné, John-Kevin ! John-Kevin travaillait pour son père mais c'était à contrecœur : cela, son parrain était assez perspicace pour l'avoir deviné. Le brillant jeune avocat new-yorkais avait des idées originales, une intelligence aiguë et une énergie que son père, en Sicilien très imbu de lui-même et de son prestige paternel, n'avait pas voulu ou n'avait pas su mettre en valeur...

— Quel gâchis ! fit John à mi-voix, perdu dans d'amers regrets.

Il avait, à plusieurs reprises, songé à associer son filleul à ses affaires. C'était sans doute trop tard maintenant. John-Kevin était dans le camp adverse...

Et Robert Berg ? Robert aussi avait trahi. Il était vraisemblablement en fuite aujourd'hui...

Et Claudine Lambaire ? Claudine avait trahi. Elle était morte dans l'incendie de l'attique, il venait de l'apprendre.

Et morts également, morts par sa faute même s'il n'était pas à proprement parler coupable de leur mort, oui ! morts : Cesare Tozzi, le petit Giani du restaurant de la rue Zanardelli, Mikaël Wyatt...

Comme pris d'un effroi soudain, il se recueillit et murmura : *Requiem aeternam dona eis, Domine, et lux perpetua luceat eis...*

Il ne parvenait cependant pas à s'attendrir sur le passé. En vain, il tentait d'évoquer le souvenir de Claudine qu'il avait aimée ; en vain, il tentait de rappeler des moments de bonheur fou partagés avec Eliah. Les larmes viendraient plus tard, sans doute : quand le loup solitaire qu'il était aujourd'hui se serait vengé...

Et, brusquement, un nom lui revint en mémoire :

— Honey-Pie !

C'était Honey-Pie, l'amie de Mikaël Wyatt, que le journaliste américain et lui allaient délivrer au moment où le tueur inconnu avait tiré sur eux, place du Peuple...

La chanteuse de cabaret était retenue en otage par Eliah Varese ou, du moins, ses nervis. Mais où cela ? Ah ! quelle adresse Eliah avait-il donc donnée ? Le 36... Oui, le 36 de la rue... De la rue de la Nocetta... Le 36 de la rue de la Nocetta — John en était certain maintenant.

Eh bien ! mais il fallait tirer Honey-Pie de là, il fallait envoyer quelqu'un — peut-être était-il encore temps. Oui ! oui, il y avait déjà eu assez de sang versé, assez de pleurs : il fallait soustraire la jeune artiste à cette folie meurtrière qui s'était emparée du gang Varese, il fallait la sauver coûte que coûte, Dieu le voulait !

Mais que faire, comment agir et avec qui ? Ah ! que ne pouvait-il se lever de son lit, prendre une arme et courir là-bas lui-même ? Que ne pouvait-il obéir sur l'instant au Seigneur ?

Onze heures du soir.

L'hôpital s'était assoupi. Mgr John K. Flaherty avait demandé à la religieuse de garde, sœur Luisa, de lui laisser allumée la veilleuse qui, à la tête de son lit, diffusait une douce clarté bleu sombre. La chambre baignait dans une demi-pénombre mystérieuse et des bandeaux de lumière mauve flottaient dans l'air à hauteur des stores. Ayant refusé tout somnifère pour pouvoir prier, il ne dormait pas. Il écoutait le silence, les bruissements infimes qui peuplaient le silence : le froissement des draps de lit, le sifflement de l'oxygène, la respiration reposée de la garde-malade qui somnolait à son chevet, allongée dans une chaise longue. Il distinguait aussi un murmure de voix derrière la porte vitrée...

Dans le couloir, où seul un plafonnier sur trois restait éclairé passé dix heures du soir, deux policiers italiens discutaient tout bas, nonchalamment adossés à la paroi de verre dépoli. Leurs collègues du Vatican faisaient les frais de la conversation. D'ailleurs, chaque fois que l'on entendait deux pas impeccablement cadencés et unis se rapprocher, les Italiens se taisaient, attendant que les deux Gardes-Suisses se fussent éloignés...

Ah ! ces salauds ! il fallait voir comment ils étaient fringués et enfouraillés ! Des *Magnum Force Special !* Des pare-balles légers ! Et puis, eux, l'hôpital avait mis à leur disposition une chambre contiguë à celle du Monsignore, une chambre où, à tour de rôle, ils pouvaient aller en écraser pendant une heure... Mais alors, une discipline ! Pas un instant de relâchement, ces cons ! Comme à la parade : une deux, une deux... Trente-cinq pas dans un sens, demi-tour, trente-cinq pas dans l'autre... La relève à l'heure pile : celui qui venait de pioncer remplaçant immédiatement celui qui entrait dans la chambre... Et les deux autres, là-bas ! Au garde-à-vous devant les ascenseurs, ne bougeant pas d'un cil, ne se disant pas un mot... Une heure entière d'immobilité absolue avant de reprendre les trente-cinq pas dans le couloir ! Il y avait de quoi devenir dingue, non ?

— Ah, putain, moi je pourrais pas !

— Moi non plus, mon vieux. Mais je vais te dire : ces gars-là, ils sont pas faits comme nous. D'abord parce que c'est des Suisses... Et puis, eux, ils ont la foi.

— Ah oui ! Mais c'est plus facile quand on vit au Vatican !

John sourit de les entendre rire. Sœur Luisa, éveillée en sursaut, se leva, offusquée, dit-elle, d'un pareil sans-gêne ; honteuse aussi, mais elle ne le dit pas, de s'être endormie tandis que Son Eminence veillait. Elle allait pour rappeler à l'ordre et à la politesse les deux hommes quand, d'un geste de sa main valide, le cardinal l'arrêta en chemin.

— Attendez ! ma très chère fille, lui fit-il d'un ton grave. Voudriez-vous me rendre un service qui m'obligerait infiniment ?

Etonnée de tant de solennité, la religieuse se récria :

— Mais, Son Excellence Eminentissime, j'ai fait vœu de servir l'Eglise, je dois donc vous obéir en toutes circonstances.

— Je vous remercie. Voilà de quoi il s'agit : je viens d'apprendre par ces deux bavards dans le couloir qu'un Garde-Suisse dort dans la chambre voisine. Je vous serai très reconnaissant de bien vouloir aller le réveiller et me l'amener ici. Aussi discrètement que vous pourrez.

Sans poser de question, sans manifester la moindre défiance, sœur Luisa répondit en s'inclinant humblement :

— Je suis à vos ordres, Excellence.

Elle ouvrit la porte. Les deux plantons, surpris, se retirèrent de l'embrasure aussitôt, mais non sans avoir essuyé une dure leçon de savoir-vivre qui leur fut débitée sur un ton dénué de toute espèce de charité chrétienne : troubler le repos d'un grand blessé ! et d'un cardinal encore ! si ce n'était pas un scandale ! une abomination ! Comment ! n'avaient-ils donc aucune morale, aucune humanité ?

Il fallait tenter le tout pour le tout, se disait John : libérer Honey-Pie si elle n'avait pas été déjà exécutée par les hommes de main d'Eliah Varese, mais la libérer sans faire appel aux flics italiens. Outre qu'ils s'y prenaient souvent fort mal dans les opérations de libération d'otages, il importait pour lui que la chose se fît secrètement. Afin d'éviter les rapprochements malveillants qu'on n'aurait pas manqué de faire entre cette affaire et l'attentat dont Mikaël Wyatt, l'ami de la chanteuse, avait été victime alors qu'il se trouvait en sa compagnie.. Et puis c'était lui, Son Eminence le cardinal John K. Flaherty, lui qui maintenant déclarait personnellement la guerre au gang Varese ; lui qui se vengerait selon son droit, ses propres lois, et avec son armée privée ! L'Etat italien pas plus que le Saint-Siège n'avaient à se mêler de ça...

Mais il s'en inquiétait : les Gardes-Suisses, tout dévoués qu'ils lui étaient pour la plupart, accepteraient-ils de le servir ? Le pourraient-ils seulement ?

Le cardinal John K. Flaherty allait devoir jouer une partie extrêmement risquée — que Dieu l'aide et l'inspire !

Quelques instants plus tard, la religieuse revenait dans la chambre, précédant le soldat qu'elle invita à s'avancer. Sur un signe de remerciement de Mgr Flaherty, elle comprit qu'elle devait discrètement se retirer et laisser les deux hommes tête à tête. Ce qu'elle fit après avoir allumé la lampe de chevet. Informerait-elle, demain matin, le professeur Rossi de ce que son illustre patient ne se montrait guère raisonnable ? Devait-elle d'abord obéir à l'Eglise ou au patron du service ? Elle se posait la question.

Le Garde-Suisse, tiré de son premier sommeil, n'en observait pas moins les règles de maintien à la prussienne en vigueur dans le corps prestigieux auquel il était fier d'appartenir. Nul n'aurait pu dire qu'il venait de dormir : casque sous le bras, il se présenta en claquant réglementairement des talons :

— Sergent Hugo Von Ochs, du canton de Berne, pour servir Son Excellence éminentissime...

Puis il s'agenouilla et baisa la main que le cardinal lui tendait.

— Je te reconnais, dit celui-ci en souriant.

A la vérité, il n'était pas mécontent que le sergent lui eût rappelé son nom. Il aurait hésité quelques secondes...

— Tu es de ceux que j'ai recrutés moi-même en 1962, avant Vatican II, n'est-ce pas ?

— En effet, monseigneur : j'ai cet honneur d'avoir été distingué par Votre Eminence.

— Tu es sorti du rang à ce que je vois. J'en suis content. Comme on doit l'être de toi à...

— A Kandersteg.

— C'est cela : Kandersteg. Oh ! mais je me souviens très bien...

En meneur d'hommes qu'il avait toujours été, Mgr Flaherty jouait à la perfection de cet art qui fut celui d'un Alexandre, d'un Jules César, d'un Napoléon : donner à penser au dernier des troupiers qu'il avait, aux yeux de son chef suprême, autant d'importance et de valeur qu'un général. Se souvenir d'un détail trivial, d'une petite anecdote qui créait aussitôt la complicité. Et, si la mémoire faisait défaut, interroger assez habilement ou parler suffisamment dans le vague pour que le brave soldat, ayant de toute façon déjà abdiqué son sens critique sous le flot de flatteries, ne s'en aperçût pas. C'est ainsi qu'on fanatise les humbles...

Et c'est ainsi que John sut rappeler des moments amusants de cette tournée de recrutement qui avait fort ressemblé à ces campagnes d'enrôlement ou, plutôt, de racolage, au moyen desquelles les princes, jadis, levaient leurs armées de mercenaires. Le jeune prélat en violet qu'il était alors avait sillonné toute la Suisse catholique dans une limousine noire immatriculée *SCV* et, à chaque bourg visité, particulièrement ceux où les mêmes familles ont donné, de génération en génération depuis la fondation du corps par Jules II en 1506, leurs fils cadets, sur les places et dans les prés se renouvelaient les mêmes scènes d'un autre temps : grand-messes en plein air puis exhibition de force et d'adresse par de grands gaillards torse nu et portant souvent la traditionnelle culotte de peau, beuveries à la bière, au dôle ou au fendant, concours de ranz, de jodle et de cor des Alpes, tournois de lutte et de hornuss...

Il tenait le sergent Von Ochs sous le charme en racontant tout cela avec un air de feinte nostalgie, il le mettait peu à peu en confiance et le soldat, abandonnant de sa raideur martiale, paraissait se détendre. John jugea qu'il pouvait abattre ses cartes dès à présent.

— Dis-moi, vous n'êtes pas trop fâchés contre moi, vous autres ? demanda-t-il tout à trac. Vous n'êtes pas trop fâchés, au moins ?

— Comment cela ? Pardonnez-moi, monseigneur, je ne comprends pas.

— Eh bien... C'est que j'ai quelque peu malmené votre camarade Franz Hackmann. Ainsi qu'un hallebardier qui gardait la porte Sant'Ambrogio et dont je n'ai pas pu voir le visage dans le noir. Je suis navré, d'ailleurs, de ma déloyauté. Mais enfin, quand on est prisonnier et qu'il s'agit de s'évader...

Le sergent Hugo von Ochs sourit complaisamment et dit :

— Monseigneur, Franz et Gregor sont aux arrêts de forteresse, Franz pour dix jours et Gregor pour vingt. Avec les fers, puisque c'est encore en usage chez nous...

— Les fers ? Ah ! les malheureux, je le craignais pour eux... Les fers ! Et par ma faute. Que le Seigneur veuille me pardonner et les aide à endurer en chrétiens la punition.

— On leur reproche leur négligence. Franz, paraît-il, s'est fait... voler son revolver par Son Excellence...

Le Garde-Suisse appuya sur le mot *voler* pour laisser entendre qu'il n'était pas dupe, qu'il se doutait que le coup avait été arrangé entre le cardinal et son geôlier.

— Ce n'est, hélas ! que trop vrai, fit John hypocritement. Mais j'avoue que je l'ai pris en traître, ce pauvre Franz. Il n'y est pour rien.

— Aussi bien, il est moins sévèrement puni que Gregor, monseigneur.

— Et pourquoi ça ? Gregor n'est pas plus coupable.

— C'est-à-dire qu'on a retrouvé à côté de lui un transistor : il écoutait de la musique pendant son service, alors il a écopé de dix jours de plus.

— Ah ! si c'est le cas, j'approuve, répliqua John froidement.

Il tenait à faire savoir que s'il était capable de débaucher pour les enrôler à son service ces vaillants soldats, il était également intraitable sur les questions de discipline. C'était lui qui avait remis en vigueur le *drill* pour les Gardes-Suisses et, en vrai condottiere, il comptait bien que sa future milice privée ne serait composée que d'éléments d'élite : ce Gregor n'en serait certainement pas...

— Cependant, reprit le sergent, je suis absolument certain que ni l'un ni l'autre n'en veut le moins du monde à Son Excellence de...

— D'avoir ainsi dédaigné l'aimable hospitalité des Gardes-Suisses ? compléta ironiquement John.

Hugo von Ochs, bien qu'il ne comprît qu'imparfaitement et l'italien et l'anglais dans lequel s'exprimait alternativement le cardinal, savait apprécier son humour. Rougissant quelque peu, il osa alors lui déclarer :

— Dans la garde, nous sommes beaucoup à vous approuver de vous être évadé de la caserne, monseigneur. Après tout, nous sommes des soldats, pas des gardes-chiourme ! C'était indigne de nous de vous retenir ainsi prisonnier. J'en ai justement parlé avec Hackmann une fois. Il pensait comme moi.

— Je sais ce que vous ressentez tous, Hugo. J'ai parlé moi aussi à Franz, dit John, confirmant de cette façon que le hallebardier qui était censé le garder l'avait sans doute aidé à fuir.

— Ah ! monseigneur, c'est vous qui nous avez recrutés, vous qui nous avez distingués, poursuivit Hugo ; monseigneur, c'est vous qui nous avez si bien entraînés autrefois, vous qui avez fait de nous les meilleurs tireurs au monde. Comment pouvions-nous l'avoir oublié ?

— Je t'en prie, mon très cher fils, ne m'induis pas en péché d'orgueil.

— Non, monseigneur ! je dis que, après tout ce que vous avez fait pour notre Garde-Suisse, c'était décidément une félonie de notre part.

Dès cet instant, John sut qu'il avait partie gagnée : ces hommes lui étaient acquis, ils étaient ses sujets. Il en conçut une telle joie qu'il faillit la manifester trop ouvertement. Allons ! se reprit-il intérieurement, de l'onction, de la componction, même : il me faut jouer encore un moment à l'Excellence éminentissime et révérendissime, il me faut être prince de l'Eglise si je veux arriver à mes fins...

— Il faut que Franz Hackmann et ce Gregor...

— Gregor Schnabel, monseigneur...

— Il faut qu'il sachent que je ne les oublierai pas. Je n'abandonne jamais ceux qui m'ont fidèlement servi, ceux qui servent l'Eglise et Notre-Seigneur Jésus-Christ. Je ferai savoir au colonel Höfflin von Brag que ses hommes n'ont commis aucune faute... Mais, dis-moi, mon fils, si je te confiais une mission, accepterais-tu ? Une mission qui peut s'avérer dangereuse...

— Votre Excellence en douterait ?

— Non, non...

— Disposez de ma vie, Votre Excellence, elle est à vous. S'il ne s'agit de rien de déshonorant pour un soldat et un chrétien...

— A mon tour de te demander : en douterais-tu ? répliqua John avec vivacité.

Et le sergent, confus :

— Oh, non ! Pardonnez-moi, monseigneur ! Je ne sais plus ce que je dis...

Et le cardinal d'insister :

— Tu ne crois tout de même pas ce qu'on raconte sur moi ici et là ? Que j'aurais volé, que j'aurais tué... Que sais-je encore ? — Puis, presque menaçant : — Tu ne le crois pas ?

— Oh ! monseigneur ! Je n'ai jamais entendu dire une chose pareille à la caserne des Suisses.

— A la caserne des Suisses, peut-être ! Mais, dans les couloirs du Vatican, dans les salons, hein, quand tu es de garde ?

— Je ne fais jamais de garde, monseigneur : je suis maître d'armes à l'instruction des commandos de protection rapprochée et des commandos anti-terroristes. D'ailleurs, ajouta-t-il avec un air de fierté offensée, si j'étais de garde, je n'aurais pas d'oreilles pour écouter ce qui se dit : je suis un soldat, pas un espion.

— J'en suis certain, mon fils, fit John, subitement radouci et en esquissant un sourire de saint.

Il savait user de tous les trucs auxquels a recours un acteur pour séduire son public. Et Hugo von Ochs, fasciné, ajouta avec beaucoup de naïveté :

— Par contre, j'ai des yeux pour regarder, monseigneur ; et je peux vous dire que les murs du palais sont couverts d'inscriptions en votre faveur. Personne n'ose accuser Votre Excellence d'être un voleur ou un tueur. C'est tout le contraire : les graffitis...

— Je ne veux pas le savoir, l'interrompit John, très grand seigneur. Je ne veux pas entendre parler de ces cochonneries !

De fait, il éprouvait de plus en plus de difficultés à dissimuler sa satisfaction. D'un ton faussement bougon, il reprit :

— Nous avons perdu assez de temps à ces bêtises, mon fils. Il nous faut parler plus sérieusement, maintenant. Voyons, dis-moi : jusqu'à quelle heure êtes-vous de garde ?

— Trois d'entre nous seront relevés à minuit, monseigneur. Dans un peu plus d'une demi-heure.

— Tu es de ceux-là ?

— Oui, monseigneur, je vais avoir fait mes douze heures.

— Douze heures ! Mais, après, comment retournez-vous au Vatican ?

— Nous avons une jeep, en bas.

— Une des fameuses jeeps qui vous ont été offertes par l'Institut pour la charité chrétienne.

— En effet, monseigneur.

— Vous devez être rentrés à la caserne aussitôt ? Y a-t-il un contrôle ?

— Non, monseigneur. C'est-à-dire que le contrôle... C'est moi-même, le contrôle, monseigneur. En tant que sergent, je dispose de la clef qui commande la barrière électrique de la porta Angelica. Et vous savez qu'il n'y a là qu'un hallebardier à la grille, passé minuit. Cet homme est sous mes ordres : il fermera les yeux s'il le faut.

— Bon, je vois que tu commences à comprendre, mon très cher fils.

— A vrai dire, monseigneur, du moment que nous nous présentons à l'appel de sept heures où à la première messe de Saint-Martin-des-Suisses, c'est absolument comme si nous avions quartier libre après le service, quand nous sommes en « commando de nuit » à l'extérieur...

— Comment ça : en « commando de nuit » ? Et « à l'extérieur » ? Que veux-tu dire par là ?

— Eh bien, oui, monseigneur, il nous arrive depuis quelque temps de nous entraîner hors les murs à la lutte anti-terroristes. Après les menaces des Brigades rouges et de Prima Linea d'enlever Sa Sainteté... le colonel Höfflin von Brag a obtenu l'autorisation de Son Excellence le cardinal Veuillot...

— Lequel l'a obtenue du ministère de l'Intérieur italien, mais Dieu sait comment, avec ou sans l'assentiment du gouvernement, sans doute... Ah ! c'est très bien, c'est très très bien. Sauf que je l'ignorais. Vois-tu, Hugo, on peut être un membre éminent du Sacré Collège et ne pas être tenu au courant d'une pareille décision ! Non, vraiment ! Son Excellence le cardinal Veuillot en prend à son aise avec nous autres...

Qu'on n'aille surtout pas imaginer que cette sortie de Mgr Flaherty contre le secrétaire d'Etat et devant un subalterne censé ignorer les dissensions qui régnaient au sein de la Curie, qu'on n'aille surtout pas imaginer que c'était là une sortie spontanée, inopinée ; encore moins qu'il s'agissait d'une imprudence de sa part. Elle était voulue et pensée : elle faisait partie de son plan de séduction. Mgr Flaherty savait bien que le secrétaire d'Etat, celui qu'on surnommait « le Gangster Lyonnais » dans certains graffitis, était universellement détesté au Vatican, et particulièrement des Gardes-Suisses dont il avait cherché, dans un des derniers budgets, à réduire les soldes de complément et les dépenses de cantine. Le colonel Höfflin von Brag avait dû alors implorer le curateur de l'Institut pour la Charité Chrétienne qu'il veuille bien plaider leur cause auprès du Souverain Pontife en personne. Ce ladre de Veuillot, ce « Veuillotino », ce « Veuillotaccio » ne s'était-il pas avisé de rationner jusqu'aux produits d'entretien dont les Gardes-Suisses font, il est vrai, un usage immodéré pour fourbir, polir et cirer amoureusement casques, cuirasses et buffleterie ancienne tous les matins ?

— Mais, en quoi consistent ces manoeuvres ? demanda John pour revenir au sujet qui le préoccupait.

— Patrouilles, quadrillage d'un quartier, parcours d'égouts ou de toits, opérations simulées, monseigneur. Comme, par exemple, une libération d'otage...

— Ah ! s'écria-t-il. Eh bien, précisément, la mission que je veux vous confier... Il s'agit d'une libération d'otage. Mais celle-ci n'est pas simulée. Et tout doit se passer avec le maximum de discrétion. Pas question que la flicaille italienne y fourre son nez.. Oh ! pardon, se reprit-il en se mordant les lèvres, prétendument confus d'avoir usé d'une expression aussi argotique, lui, un *Monsignore.*

Hugo eut la bonne grâce de sourire en baissant les yeux. Rien ne le choquait, venant de Son Eminence. Et ce parler viril n'était pas pour lui déplaire...

— Monseigneur, je réponds de moi comme de mes hommes, dit-il fièrement. Veuillez seulement me dire ce que nous devons faire pour vous.

— Vraiment, je puis aussi compter sur tes deux camarades ?

— Monseigneur !

— C'est bon, mon fils. Va donc leur dire ce que j'attends d'eux. Puis, amène-les-moi ici. Que je vous explique à tous trois votre mission en détail.

— La relève est dans moins d'un quart d'heure maintenant, monseigneur. Aussitôt après, nous serons à votre chevet pour recevoir vos ordres.

— Va ! Je te bénis.

Il était minuit vingt quand les trois Gardes-Suisses ressortirent de la chambre du cardinal. Ils se trouvaient tous trois dans un état d'exaltation extrême : enfin ! pour la première fois de leur vie, ils allaient connaître le vrai danger. Ce ne seraient plus les manœuvres « à blanc » ; sans doute devraient-ils se servir de ces armes très sophistiquées dont on les avait équipés : les fusils, les revolvers à silencieux, les gaz incapacitants même, tout ce magnifique matériel américain et suédois offert il y a cinq ans au corps par un donateur anonyme, mystérieux autant que généreux, qui avait choisi pour intermédiaire dans cette affaire — était-ce un hasard ? — le curateur de l'Institut pour la Charité Chrétienne, Mgr John K. Flaherty...

Chez des soldats qui, plus que tous les autres guerriers d'élite, cultivent le militarisme, devoir toujours jouer les figurants dans une superproduction en costumes — ce qui, au fond, est très exactement leur fonction au Vatican — crée à la longue de terribles frustrations : ils allaient enfin montrer qu'ils étaient, en bravoure et en abnégation chrétienne, dignes de porter le même uniforme que les cent quarante-sept héros qui périrent en un jour lors du Sac de Rome, dignes de porter le même uniforme que leurs aïeux recrutés en 1505 par Peter von Hertenstein pour le pape Jules II...

Après leur avoir très exactement expliqué :

— où ils devaient se rendre : au 36 via della Nocetta,

— qui ils devaient y délivrer si elle s'y trouvait encore retenue en otage : Honey-Pie, une chanteuse de cabaret,

— à quels hommes le commando risquait d'avoir affaire : des tueurs de la Maffia, peut-être Eliah Varese en personne, ou son fils John-Kevin ; celui-ci devant être ménagé dans la mesure du possible, le sort de celui-là lui étant indifférent désormais, ce qui, traduit en « catholique-romain » se dit : « Que Dieu l'assiste s'il vous résiste et que vous devez user de la manière forte, mes amis... »

Après leur avoir recommandé de prendre toutes les précautions imaginables car lui-même, tout cardinal qu'il était, ne se trouvait pas encore en position de les couvrir en cas de bavure, Mgr Flaherty avait su encore un peu plus galvaniser l'ardeur et la combativité de ses recrues, voici comment :

— Ayez l'obligeance de le décrocher et de me le donner, dit-il à Hugo en désignant du menton le crucifix appendu au-dessus du lit.

Puis, après avoir improvisé une brève et pathétique homélie dans ce genre d'éloquence militaro-religieuse où il s'était illustré du temps où il était aumônier dans la 5e Armée, sur le front italien, tenant dans sa main la hideuse petite statuette de bakélite, il fit prêter serment aux trois hommes et la leur tendit à baiser.

Il est juste d'ajouter que Son Eminence usa également d'un tout autre argument que celui de l'Amour Divin et de la Foi en Notre-Seigneur. Il sut conclure son discours sur ces paroles :

— Une dernière chose : je vous promets de faire votre fortune ; j'en prends l'engagement solennel sous le regard de Notre Créateur Tout-Puissant. Sitôt que je serai rétabli et à nouveau en mesure de reprendre en main les affaires de l'Institut, vous verrez que Mgr Flaherty n'est pas un ingrat. Vos familles et vous-mêmes serez à jamais à l'abri de tout souci d'ordre financier. D'autant que vous êtes suisses, mes amis, et que l'Institut pour la Charité est en relation étroite avec divers établissements bancaires de votre beau pays...

— Oh ! monseigneur, seul l'honneur de vous servir... ! se récria dignement le sergent Hugo von Ochs.

A quoi Léon Coquoz et Hans Wallenberg firent écho, répétant avec ferveur :

— Oui, monseigneur, l'honneur de vous servir !

Cependant que chacun, très au fait de la réputation de générosité, pour ne pas dire de prodigalité, du cardinal américain envers tous ceux qui l'avaient servi jusqu'ici, commençait déjà à rêver d'un retour triomphal dans son village natal...

Fous d'enthousiasme, les trois hommes se retirèrent enfin, non sans avoir renouvelé leur serment et reçu en retour une seconde bénédiction cardinalice...

Qu'est-ce que la force d'âme, qu'est-ce que la sérénité et la foi en Jésus chez un grand chrétien ?

Mgr John K. Flaherty aurait pu en donner un exemple vivant à qui l'eût vu s'endormir paisiblement à peine cinq minutes après une pareille entrevue et alors que c'était aussi son sort à lui qui allait se jouer dans l'heure qui venait...

Une heure dix — via della Nocetta, au 36.

L'obscurité, la puanteur, l'humidité, et la peur, la peur, la peur.. La peur qui la laisse sans répit, jour et nuit. Mais est-ce le jour, est-ce la nuit ? Depuis combien d'heures gît-elle enchaînée sur cette paillasse, dans cette cave ? Elle l'ignore : le temps, la notion intime, physique du temps a déjà disparu en elle et, après la révolte des premiers temps de sa détention, elle craint maintenant de sombrer dans l'indifférence à son propre sort. Trois fois, quatre fois, cinq fois peut-être — elle ne s'en souvient plus —, un homme au visage dissimulé par une cagoule de soie noire lui a porté à manger et à boire : était-ce le matin, le midi, le soir ? Etait-ce à divers moments de la journée ou une fois par jour à heure fixe depuis trois, quatre, cinq jours ? Comment savoir ? Le geôlier masqué a toujours refusé de répondre à ses questions...

Il faut tenir, se dit-elle, ne pas céder. Mais ne pas céder à quoi ? A l'angoisse. A la folie. C'est cela : à la folie. Continuer de se dire à soi-même qu'on s'appelle Honey Pie. Qu'on veut vivre. Qu'on va vivre...

Elle n'est pas la seule prisonnière ici, lui semble-t-il. Si, au début, il n'y avait que le silence, l'insupportable silence peuplé de ces bruits légers mais auxquels on prête une si grande attention quand on est désœuvré : craquements des montants de bois du châlit, tintement de ses chaînes, suintement de l'eau le long des murs... depuis quelque temps elle distingue de vagues plaintes, des appels, des cris même. Il y a peu, une voix implorant :

— Papa ! Papa ! Oh ! non, papa !

Ce n'était pas une voix d'enfant, mais une voix d'homme.

— Papa !

Puis rien à nouveau, rien que ces bruits légers et les battements de son cœur.

Malhabile de ses mains qui sont jointes dans une paire de menottes, elle parvient cependant à relever jusqu'à son cou un pan de la couverture mouillée, lourde et froide qui, il y a deux ou trois heures, deux ou trois jours, lui a été jetée sur les jambes par l'homme à la cagoule. Enfin, elle s'endort...

Quand... — et ce n'est pas dans un cauchemar mais dans la réalité, elle le devine aussitôt —, quand des coups de feu et des hurlements l'éveillent en sursaut. Elle se redresse, ivre de terreur : dans une cave voisine, on s'entretue...

Et de nouveau, mais plus proche, plus effrayant aussi s'il est possible, ce cri :

— Papa ! Papa !

La voix ne supplie plus, c'est un râle d'horreur : un fils pleure son père mort sous ses yeux, imagine Honey-Pie. Va-t-elle être exécutée à son tour ? Le bon sens devrait lui dicter de se taire mais, sans savoir pourquoi, elle appelle alors :

— Ici ! Ici, je vous en prie ! Je deviens folle. Au secours ! Au secours !

La porte enfoncée, les menottes brisées d'un coup de revolver tiré à bout portant tandis qu'un homme casqué lui a enfoui le visage sous la couverture comme pour l'étouffer mais en fait pour lui éviter d'être assourdie par la terrible détonation qui résonne sous la voûte de pierre : tout s'est passé si vite qu'elle ne saisit pas encore ce qu'il lui arrive.

— Vous êtes libre, lui dit-on en anglais. Libre !

Elle ne comprend toujours pas. Titubante, aveuglée par la lumière pourtant parcimonieuse de ce couloir souterrain, elle se voit traînée, entraînée par deux soldats en treillis gris — une nouvelle fois enlevée, croit-elle...

Là, sur les marches d'un escalier, un corps criblé de balles. Devant, un jeune homme agenouillé et qui sanglote tandis qu'un troisième soldat le libère de ses menottes et répète doucement :

— Nous ne pouvions pas faire autrement, nous ne pouvions pas... C'était lui ou nous... Ou vous, d'ailleurs... Car il vous tenait prisonnier ! Votre propre père... Allez ! ne restez pas là, monsieur Varese. Allez ! filez quand il en est encore temps... On ne vous aura pas vu et on ne sait pas qui vous êtes... D'accord ?

Enfin John-Kevin s'est relevé et, ayant enjambé le cadavre, il commence à monter d'un pas chancelant l'escalier non sans se retourner une dernière fois sur cette vision qu'il n'oubliera jamais : son père gisant comme un pantin grotesque dans une flaque de sang...

— Et vous, qui êtes-vous ? demande-t-il tout bas.

— Service de Mgr Flaherty, lui répond Hugo von Ochs sans donner plus d'éclaircissements.

John-Kevin le dévisage, l'air hagard : Mgr Flaherty ! John, son parrain... Mais il se surprend à n'éprouver aucun autre sentiment, pas même de la colère : il est brisé. Et il n'esquisse pas le moindre mouvement de recul indigné quand il voit Honey-Pie, soutenue par les Gardes-Suisses Coquoz et Wallenberg, s'avancer à son tour et, à son tour, enjamber le corps...

Von Ochs le brusque maintenant :

— Allez ! dit-il en le tirant par la manche. Ne restez pas là. Ça ne sert à rien...

Dehors, en dépit de l'heure et de la crainte des attentats terroristes dans laquelle vivent les Romains, quelques hommes réveillés par les coups de feu se sont regroupés autour de la jeep. Les Suisses les écartent sans ménagement, sautent dans leur jeep et, emmenant Honey-Pie avec eux, démarrent en trombe.

Tandis qu'ils accaparaient toute l'attention de ces badauds en pyjama, à pas de chat, John-Kevin s'est enfoncé dans l'obscurité de la ruelle...

Quelques minutes plus tard, quand la police surgit sur les lieux, ce seront des explications confuses, contradictoires : nul n'est capable de fournir un indice sérieux.

— C'étaient des soldats avec des uniformes mais des uniformes comme on n'en a jamais vu... Pas des Italiens, en tout cas... Il y avait une femme avec eux... Elle paraissait droguée ou quelque chose comme ça... Ils l'aidaient à marcher... Quant à la jeep, elle n'avait pas de plaques minéralogiques... On a entendu quatre coups de feu... Non, cinq... Non, trois coups de feu... Non, au moins six ou sept...

Des caves de la maison on retirera les cadavres de deux hommes, tués par balles.

— Eliah Varese et Leo Carter.

C'est ce qu'on confirmera une heure après aux sommiers.

— Un des pontes de la Maffia et son secrétaire, garde du corps et homme à tout faire...

Quand, à neuf heures et demie, au palais du Viminale, convoqué par Giovanni, le commissaire Lambrusco est introduit dans le cabinet du ministre de l'Intérieur, ses premières paroles sont pour dire :

— Je crois que, loin d'être terminée, l'affaire Flaherty ne fait que commencer, Monsieur le Ministre...

3

NUIT DE NOCES

Tout s'était déroulé comme dans un rêve éveillé — un mauvais rêve. Et maintenant qu'elle était seule dans la grande chambre nuptiale du palais Albano à attendre sans plaisir que son époux vînt la rejoindre, il lui semblait que ce n'était pas à son propre mariage qu'elle avait assisté ce matin même mais à celui d'une étrangère qui lui ressemblait et portait son nom : Laura dell'Orto... Non : Laura Albano désormais ..

Depuis la grand-messe jusqu'au bal après le lunch et au dîner, elle avait agi sans paraître éprouver à aucun moment la moindre émotion. Pas même en prononçant le « oui » solennel. Elle avait scrupuleusement accompli le rituel, rituel qu'elle avait d'ailleurs répété l'avant-veille en suivant les conseils du majordome du prince, mais elle l'avait accompli à la façon d'une actrice qui jouerait bien son rôle dans une scène de mariage ; non comme si ce mariage était réel et qu'il devait changer sa vie. Mieux : toute la journée, elle était parvenue à sourire avec une sorte de gravité et de retenue. Gravité et retenue que la haute société romaine avait jugées « très comme il faut » et pour lesquelles on l'avait trouvée plus belle que jamais sans soupçonner un instant sa tristesse.

« Qu'elle est belle ! » Le mot avait couru tout au long de cette grande cérémonie mondaine comme un leitmotiv entonné par les mille invités. L'envie, la jalousie des autres familles de l'aristocratie qui naguère avaient eu des vues sur le prince Ercole pour leurs filles en âge de se marier s'étaient tues devant cette évidence : elle était la plus belle ! Et puis, contre mauvaise fortune, il fallait savoir faire *buona figura :* on s'en serait voulu plus tard d'avoir boudé une si brillante fête, c'était là, assurément, le mariage de l'année. Deux grands noms, une fortune immense, la jeunesse, la beauté... Une seule ombre au tableau : le comte dell'Orto n'avait pu assister au mariage de sa fille, ce mariage qu'il avait tant désiré. Le pauvre infirme était au plus mal : on murmurait que les médecins ne lui donnaient au mieux que quelques semaines...

C'était pour lui, c'était pour qu'il vît ce mariage célébré et pût mourir en paix que tout avait été hâté. Entre le soir où le comte Aldo avait fait venir sa fille chérie dans sa chambre pour lui faire part de ses surprenants projets, l'annonce officielle des fiançailles, la constitution du trousseau, le choix de la robe et des parures, la rédaction et la signature des contrats, le « oui » en la cathédrale de Frascati et la bénédiction de Mgr di Galeazzo-Consalvi, il ne s'était pas écoulé deux mois. De mauvaises langues avaient insinué que Laura était d'ores et déjà enceinte d'un héritier Albano et que c'était la raison pour laquelle on se pressait tant. A la vérité, et aussi invraisemblable qu'eût paru cette vérité si elle avait été sue, jamais Laura n'avait eu de tête à tête avec son fiancé, jamais elle n'avait eu avec lui le moindre entretien privé. En huit semaines de fiançailles, pour tout témoignage d'amour, Ercole l'avait chastement embrassée par trois fois — en public. Trois fois où il eût semblé bizarre sinon inconvenant à l'assistance qu'il ne le fît pas ! Laura avait été conduite à l'autel dans l'état d'innocence absolue où se trouvaient au XVIIe siècle les jeunes filles quand, par un mariage dit de convenances, leurs parents les livraient comme des esclaves à de vieux barbons. Mais Ercole n'était pas un vieux barbon : il n'avait que trente-trois ans, c'était un sportif émérite et il passait pour très bel homme. Quant aux vieux barbons des comédies classiques, on nous les montre toujours égrillards et libidineux. Ercole, au contraire, avait toujours été avec sa fiancée d'une froideur qui était rien moins qu'insultante pour son charme et sa beauté.

Ainsi, ces fiançailles qui n'avaient de fiançailles que le nom avaient surtout consisté en une course éperdue chez les fournisseurs : couturiers, modistes, fourreurs, bottiers, bijoutiers, coiffeurs... Laura, qui avait tant souffert des récentes difficultés financières de sa famille, s'était délibérément étourdie dans un tourbillon de luxe et de dépenses effrénées. Car, à défaut de lui prodiguer les marques d'affection, le prince Ercole Albano lui avait accordé de généreux acomptes sur la liste civile dont elle jouirait quand elle serait devenue princesse. A défaut d'être heureuse, avait-elle estimé, du moins puis-je briller dans les soirées de gala et paraître dès aujourd'hui digne de la fortune de mon futur mari. Puisque j'ai fait l'objet d'un marché, sinon d'un marchandage, eh bien ! la seule façon qui m'est donnée de prouver à ce pisse-froid que j'existe est de lui coûter le plus cher possible...

A passer ses journées chez Bulgari, chez Gucci, chez Renata, chez Leonardo, Laura avait fini par en oublier un peu ce qui l'attendait : une vie d'ennui, elle le savait. Mais aujourd'hui que la fièvre et l'excitation étaient retombées et alors qu'elle devait se redire pour s'en convaincre qu'elle était depuis midi princesse Albano, un sentiment vague d'inquiétude et même d'horreur s'emparait d'elle... Elle ne pouvait plus se cacher qu'elle haïssait Ercole. Oui ! elle le haïssait. Et cet homme qu'elle haïssait, cet homme allait venir maintenant...

Mais pourquoi ne venait-il pas ? Pourquoi s'était-il retiré dans ses appartements en lui disant : « Attendez-moi un moment, je vous prie. Je reviens » ?

Etait-ce l'usage que le mari s'éclipsât ainsi et laissât sa femme seule si longtemps dans la chambre nuptiale ?

Elle se surprit à penser qu'il y avait pire que devoir se donner à lui tout à l'heure : c'était de devoir attendre encore ce moment où elle se donnerait à lui.

Ne sachant trop que faire et comment se comporter, Laura avait demandé à une femme de chambre qu'elle l'aidât à se déshabiller puis elle l'avait gentiment congédiée en la remerciant de ses vœux de bonheur et, un peignoir de satin simplement jeté sur ses épaules, elle s'était assise sur une bergère devant le grand feu de cheminée, offrant sa poitrine et ses jambes nues à la douce chaleur des flammes.

Elle avait beau se vouloir blasée et indifférente au luxe, maintenant que par contrat ce luxe était sien, elle ne pouvait s'empêcher de comparer hier à aujourd'hui. Hier, la petite chambre mal meublée qu'elle partageait avec sa sœur dans l'appartement lugubre de la via Salaria ; aujourd'hui, cette vaste rotonde tendue de soie azur et or avec son grandiose lit à baldaquin surmonté des armes des Albano, avec ses fauteuils baroques, ses divans, ses canapés, ses poufs tendus de velours jaune et bleu pâle, avec ses tables juponnées, ses lampes en Sèvres dont les abat-jour de faille crème diffusaient une lumière flatteuse et tendre, avec ses tapis d'Orient et ses coussins de brocart ancien qui invitaient au repos et à l'amour...

Il lui vint pourtant, presque aussitôt, une pensée qui la fit frémir :

— C'est ici la chambre nuptiale des Albano depuis près de quatre cents ans ! se dit-elle. Qui sait combien de déconvenues, de déceptions, de désespoirs muets ont connu ces murailles, ces miroirs ternis ? Qui sait combien de femmes avant moi ont pleuré leurs illusions perdues sur cette bergère ?

Mais Laura ne pleurait pas : elle était au-delà des larmes. Elle éprouvait une sorte de peur panique à présent : que faisait donc le prince ? Ah ! pourquoi ne venait-il toujours pas ?

Enfin, sans avoir frappé à la porte, il entra.

Elle se retourna, tâchant de se trouver très vite une contenance.

Il était encore en habit, le chapeau haut de forme sous le bras et, à son étonnement, il lui parut ivre alors qu'elle ne se souvenait pas de l'avoir vu boire pendant le dîner.

Il s'immobilisa, comme frappé par la vision insoutenable de quelque monstre et, détournant le regard, s'écria, méprisant :

— Ne vous montrez jamais nue devant moi ! Je trouve cela... dégoûtant.

Il y eut un silence. Ce fut tout d'abord comme si elle n'avait pas compris le sens de ses paroles et elle ne songea pas même à esquisser le geste de refermer les pans de son peignoir sur sa nudité. Elle le dévisageait avec une sorte d'effroi.

— Entendez-vous ce que je vous dis ? demanda-t-il.

Alors seulement elle saisit dans toute son ampleur l'insanité de la scène et la cruauté de la révélation qu'il venait de lui faire indirectement. C'était donc ça ! Il n'aimait pas les femmes. Il n'aimait pas les femmes au point de ne pouvoir supporter la vue d'une femme nue. La vue de sa propre femme nue. Oui, de *sa* femme...

Laura n'avait que dix-huit ans. Elle était sans aucune expérience de la vie, du moins de ce que la vie a de plus intime, de plus secret... Et, en un instant, voici qu'elle se trouvait devoir affronter une pareille situation ! C'était pire que tout ce qu'elle avait pu imaginer de pire tandis qu'elle l'attendait...

Mais c'est dans l'adversité et le drame qu'une nature se révèle : elle sut se ressaisir très vite, se dominer. Posément, en souriant même, comme s'il n'y avait eu rien que de naturel dans les exigences de son mari, elle enfila les manches de son peignoir, tira les revers pour en diminuer encore l'échancrure sur sa poitrine, noua la ceinture. Puis elle se rassit sur la bergère, dans une attitude humble et attentive... Mais il y avait de l'ironie dans son regard.

Il s'avança vers elle. Il marchait d'un pas mal assuré et, quand il fut plus près, elle nota combien son haleine empestait le cognac.

— Je pense que tout est dit, fit-il en se laissant tomber lourdement sur un pouf. Et vous m'épargnerez de plus amples explications ; je vous sais assez intelligente pour avoir compris ce qu'il en est. En un mot : j'ai du dégoût pour tout ce qui touche au...

Au sexe. Vous voyez, il m'en coûte même de prononcer le mot, je l'avoue.

— Mais, Ercole...

— Je sais, chère amie... Je sais que vous allez me parler psychanalyse, psychologues ou Dieu sait quoi de même farine. Mais sachez que vous perdez votre temps. Je ne me considère pas comme malade. Le Créateur m'a fait ainsi et je l'en remercie. Je suis heureux de mon...

— De votre angélisme.

— Le mot est de vous. Vous m'épargnez ainsi le ridicule de l'avoir employé le premier mais c'est très exactement de cela qu'il s'agit... Maintenant, si vous le voulez bien, nous allons régler les questions pratiques de notre coexistence. J'ai mes appartements dans l'autre aile de la villa. Vous pourrez, vous, dormir ici ou, si vous préférez, dans la chambre que je vous ai montrée l'autre jour quand je vous ai fait visiter le palais. Voici pour la nuit... Quant aux relations diurnes, si je puis m'exprimer ainsi : j'y viens. Permettez-moi d'abord de vous rappeler que vous êtes princesse Albano et que vous êtes pour toujours ma femme aux yeux de la loi et aux yeux du monde. Je vous demanderai donc de toujours vous comporter en conséquence. Pour vous avoir observée dans le monde, je sais que vous pouvez jouer admirablement cette sorte de comédie. Toutefois, je vous dispenserai de me prodiguer les marques d'affection un peu trop voyantes qu'une épouse se permet parfois en public : je déteste tout ce qui ressemble à un baiser ou une caresse... Vous vous en tiendrez au minimum en deçà duquel on croirait que vous ne m'aimez pas. D'ailleurs, nous sommes assez nobles, vous comme moi, pour n'avoir pas de ces vulgarités sentimentales de petits-bourgeois... Et comme je sais pertinemment que vous n'avez aucun penchant pour moi, cela ne vous sera pas trop difficile ! Nous cultiverons le *cant* et ce sera très bien vu. Mais je tiens cependant à ce que personne ne puisse soupçonner la vérité.

— Vous avez donc tout prévu, tout réglé d'avance comme Sade dans ses tableaux vivants ? Vous êtes monstrueux ! C'est en somme comme si je n'étais qu'une esclave pour vous ; c'est comme si je n'existais pas. Je vous avais vaguement soupçonné d'être pervers mais je n'imaginais pas...

— Je n'ai que faire de vos insultes, Laura. Au reste, je n'ai pas fini... Je ne voulais pas vous annoncer les choses aussi crûment mais vous m'y forcez : je vous ai épousée parce que vous êtes une dell'Orto, certes, mais aussi parce que, des jeunes filles de notre monde, vous étiez la plus pauvre. Vous n'êtes pas en position de me refuser quoi que ce soit...

— Ah ! vous êtes ignoble. Et je ne m'étonne plus que vous ayez fait si jeune une si brillante carrière dans le fascisme : vous êtes le salaud parfait ! On ne peut pas être plus méprisant avec les gens.

— Je vous disais donc que, d'ici un an, parce que je le veux, parce que j'en ai décidé ainsi, vous... Vous aurez un enfant. Avec l'homme que je choisirai. Mais ce sera *notre* enfant. Et j'espère pour vous que ce sera un garçon. M'avez-vous bien compris ?

— Vous êtes un monstre ! Vous êtes un fou !

— Oui, vous m'avez compris, Laura. Et je n'ai rien à ajouter sinon que je vous dis : Bonsoir !

Elle voulut se lever de la bergère, lui crier sa haine, son horreur. Mais ses jambes se dérobaient, mais sa gorge se nouait douloureusement. Elle tomba — comme évanouie.

Elle avait pleuré, elle avait donné libre cours à sa fureur pendant deux grandes heures. Dans sa rage, elle était allée jusqu'à lacérer le dessus de lit — ce lit historique où cette nuit elle aurait dû s'unir au dernier des princes Albano. Mais maintenant, une sorte de calme étrange s'emparait d'elle, un sentiment de paix. Et elle en venait presque à se reprocher d'avoir cédé aux nerfs. Elle, la spirituelle, la brillante Laura ! Elle qui prétendait cultiver comme jadis l'avait fait son père l'esprit aristocratique des dell'Orto ! Elle, avoir eu de ces réactions d'oie blanche, de petite-bourgeoise conformiste attachée aux idées de mariage ! Elle, s'être laissée aller aux larmes !

Quoi ! se disait Laura, les Albano — et alors, elle pensait en effet non à Ercole en personne mais à la maison Albano comme si celle-ci avait, cette nuit même, défié la maison dell'Orto, de la façon dont jadis on se provoquait en duel ou en tournoi singulier entre familles nobles — quoi ! les Albano l'avaient bafouée, outragée... et elle, une dell'Orto, au lieu de tenir tête, elle avait eu cette déplorable faiblesse ! Non, non ! c'était vraiment indigne d'elle : elle répliquerait, elle relèverait le défi. Elle se vengerait...

Elle se leva vivement. La ceinture de son peignoir s'était dénouée. Elle allait pour la renouer mais se ravisa Une pensée la fit sourire...

Alors, qui l'eût vue errer par les couloirs obscurs de la villa, le léger vêtement de satin flottant comme une cape sur son corps nu, les cheveux défaits ; qui l'eût vue, nu-pieds sur le marbre froid, descendre d'un pas décidé l'escalier à double révolution eût songé à une incarnation de la sublime statue du Bernin, la fameuse *Médée furieuse* qui se dresse au milieu de l'hémicycle que forme cet escalier monumental au centre de la villa.

Elle ne connaissait pas encore très bien le plan du palais et se perdit par trois fois. Il lui fallait à chaque instant trouver l'interrupteur qui commandait l'éclairage d'une galerie ou d'un salon, regarder par la croisée si celle-ci ouvrait du côté des collines, du côté de la ville ou sur la cour intérieure de façon à se repérer dans ces enfilades de salles toutes richement et assez semblablement meublées et décorées. Enfin, au détour d'un corridor tendu de damas rouge sang, elle aperçut, allongé tout habillé sur un canapé, le valet du service de nuit du prince et elle en conclut que la porte auprès de laquelle dormait le domestique était celle des appartements du maître...

Ercole, en grossier personnage qu'il était, n'avait pas daigné frapper à la porte avant d'entrer dans la chambre nuptiale où elle l'attendait ; elle jugea que cela la dispenserait pour toujours de le faire quand elle se rendrait chez lui. Elle poussa donc résolument les deux battants qui cédèrent, alluma toutes les lumières...

Ercole, éveillé en sursaut, étouffa un gémissement de frayeur comme on en a parfois dans les cauchemars : Laura se tenait là, debout, à son chevet ! Les seins, le pubis, les cuisses dénudés, son visage à demi noyé sous la lourde chevelure, ses beaux yeux humides qui le fixaient : elle était l'image de la sensualité et de la séduction. Telle la célèbre *Salomé* « *Albano* » du Titien — ce tableau qu'elle léguerait plus tard, avec dix autres chefs-d'œuvre, au musée de Frascati... Mais ce fut avec une froideur voulue et sans marquer aucune espèce de sentiment, pas même de la haine, qu'elle laissa tomber de ses lèvres crispées :

— Vous m'avez outragée. Je viens me venger. Je ne veux pas d'excuses. Aucune parole ne saurait laver l'affront que vous m'avez fait subir. Mais je tenais à vous annoncer loyalement que je n'ai pas l'intention de demeurer vierge et que je n'ai pas l'intention non plus d'être uniquement... menée à la saillie — passez-moi l'expression mais, étant donné la façon dont vous avez présenté les choses, je n'en vois pas d'autre ; je n'ai pas l'intention, disais-je, d'être uniquement montée pour assurer une descendance aux Albano. Puisque vous êtes incapable de m'aimer et que vous voulez cependant un héritier mâle pour perpétuer votre nom, eh bien ! ce sera donnant-donnant. Et voici le marché : je m'engage à vous donner un fils mais c'est moi, moi seule, qui choisirai le père de ce malheureux enfant. Et j'entends que l'homme que j'aimerai — je dis bien : que j'aimerai —, j'entends qu'il ne soit pas seulement le père de *notre* enfant. En clair : je suis venue vous annoncer que je suis fermement décidée à avoir un amant... Ou peut-être même, *des* amants ! Ce serait bien le moins puisque j'ai eu le malheur d'épouser un impuissant !

— Eh ! qu'est-ce qui vous fait supposer que je suis impuissant ?

— Ah ! parce que...

Laura n'acheva pas sa réflexion. Une idée commençait à se faire jour en elle. Elle n'était jamais entrée dans cette chambre à coucher auparavant. Lorsque le prince avait fait visiter la villa Albano à sa fiancée, il ne la lui avait pas montrée. Et maintenant, elle observait que cette vaste pièce aux tentures sombres était encombrée de statues antiques d'éphèbes, de torses d'athlètes en bronze et que les murs étaient couverts d'études d'anatomie virile sobrement encadrées...

Fou de colère, Ercole s'était redressé contre la tête de son lit :

— Je ne veux pas que la princesse Albano déshonore mon nom ! s'écria-t-il avec une emphase mélodramatique. Je ne veux pas qu'elle passe pour une putain aux yeux du monde ! Vous êtes ma femme, Laura : ne vous avisez jamais d'avoir une aventure. M'entendez-vous ? Je saurai me montrer jaloux comme doit être un mari... Et quant au choix du père de notre enfant, je vous ai dit que c'est moi qui en déciderai. Je ne reviendrai pas là-dessus. Et maintenant, sortez !

— Comment : « Sortez ! » ? Vous me prenez donc pour de vos gens ? Je suis comtesse dell'Orto ! Et je suis princesse Albano depuis quelques heures... « Sortez ! » Ah ! c'est trop fort, à la fin ! Où avez-vous appris à vivre ? Est-ce ainsi que votre père traitait la princesse, votre mère ? Croyez-vous qu'en m'achetant vous avez aussi acheté le droit de m'insulter ? Et, comme si ce n'était pas suffisant, vous prétendez encore m'interdire tout plaisir alors que vous couchez avec votre garçon d'écurie !

— Qui vous l'a dit ? Qui ? se mit à hurler Ercole comme saisi de terreur.

A la vérité, Laura avait lancé l'accusation absolument au hasard ; c'était une imputation purement gratuite de sa part. Mais le prince ne venait-il pas d'avouer qu'il n'était nullement impuissant ? Mais ses appartements n'étaient-ils pas décorés dans le goût dit « grec » ? Mais les palefreniers, on ne sait trop pourquoi, n'ont-ils pas traditionnellement la réputation d'être les favoris du maître de maison quand celui-ci se trouve être inverti ? Peut-être parce qu'ils sentent le cuir, la sueur, le cheval — toutes choses qui évoquent inconsciemment l'idée de virilité...

Stupéfaite d'avoir vu juste, Laura sut admirablement dissimuler sa stupéfaction. Et le prince, hors de lui, répétait :

— Qui vous l'a dit ? Comment l'avez-vous appris ?

Enfin, avec un dédain très étudié, elle répliqua :

— Que vous importe, du moment que je le sais ? Et puis je n'ai pas votre bassesse · si quelqu'un me l'a dit, en effet, ne comptez pas que je trahisse sa confiance !

Esquissant un sourire énigmatique, elle ajouta non sans cruauté :

— D'ailleurs, il se peut aussi que je l'aie deviné, tout simplement. Intuition féminine..

— Deviné ? Deviné pareille chose ? Et tout à l'heure vous me parliez du marquis de Sade tout comme si vous aviez lu ses livres ! Et vous employez des mots comme : « vous faire monter, vous faire mener à la saillie » ! Et vous revendiquez le droit d'avoir un... que dis-je ? D'avoir des amants ! Et vous n'avez que dix-huit ans, cependant ! L'éducation que vous a donnée votre père...

— Je vous interdis de parler de mon père !

— Mais quelle sorte de femme êtes-vous ? Quelle femme ai-je donc épousée ? Ah ! vous me faites peur...

— Eh bien, à votre tour d'avoir peur. Ah ! vous me preniez sans doute pour une oie blanche. Vous imaginiez avoir acheté une esclave soumise et vous être ainsi offert le droit de la bafouer, de l'humilier... Il va falloir déchanter ! Et vous n'avez pas fini de regretter de m'avoir aussi atrocement maltraitée la nuit de nos noces !

— Comme vous me méprisez, Laura !

— Oui, je vous méprise, Ercole, je vous méprise. Mais pour qu'il n'y ait pas le moindre malentendu là-dessus et que vous ne soyez pas tenté de vous donner le beau rôle de l'incompris, je tiens à préciser ceci : je vous méprise en effet, mais ce n'est pas parce que vous êtes homosexuel. Je suis assez tolérante et assez intelligente, je m'en flatte, pour estimer qu'il est aussi absurde de mépriser quelqu'un pour ses mœurs que pour la couleur de sa peau ou Dieu sait quelle particularité. Mon grand-oncle Giulio, qui fut le génie politique que vous savez, était pédéraste, ce que vous ne saviez sans doute pas car les historiens, par ignorance ou par discrétion, n'ont jamais rien écrit sur la question... Non, Ercole, si je vous méprise autant, c'est que vous êtes un tricheur ! c'est que vous êtes un truqueur... Et maintenant que je vous ai dit ce que j'avais sur le cœur, c'est à vous de choisir entre un *modus vivendi* acceptable pour tous deux ou... la guerre.

— La guerre, Laura !

— La guerre ? Vous l'aurez ! En attendant, je vous souhaite une bonne nuit, Ercole !

Elle ressortit en claquant la porte et en giflant à la volée le valet de chambre qu'elle surprit posté derrière, à les épier

Mais la guerre, encore fallait-il trouver les moyens de la mener contre un homme riche, influent et très protégé. Dans une société misogyne et dominée par l'argent, Laura était une femme et elle n'avait ni fortune ni entregent. Le combat était inégal, elle en fit vite l'amère expérience... Pouvait-elle retourner chez ses parents alors que le comte Aldo, mourant, la suppliait d'avoir un peu de patience et surtout de ne pas laisser sa famille dans le besoin ? Non, elle se refusait à assombrir encore les derniers jours de son père ; elle ne voulait pas qu'il se sentît encore plus coupable de cet immense gâchis qu'était la vie de sa fille chérie — il n'avait déjà que trop de remords.

Allait-elle faire savoir au monde que le prince Ercole Albano, qui avait de grandes ambitions politiques, était homosexuel ? Mais elle était une dell'Orto, et avec une moue de grande dame, elle rejetait jusqu'à l'idée d'une pareille ignominie : elle ne ferait rien dont elle pût avoir honte plus tard. Elle demeurerait digne, ne serait-ce que pour donner une leçon de dignité au prince ! D'ailleurs, se demandait-elle, en quoi une telle révélation publique aurait-elle pu la servir dans ses projets ? Si elle souhaitait obtenir l'annulation de son mariage, elle devait agir avec la plus extrême discrétion, éviter toute espèce de scandale. C'est à cette première condition — condition nécessaire mais non pas suffisante : il lui faudrait aussi beaucoup d'argent et d'opiniâtreté, elle ne l'ignorait pas —, c'est à cette condition essentielle que, dans un pays où n'existe pas le divorce, le tribunal ecclésiastique de la Rote consent parfois à prononcer la nullité du sacrement...

Il se trouvait qu'un cousin de sa grand-mère, Mgr di Galeazzo-Consalvi, était alors auditeur de la Rote et un des intimes de Pie XII — lequel, au reste, devait le créer cardinal l'année suivante. Laura lui écrivit pour lui exposer son cas et solliciter de ce digne prélat conseils, aide et protection. Il la reçut en audience privée. Elle pensait qu'elle saurait faire jouer le réflexe de caste qui est encore très vivace dans l'aristocratie romaine : ce procès serait celui des familles Galeazzo-Consalvi et dell'Orto contre la maison Albano...

Le réflexe nobiliaire joua en effet, mais hélas ! dans le sens opposé à ce qu'elle s'était imaginé. D'emblée, Mgr di Galeazzo-Consalvi se montra plus grand-seigneur que prêtre : il fit comprendre à Laura qu'il jugeait avant tout les choses d'un point de vue social. Et que de ce point de vue, il trouvait inconvenant qu'une dell'Orto rompît avec un Albano. « Dans notre monde, c'est très mal vu ! » fit remarquer ce mondain. Il laissa entendre que la cousine d'un grand de l'Église ne pouvait décemment demander l'annulation d'un mariage béni par cette Excellence ; ne fût-ce que par respect pour la dignité sacerdotale — et Monseigneur pensait à son chapeau en prononçant ces mots. D'ailleurs, si la Rote devait donner satisfaction à la princesse, que ne dirait-on pas ? Or, l'Église ne devait pas être soupçonnée, même à tort, de complaisance à l'égard des familles nobles : l'Église était d'abord l'Église des humbles, etc.

Car tous ces arguments et bien d'autres encore, non moins spécieux, étaient bien évidemment donnés au nom de la morale chrétienne. Laura devait accepter avec résignation cette épreuve que Dieu lui envoyait. En se soumettant sans protester et en demeurant vierge, elle gagnait plus sûrement son salut qu'en revendiquant petitement le droit à un bonheur terrestre, forcément médiocre et de courte durée. En somme, ce mariage blanc, si elle savait l'accepter, si elle savait, selon l'expression de Son Excellence, « le vivre » ; ce mariage blanc était une bénédiction du ciel, etc.

Mais Laura, insensible à cette casuistique, continuait de se révolter contre tant de fausseté et d'hypocrisie. Elle tenait tête à son cousin... A la fin, celui-ci, lassé d'avoir vainement tenté de la persuader par des paroles mielleuses et ambiguës, lui assena sans ménagements une cruelle vérité qui, celle-ci, n'était malheureusement que trop vraie :

— Au reste, ma fille, s'écria-t-il, sache que, devant la Rote, les premiers sont les derniers. C'est comme ce sera au jour du Jugement dernier. Plus un nom est noble et en vue, moins la personne qui le porte a de chances d'obtenir satisfaction. Sache aussi qu'une demande en annulation quand elle est uniquement introduite par l'épouse sans l'assentiment de son époux n'aboutit pour ainsi dire jamais. Enfin, je te répète que ma qualité d'auditeur auprès du Sacré Tribunal, loin de te favoriser, toi qui es ma cousine, constituerait un motif de plus pour que la tienne soit rejetée. Ma fille, sois raisonnable, résigne-toi ! Ta cause est perdue d'avance.

Cette cause était perdue d'avance pour un autre motif encore, mais Laura ne le découvrirait que beaucoup plus tard : dès le début, Mgr di Galeazzo-Consalvi avait plus ou moins consciemment pris le parti d'Ercole Albano. Il y avait une raison à cela : c'est que Mgr di Galeazzo-Consalvi partageait avec le prince le goût des beaux garçons. Et, singulièrement, des beaux garçons d'écurie.

C'était donc sans espoir ! Et Laura devrait vivre sinon *avec*, du moins *au côté* d'un homme qu'elle haïssait. Elle devrait feindre en public d'être sa femme. Et elle ne devrait jamais connaître l'amour ni, simplement, le plaisir, ce faux mari étant de sucroît jaloux et tyrannique. Car, elle le découvrait chaque jour un peu plus et avec un effroi grandissant, ce grand pervers était un violent...

Alors Laura songea au suicide. Et, un soir de mélancolie, peut-être serait-elle allée jusqu'au geste fatal si, au moment où elle faisait l'inventaire des somnifères et des tranquillisants amassés dans les tiroirs de sa table de chevet, le téléphone posé sur ce précieux petit meuble rococo n'avait retenti. C'était pour lui annoncer que son père venait de rendre le dernier soupir...

Elle était au comble du malheur. Elle ne pleurait pas, ne se plaignait jamais de son sort, mais elle demeurait des heures entières allongée sur son lit à ne rien faire et dans un état d'hébétude qui confinait à la folie. Cette rigidité muette inspirait de la peur à ses domestiques quand ils la découvraient ainsi, solitaire dans ses vastes appartements — la peur qu'on a des fous. Ercole lui-même éprouva pour sa femme un sentiment qui ressemblait très vaguement à de la pitié.

On lui suggéra de voyager pour oublier. De se trouver un de ces métiers prestigieux et futiles auxquels les femmes du monde, en ces années 50, commençaient à trouver chic de consacrer un peu de leur temps : attachée de presse d'une galerie de peinture ou assistante d'un grand couturier par exemple. Son nom valait toutes les recommandations, lui faisaient remarquer ses amies. Elle refusa leurs offres. Elle ne voulait que la paix, disait-elle. Du moins quand elle consentait à dire quelque chose...

Elle sombrait peu à peu dans une sorte de morne indifférence à la vie. Et seul un homme sut alors trouver les paroles qui consolent. Il s'appelait Pierluigi Ricci.

Ce brillant conseiller financier était, entre autres, le fondé de pouvoir du prince et s'occupait de la gestion de son immense fortune. Ces deux dernières années, à la faveur du plan Marshall, qui venait de faire tomber la manne sur l'Italie, il lui avait fait gagner énormément d'argent et cette fortune s'était encore accrue de quelques centaines de millions de lires. En remerciement, on l'invitait souvent à la villa, aux petits dîners. Non pas qu'il y eût une grande amitié entre les deux hommes. Mais Ercole, qui se croyait un fin politique et un grand seigneur du temps passé, estimait qu'il garderait beaucoup mieux son ascendant sur un sujet aussi précieux en l'admettant familièrement dans sa princière intimité.

C'était peine perdue : Pierluigi Ricci était trop intelligent pour se sentir flatté et il n'était nullement impressionné par la noblesse et le faste du prince. Au reste, s'il ne portait pas un grand nom, s'il ne vivait pas dans un palais historique, il était tout de même fort riche et donnait, tantôt à Rome et tantôt à Milan, sur les terrasses de l'un ou l'autre des deux luxueux appartements modernes qu'il y avait fait construire et meubler à l'identique, des soirées qui étaient sans doute un peu moins somptueuses que les réceptions des Albano mais plus recherchées encore parce qu'on avait la certitude d'y rencontrer les gens les plus célèbres et les plus intéressants du moment.

Et puis, Pierluigi Ricci n'était pas dupe. Il avait très vite deviné que ce qui le rendait si attrayant aux yeux du prince, c'était précisément cela : il connaissait « la terre entière » comme on dit et, quoique dénué de toute ambition politique personnelle, était à tu et à toi avec la plupart des membres du gouvernement. Le prince comptait sur son appui et ses conseils pour s'introduire dans les milieux du pouvoir et y réussir une carrière...

Pierluigi Ricci allait sur ses quarante ans. Célibataire encore, et décidé à le rester par horreur pour tout ce qui ressemblait à une contrainte, on le disait cependant homme à femmes. Et quoiqu'il fût d'une discrétion exemplaire quant à sa vie privée, on lui prêtait une liaison avec une célèbre actrice américaine qui vivait à Rome. Il n'était pas beau à proprement parler mais il avait beaucoup de charme et d'élégance. Avec ça, drôle, disert, et volontiers médisant. Il regrettait de n'être pas né au XVIIIe siècle, qu'il appelait le siècle de l'insouciance. Il avait en horreur la pesanteur, le sérieux de son époque. Il disait préférer les plaisirs à la passion et se prétendait très peu sentimental.

Laura eut tôt fait de découvrir qu'il n'en était rien. Son cynisme était tout de façade : un masque derrière lequel il cachait une sensibilité peu commune chez un homme, une délicatesse presque féminine — elle osa le lui dire.

Lui, au même moment, commençait à voir clair en cette jeune femme qu'il avait jugée d'abord très belle, certes, mais terriblement froide et ennuyeuse. Sous ses airs absents, il devinait la sensualité exacerbée ; sous l'apparente indifférence, une révolte prête à se manifester ; sous la glace, le feu qui couvait... Il comprit alors pourquoi Laura, qu'il n'avait pas connue avant son mariage, pouvait avoir passé dans le monde pour insolente et follement spirituelle ; il comprit pourquoi elle y avait souvent fait scandale...

Mais pourquoi cette tristesse aujourd'hui ? Pourquoi ces regards noyés de mélancolie et cès vagues sourires amers, douloureux ?

Un soir, tandis que le dîner s'achevait et que le prince venait de quitter la table pour répondre au téléphone, il y eut un brusque aparté très tendre entre eux deux, un échange de confidences à demi-mot, à mi-voix : ces deux âmes sœurs s'étaient trouvées.

De ce jour, Pierluigi Ricci, qui avait toujours bâillé d'ennui à la seule idée de devoir passer la soirée à la Villa Albano, se surprit à attendre impatiemment le mardi, car c'était ordinairement le mardi que le prince et la princesse recevaient leurs intimes à dîner...

Mais Laura redoutait que son mari ne découvrît cette amitié naissante et que, soupçonneux comme il l'était, il en conçût de la jalousie. Pierluigi, de son côté, avait jugé de même et craignait les réactions de cet esprit tortueux et maladif. Il tremblait d'ailleurs plus pour Laura que pour lui-même car il se savait indispensable au prince et, connaissant sa lâcheté, se disait que jamais cet arriviste ne voudrait se fâcher avec un des meilleurs amis d'Alcide De Gasperi !

Alors, en présence du mari importun, tout un jeu subtil et spirituel s'institua entre Laura et Pierluigi : ils surent inventer mille manières de se dire des choses affectueuses et profondes sans avoir l'air de s'écarter des banalités qu'on échange dans les dîners en ville. C'étaient des paroles à double sens, des moqueries à mots couverts et tout se passait en somme comme dans ces scènes bien connues de Vaudeville où l'on voit les deux amants faire partager leur hilarité au cocu qu'ils ridiculisent publiquement...

Mais ils allaient bientôt connaître une situation de Vaudeville plus extravagante encore que tout ce qu'on a pu représenter dans le genre sur une scène de boulevard : le mari qui exige de madame qu'elle couche avec l'ami de la famille, le mari qui supplie l'ami de la famille de bien vouloir coucher avec madame !

C'est que, bien qu'il n'en eût plus jamais reparlé à sa femme, Ercole n'avait pas renoncé à son projet d'avoir un fils. Et que, à force de tourner et retourner la question dans tous les sens, il en était venu à cette conclusion que Pierluigi serait le père... non pas le père exactement, mais du moins le géniteur idéal. Cent fois il avait recensé ses qualités : célibataire sans enfants, d'une extrême discrétion sur tout ce qui touchait à sa vie privée, d'une intelligence très au-dessus de la moyenne, blanc et aryen bien entendu ; enfin, sain d'esprit et de corps. De sa formation de militant fasciste, le prince avait retenu la nécessité d'une rigoureuse eugénique et, pour s'assurer de ce dernier point, il n'avait pas hésité à interroger son médecin, lequel se trouvait être aussi le médecin de Ricci et, au mépris du secret professionnel, s'était empressé de lui fournir tous les renseignements voulus...

Oui ! avait-il conclu, Pierluigi était décidément l'homme de la situation

Mais quelle ne fut pas la stupéfaction de celui-ci quand, un soir, à l'issue d'un conseil d'administration, Ercole le prit à part dans un bureau de sa société et là, après avoir soigneusement vérifié que nul ne pouvait surprendre leur entretien, lui fit sur un ton douloureux l'aveu mensonger qu'il était stérile et lui exposa très solennellement ce qu'il attendait de lui !

Et que devint Laura lorsque, à quelques jours de là, le prince lui dit le nom de l'homme qu'il lui avait choisi. Pierluigi Ricci ! cet homme qu'elle aimait déjà secrètement, cet homme dont elle rêvait souvent la nuit depuis quelque temps, voici qu'elle se voyait offrir une nuit d'amour avec lui ! Elle crut défaillir de bonheur... Puis, tout aussitôt, d'horreur.

Car, à la réflexion, elle comprit que c'était justement cela qui était atroce, monstrueux — plus monstrueux que tout ce qu'elle avait enduré d'Ercole jusqu'ici : son jardin secret, ce dernier havre de douceur qu'elle était parvenue à préserver dans sa vie, son amitié amoureuse pour Pierluigi venait d'être saccagée comme le reste par les exigences de ce brutal, de ce fasciste ! Ercole lui commandait de faire l'amour avec l'homme qu'elle aimait et c'était le plus sûr moyen de lui gâcher son amour naissant, de le lui détruire... Car désormais, entre elle et Pierluigi, s'interposerait toujours comme un tiers indiscret, comme un voyeur, ce gêneur pour qui ils devaient œuvrer. Et ce serait invivable.

Dans son malheur, cependant, Laura connut un bonheur fou : ce fut de découvrir l'infinie délicatesse de Pierluigi. La première fois que, sur les instances d'Ercole, ils se retrouvèrent tête à tête, après les premières minutes d'embarras, il déclara :

— Si le prince ne vous avait pas menti et trompé comme il l'a fait, peut-être par pitié pour lui aurais-je accepté de lui rendre ce service. A la condition que vous l'ayez voulu vous aussi, bien entendu. Mais maintenant que je sais ce que je sais, j'estime que ce serait une bassesse de ma part et je ne veux pas me rendre complice de l'homme qui vous a humiliée. Mais il y a autre chose encore, ajouta-t-il sur un ton plus grave : il y a que je vous aime, Laura. Je ne peux pas vous le cacher plus longtemps, je vous aime, je vous aime ! Et parce que je vous aime justement, je me refuse à profiter de l'aubaine. Me comprenez-vous ?

— Ah, Pierluigi ! Non seulement je vous comprends mais, je vous l'avoue, je n'osais pas espérer de vous... Pierluigi, ce que vous ressentez, c'est très exactement ce que je ressens : je vous aime et c'est la raison pour laquelle je ne ferais pas l'amour avec vous, répondit Laura, émue aux larmes.

Larmes de désespoir, larmes de joie : joie de se sentir en

communion d'âme avec celui qu'elle aimait ; désespoir de savoir cet amour impossible...

Mais que faire ? se demandaient-ils.

Après bien des hésitations, bien des scrupules, ils convinrent qu'il fallait feindre de s'exécuter. Ne fût-ce pour Laura que dans le but d'obtenir provisoirement la paix de son mari ou du moins un peu plus de respect, d'attention, de politesse. Et puis, estimait-elle, en manœuvrant avec habileté, on pouvait toujours gagner du temps : quelques mois, une année...

Alors, la Villa Albano devint le théâtre d'une comédie légère qui les eût amusés tous deux si l'auteur n'en avait pas été le prince et eux les acteurs. Pierluigi était invité à dîner. A minuit, pour donner le change aux domestiques, il quittait ses hôtes et sortait du parc au volant de son cabriolet qu'il allait garer à une centaine de mètres des grilles. Puis, dans la grande tradition de la galanterie, après avoir pris le temps de fumer un cigare en contemplant le ciel étoilé au-dessus des lumières de Frascati, il revenait à pied et, muni des clefs d'une porte de service que le maître de maison lui avait remises, par des escaliers dérobés, il gagnait la chambre de Madame tandis que Monsieur, dans ses appartements de l'aile opposée, attendait que son garçon d'écurie vînt le rejoindre de la même façon.

Laura et Pierluigi vécurent alors des moments délicieux et troublants dans la chambre nuptiale où, par dérision, elle avait voulu qu'eussent lieu ces rencontres arrangées. Chastes comme le sont les amants dans les romans courtois du Moyen Age, ils passaient la nuit, allongés côte à côte sur le grand lit à baldaquin et, pendant des heures, parlaient tendrement de tout et de rien. Ils brûlaient de désir mais, parce qu'ils en avaient pris l'engagement solennel, ils ne se permettaient pas même une caresse, un baiser volé... Et, somme toute, il y avait quelque chose de violemment sensuel dans cette pudeur voulue : un silence, un simple regard prenait la valeur d'une étreinte passionnée. Souvent, ils connurent des jouissances plus profondes que s'ils avaient cédé au désir...

Mais le temps passait. Et le désir s'exacerbait. Et la situation devenait chaque jour plus embarrassante : en présence du prince, ils devaient continuer de jouer l'indifférence polie mais il leur était de plus en plus pénible de dissimuler leurs sentiments profonds l'un pour l'autre. Et puis, le prince s'impatientait : ces rencontres arrangées s'avéraient inféconde. Six mois après la première nuit, Laura n'était toujours pas mère. Il la soupçonnait de tricher sur ses dates ; il commençait de douter des capacités sexuelles de Pierluigi mais n'osait poser de questions... Une sorte de sourde hostilité envenimait leurs relations et sa femme sombrait à nouveau dans la mélancolie. Une atmosphère pesante, équivoque, régnait sur la Villa Albano. Il fallait en finir...

Oui ! en finir, se dit Pierluigi une nuit d'août où, dans la touffeur de l'été romain, Laura et lui avaient dû se retrouver pour ce qu'ils appelaient non sans humour : « leur devoir ». Une nuit où l'un et l'autre n'étaient plus tout à fait certains de ne pas succomber...

Pierluigi venait de réussir une audacieuse opération en bourse qui lui avait permis d'acquérir des bois et un rendez-vous de chasse dans la Brenta, *Le Bizze.* Ce charmant pavillon baroque, construit au début du XVIIIe par Juvara pour les dell'Orto de l'époque, était la première des propriétés que le père de Laura avait dû vendre dans les années 20 pour commencer d'éponger cette faillite rampante qui, à la fin, devait emporter toute l'immense fortune foncière de la famille. Pierluigi voulait faire cette surprise à Laura de la lui offrir pour l'anniversaire de ses vingt ans. Mais il estimait de son devoir de sigisbée d'en parler d'abord au prince et de lui faire visiter cet exquis petit palais de brique rose dont il fallait rénover tout le décor intérieur : le prince le conseillerait sur les goûts de sa femme...

En vérité, Pierluigi connaissait beaucoup mieux les goûts de Laura que son mari. Pour la raison qu'il la connaissait beaucoup plus intimement que lui ; pour la raison aussi qu'il était doué d'une plus grande sensibilité artistique. Mais il avait inventé ce prétexte pour attirer Ercole loin de son entourage ordinaire, loin de tous témoins gênants — dans un guet-apens...

Ercole était un tireur passionné et rien ne pouvait lui faire plus plaisir que ces trois jours de chasse dans la Brenta. D'autant que son fondé de pouvoir, pour le remercier sans doute de lui avoir fait gagner tant d'argent en commissions diverses sur les opérations financières de sa société, le traitait royalement. Par exemple, pour leur éviter les fatigues d'un long voyage, un avion privé les mènerait de Rome à Trente. Mais il y avait mieux : la veille du départ, un employé de chez Purdey, venu exprès de Londres, se présentait chez le prince et lui remettait un beau coffret en acajou. Le coffret contenait une paire de fusils du célèbre armurier anglais gravés aux initiales et à la couronne du prince. Et sur le cuir repoussé de l'étui intérieur, une plaque de cuivre portait ces simples mots :

Au prince Ercole Albano,
la reconnaissance de Pierluigi Ricci.

Les deux chasseurs s'envolèrent de Ciampino le 10 septembre 1952 à onze heures du matin.

Très exactement vingt-quatre heures plus tard, le jeudi 11 septembre à onze heures, le téléphone sonnait Villa Albano.

Le majordome fut le premier à connaître la terrible nouvelle : Son Excellence venait d'être tué dans un accident de chasse.

Comment le drame s'était-il produit ?

Cinq expertises et contre-expertises ne parvinrent jamais à en élucider tout à fait les bizarres circonstances. Andrea Moroselli, un valet de chasse des *Bizze,* était posté à l'espagnole, c'est-à-dire assis sur un pliant face au prince et il rechargeait l'un de ces deux magnifiques Purdey que le prince étrennait quand, à l'improviste, le coup partit. Touché à bout portant dans l'œil droit, le prince s'écroula tué net.

On ne put pas même établir rigoureusement qu'il y avait eu négligence ou imprudence et le long procès se conclut en décembre 1953 par l'acquittement de l'accusé. La veuve renonça à se porter partie civile contre un si pauvre homme et ne fit pas appel. Par la suite, personne ne songea jamais à s'enquérir de ce qu'était devenu Andrea Moroselli : il coule des jours paisibles de rentier aisé dans une jolie villa de Locarno, en Suisse.

Les funérailles du dernier prince Albano furent grandioses. Le Tout-Rome assista dans le palais Albano du Corso à la levée du corps. Le Tout-Rome se pressa en l'église Saint-Charles au Corso pour y écouter la grand-messe. Le Tout-Rome suivit jusqu'au cimetière d'Albano, où la famille a son caveau, le cercueil de ce grand seigneur promis à la plus brillante destinée et fauché dans la fleur de l'âge sans avoir laissé de descendance. Et naturellement, le Tout-Rome n'eut d'yeux que pour la princesse...

Sous sa demi-voilette drapée de biais selon la dernière mode et dans son élégant tailleur de crêpe de chine noir dont on jugea les revers scandaleusement trop échancrés sur la gorge nue, cette veuve de vingt ans n'avait jamais paru plus belle. Plus insensible, aussi : on ne la vit pas pleurer. Pas même quand les cuivres entonnèrent le pathétique et bouleversant « Tuba Mirum » du *Requiem* de Verdi. Tout le temps que durèrent les interminables cérémonies, elle se tint très droite et digne, à un pas devant le reste de la famille. Elle n'eut pas la moindre défaillance : refusant jusqu'au soutien affectueux de ses frères et sœurs, elle toisait d'un air hautain et vaguement insolent l'assistance. Il n'en fallait pas plus pour rendre les jeunes gens fous d'elle aussitôt. Et leurs parents, tout en se prétendant choqués d'une telle attitude, commencèrent à tirer des plans sur la comète et à calculer dans combien de temps ils pourraient, sans indécence, les inciter à lui faire la cour. Il faut savoir que, dans l'espoir d'un fils, le prince avait fait de la princesse sa légataire universelle s'il devait mourir avant la naissance de ce fils : par une indiscrétion des notaires, on avait appris le matin même de l'enterrement que Laura était milliardaire...

Pierluigi Ricci avait été le seul témoin de l'accident. Il déposa au procès mais Laura n'assista pas aux audiences où on l'interrogea et jamais, par la suite, elle ne lui demanda le moindre éclaircissement. Tout comme si le drame ne la concernait pas. En fait, dès l'instant où le majordome était entré dans sa chambre pour lui annoncer avec mille précautions la tragique nouvelle, elle avait eu l'intuition qu'il ne s'agissait pas d'un accident : elle avait deviné que Pierluigi venait de faire assassiner Ercole par amour pour elle. Et sa première réaction avait été de se dire qu'il était beau d'être aimée d'un tel homme.

Pierluigi rentra à Rome le 12 au matin et se précipita chez elle. Il raconta en quelques mots ce qui s'était passé. Il y eut entre eux deux un échange de regards entendus et tout fut dit. Il sut qu'elle savait. Elle sut qu'il savait qu'elle savait. D'un commun accord, qui demeura tacite, ils n'en parlèrent jamais plus.

Mais, un an après, et au mépris du qu'en-dira-t-on, la princesse invitait Pierluigi Ricci à venir s'installer auprès d'elle, Villa Albano.

La bonne société romaine poussa les hauts cris. Les individus les plus notoirement dépravés de cette faune que Fellini devait dépeindre plus tard avec tant de férocité dans *la Dolce Vita* proclamèrent qu'on n'avait jamais entendu parler d'une pareille immoralité. On alla jusqu'à la traiter de putain et lui de maquereau. C'est qu'à Rome on peut s'adonner aux pires débauches, se livrer à des orgies de Bas-Empire, pratiquer toutes les perversions, avoir plus d'amants que Messaline ou plus de gitons que Néron et passer pour parfaitement honorable — mais à cette seule condition : être, par ailleurs, légitimement marié à l'église avec la personne dont on partage la vie...

Mais quelle n'eût pas été la stupeur dans cette même soi-disant bonne société si l'on avait appris que toutes les médisances à leur sujet n'étaient que d'injustes calomnies ! Après la mort du prince, en effet, les relations entre Laura et Pierluigi demeurèrent ce qu'elles avaient été de son vivant : plus libres peut-être et plus sereines, mais toujours rigoureusement platoniques.

Dans son immoralité aristocratique, Laura avait une plus haute idée de la morale, une idée plus exigeante · elle eût trouvé vulgaire de se donner maintenant à Pierluigi. C'eût été comme le remercier d'un service. Mais on remercie un valet de chambre, on ne remercie pas un amant.

Et puis, leurs plus beaux moments n'avaient-ils pas été ces nuits, ces tendres nuits si chastes ? Il lui semblait que ce serait effacer ces merveilleux souvenirs et briser le charme pour une chose sans importance ; il lui semblait que ce serait faire sombrer une liaison exceptionnelle dans la banalité. Oui, plus elle y pensait et plus elle pressentait que le jour où ils feraient l'amour, ce jour-là aussi prendrait fin leur amour...

Laura le dit à Pierluigi posément :

— Mon ami, épargnons-nous la médiocrité. Si nous mêlons le sexe à notre union, c'en sera vite fait de notre union. Choisissez : nous partageons le même lit et, dans six mois, nous nous quittons fâchés l'un de l'autre. Ou bien nous fondons quelque chose de plus fort et de plus durable : une amitié entre deux êtres d'exception, trop intelligents pour croire qu'un sentiment peut être éternel, trop spirituels pour ne pas trouver ridicule tout ce qui ressemble peu ou prou à de la jalousie, trop épris de liberté pour accepter d'autres règles que celles de leur fantaisie... En un mot : une complicité. Une complicité comme en ont les criminels.

Et ce fut la seule fois où elle fit allusion au meurtre des *Bizze*.

Pierluigi ne put qu'approuver.

Lui aussi était un homme du XVIIIe égaré dans son siècle ; lui aussi se défiait des grands sentiments. Or, cet arrangement préservait ce qui lui paraissait l'essentiel : l'élégance, la politesse du cœur. D'ailleurs, il avait appris à connaître Laura et à redouter ses inconstances amoureuses le jour où elle serait libre, c'est-à-dire le jour où elle serait veuve. Il savait qu'elle aimait moins aimer que séduire. Ce qui l'amusait, c'était la conquête. Elle était de ces femmes dominatrices qui prennent du plaisir à distinguer un homme jeune et sans grand caractère encore, à l'initier, à le former, à le dresser même sous le prétexte de lui apprendre la vie et puis à le quitter brusquement le jour où elle s'aperçoit que la leçon a été trop bien apprise et qu'elle s'ennuie.

Laura eut ainsi en vingt ans une vingtaine de liaisons plus ou moins éphémères qui se déroulèrent selon un scénario à peu près immuable. Elle remarquait dans une fête, ou à un festival de musique, ou au cours d'une croisière en Méditerranée un homme, ordinairement très jeune, parfois même un adolescent et elle se donnait tant de jours, rarement plus de deux semaines, pour le rendre amoureux fou d'elle. Sensible et pleine d'imagination, en cela très italienne, elle ne tardait pas à connaître en retour le sentiment qu'elle avait délibérément provoqué chez l'autre. Mais c'était de l'amour-propre, au sens exact du mot, beaucoup plus que de l'amour. Et si elle était fière de ses succès, elle n'en perdait pas pour autant son sang-froid. Elle avait trop d'intelligence pour abandonner tout esprit critique, même dans les plus beaux moments d'abandon entre les bras de son amant.

Pour lui, elle était tout à la fois la maîtresse et la mère. Laura se l'attachait en jouant ce rôle charmant que joue souvent leur tante auprès des garçons quand ils commencent à devenir des hommes. Elle l'aidait à perdre ses gaucheries d'enfant, elle lui apprenait l'art de séduire et à se bien tenir en société. Elle lui inculquait le goût — c'est-à-dire son goût...

Mais, bientôt, elle reconnaissait chez son amant certaine tournure d'esprit qui était sienne, certaine façon de penser, de sentir... Cela pouvait aller jusqu'à ses gestes, jusqu'à ses tics de langage tant était grande la fascination qu'elle exerçait. Et, dès lors, le malheureux, sans le savoir, avait déjà cessé de plaire : comme tous les gens très brillants et dénués de vanité, Laura avait horreur de se voir imitée.

L'arrêt de mort ne tardait pas. Il s'agissait, la plupart du temps, d'une courte lettre que l'amant recevait au moment où il s'y attendait le moins. Par exemple, le lendemain d'une soirée à l'Opéra où elle s'était affichée en sa compagnie devant deux cents personnes de leur connaissance et en lui marquant plus de tendresse encore qu'à l'ordinaire

Elle écrivait ceci :

Veux-tu te montrer un homme, et un homme raisonnable ?

Figure-toi que nous ne nous sommes jamais connus. Pas mal trouvé, non ?

Je t'embrasse et je te remercie pour les bons moments.

Laura, princesse Albano

Au désespoir et ne comprenant pas ce qui lui valait cette rupture si brutale, l'amant délaissé courait chez elle : le concierge ne le laissait pas même passer les grilles de la villa. Il téléphonait dix fois et dix fois le maître d'hôtel ou la femme de chambre lui répondait poliment que Madame était sortie. Quant aux lettres, elles étaient renvoyées sans avoir été ouvertes. C'était à devenir fou...

Certains, quittés de cette façon, perdirent parfois toute dignité, au point de prendre rendez-vous avec l'avocat Ricci en ses bureaux, pour lui demander des explications. Ce genre de scène amusait beaucoup Pierluigi. Le soir, en compagnie de la princesse, il en plaisantait..

Quelques semaines ou quelques mois plus tard, le hasard mettait en présence Laura et son ancien amant : elle lui parlait aimablement. lui demandait de ses nouvelles mais sans marquer plus d'intérêt qu'elle n'eût fait avec une très vague connaissance Absolument comme si rien ne s'était jamais passé entre eux.

On laisse à imaginer quelle était la réputation de Laura dans le monde — un monde où tout se sait.

Et cependant, jamais cette réputation ne parvint à nuire à la position éminente qu'elle y occupait. Une fois pour toutes on l'avait classée parmi ces originaux que leur originalité semble placer audessus des lois non écrites qui régissent la bonne société. Elle était si spirituelle, si belle, si riche et si titrée qu'on considérait dans son milieu qu'elle pouvait se permettre d'être également aussi libre.

Les autres femmes du monde l'enviaient : elle ne s'était pas remariée, n'avait pas d'enfants et, surtout, elle ne s'embarrassait d'aucun des scrupules moraux qui plus encore qu'un mari et des enfants empoisonnent la vie. Elle se moquait de l'opinion et des préjugés ; c'était comme si elle seule en avait le droit. Ses fantaisies, ses sorties féroces, ses bons mots faisaient frémir mais étaient la preuve d'une telle supériorité intellectuelle qu'aucune de ces femmes ne songeait à rivaliser avec elle. Si elles l'enviaient, elles ne cherchaient pas à la desservir. Au contraire : comme des enfants qui s'excitent à dire des grossièretés en l'absence de leurs parents, elles se racontaient avec délices « la dernière » de Laura. On feignait d'en être scandalisé mais on éprouvait en même temps un sentiment de fierté à la connaître et à pouvoir la rapporter à ses amis. Dans la vie du Tout-Rome, somme toute morne et conformiste en dépit du tableau qu'en a peint Fellini, Laura introduisait un élément de surprise et de poésie. Elle faisait ce que nul n'osait faire

Bulgari donnait une soirée de gala sur le thème des pierres précieuses. On se demandait déjà quelle parure arborerait Laura, laquelle n'avait que l'embarras du choix parmi tous les joyaux de la collection Albano dont beaucoup venaient de chez le célèbre joaillier de la via Condotti : seraient-ce les émeraudes, les rubis ou les fameux diamants gris ?

On avait pensé à tout sauf à son impertinence : elle fit une apparition de cinq minutes, vêtue d'un simple tailleur d'après-midi et sans le moindre bijou sur elle. Un peu comme elle se serait rendue par charité au chevet d'un vieux serviteur malade. Et à une imbécile qui l'applaudissait et la félicitait bruyamment de son audace, elle avait répliqué :

— Quelle audace ? Je trouve déjà bien beau que quelqu'un comme moi ait la bonté de rendre visite à un fournisseur ! Mais enfin, il ne faut pas vexer ces gens...

A d'autres moments, cette voltairienne prenait un malin plaisir à choquer par des propos d'une tout autre couleur politique. Sans avoir, contrairement à bien d'autres, la vulgarité d'afficher des idées de gauche et de voter pour la droite, elle déclarait à la veille d'élections importantes et alors que, autour d'elle, nombreux étaient ceux qui, tremblant de peur à la lecture des derniers sondages d'opinion, préparaient déjà leur exil en Suisse ou aux Etats-Unis :

— Eh bien, cette fois-ci les communistes vont passer. Et, mon Dieu ! nous ne l'aurons pas volé. Nous n'avons que trop abusé des privilèges que nous confère l'argent...

Ou bien, comme on racontait avec horreur le dernier attentat des Brigades rouges :

— Je ne dis pas que je les approuve, ces jeunes, mais je les comprends. Vivre dans un monde où l'on a échangé l'assurance de ne pas mourir de faim contre la certitude de mourir d'ennui ! Si je ne trouvais rien de plus intéressant à faire et si je n'étais pas une si vieille femme, peut-être que je m'enrôlerais dans leur armée...

Propos futiles de jolie femme oisive, dira-t-on. Mais il y avait chez Laura bien autre chose que le simple désir de provoquer les gens de son milieu : elle voulait éprouver l'étendue de son ascendant sur eux et découvrir jusqu'où pouvait aller leur lâcheté. Car ils riaient jaune mais ils riaient. Et aucun, en dehors de Pierluigi Ricci, n'avait le cran de se récrier qu'elle faisait alors du mauvais esprit à peu de frais...

Si on osait si peu la contredire, c'est qu'elle donnait des ridicules dont il était par la suite bien difficile de se défaire. On la tenait pour l'arbitre suprême de ce qui était chic et de ce qui ne l'était pas. Et elle décrétait avec désinvolture ou insolence.

Ainsi, au sujet du « Bal du siècle » où le fameux Kalogeropoulos devait au printemps 1962 recevoir en son palais sur le Grand Canal, à Venise, tous les grands de la terre. On mourait d'envie d'être des mille. Mais la princesse, qui pour sa part avait déjà reçu le bristol tant convoité, fit savoir, à sa manière, qu'elle ne jugeait pas ce bal élégant :

— Figurez-vous, dit-elle à quelques amies qui intriguaient auprès d'elle dans l'espoir d'être invitées aussi, figurez-vous que, le même soir, Klemperer dirige un concert Berg et Schœnberg à Munich. Il n'y avait pas à hésiter...

Ces dames, qui n'avaient jamais entendu parler de Berg, croyaient que Schœnberg était un fourreur à la mode, trouvaient extravagant qu'on pût faire un aller retour Rome-Munich pour assister uniquement à un concert et qui, de toute façon, Klemperer ou pas, auraient donné dix ans de leur vie pour être sur les listes de Kalogeropoulos, avaient assez d'intelligence ou d'à-propos pour feindre de l'approuver et se moquer en sa compagnie de cet armateur si vulgaire ! Elles auraient eu trop peur de passer aux yeux de Laura pour de médiocres petites-bourgeoises et d'être ainsi rayées de ses listes à elle.

C'est de cette façon que Laura s'était constitué une cour de fidèles admiratrices qui, telles des évangélisatrices, allaient porter dans le monde la bonne parole : ses mots d'auteur, ses sorties, ses trouvailles ; et contribuaient à l'édification de sa gloire mondaine.

— Vous connaissez la dernière de Laura ? demandaient-elles.

Aussitôt on faisait cercle et, avec des mines gourmandes, on se préparait déjà à rire et admirer.

— Eh bien, elle était invitée à dîner chez les Farnese, et la Gina avait fait dresser cinq tables de huit couverts plutôt qu'une grande. On assied Laura à côté de Baby Boccanera et, pour dire quelque chose, il fait : " Ah ! nous sommes à la table élégante. "

« Elle lui a répondu du tac au tac : " Vous voyez bien que non puisque vous en êtes ! " Et ils ne se sont plus adressé la parole de la soirée... »

Ou bien :

— Vous connaissez la dernière de Laura ? A son bal, lundi, vous avez vu les douze laquais en livrée à la française, avec les torchères ? C'était d'ailleurs superbe ! Mais la della Rovere, qui décidément n'en rate pas une, s'est écriée en entrant : « Oh ! comme c'est beau, mais ça doit être difficile de trouver autant d'extras... » Cette idiote ne pouvait pas imaginer que tous ces gens étaient des employés de la princesse. Vous savez ce que la princesse lui a froidement répliqué ? « Mais non, ma petite, pas plus difficile que de trouver des invités ! Il y a tellement de chômage en ce moment... » Comme ce cher della Rovere vient de licencier cinq cents ouvriers, Virginia a pris ça très mal !

Ainsi transmises, répétées, commentées, exagérées, déformées parfois, les « dernières » de Laura avaient fini par constituer dans le monde, depuis plus de vingt ans qu'elle en était la reine incontestée, une sorte de chronique orale, une légende dorée qui la précédait partout et contribuait encore à assurer sa souveraineté sur le Tout-Rome.

Et si, en vingt ans, la société avait changé, si les mœurs s'étaient libérées, si certains parvenus d'hier passaient aujourd'hui pour des gens élégants, si en revanche certaines célébrités avaient depuis sombré dans l'oubli, les frasques et les fantaisies de celle qu'on appelait souvent « la princesse » — sans préciser plus tant on était sûr que l'interlocuteur lui aussi savait qu'il n'y avait à Rome qu'une princesse sur le compte de qui on pût colporter des anecdotes aussi scandaleuses ou aussi amusantes —, sa vie libre et luxueuse fascinaient toujours autant.

Sa vie ?

C'étaient les bals, les yachts, les jets, les palaces, les festivals, les galas...

Quelques semaines d'hiver à Saint-Moritz où elle louait un étage entier du Carlton pour quelques amis épris de ski comme elle et qu'un petit avion déposait chaque matin sur un glacier...

Cinq jours à Paris, au moment des collections, pour y renouveler sa garde-robe et visiter une exposition Claude Monet...

Un aller retour à New York pour embrasser sa sœur et ses neveux, assister à quelques premières à Broadway, une vente chez Christie...

L'été, Salzbourg, Bayreuth, Aix-en-Provence ou Glyndebourne : Laura aimait passionnément la musique et l'Opéra était pour elle le seul vrai refuge les soirs de mélancolie...

Une chasse à courre en Ecosse, chez de lointains cousins ; Wimbledon pour les Internationaux ; la réouverture de la Scala...

Les croisières en Méditerranée, enfin. On embarquait à Cannes à bord du *Laura II,* le superbe soixante-mètres que Pierluigi lui avait offert pour ses trente ans. On faisait les îles de la mer Egée, les Baléares. Ou bien même on franchissait le détroit de Gibraltar et on poussait jusqu'aux Canaries. A Noël, parfois, on retrouvait le yacht et son équipage à Alexandrie ; on réveillonnait sur le Nil...

C'était une vie où seule commandait la fantaisie, voire le caprice ; une vie insouciante, sans contretemps, sans contrariétés d'aucune sorte ; une vie où jamais ne s'élevait la moindre difficulté...

Car partout des gens s'occupaient de régler pour Laura les questions matérielles : retenir une suite dans un grand hôtel, acheminer les valises et les malles-cabine, trouver en dernière minute une place pour le récital Schwarzkopf ou un billet sur le Londres-Nice... Prévenir, confirmer, annuler...

Laura connaissait cette griserie de pouvoir, sur un coup de tête, se rendre à Fiumicino et embarquer sur le premier vol en partance, sans autre bagage qu'un châle de cachemire et dans son sac à main quelques cartes de crédit : si c'était New York, elle irait au vernissage de la rétrospective Andy Warhol, si c'était Genève, elle passerait l'après-midi à lécher les vitrines en compagnie d'une ancienne camarade de collège qui n'avait pas quitté les bords du lac Léman... N'y avait-il plus aucun siège de première disponible sur l'heure qu'elle avait encore la ressource de louer un avion taxi. Elle devait se rendre à Londres pour le déjeuner mais, le matin, elle apprenait qu'une vague de froid s'était abattue sur l'Angleterre ou qu'Heathrow était en grève ? Elle se ravisait aussitôt et demandait à sa secrétaire de lui retenir une table au *Harry's Bar* de Venise : elle déjeunerait en compagnie d'un vieil ami de son père et rentrerait à Rome dans l'après-midi en rapportant un petit quelque chose à Pierluigi. Le petit quelque chose étant, en l'occurrence, un tableau de Guardi... Puis, quelques jours à Frascati, le temps d'organiser une série de petits et grands dîners Villa Albano, et la ronde reprenait : New York, Cannes, Milan, Zurich, Florence, Capri, Edimbourg, Deauville, Interlaken...

Foulant avec détachement les hauts tapis des halls de palace, virevoltant gaiement sur le pont ciré des grands yachts, s'accoudant nonchalamment au velours rouge des loges d'opéra, s'abandonnant doucement sur le cuir des fauteuils de Rolls, elle allait dans la vie comme on va dans un conte de fées — un conte où chaque vœu se voit à chaque instant exaucé.

Etait-elle heureuse ? Elle eût trouvé indécent et, pire, inélégant de dire qu'elle ne l'était pas. Ou même de le penser simplement. Elle était de ces rares privilégiés qui estiment que la fortune et les facilités de l'existence ne leur confèrent pas que des droits mais aussi quelques devoirs. Parmi lesquels, impératif, le devoir de ne jamais se plaindre et de rengorger en silence les larmes quand elles vous viennent.

Quand on est une Albano née dell'Orto, quand on est si riche, quand on est belle, spirituelle, aimée, admirée et qu'on se sent pourtant, un matin au réveil sans savoir pourquoi, un peu de vague à l'âme, eh bien ! il faut se faire encore plus belle et se montrer plus spirituelle. Il faut se maquiller soigneusement, il faut coiffer une capeline à larges bords pour noyer dans l'ombre ses yeux rougis et, quoiqu'on n'en ait aucune envie, il faut aller dans le monde. Se forcer à sourire ; à rire...

4

LES RELIQUES

Dans cette vie routinière et ennuyeuse, tout entière consacrée à des tâches bureaucratiques dénuées du moindre intérêt mais dont il avait fini par prendre l'habitude, Antoine n'avait cependant jamais pu s'habituer à l'atmosphère cauchemardesque du cabinet des Reliques. Chaque fois qu'il devait y pénétrer pour raisons de service, il se sentait pris d'un incoercible dégoût. Dégoût moral, certes, mais aussi dégoût physique : sa bouche, sans même qu'il s'en rendît compte, se tordait comme sous l'effet d'une nausée soudaine à peine il poussait la haute porte capitonnée de cette vaste pièce nommée « lipsanothèque » par les érudits et les nostalgiques de l'avant-aggiornamento ; surnommée « boutique aux grigris » dans l'argot impertinent des jeunes minutantes.

Quel lieu lugubre ! songeait-il immanquablement ; et il s'étonnait que l'abbé MacCarthy pût travailler du matin au soir dans cette odeur fétide de laboratoire de taxidermie, dans cette pénombre poussiéreuse de muséum d'histoire naturelle du siècle dernier. L'endroit est assez vieillot et funèbre en effet pour inspirer à un décorateur de cinéma un décor de film d'horreur.

Il est vrai que l'abbé MacCarthy ressemblait lui-même à quelque relique dans sa châsse. Tout comme les vieux professeurs d'ornithologie finissent souvent par ressembler aux oiseaux de nuit qu'ils ont étudié toute leur vie, à force de manier les restes immondes de tous les saints de la chrétienté, à force d'étiqueter les cendres, de placer dans des bocaux des débris de peau, d'ongle ou de tissu désséchés, de recenser des dents et des bouts d'os numérotés, à force de remplir enfin de sa petite écriture maniaque d'énormes registres où sont consignés les cotes, la provenance et les actes d'authentification relatifs à cette poussière sacrée, il semblait s'être lui-même cadavérisé, desquamé, et présentait un visage squelettique et cireux de momie. Antoine le trouvait repoussant et cela contribuait encore à accroître le malaise qu'il éprouvait en entrant dans ces lieux confinés et silencieux.

Aussi, quand il avait à s'y rendre, le jeune minutante attendait-il souvent l'heure où l'abbé MacCarthy sortait pour ses devoirs religieux. Il demandait la clef à Mgr Pompeo Burla et se retrouvait seul au milieu de la grande salle mal éclairée dont les quatre murs sont ceints jusqu'au plafond, sur près de neuf mètres de hauteur, de rayonnages et de tiroirs de chêne sombre où s'entassent toutes les reliques de la chrétienté qui n'ont pas encore été attribuées à un lieu du culte.

Près de l'entrée, un escalier en colimaçon, fort étroit, conduit aux trois galeries de bois superposées qui permettent, en s'aidant au besoin d'escabeaux roulants, d'atteindre les cassettes les plus élevées. Tout le milieu de la pièce est occupé par des tables de travail longues comme des tables conventuelles et les meubles contenant le fichier où sont répertoriés tous les saints et leurs restes disponibles.

Avant toute recherche de reliques, le visiteur commence obligatoirement par consulter ce fichier. S'agit-il, par exemple, de retrouver quelque lambeau de l'aube de saint Sixte Albano, dont il est attesté qu'elle porte encore en divers endroits des taches de sang de ses stigmates ? Il faut, en premier lieu, distinguer parmi les fiches d'identité des cinq Sixte canonisés par l'Eglise celle du célèbre prédicateur qui renonça à la vie mondaine en 1683 pour prêcher aux pauvres la résignation tandis que son frère « Franceschiello » se rendait célèbre par ses orgies de la Villa Albano. Ensuite, muni des numéros de cote, se reporter au registre où son consignées les numérotations des restes proprement dits. Enfin, vérifier à un troisième sommier que ces restes ne sont pas en instance d'attribution à un évêché qui en a fait la demande antérieurement… Kafka n'aurait pas inventé pour les personnages de ses romans occupation à la fois plus absurde et plus dérisoire.

Antoine compulsait le dossier de saint Sixte Albano quand il sentit à nouveau que des larmes lui venaient aux yeux. Il s'assit à une table de travail, croisa les bras et enfouit son visage au creux des saignées, posant le front sur le bois rugueux et taché d'encre noire : il était seul ici et pouvait enfin se laisser aller sans retenue à son chagrin…

Le cabinet des Reliques où il se trouvait en proie à une véritable crise de nerfs maintenant, ce cabinet symbolisait en quelque sorte toute sa triste vie depuis la petite enfance. Il n'avait connu que des lieux obscurs et silencieux, des lieux sentant le renfermé et où il était défendu de rire ou de prendre quelque plaisir : la maison natale d'Herblay, le collège des jésuites à Mâcon, le séminaire des Carmes, la Sacrée Congrégation pour le culte divin...

Jamais la moindre chaleur, la moindre couleur gaie sur les murs : que du gris, du bois sombre et l'odeur d'encaustique comme ici. Et jamais un sourire, un baiser, un petit mot affectueux : Antoine avait vécu parmi des visages maigres et jaunes de momies, dans un monde de morts-vivants.

— Morte ! je suis morte le jour où ton pauvre père est mort.

Combien de fois dans son enfance Antoine n'avait-il pas entendu sa mère le dire ?

— Je suis morte ! soupirait aussi tante Honorine en rentrant de la maison paroissiale où elle avait employé son après-midi à faire réciter le catéchisme aux petits enfants d'Herblay.

Et, à son tour, tante Irénée remontant de la cuisine où elle était allée s'assurer que Germaine, la bonne, n'avait pas fini le reste du bocal de compote de pommes et qu'il y en aurait assez pour le dîner :

— Ah ! cet escalier me tue. Je suis morte.

Les trois sœur Laguiolle se retrouvaient alors autour de la table de la salle à manger. Elles étaient toutes trois vêtues de jupes noires et de stricts chemisiers blancs au col-cravate bien amidonné, un châle gris jeté sur les épaules.

Andrée, la mère d'Antoine, peut-être parce qu'elle était l'aînée ou peut-être parce qu'elle n'était plus fille, se permettait une coquetterie parfois : un camée qui lui venait de leur mère, une écharpe de soie que le commandant Chesnaye lui avait rapportée du Tonkin...

On prenait place alors sur d'inconfortables chaises cannées à dossier droit ; on allumait une seule des ampoules de la lampe à suspension quand il faisait trop noir pour distinguer les fils et les aiguilles ; on se remettait à l'ouvrage : un devant d'autel brodé pour l'église Notre-Dame d'Herblay-le-Haut. Et ce n'était plus, jusqu'au soir, qu'un murmure plaintif de récriminations faites à mi-voix et de gémissements ponctués de rituel :

— Je suis morte.

Herblay est un gros bourg du Mâconnais qui tire sa discrète opulence du commerce des vins. Jusqu'à la dernière guerre, la commune était constituée de deux villages accolés : Herblay-le-Haut et Herblay-sur-la-Saône. La grand-rue commerçante délimitait alors deux mondes qui s'ignoraient, à peu près aussi sûrement que le fait à Berlin le Mur. Il y avait ceux d'en haut et il y avait ceux d'en bas. Ceux d'en haut méprisaient ceux d'en bas . négociants, tonneliers. artisans verriers, tous gens vivant d'un travail qui salit. Ceux d'en bas, conscients que c'était ce travail qui faisait la prospérité de leur petite ville, le leur rendaient bien : ils considéraient les familles bourgeoises qui habitaient les hauteurs comme des parasites — notaires, militaires ou riches propriétaires terriens...

Cette opposition marqua longtemps l'histoire de la commune : dans l'affaire Dreyfus, Herblay-sur-la-Saône était pour la révision, Herblay-le-Haut était contre. En 1905, Herblay-sur-la-Saône était pour la séparation de l'Eglise et de l'Etat, Herblay-le-Haut était contre. En bas on votait pour la droite, en haut pour l'extrême droite : 1936 fut la seule période où l'on se retrouva unis contre le danger commun. Mais en 1944, ceux d'en bas commençaient à se dire gaullistes tandis qu'en haut on était encore et toujours pétainistes...

Sur ces hauteurs, deux familles tenaient le haut du pavé : les Laguiolle et les Chesnaye. Non pas qu'elles fussent les plus riches, mais, en raison de leur ancienneté, elles s'estimaient les seules autorisées à se dire authentiquement herblaisiennes et le faisaient hautement savoir. Jamais une Laguiolle n'aurait traversé la Grand-Rue pour acheter des pâtisseries chez Anceny, le grand pâtissier d'en bas. Jamais un Chesnaye ne serait allé disputer une partie de billard au Grand Café des bords de Saône.

Il est vrai que, la gourmandise étant un péché abominable aux yeux d'une bonne chrétienne, une Laguiolle n'achetait pas non plus de pâtisserie à Herblay-le-Haut. Et s'il s'agissait d'offrir un dessert à M. le curé au déjeuner du dimanche, on demandait à la cuisinière de faire une compote — cela revenait tout de même moins cher !

Il est vrai aussi qu'un Chesnaye n'était pas homme à entrer dans un café : un militaire doit donner l'exemple à ses hommes. Tout au plus montait-on au bordel une fois par semaine quand on se trouvait en garnison. C'est que, foutre ! on a beau penser bien, on n'en est pas pour autant un saint.

En 1945, Mme Laguiolle se retrouva veuve avec trois filles à marier et, hélas ! aucun fils pour perpétuer le nom de son défunt mari et reprendre son étude de notaire. La même année, le colonel Chesnaye, qui était veuf lui aussi depuis peu, eut le bonheur d'avoir son aîné, Charles, reçu à Saint-Cyr dans les premiers. La providence voulut que, par un beau jour d'automne, le veuf rencontrât la veuve dans les jardins de la cure alors que l'un et l'autre venaient demander conseil à M. le curé. Ils parlèrent de tout et de rien d'abord, puis en vinrent à évoquer l'avenir de leurs enfants... Un ans plus tard, dans ces mêmes jardins. M. le curé bénissait l'union de Mlle Andrée Laguiolle avec le lieutenant Charles Chesnaye. Un an plus tard encore, on y prenait, à l'ombre du platane, les photos de baptême du petit Antoine..

Avait-il jamais été question d'amour ou simplement de tendresse entre les deux jeunes gens ? Dès qu'il s'était trouvé en âge de raisonner, Antoine avait commencé à saisir intuitivement que ni son père ni sa mère n'avaient connu ce sentiment.

Mais, lui-même, comment le connaissait-il ce sentiment ? Comment avait-il appris qu'il existait quelque chose de tel ?

Oh ! certes, au catéchisme, tante Honorine lui parlait d'amour chrétien mais ce n'étaient là que des mots dans sa bouche. Des mots qu'elle jetait sur un ton pincé qui aurait suffi à faire prendre la chose en horreur à son neveu si celui-ci, très tôt, n'avait observé combien cette dame patronnesse était fausse. Au cours du jeudi, elle prônait avec force exemples tirés du manuel d'instruction religieuse l'amour du prochain ; mais, à la maison, le petit Antoine la voyait battre la bonne pour un drap mal plié ou une purée trop épaisse.

Et pourtant, dès l'enfance, il avait conçu ces belles choses qui lui manquaient si cruellement et qu'on appelle : la douceur, la tendresse, l'amour. Il les avait conçues en quelque sorte *a contrario.*

Dans les livres qu'il lisait, même de simples livres de classe, on voyait des mères aimantes qui préparaient affectueusement le dîner de leurs enfants, qui les lavaient et les bordaient dans leur lit, qui les caressaient et les embrassaient. Mme Chesnaye n'embrassait ni ne caressait jamais son enfant. Elle avait une telle horreur de la nudité qu'elle laissait à Germaine le soin de le baigner. De le baigner une fois par semaine au plus : parce que l'eau chaude coûte cher, parce qu'il n'est pas bon pour un homme de prendre des habitudes de mollesse, parce qu'un chrétien ne doit pas avoir de vanité...

Le dégoût du corps était si grand chez cette sainte femme que, plus tard, quand Antoine entra au collège des jésuites à Mâcon, elle décréta qu'il était trop faible et trop maladif pour suivre des leçons de gymnastique et sut persuader le médecin de la famille de l'en faire dispenser. L'idée que son fils pût se retrouver torse nu dans un vestiaire parmi des garçons de son âge, l'idée qu'il pût courir en short et maillot derrière un ballon et, pire, peut-être y prendre plaisir, lui était intolérable. A ses yeux, le sport était une distraction de païens, un divertissement obscène que des esprits diaboliques de notre époque avaient réinventé pour détourner les catholiques de leurs devoirs pieux. D'ailleurs, la sueur était une chose ignoble : seuls les pauvres suent, les gens d'en bas...

Les plaisirs de la table étaient pareillement bannis de l'existence. Dans les livres de lecture illustrés, on voyait la famille se réunir gaiement pour le repas du soir ; à la maison, le dîner était une corvée dont on s'acquittait aussi vite que possible. Par avarice autant que par mépris pour tout ce qui pût évoquer une jouissance, une sensualité, les sœurs Laguiolle mangeaient des choses banales, fades et sans goût. D'un bout de l'année à l'autre, c'étaient les mêmes plats de lentilles et de purée de pommes de terre, les mêmes ragoûts de bas morceaux, les mêmes compotes de fruits gâtés servies parcimonieusement. Pas de condiments, pas d'épice, pas de vin non plus, ni de café. Une nourriture monotone et si insipide que, par comparaison, Antoine trouvait exquis et abondants les mornes repas qu'on servait au réfectoire du collège Saint-Ignace.

Au reste, aussi délicat et timide qu'il fût, Antoine avait vécu comme une sorte de bonheur son internat chez les jésuites. La vie y était presque aussi austère et ennuyeuse qu'à Herblay mais là, du moins, avait-il quelques amis de son âge auxquels se confier les soirs de mélancolie. Là, du moins, s'il lui venait une crise de larmes, les maîtres le traitaient-ils avec une certaine gentillesse. Gentillesse un peu équivoque, parfois, de la part de quelques bons pères qui aimaient à caresser furtivement ce bel enfant blond aux grands yeux tristes, mais gentillesse tout de même...

Aussi Antoine ne partageait-il pas la joie et l'impatience de ses camarades à l'approche de Noël. Eux auraient des jouets dans leurs souliers placés devant la cheminée, eux mangeraient des chocolats et de la bûche glacée ; lui allait retrouver le grand pavillon mal chauffé, le petit lit aux draps humides et ces trois femmes squelettiques et vêtues de noir qui, sans cesse, avaient la réprimande à la bouche : il ne fallait pas faire de bruit, il ne fallait pas se resservir de fruits, il ne fallait pas entrer dans le salon sans les patins aux pieds, il ne fallait pas prendre un livre sans la permission de tante Irénée qui demanderait son avis à M. le curé avant d'en autoriser la lecture, etc. La nuit de Noël, on assisterait à la messe de minuit, mais le lendemain serait un jour ordinaire : Jésus est-il né pour qu'on fasse la fête, qu'on boive et qu'on s'empiffre ou pour la rédemption de nos péchés ? Simplement, si M. le vicaire venait déjeuner, on demanderait à Germaine de faire quelques sablés : pour manger avec la compote...

Sacrifice était le maître mot à la maison. En 1950, alors qu'Antoine n'avait pas trois ans, le capitaine Charles Chesnaye avait fait en Indochine le sacrifice de sa vie à la bataille de Cao Bang. Son portrait en grand uniforme trônait sur le dessus de cheminée du salon, entre une photo de Pie XII et une madone d'albâtre rapportée de Lisieux. Les rares fois où Mme Chesnaye parlait de son défunt mari à Antoine, ce n'était pas pour lui dire quel homme il avait été et s'il avait aimé sa femme et son fils; c'était pour lui assener une leçon de morale et lui apprendre le sens du sacrifice. Et si, après avoir évoqué sa mémoire, elle concluait immanquablement par ces mots :

— Je suis morte le jour où il est mort !

L'enfant, avec toute son intuition d'enfant, comprenait que c'était par pur souci des convenances. Parce que cela se fait. En vérité, cet homme n'avait jamais compté pour elle. Sa mort n'avait été qu'une occasion de plus de se mortifier, de se sacrifier...

Après la mort de son mari, Mme Chesnaye était retournée vivre dans sa maison natale avec les demoiselles Laguiolle, et les deux vieilles filles, telles des mantes religieuses, avaient aidé leur sœur à détruire jusqu'au souvenir de cette figure mâle. Il n'y aurait plus de Laguiolle après elles, mais il n'y aurait plus de Chesnaye non plus : Antoine serait prêtre, il n'avait pas cinq ans qu'elles en avaient déjà décidé ainsi...

De l'esprit très « culotte-de-peau » des Chesnaye, la veuve ne garderait pour l'instruction de son fils que la sévérité et cette rudesse prétendument virile des militaires. « Quand on est fils de capitaine et petit-fils de colonel, disait-elle souvent à Antoine, on ne pleure pas ! » Elle repoussait avec horreur ses élans du cœur, elle lui reprochait durement sa sensibilité, sensibilité qu'elle qualifiait avec mépris de sensiblerie. L'enfant ne supportait pas de voir maltraiter les animaux, il détournait le regard quand il devait passer devant une boucherie mais sa mère, afin de lui former le caractère, prétendait-elle, l'obligeait à regarder faire Germaine quand celle-ci tuait un poulet pour le dîner du lendemain soir. Dieu merci ! l'événement était des plus rares, le poulet étant un luxe exorbitant qu'on réservait aux grandes occasions : quand on recevait Mgr l'évêque d'Autun par exemple, ou la grand-tante Chesnaye, mère supérieure des Dominicaines de la congrégation du Cœur immaculé de Marie de Chalon-sur-Saône. Et, Dieu merci ! se disait-il également, il n'aurait pas à manger de cette pauvre bête à laquelle il avait vu Germaine tordre le cou sans pitié : ces soirs-là, en effet, il n'avait pas l'honneur de dîner avec les grandes personnes mais à la cuisine, en compagnie de la bonne...

Face à face autour de leur maigre repas fait des restes réchauffés du déjeuner, la servante et l'enfant se parlaient alors avec tendresse ; ils se souriaient, inconsciemment unis dans la solidarité qui unit les victimes, les réprouvés. Car, en dehors du fait qu'elle tuait la volaille et chassait à coups de balai les chats du quartier qu'elle surprenait à chaparder dans la souillarde, Antoine avait beaucoup d'affection pour cette brave femme. Il avait le sentiment qu'elle seule, à la maison, l'aimait. C'était d'ailleurs elle qui le connaissait le mieux : elle le lavait, elle reprisait son linge, elle le voyait grandir et devenir homme. Elle s'occupait de son poids, de sa taille ; se préoccupait de sa santé. S'il tombait malade, c'était elle qui venait d'heure en heure toucher son front brûlant de ses mains fraîches et le reborder ; elle prenait sa température et lui montait un bol de bouillon.

Pour son Antoine, elle confectionnait à l'insu de Madame quelques macarons supplémentaires si Madame avait ordonné d'en faire quinze et pas un de plus pour le goûter annuel des enfants pauvres de la paroisse. Puis, tremblant de peur d'être surprise par Madame, elle les portait en cachette dans la chambre de l'enfant et, le prenant à part, lui murmurait à l'oreille :

— Ce soir, avant de te coucher, regarde dans le tiroir de la table de chevet : il y a un petit quelque chose pour toi.

Sur ses misérables gages, elle trouvait encore de quoi économiser pour acheter quelques douceurs qu'elle envoyait par la poste au collégien. Elle lui tricotait des écharpes mais sans le dire à Mesdemoiselles, car celles-ci auraient pu en induire qu'elles laissaient encore trop de loisirs à leur vieille servante. Pour ne pas la compromettre, Antoine ne les portait pas quand il se trouvait pour les vacances à Herblay ; par délicatesse, il n'avoua jamais à Germaine qu'il ne les portait pas non plus à Saint-Ignace. Avec leurs motifs enfantins et leurs couleurs incertaines, elles lui attiraient trop de moqueries...

Antoine souffrait de n'avoir pas le plus petit argent de poche pour pouvoir lui offrir en retour une gâterie de temps à autre. Pour elle, il alla même jusqu'à tenter de voler un petit nécessaire de couture dans une mercerie — lui, le fils du capitaine Chesnaye, lui, le meilleur élève de Saint-Ignace ! Mais, oh ! Dieu merci, il n'osa pas aller jusqu'au bout de son geste et, quand il s'en confessa dans les sanglots à son directeur de conscience, il fut tout surpris d'être si vite absous de son intention de pécher. Le père jésuite lui montra que son mauvais mouvement partait d'un bon sentiment et que c'était pour cette raison que le Seigneur, qui voit tout, n'avait pas voulu qu'il l'accomplît.

Cette morale n'était pas celle qu'on pratiquait à la maison. Et souvent Antoine devait aller en cachette consoler Germaine qui était vertement réprimandée et même assez souvent giflée pour le moindre manquement dans son service. Antoine serrait entre ses bras d'enfant la servante en larmes et, la tête enfouie dans son tablier blanc, pleurait avec elle.

Malheur à lui si tante Irénée ou tante Honorine venait à le découvrir alors ! Que venait-il faire dans cette cuisine à traîner plutôt que de réviser ses leçons ou réciter ses prières ? Et pourquoi pleurnichait-il ainsi ? Cette sotte de Germaine n'avait eu que ce qu'elle méritait après tout !

Mais Antoine avait le courage de plaider la cause de la bonne :

— Tante Honorine, au catéchisme vous dites toujours qu'il faut se montrer charitable envers son prochain !

— Non mais, écoutez-moi ce raisonneur ! répliquait aigrement la tante. Est-ce à toi de m'enseigner la parole du Christ ? Etre charitable avec son prochain ! Eh bien, justement, apprenez, monsieur l'insolent, que c'est être charitable avec une employée que de la reprendre quand elle a mal fait son service ! C'est ainsi qu'on la forme à son métier... Et maintenant, suffit ! Monte dans ta chambre, tu seras privé de dîner. D'ailleurs, je ne vois pas pourquoi je prends la peine de te répondre... Ah, mon pauvre petit ! Le fils du commandant Chesnaye, pleurer ainsi... Ah ! si ton pauvre père te voyait... S'il te voit là-haut... Et quant à toi, ma fille, cesse de te faire plaindre et d'intéresser Antoine à ton sort...

— Mais, mademoiselle, je n'ai pas demandé à monsieur Antoine de...

— Tais-toi ! J'en ai déjà trop entendu. Ma patience est à bout. Tu ferais mieux de te remettre à l'ouvrage et de commencer par retirer un poireau et une pomme de terre de cette soupe. Puisque le petit est privé de dîner... Ah ! tout cela me tue. Je suis morte.

Ainsi coulait la vie — sans amour, sans bonheur, sans vie.

On n'invitait jamais personne, on ne fêtait jamais rien, on ne jouait à aucun jeu, on ne sortait pas, on n'allait pas en vacances. Tout au plus effectuait-on chaque année un pèlerinage : Lisieux ou Lourdes. Par souci de dignité bourgeoise, on descendait alors dans un hôtel cossu ; mais, par avarice sordide, pour ne rien dépenser au restaurant, on s'inventait quelque rigoureuse pénitence. On passait toute une semaine en dévotions et contritions. Si l'on était à Lisieux, on ne prenait pas même une matinée pour mener Antoine voir la mer à Deauville ; si l'on était à Lourdes, on se faisait rembourser la journée d'excursion dans les montagnes comprise dans le forfait du voyage. Une année, l'évêché d'Autun ayant organisé un pèlerinage de huit jours à Lorette, Assise et Rome et tante Irénée ayant fait le calcul que cela ne reviendrait pas plus cher à tous les quatre que le train pour Lourdes et une semaine à l'hôtel, on s'était décidé pour ce grand voyage en car. Antoine, qui était alors en cinquième et se passionnait pour la civilisation antique, s'était enthousiasmé à l'idée de visiter les monuments dont le maître d'études de Saint-Ignace leur avait projeté des diapositives en classe. Il dut bien vite déchanter : les deux après-midi libres de la semaine furent consacrés, l'un à une audience publique de Sa Sainteté, l'autre à de pieuses visites dans un hospice français de la banlieue romaine...

Ainsi, ces courts séjours, qui auraient pu constituer pour l'enfant une agréable diversion à la monotonie des jours et des saisons, lui paraissaient, au contraire, plus pénibles encore que l'ordinaire.

Dans ces villes de pèlerinage peuplées de malades, d'infirmes, de mongoliens, de déséquilibrés, de débiles mentaux, l'hystérie bigote de sa mère et de ses tantes se trouvait comme renforcée encore de toute l'hystérie ambiante. Et puis, sensible comme il l'était, il ne pouvait qu'être bouleversé et profondément blessé par le spectacle morbide qui s'offrait à ses yeux : enfants dans des poumons d'acier, invalides de guerre dans leur chaise roulante, grands brûlés défigurés, épileptiques en crise... Tout cet obscène étalage de misères humaines dans lequel se complaît le catholicisme triomphant.

Du catholicisme, Antoine n'avait d'ailleurs jamais connu que les aspects les plus malsains : le culte de la souffrance, la jouissance dans le sacrifice, le refoulement du désir, l'esprit de soumission et de résignation... Jamais les trois femmes qui l'avaient élevé ne lui avaient suggéré l'idée que ce masochisme pouvait s'assouvir dans l'élan mystique, dans la joie de donner — et guère plus les pères jésuites au collège. On lui avait inculqué la religion dans ce qu'elle a de plus borné, de plus desséchant ; on lui avait brisé l'âme dès la petite enfance...

Il souffrait mais ignorait pourquoi. Toute volonté avait été anéantie en lui. Il ne songeait pas à s'affirmer, encore moins à se rebeller. Ses tantes et sa mère avaient décidé une fois pour toutes qu'il avait la vocation ; elles en avaient persuadé le supérieur de Saint-Ignace et Mgr l'évêque d'Autun — il crut qu'il l'avait en effet. Ou, du moins, n'osa jamais se révolter contre leur décision.

Si encore il avait pu manifester une quelconque résistance à la tyrannie de ces femmes en se montrant paresseux ou mauvais élève ! Mais le pire qui lui arriva fut de prendre très tôt goût au travail et de devenir au collège Saint-Ignace le brillant sujet qui raflait tous les prix d'excellence.

Brillant sujet que Mgr l'évêque d'Autun eut plaisir à recommander pour le faire admettre en 1964, avec dispense d'âge, au prestigieux séminaire des carmes, à Paris.

— Messieurs, vous êtes ici dans un mouroir. En entrant au séminaire des carmes, vous descendez au tombeau.

C'est par ces paroles bien peu engageantes que le préfet des études du célèbre institut de théologie de la rue d'Assas accueillait au début de l'année scolaire les nouveaux.

Puis le supérieur venait à son tour leur souhaiter la bienvenue en déclamant sur un ton lugubre le fameux vers de *L'Enfer* de Dante :

Lasciate ogni speranza, voi ch'entrate.

Il leur décrivait alors, en termes effrayants, l'enfer qui les attendait dans ces murs — un enfer de six longues années. Mais, leur faisait-il valoir aussi, ils étaient l'élite et le séminaire de la rue d'Assas représente pour l'Eglise de France comme pour le Saint-Siège ce que sont pour l'Etat Normale Sup. et l'Ena : une pépinière de grands dignitaires du clergé. Tous étaient promis à l'épiscopat ou à la haute prélature. Cela ne méritait-il pas quelques sacrifices ? Sacrifices bien dérisoires, au reste, en regard du sublime sacrifice de Notre-Seigneur...

Après quoi, le préfet des études reprenait la parole pour exposer le programme et le terrible règlement.

— Ici, c'est une maison close ! commençait-il immanquablement chaque année pour signifier aux séminaristes qu'ils n'auraient pas droit à la moindre sortie et encore moins aux longues vacances en usage dans l'enseignement supérieur laïque.

Entre les anciens des carmes, c'est là un éternel sujet de plaisanterie. Mais aucun n'a jamais pu deviner si c'était délibérément que le sévère jésuite usait d'une expression aussi malencontreuse, ou en toute innocence. Cependant, personne n'avait le cœur à rire sur le coup : le seul énoncé des interdits qui venait aussitôt après cette surprenante entrée en matière en ôtait jusqu'à l'envie.

Il était interdit de parler en dehors des deux quarts d'heure quotidiens de récréation. Il était interdit d'avoir des tête à tête et des apartés pendant lesdites récréations : un tiers devait toujours être présent dans la conversation afin de pouvoir la rapporter. Il était interdit de se recevoir dans les cellules et il était interdit de correspondre par lettres entre séminaristes. Il était interdit d'offrir des cadeaux, ses effets personnels ou sa ration au réfectoire. Il était interdit d'échanger des cahiers manuscrits ou des buvards usagés et il était interdit de se prêter des livres s'ils avaient été annotés à la main. Il était interdit d'avoir des lectures autres qu'édifiantes ou, du moins, utiles aux études. Etc.

Ensuite, sous la dictée du préfet, un nouveau inscrivait au tableau noir l'horaire :

6 h 30 – Réveil. 7 h – Méditation, Oraison. 8 h – Messe 8 h 30 –

Petit déjeuner, sauf pénitence. 9 h, 12 h 30 - Cours. 12 h 30 - Office. 13 h – Déjeuner avec lecture à haute voix d'un livre de piété. 13 h 45, 14 h – Récréation. 14 h, 18 h 30 – Cours et étude. 18 h 30 – Lecture spirituelle. 19 h – Dîner. 19 h 30 - Complies. 19 h 45, 20 h – Récréation. 20 h – Retour dans les cellules, clôture, grand silence.

En cette année 1964, ils étaient vingt-trois jeunes séminaristes à noter cet emploi du temps. Vingt-trois qui savaient qu'ils étaient entrés au « mouroir » pour deux années de philosophie et quatre de théologie.

Il y avait parmi eux des mystiques qui vivaient leur réclusion comme une épreuve nécessaire, voire délectable, sur le chemin de leur accomplissement personnel ; et d'autres, tout aussi exaltés au début, qui perdraient la foi au cours des ans et, un beau soir, feraient le mur pour aller s'inscrire à la cellule « Assas » du parti communiste ou prendre à Orly le premier avion en partance pour l'Inde. Il y avait des âmes angéliques que leur amour du Christ suffisait à contenter et des tricheurs qui affectaient publiquement une piété austère mais profitaient du moindre moment d'inattention pour attirer dans un recoin obscur des bâtiments conventuels un camarade et lui voler quelques baisers ou lui caresser les fesses. Il y avait des homosexuels qui tournaient l'interdit de s'écrire des lettres en couvrant d'étranges inscriptions latines ou grecques tracées à la craie la porte de cellule de leur amant ; et d'autres qui, chaque nuit, faisaient le même rêve obsessionnel peuplé de femmes adultères et de belles pécheresses. Il y avait des arrivistes qui imaginaient dès le début tout leur plan de carrière ecclésiastique, s'offraient à travailler en nègre pour le compte de quelque *monsignore* haut placé à la nonciature ou d'un écrivain catholique qui les introduirait auprès de l'archevêché ; il y avait les je-m'en-fichistes qui feignaient d'étudier la *Somme théologique* pour dissimuler à l'intérieur des gros in-quarto des romans policiers ou prétextaient un désir de retraite et de méditation solitaire afin de s'enfermer dans leur cellule et y écouter de la musique sur un petit poste à transistors. Il y avait les fils de banquiers qui étaient entrés ici contre la volonté de leur père et dont la vocation semblait être plutôt une provocation à l'égard de la grande bourgeoisie ; et il y avait les benjamins de familles catholiques nombreuses et pauvres qui voyaient dans le séminaire le seul moyen de faire des études supérieures sans être à la charge de leurs parents.

Et puis il y avait Antoine qui traversa ces mornes années comme il avait jusqu'ici traversé la vie : en étranger.

Les seuls événements notables, en six ans de séminaire, furent qu'il dut par trois fois repousser les avances d'un camarade et que, la troisième fois, l'affaire se conclut tragiquement. Ce fut d'autre part ce qu'on appela précisément « les événements » : Mai 68

Le jour même de la rentrée, un ancien s'approcha du jeune Chesnaye et, le regardant droit dans les yeux, lui dit à voix basse :

— Toi, avec ta belle petite gueule, tu vas faire des ravages ici. Gare à ton cul !

A dix-sept ans, Antoine était encore si innocent qu'il ne comprit pas même à quoi l'étudiant en théologie faisait allusion. Il crut qu'il devait s'attendre, en raison de son extrême jeunesse, à un bizutage particulier comme cela se pratique dans les grandes écoles pour les « dispenses d'âge » et, simplement, il se demanda avec anxiété quel était le sort qu'on réservait à ses fesses : y coller des plumes, peut-être ?

Il n'y eut pas de bizutage. Mais, au bout de quelques semaines, Antoine commença enfin à saisir très vaguement le sens de ces paroles énigmatiques. Quelques diacres lui prodiguaient des marques d'affection qui le touchèrent au début, lui qui avait été tant frustré de tendresse ; et il était trop naïf pour penser à mal. Chez les anciens, le bruit commença donc à courir que « la » Chesnaye ne s'effarouchait de rien et qu'il devait être une proie facile. On en vint alors à des gestes plus audacieux, des propositions plus précises et, un soir, le président de théologie de quatrième année l'entraîna dans la crypte des carmes...

Là sont enterrés les martyrs des massacres de Septembre et la chapelle est un ossuaire : Antoine eut un mouvement de recul en découvrant les voûtes sombres tapissées de crânes et les stèles funéraires. Ce fut sans doute ce mouvement qui le sauva.

— Tu ne veux pas ? lui demanda le diacre.

— Je ne veux pas... quoi ?

— Allons ! ne joue pas au petit saint : on ne t'a jamais dit que tu étais beau ? On ne t'a jamais dit : « Je t'aime » ?

Antoine songea qu'en effet personne ne lui avait jamais rien dit de tel, homme ou femme — pas même sa mère. Puis, très pâle, il dévisagea son aîné : il venait de comprendre enfin qu'il n'y avait pas que dans la poésie antique que l'on voit les hommes s'aimer entre eux. Il s'enfuit...

Par la suite, parmi les homosexuels affirmés du séminaire les avis furent toujours très partagés sur son cas : était-ce une folle vicieuse qui ne jouissait que de la déception des autres et s'amusait à répondre à leurs premières avances pour mieux les repousser après, ou bien était-il parfaitement innocent ? « Angélique », comme on dit dans le jargon des séminaristes.

Mais, ainsi qu'on le lui avait prédit dès le premier jour, le petit

Chesnaye provoqua des ravages. En deuxième année, alors que, comme dans certains très longs conclaves, aucune majorité précise ne se dessinait dans l'élection du président de philosophie, ce fut une coalition pédérastique qui le fit désigner par acclamation bien qu'il ne se fût pas porté candidat.

L'année suivante, il commença l'apprentissage du sermon. Pour ses premiers essais, le jeune diacre se fait conseiller par un ancien. Le maître que se choisit Antoine était, sans doute, une des plus hautes intelligences du séminaire, une des vocations les plus sincères et les plus désintéressées — il se prénommait Jean. Son esprit rayonnant, la bonté de son regard faisaient vite oublier un corps malingre et déjeté. Fasciné par sa beauté et son apparente indifférence à cette beauté, lui qui souffrait de se savoir si laid s'éprit de son protégé. Mais il avait beaucoup plus de délicatesse et de scrupules religieux que les deux condisciples qui avaient précédemment déclaré leur amour à Antoine et dont Antoine avait repoussé les avances. Pendant tout un trimestre, il se contint et se tut. Et puis, un soir, n'y tenant plus, il glissa sous la porte de sa cellule une longue lettre éperdue de passion, une longue confession quasi délirante rédigée sur une double copie délavée par les larmes.

Antoine, qui dormait, ne la découvrit que le lendemain tandis qu'il s'apprêtait à se rendre aux matines. Ignorant encore ce qu'il lui dirait, quelles paroles affectueuses il trouverait pour l'apaiser sans le blesser ni lui donner non plus de vains espoirs, il décida d'aller le voir tout de suite, au quartier des sixième année.

Il frappa à la porte de la cellule qu'on lui avait indiquée comme étant celle de Jean : pas de réponse... Il allait repartir quand il s'aperçoit que la clef n'est pas dans la serrure. Il pousse le battant — quelque chose résiste légèrement. Il pousse plus fort — son visage vient butter contre deux jambes nues qui se balancent : Jean s'était pendu.

Comme toujours en pareil cas — cas, hélas ! fréquent dans les séminaires —, la hiérarchie catholique sut étouffer l'affaire, briser court l'enquête, tromper les parents et les proches. Antoine, pour sa part, eut le courage de faire disparaître la lettre et de n'en parler jamais à quiconque — même sous le sceau du secret de la confession...

Il connut alors le désespoir. Il voulut quitter ce mouroir. Pour la première fois, il se révolta. Et puis, il se résigna. Et il eut le bonheur de retrouver, ou, pour mieux dire : de trouver enfin la foi.

Mais il y eut une seconde révolte. En Mai 68.

Rue d'Assas, depuis plus d'une semaine déjà, il ne se passait pas de journée que les séminaristes n'entendissent, à quelque heure du jour ou de la nuit, le brouhaha d'une manifestation qui passait sous les fenêtres ou, non loin, rue de Rennes, boulevard Raspail... Parfois, même, c'étaient des salves de grenades, le hululement des sirènes de voitures de police ou de pompiers, l'intolérable odeur des gaz lacrymogènes qui venaient troubler la quiétude des Carmes. Ceux qui avaient des radios informaient leurs camarades pendant les récréations : de derrière les hauts murs conventuels, le moindre monôme estudiantin passait pour une émeute. On parlait de rien moins que de guerre civile et la fièvre montait dans la discussion quand on se réunissait pour commenter les événements sous la statue de la Vierge Marie, dans la cour...

— Les cathos avec nous ! Les cathos avec nous ! Les cathos avec nous !

Une nuit, un cortège d'étudiants qui passait devant l'Institut catholique marqua le pas quelques minutes pour scander le slogan sur l'air des lampions tandis que d'autres manifestants venaient un peu plus tard chanter facétieusement en canon, sur le mode grégorien, leur mot d'ordre :

— Les curés dans la rue ! Calotte, chienlit, même combat !

La nuit était douce et claire ; il y avait une sorte d'ivresse délicieuse dans l'air, de gaieté enfantine : la tentation fut la plus forte. A cinq, dont Antoine, ils firent le mur...

Sans trop savoir pourquoi, Antoine se joignit d'abord au cortège. C'était bon de se trouver parmi des jeunes de son âge qui se tenaient au coude à coude, filles et garçons, qui s'amusaient, qui s'embrassaient, qui jouissaient de l'instant en toute insouciance... Ce soir-là, les étudiants s'étaient rendus maîtres du pavé, la police s'était retirée du Quartier latin et la manifestation avait pris une tournure bon enfant. Aucune violence : on entraînait badauds et passants dans une farandole improvisée ; on courait en sautillant et en lançant des :

— Hop ! Hop ! Hop !

Antoine était dans la situation de Fabrice à Waterloo : il se demandait s'il prenait part à l'événement effectivement ; il se demandait si la vraie bataille ne se déroulait pas ailleurs. Il riait tout seul aux éclats de penser : « Si tante Honorine et tante Irénée me voyaient ! » Il fut très fier de se retrouver sans savoir comment porteur de hampe d'une longue banderole qui occupait toute la largeur de la rue, et très ému de voir une jeune fille lui prendre le bras et le tutoyer affectueusement comme s'ils avaient été des amis de toujours. Plus tard seulement, il s'avisa de lever le regard sur le calicot qui claquait au vent : il portait ces mots peints au pochoir :

Dieu est mort !

Il sentit son cœur battre plus violemment ; il se dit, dans une manière de griserie, qu'il était libre...

Puis, qu'il ne l'était pas puisque, au lieu de jouir de cette liberté, il se mêlait à la foule, il s'y agrégeait. Alors, il remit la hampe à la jeune fille et sortit du cortège qu'il commença de remonter à contre-courant, le long du trottoir. Il irait où le guideraient ses pas maintenant, il irait au gré de sa fantaisie : n'était-ce pas cela la liberté ?

Toute la nuit, une nuit tiède et romantique, avec un bonheur qui l'exaltait jusqu'au délire, il déambula dans les rues de Paris, flânant le long des quais, traversant la Seine, passant par les beaux quartiers qu'il n'avait jamais vus. Comme enivré par la beauté, l'éclat et cette sorte de luxe que semble revêtir la ville les belles nuits de printemps, il allait au hasard. Place de l'Opéra, bien qu'il n'eût pas même sur lui de quoi s'offrir un demi, il s'assit à la terrasse du café de la Paix. Mais un petit groupe de manifestants qui, altéré d'avoir trop longtemps scandé à tue-tête des slogans, avait quitté un des cortèges d'étudiants qui sillonnaient les rues de la rive droite, s'était attablé là autour de cinq ou six guéridons : ils lui offrirent de se joindre à eux.

— Qu'est-ce que tu veux ? demanda une jolie fille à la longue chevelure rousse éparse sur un blouson d'aviateur trop grand pour elle.

Les larmes aux yeux, Antoine s'entendit répondre timidement :

— Je ne sais pas... Je n'ai jamais bu de champagne de ma vie.

Ce ne fut qu'un éclat de rire, des aboiements loufoques, des cris. Mais le garçon qui, avec sa parka verdâtre et ses faux airs de guérillero sud-américain, était apparemment le meneur de la bande, s'écria, très grand seigneur :

— T'as raison, mon vieux ! C'est la fête, ce soir.

Et, claquant des doigts pour appeler le serveur, il lança à la cantonade :

— Champagne !

C'est ainsi qu'Antoine goûta à sa première coupe de champagne.

Quelques heures plus tard, il était agenouillé sur le marbre froid de la chapelle des carmes et priait..

Il sursauta — une main se posait sur son épaule. Une main squelettique et noueuse comme une serre de rapace.

— Vous ne vous sentez pas bien, mon ami ?

Il se retourna, leva un regard noyé de larmes. Il était si profondément abîmé dans son chagrin et ses souvenirs qu'il ne ressentit pas ce très vague effroi que suscitait toujours en lui la présence de l'abbé MacCarthy dans le cabinet des reliques ; qu'il n'esquissa pas même ce très léger mouvement de recul provoqué habituellement par l'odeur pestilentielle qui émanait des vêtements crasseux du conservateur. Penché sur lui, le hideux vieillard au visage cireux, à la peau parcheminée, lui souriait avec une compassion qui semblait vraie.

— Qu'y a-t-il ? Que vous arrive-t-il ?

Antoine pleurait et ne répondait pas — il y eut un long silence. Le prélat s'assit vis-à-vis de lui, de l'autre côté de la table. Une seule liseuse était allumée au-dessus de cette table et on ne voyait que ses mains de momie dans le halo de lumière ; il semblait que ce fût l'ombre qui parlait par sa bouche.

— Qu'y a-t-il ? répéta-t-il à mi-voix.

— Je... Je cherchais des cendres... Oui, des cendres pour la princesse d'Albano... Non, Albano... Je ne sais plus, mon père..., se mit à balbutier confusément Antoine.

L'abbé MacCarthy se rappela que le jeune minutante n'avait pu trouver ces reliques la semaine précédente : elles avaient été confondues avec celles d'un autre saint Sixte qui étaient en instance d'envoi à une église nouvellement consacrée de Taïwan. Il y avait mis bon ordre et avait prévenu Mgr Pompeo Burla que son assistant pourrait venir prendre aujourd'hui même les restes authentiques.

— Ce n'est pas cela que je vous demande, reprit-il. Je vois que vous avez du chagrin ; je suis votre frère, je peux peut-être vous aider. Dites-moi ce qu'il y a...

— Il y a... Il y a... Hé non, il n'y a rien. . Et c'est bien cela le pire, répondit Antoine.

Les sanglots redoublèrent de violence.

L'abbé MacCarthy insistait cependant :

— Allons ! Ne faites pas l'enfant ! Vous voyez bien qu'il y a quelque chose pour que vous soyez si bouleversé !

Alors, comme pris de transes, repoussant d'un revers de main les fiches, qui volèrent à travers le cabinet et s'éparpillèrent sur le parquet, Antoine se redressa, blême de colère, et s'écria :

— Il y a que je meurs ici ! Il y a que je n'ai jamais vécu ! Il y a que je n'ai jamais aimé ! Il y a que je n'ai jamais connu le bonheur ! Comprenez-vous ?

— Vous voulez dire : le plaisir ?

— Oui : le plaisir, le bonheur. Appelez ça comme vous voulez ! Il y a que je n'ai jamais été embrassé, mon père ; que je n'ai jamais été caressé...

— Mon fils, mon fils, tu me navres !

Plus doucement parlait le prélat et plus Antoine s'emportait :

— Il y a aussi... Il y a que j'avais un ami dont je dois venger la mort ! Il y a que c'est vous qui l'avez tué !

— Mon fils, tu t'égares.

— Quand je dis « vous », je veux dire l'Eglise, Notre Sainte Mère l'Eglise ! Je veux dire : le Seigneur !

— Oh ! mon fils, par pitié ! N'es-tu pas de cette Eglise, n'es-tu plus en Notre-Seigneur ?

— Il s'appelait Jean. Son crime était d'aimer : il s'est suicidé... Etes-vous déjà entré dans la chambre d'un pendu ? Avez-vous déjà vu ce que j'ai vu ? Cette horreur... Et Dieu permet cela ? Et Dieu, pour comble, lui refuserait le ciel ?

Il était brisé par l'émotion, égaré ; il se tut et enfouit de nouveau son visage au creux de ses bras. Mais il ne pleurait plus. Il lui semblait qu'il ne pourrait jamais plus trouver en lui une larme.

L'abbé MacCarthy avait laissé passer l'orage. Il reprit sur son ton doux, onctueux, insinuant :

— Répondez-moi. Avez-vous un protecteur ici ? Comment êtes-vous entré au Vatican, qui vous a introduit auprès de Mgr Burla ? Sur qui pouvez-vous compter dans la Curie ?

La voix blanche et coupée de sanglots secs, Antoine exposa brièvement son *cursus honorum.* Il expliqua que, après le séminaire des Carmes à Paris dont il était sorti *cum laude,* il était venu à Rome pour achever ses études à la Grégorienne. Là, il avait été distingué pour une remarquable thèse sur l'origine judaïque et l'origine païenne des rites chrétiens. Le recteur magnifique, le R. P. Chartier, l'avait présenté au Grand Chancelier de l'Université, le cardinal Castelli, qui l'avait recommandé au secrétaire d'Etat, le cardinal Veuillot, lequel l'avait ordonné prêtre en l'église de la Trinité-des-Monts et, parce que ses travaux universitaires semblaient dénoter un grand intérêt pour la question des rites, l'avait fait entrer à la Congrégation pour le Culte Divin avec rang d'assistant de première classe.

— Et depuis ? interrogea l'abbé MacCarthy.

— Comment « Depuis » ? Rien...

— Rien ? Que vous êtes naïf, mon enfant ! Après un si beau début ! Alors que vous aviez la faveur de « Veuillotino » ! Vous n'avez donc pas su intriguer ? Vous n'avez pas su vous faire bien voir de nos monsignori ? Vous aviez pourtant tout pour réussir : vous êtes intelligent, vous êtes cultivé, vous êtes français... Tout ce qu'on recherche ici. Et, de plus, vous n'êtes pas laid, si je peux me permettre de flatter la vanité d'un chrétien... Je dirai même que vous êtes très beau : avec un peu de savoir-faire, vous pourriez déjà être commensal de Sa Sainteté, comme l'abbé de La Force, que vous valez bien... Vous plairiez beaucoup au Saint-Père, j'en suis sûr. Vous êtes tout à fait son genre...

— Mais, fit Antoine, agacé du ton frivole que prenait la conversation et du cynisme qu'affichait ce vieux renard ; mais, mon père, je vais vous paraître peu charitable... Mais, permettez-moi à mon tour de vous dire que vous-même, vous ne semblez pas avoir su très bien manœuvrer votre barque, comme on dit...

L'abbé MacCarthy avait été peut-être blessé par la réflexion du jeune minutante mais il sut ne pas le montrer. Il sourit humblement et dit :

— En effet. Mais vous ignorez que je n'ai pas toujours été aux Reliques. Sous Jean XXIII, soit-il sanctifié, j'occupais de hautes fonctions. C'est cette crapule, que Dieu me pardonne ! c'est cette crapule de Olivares de la Huerta-et-le-reste, vous savez : le Grand Inquisiteur comme on le surnomme ici, eh bien c'est lui qui m'a fait... *promouvoir.* C'est l'expression en usage à la Curie, vous n'êtes pas sans le savoir. On chasse les gens en leur accordant une fausse promotion. Le vide par le haut, en quelque sorte... J'ai été de la première charrette d'Irlandais. Cet Espagnol déteste les Irlandais. Il nous prend pour une sorte de maffia, d'Etat dans l'Etat, de puissance occulte qui se serait emparée des postes clefs de la Cité...

Le prélat marqua un silence puis ajouta en riant malicieusement :

— ... Et, au fond, il n'a pas tout à fait tort. Voyez la puissance de Mgr Flaherty, par exemple. Même aujourd'hui, alors qu'apparemment, sur son lit d'hôpital, il n'est plus rien... Eh bien, il y en a ici pour l'appeler Jean XXIV. Il tient la police et l'armée : les Suisses lui sont tout acquis pour la plupart. Et il a des hommes à lui partout où il le faut, dans chaque congrégation...

Antoine découvrait avec stupeur tout un monde d'intrigues et de basse politique auquel il était resté étranger jusqu'à ce jour bien qu'il eût toujours soupçonné que le vrai pouvoir au Saint-Siège, comme d'ailleurs dans tout Etat, se tient, pour ainsi dire, dans les coulisses.

— Au reste, reprit le vieillard, je ne suis pas trop malheureux aux Reliques. Vois-tu — je me permets de te tutoyer vu notre grande différence d'âge —, vois-tu : je suis vieux, je n'ai plus rien à attendre Je veux dire · je n'ai plus rien à attendre de ma misérable existence terrestre.. Ici, on me fiche une paix royale. Tout le monde se moque éperdument de ce que je fais. Personne n'entre jamais dans ce cabinet ; je n'ai personne sur le dos, aucun monsignore à ménager, aucun petit minutante aux dents longues à surveiller du coin de l'œil. Je ne risque plus l'ulcère d'estomac à chaque fois qu'il est question de mouvement de personnel ou de remaniement dans l'administration... Et puis, en somme, ce travail de croque-mort, cette intimité avec les cendres et les os me plaisent. Cela me rappelle chaque jour davantage que je me présenterai bientôt devant le Tribunal Suprême et que je dois m'y préparer au mieux : je suis vieux, je n'ai plus guère à vivre parmi les vivants...

C'était avec une sorte de recueillement qu'Antoine écoutait maintenant cette voix sénile qui murmurait dans l'ombre, tel un oracle antique. Il était touché de trouver tant de bonté et de simplicité dans cet homme qu'il avait jusqu'ici méjugé sur son apparence repoussante. Il se reprocha une certaine dureté dans ses derniers propos. Une manière d'apaisement lui venait peu à peu...

— Mais, puisque nous en sommes aux confidences, reprit la voix, dis-moi : est-il vrai que tu n'as jamais connu le plaisir ?

— Jamais, mon père, fit Antoine très doucement.

— Mon pauvre enfant ! Sais-tu au moins ce que c'est que « La Minerve » ? Veux-tu que je t'y conduise ? Veux-tu que je t'y introduise auprès de « la Papesse » ?

Antoine éclata d'un fou rire nerveux. Depuis des jours et des jours, il se débattait entre la mort et la folie comme un papillon pris au piège d'une double vitre ; pied à pied, il cédait au désespoir et à la démence, il le savait... et voici que ce hideux vieillard, désabusé de tout, ne trouvait rien de mieux à lui proposer ! Oui ! il lui proposait de monter chez les putes...

Antoine avait déjà entendu parler par l'abbé Ouladh, beaucoup plus au courant que lui des secrets du Vatican, de cette fameuse « Minerve » que les plaisantins appellent aussi « L'Annexe » ou « Vatican II », mais il n'y avait pas prêté grand intérêt alors.

La place de la Minerve, derrière le Panthéon, était une des plus jolies places du vieux Rome jusqu'à ce que le Saint-Siège, il y a quelques années, eût été autorisé par diverses dérogations acquises au prix de pots-de-vin et de douteuses *combinazioni* à construire dans ce quartier protégé. Elle est maintenant défigurée par la présence d'une sorte d'hôtel moderne à l'usage des évêques, des nonces et autres ecclésiastiques venus rendre compte de leur apostolat ou de leur mission au Saint-Père et à la Curie. C'est la *Casa dei Clerici* — la Maison des Clercs.

Comme dans le monde des affaires, qui dit séjour dans une capitale étrangère dit aussi divertissements. C'est sans doute pour cette raison que, lorsqu'elle a agrandi en 1969, Madame Angela a choisi de réinstaller son immense maison de plaisir, anciennement située dans le quartier chic des Ludovisi, sur les quatre étages d'un ravissant petit palais baroque de la rue du Gesù, à trois pas de la place de la Minerve. Sa maison, en effet, est strictement réservée aux membres du clergé. Des laïcs, curieux de connaître ce lieu dont il n'est pas d'équivalent à Rome pour le luxe des aménagements, la qualité de l'accueil, la fraîcheur des pensionnaires, la compétence dans les services spéciaux offerts aux adeptes des perversions les plus communes comme les plus extravagantes, ont tenté maintes fois de passer la porte de ce club privé — et très privé. Ils ont toujours été éconduits aimablement mais fermement par la physionomiste qui examine de derrière une petite glace sans tain les visiteurs quand ils sonnent à l'entrée. Au besoin, si l'importun insiste et tente de forcer la chaîne, un videur, ex-champion d'Italie de judo, se charge, comme dans les boîtes de nuit, de le refouler *manu militari*.

On ne s'étonnera pas que les mêmes prélats qui se sont permis d'appeler irrévérencieusement le lieu « Vatican II » aient surnommé Madame Angela « la Papesse ». Mais « la Papesse » n'a rien de la mère maquerelle telle qu'on se la représente ordinairement. C'est une femme élégante et distinguée qui fut très belle dans les années 50. Elle s'habille chez Missoni, roule en Jaguar noire d'un modèle ancien et collectionne les éditions rares de poésie surréaliste. Elle a inspiré des passions à quelques hommes remarquables dont un président du Conseil et un grand romancier américain vivant à Rome que ses goûts portent plutôt vers les garçons mais qui a écrit sur elle quelques-unes de ses plus belles pages...

Il y a une vingtaine d'années, alors qu'elle s'était déjà fait un nom dans la galanterie mondaine en dirigeant à Londres, de main de maître — ou pour mieux dire : de sous-maîtresse — un réseau d'hôtesses, Madame Angela, de retour dans son pays, eut l'idée de s'occuper des désirs de cette clientèle très sûre et fidèle que constitue le clergé romain. Les gens d'Eglise sont gens discrets et sans histoire : ils craignent trop le chantage à la réputation pour ne pas payer et sont d'une assez haute élévation morale pour respecter les filles... ou les garçons. De plus, c'était la certitude que la police fermerait les yeux : l'ordre viendrait d'en haut de ne pas risquer d'exposer à la honte publique quelque haut dignitaire du Saint-

Siège, quelque Excellence éminentissime et révérendissime surprise en aimable compagnie dans une rafle. Et pour les mêmes raisons, la crainte du scandale, le fisc se montrerait pareillement très compréhensif, estima Madame Angela. Quant au Milieu, soit superstition, soit peur de se trouver confronté à une maffia mieux organisée et encore plus puissante que la Maffia, il a toujours eu pour principe de se tenir à l'écart des affaires où est impliquée, de près ou de loin, l'Eglise ; du moins en Italie.

La contrepartie à cette tranquillité était évidemment que la maison devait demeurer intransigeante sur un point : ne pas accepter de laïcs, fût-ce occasionnellement. La porte ouverte, c'était la porte ouverte aux ennuis... Il fallait donc organiser le bordel comme un club privé, à l'instar de Régine à Paris ou d'Annabel à Londres ; il fallait laisser le clergé s'amuser entre soi... D'ailleurs, c'était la seule condition pour qu'il n'éprouve aucune réticence à fréquenter l'endroit et y retourne volontiers, sûr de ne pas y faire de rencontres embarrassantes. Et pour éviter ce qu'ont de sordide les rapports d'argent dans de tels lieux, « la Papesse » avait eu le tact de constituer un fichier de sa clientèle à laquelle elle envoyait discrètement des notes trimestrielles qui étaient toujours honorées sans retard.

Le sobre papier à en-tête mentionnait, comme raison sociale : *La Casa ;* comme adresse : rue du Gesù ; et si l'on disposait d'un compte courant à l'Institut pour la Charité Chrétienne, on pouvait passer un ordre de virement interne à la banque sur le compte que Mgr Flaherty y avait récemment ouvert à Madame Angela Echinger.

Outre deux hôtesses d'accueil à l'entrée, un chasseur, un videur, une dame vestiaire, trois barmen et trois serveuses, un disc-jockey, un sommelier et un maître d'hôtel chargés de préparer les buffets et les bouquets, quelques femmes de chambre enfin, le personnel de *La Casa* proprement dit était composé de vingt-quatre filles, de dix garçons et de deux transexuels. En tout, avec le comptable, le trésorier, le surveillant, la secrétaire : plus de cinquante employés que Madame Angela dirigeait d'une main de fer — une entreprise prospère qu'elle gérait admirablement.

Une superstition a cours parmi les prostituées qui veut que les prêtres portent malheur et qu'on se damne de les avoir pour clients. Mais Madame Angela n'avait jamais connu de difficulté à recruter. Il est vrai que, si elle se montrait très exigeante sur la discipline, en contrepartie elle abandonnait à ses pensionnaires une part substantielle sur leurs honoraires et leur offrait, avec la sécurité, des conditions de travail aussi agréables qu'elles peuvent l'être dans le métier.

Il y avait des filles pour tous les goûts, de toutes les nationalités et de toutes les races ; d'énormes blondes aux seins lourds et de minces eurasiennes qui connaissaient l'art du massage. Il y avait des garçons efféminés et graciles et d'autres, très virils, voyous des banlieues en maillot de corps maculé de cambouis et short déchiré comme les aimait Pasolini. Et puis il y avait les travestis Cechina et Gaby, dit... ou dite : « la Callas » à cause d'une certaine ressemblance avec la cantatrice et d'une belle voix suraiguë de femme...

En dépit des jalousies et des chamailleries inévitables dans une communauté de cinquante personnes, tout ce petit monde cohabitait dans la bonne humeur et se montrait plein d'entrain à satisfaire la clientèle.

Pas un fantasme, même le plus fou, qui ne pût être assouvi derrière les hautes fenêtres closes du palais de la rue du Gesù, en effet.

En bas, c'étaient les salons où filles et garçons étaient présentés à la clientèle. Certaines salles, tendues de damas rouge et fastueusement meublées de grands fauteuls baroques en bois doré, rappelaient le style des appartements de cérémonie au Vatican. D'autres, au contraire, avaient été décorées pour évoquer ces sinistres entrepôts des bas-fonds new-yorkais où les homosexuels ont ouvert, ces dernières années, des boîtes « cuir ».

Il y avait également deux bars aux lumières tamisées, aux lambris d'acajou, aux banquettes profondes recouvertes de velours bleu sombre : nombre de prélats fréquentaient « Vatican II » pour le simple plaisir d'y boire un verre dans un cadre agréable et, avant complies, se délasser une heure ou deux en y retrouvant leurs amis. Certains s'y donnaient même des rendez-vous d'affaires ; pour tenter de convaincre un collègue d'une congrégation de voter sa motion, par exemple, ou rallier à son point de vue l'Avocat du Diable dans un procès en béatification...

Si l'on voulait lire, on passait dans un petit salon de lecture où l'on disposait d'un très grand choix de revues pornographiques et de romans libertins. Si l'on voulait danser, il suffisait de descendre dans les superbes caves voûtées du XVIe : là, on trouvait une piste en verre trempé, des parois de néons multicolores, tout un jeu de rayons laser et une sono tonitruante comme dans les boîtes les plus *in* de Londres ou de Paris.

Le martèlement des basses et des percussions, les grondements de la guitare électrique empêchaient de percevoir les ahans et les cris de douleur qui provenaient de la cave voisine où était aménagée la salle des tortures. A l'intention des sado-masochistes, Madame Angela l'avait fait équiper de chevalets, de cangues, de carcans, de piloris, de fouets, de chaînes et de boulets, de cages à chien et, ce qui avait le plus de succès ici, d'une grande croix surmontée du bandeau traditionnel portant le sigle « I.N.R.I. » où nombre de ses clients aimaient à venir se faire crucifier.

La bien-nommée « Papesse » n'ignorait pas combien le fétichisme de la religion, de ses rites et de ses objets du culte est répandu dans le clergé. Elle avait commandé à une officine spécialisée de Hambourg certains articles érotiques sacrilèges tels que le crucifix-godemiché, le ciboire-pot-de-chambre ou le prie-Dieu à double usage et, à la très sérieuse Procure du couvent des Camaldules de Sant'Ambrogio, des cilices et des vêtements de pénitence. Une des chambres, d'ailleurs, était aménagée en chapelle avec confessionnal et autel ; une autre, meublée de pupitres d'écolier et d'un tableau noir pour remémorer au client nostalgique les bons temps du séminaire. Enfin, on trouvait dans une grande penderie du premier étage une garde-robe très fournie en vêtements sacerdotaux et la putain ou le giton pouvait, à volonté, se travestir en novice comme en cardinal, en franciscain comme en mère supérieure à robe noire et cornette empesée. Il suffisait de le demander...

Pour la clientèle aux désirs plus conventionnels, qui était tout de même la plus nombreuse, Madame Angela offrait vingt-cinq chambres toutes très luxueusement décorées dans des camaïeux de couleurs tendres, et avec salle de bains en marbre attenante. Les prélats inconfortablement logés au Vatican étaient nombreux à profiter de ces commodités pour prendre leur bain hebdomadaire... ou mensuel.

Quant aux usages en vigueur, ils étaient très simples : le client choisissait dans les salons une fille, ou un garçon, ou deux, ou les deux, ou plus encore s'il le désirait et qu'il n'y avait pas d'affluence ; la sous-maîtresse lui remettait alors la clef d'une chambre et notait discrètement sur la facturation par ordinateur son nom, le nombre de compagnes ou de compagnons retenus, le temps passé dans la chambre ou à la cave, les spécialités requises si c'était le cas. Toutes ces données ainsi que les consommations au bar étaient centralisées dans la mémoire ; le secrétariat de *La Casa* enverrait plus tard le décompte...

Et comme Madame Angela pensait décidément à tout, elle avait fait restaurer le bel oratoire XVIIe du palais et fait placer au-dessus de l'autel un tableau du Caravage — une sainte Madeleine, cela s'imposait en pareil lieu Là, après une orgie, le client pouvait venir se recueillir en paix

Pourquoi avait-il fini par céder ? Pourquoi avait-il accepté de suivre ce hideux vieillard libidineux qui le menait au bordel en lui détaillant les merveilles qui l'y attendaient ?

Il l'ignorait. Au fond, il était si désemparé que plus rien pour lui n'avait d'importance. Il ne distinguait plus où était le Bien, ou le Mal. Il allait à la dérive, porté par les événements...

— Tu verras, nous serons tranquilles, il n'y a jamais grand monde en semaine, l'après-midi. Et tu pourras mieux choisir, lui disait à voix basse et sur un ton enjôleur l'abbé MacCarthy tandis que le taxi où ils avaient pris place se frayait un difficile chemin par les ruelles du quartier du Panthéon. Moi, j'ai mes habitudes : Lula, une Allemande superbe. Une très brave fille, en plus. Très affectueuse. Elle était protestante mais elle s'est convertie il y a deux ans. Je suis son confesseur... Allons ! ne fais donc pas cette tête d'enterrement. Détends-toi ! Je ne te conduis pas à l'échafaud, que diable ! D'ailleurs, si tu es trop contracté, tu risques le fiasco... Surtout pour une première fois...

La place de la Minerve était en vue. Soucieux de dignité apostolique, le vieux prélat demanda au chauffeur de les arrêter devant la *Casa dei Clerici* : les deux ecclésiastiques feindraient d'y entrer, puis ils feraient à pied les cinquante mètres qui les séparaient de *La Casa* tout court...

Ils passèrent sous le porche du palais. L'abbé MacCarthy sonna à une étroite porte anonyme et laquée de noir. Qui aurait pu se douter qu'elle ouvrait sur une immense maison de plaisir ?

La porte s'entrouvrit. Une jeune femme très bon genre, en robe d'hôtesse et à l'accent anglais, les accueillit en leur donnant à tous deux du monseigneur.

— Je me suis permis d'amener l'abbé Chesnaye, dit le prélat pour présenter son jeune protégé.

— Mais vous avez fort bien fait... Soyez le bienvenu dans cette maison, mon père !

Elle lui fit inscrire ses nom et prénoms sur le livre d'or et ajouta à l'intention de l'abbé MacCarthy :

— Vous connaissez les lieux, monseigneur, je vous laisse faire le cicerone pour notre nouvel ami.

On ne pouvait avoir plus de distinction, estima Antoine. Il se sentait en veine d'ironie, si grande était son amertume...

Il suivit l'abbé MacCarthy et se retrouva dans un vaste salon tendu de brocart écarlate. Au milieu, alanguies sur un immense pouf rond à gros capitons, cinq ou six filles en déshabillé ; dans un angle, assis dans un fauteuil crapaud sous une grande toile du Guerchin représentant l'enlèvement des Sabines, Antoine reconnut le cardinal McAwkleen avec deux filles qui, agenouillées sur le tapis et accoudées à ses cuisses, lui prodiguaient des agaceries ; dans l'angle opposé, un garçon en maillot de débardeur, jean déchiré et une casquette de S.S. relevée sur le haut du crâne, jouait du piano. Il accompagnait Gaby, lequel, en robe du soir rouge des années 50 et ganté de satin noir jusqu'aux coudes, chantait d'une voix de fausset le grand air de Rosine dans *Le Barbier de Séville :*

Una voce, poco fà...

Discrète et attentive, la sous-maîtresse passait de salon en salon...

Elle s'approcha d'Antoine.

— Le choix est difficile, n'est-ce pas, mon père ? susurra-t-elle aimablement. Puisque c'est la première fois que vous venez, je vous suggère de prendre votre temps, de tout regarder d'abord et puis de vous détendre en buvant un verre au bar. C'est moi qui vous l'offre. Surtout, n'ayez aucune honte...

C'était plus que la pudeur d'Antoine n'en pouvait supporter. Et il observait cette scène dans un sentiment poignant d'étrangeté. Il se demandait s'il faisait un mauvais rêve ou si c'était bien là, autour de lui, la réalité. Une nausée d'horreur le submergeait, il avait envie de crier sa peine.

Le travesti, parodiant avec grotesque les célèbres postures de la Callas en scène, chantait maintenant l'amour.

L'amour ! ricanait Antoine intérieurement. Le bordel ou le suicide, pour l'Eglise. Mais qu'il ne soit pas question d'amour — jamais ! Alors que la religion n'a que ce mot à la bouche : l'amour !

Quand on nous initie à l'art de la confession que nous enseigne-t-on sur ce chapitre ? Eh bien, par exemple, qu'il faut être plus indulgent pour le salaud qui monte avec des putes, qui les méprise, qui les bat même, qu'avec l'honnête homme qui a le malheur d'aimer d'un amour sincère et depuis des années une autre femme que celle qu'il a épousée devant Dieu !

Tout ! nous dit-on, n'importe quelle abjection plutôt que l'amour !

Morale de pharisiens ! Morale de tricheurs et de lâches ! Morale d'imposteurs !

Et brusquement, si violente était sa haine qu'il continua mais à voix haute, et sans s'en rendre compte :

— Tartufes ! s'écria-t-il. Tartufes !

Puis, comme saisi de folie, il retraversa le grand salon écarlate, descendit en courant les cinq marches du hall d'entrée, bouscula l'hôtesse et le chasseur, se retrouva dehors sous le porche... Dans la rue du Gesù...

Via Plebiscito... Via del Corso...

LACRIMOSA

Il marchait au hasard dans la foule, nombreuse sur les trottoirs à cette heure de sortie des bureaux ; il marchait sans rien voir. Et les gens, croisant cet homme en noir, à l'air hagard, au regard dément, s'écartaient, apeurés. Il allait il ne savait où.

Et brusquement, ce fut une impulsion irrésistible · le camion rouge — là !
Il se jeta sous les roues.

TROISIÈME PARTIE

TUBA MIRUM

1

LA FÊTE

Et comme chaque année le mardi suivant la Saint-Sixte Albano, le 13 mai cette année-là, la population de Frascati était en émoi : un grand encombrement bloquait l'esplanade devant la Villa Albano, commençait d'engorger les rues avoisinantes et, on pouvait le prédire à coup sûr, s'étendrait peu à peu en tache d'huile aux routes d'accès à la ville.

C'est que la princesse Albano donnait sa grande fête annuelle, ce qui provoquait l'afflux d'une cent cinquantaine de voitures de maîtres, de voitures de grande remise, de taxis qui garaient où ils pouvaient, sans compter les camionnettes de livraison diverses pour les buffets et les orchestres, sans compter les policiers requis pour la protection des personnalités politiques et qui patrouillaient autour des grilles du parc, sans compter les détectives des compagnies d'assurance chargées de la surveillance des joyaux arborés par les invitées et des trésors de la villa, sans compter les badauds et les photographes de presse qui s'attroupaient pour tenter d'apercevoir les célébrités ; et de vieilles gens qui déjà, à cinq heures de l'après-midi, leur pliant sous le bras, se choisissaient une bonne place pour bien voir le feu d'artifice — lequel ne serait pas tiré avant minuit.

Il est vrai qu'on supportait sans trop de mauvaise humeur ces inconvénients car la princesse était généreuse pour la municipalité et que, dans sa bonté, elle offrait le même soir au bon peuple un bal musette sur la grand-place — ce qui, naturellement, ne ferait qu'accroître les embarras un peu plus tard.

La fête annuelle de la princesse Albano tenait tout à la fois de la garden-party, du cocktail, du grand bal, du souper aux chandelles et de la soirée de gala. Cela posait d'ailleurs des problèmes insolubles aux femmes : que fallait-il mettre ? On avait peur de paraître ridicule en grand décolleté et avec ses diamants à cinq heures du soir ou trop peu habillée pour le medianoche dans une simple robe d'après-midi. Ajoutée, pour certaines, au doute où elles étaient encore, quinze jours avant le grand jour, si elles seraient invitées ou pas cette année-ci, la question provoquait de véritables crises d'hystérie et d'angoisse : il s'agissait à la fois de se distinguer d'entre toutes et de ne pas se faire remarquer de Laura, dont on craignait la dent dure.

Seule la princesse avait réussi à résoudre le dilemme une fois pour toutes, et sans avoir la vulgarité d'user de la ressource, dont elle seule disposait, de se changer en cours de soirée : elle portait ce jour-là une robe d'hôtesse de Fortuny, toujours la même depuis vingt ans, et inspirée de ces robes Régence, à la Watteau, qu'on appelle précisément « robes princesse ». Il est vrai qu'elle seule le pouvait, puisque c'était elle qui recevait.

Elle recevait fastueusement — on sait déjà quelles réjouissances elle avait prévues. Mais ce serait peut-être ce soir la dernière fête, et elle l'avait voulue plus fastueuse encore que d'ordinaire : on danserait sur un volcan sans se douter que tout ce luxe serait sans doute englouti demain dans une faillite retentissante et scandaleuse. Joueuse dans l'âme et excitée par le risque, en aristocrate qu'elle était, Laura avait voulu aujourd'hui lancer une sorte de défi : en conviant beaucoup plus de monde que les années précédentes. Il fallait qu'ils fussent cinq cents à se souvenir...

Mais ce n'était pas le nombre des invités de la noblesse romaine qu'elle avait élargi : ceux-là, estimait-elle, sont pour la plupart assez barbants comme ça ! Si on devait les avoir tous, ce serait à crever... D'ailleurs, on ne pouvait allonger de beaucoup la liste sans risquer de tomber tout de suite dans la lie : noblesses récentes ou noblesses usurpées. Et les faux sont pires que les vrais !

Non, c'était en personnalités à la mode que Laura avait voulu étoffer l'assistance, cette année-ci, en artistes... Elle montrerait à de jeunes écrivains, à des peintres d'avant-garde, à des musiciens underground ce que c'était qu'une fête princière ; elle les éblouirait et ils pourraient dire plus tard qu'ils avaient vu la dernière..

— Mais, gare à l'argenterie ! avait-elle recommandé à son personnel. Et vous me rangerez tous les petits bibelots qui peuvent tenir dans une poche.

Pour plus de sûreté, elle avait également fait envoyer par sa secrétaire une lettre aux « nouveaux » dans laquelle, sans attenter à leur susceptibilité, elle leur suggérait une tenue convenable, aussi fantaisiste qu'elle fût par ailleurs, et de venir un peu tard : « Les gens âgés seront repartis, nous serons entre nous, ce sera plus amusant. »

Depuis maintenant plus d'une heure, les habitués commençaient d'arriver.

Gina Farnese et la baronne Putbus avaient fait sensation en effectuant leur entrée dans une fourgonnette blindée de transport de fonds. Devant l'assistance ébahie, le camion bleu de la Brinks avait franchi en trombe les grilles de la cour d'honneur et les deux convoyeurs avaient alors sauté à bas de la cabine, revolver au poing, pour protéger ces dames et les accompagner jusqu'à l'intérieur du palais.

— C'est ce qu'on appelle la simplicité ! avait ironisé entre ses dents la princesse Albano en s'adressant à un jeune poète autrichien de bonne famille qui se posait actuellement comme son admirateur éperdu. Seulement, mon petit Fritz, on n'apprend pas à une vieille guenon comme moi à faire la grimace ; le truc est éventé ! Je l'avais utilisé il y a bien quinze ans pour la Nuit des Bijoux de la Cà Pesaro, à Venise. J'avais mes raisons : je portais les fameux diamants gris de la parure Albano. Tandis que pour les petites horreurs que portent ces dindes : ah ! je suis sûre que le transport leur a coûté plus cher que ce qu'elles ont autour du cou... Et puis moi, ce n'était pas une fourgonnette, mais une vedette blindée qui fendait les eaux du Grand Canal en faisant hurler ses sirènes ! Ça avait une gueule folle !

— Fuss êdes difine, Laura.

— Oui, mais vous me le répétez toutes les cinq minutes, Fritz ! « Fuss êdes difine ! » Ça devient assommant, à la fin. Pardonnez-moi, il faut que j'aille accueillir cet imbécile de Pierleoni !

La princesse passait de salon en salon, de groupe en groupe, lançant ici à la ronde un mot d'auteur ; surveillant du coin de l'œil la bonne marche du service ; s'agrégeant un instant à une conversation dans laquelle elle jetait une perfidie ou une amabilité ; repartant d'un pas nonchalant vers la galerie des Titien — lesquels, pour la circonstance, avaient été remplacés par des copies...

Elle tenait un cigare entre les dents. Non pas un cigarillo comme en fument les dames, mais un de ces très gros havanes sans nom ni numéro que Davidoff réserve à une toute petite clientèle de privilégiés et qui passent pour les meilleurs cigares du monde. Elle était, évidemment, la seule femme parmi ces privilégiés. Et une certaine manière de le fumer, un certain regard lointain et vague, un certain déhanchement altier dans la démarche semblaient proclamer : c'est un genre que je suis la seule à pouvoir me permettre. Sa devise était dans ce mot délicieux que Cecil Beaton, un jour qu'il la photographiait, avait eu à propos d'une de leurs amies communes :

— Elle est bien trop distinguée pour être une vraie lady.

Elle pensait comme lui qu'en effet une grande dame n'est une grande dame que pour autant qu'elle peut se permettre, sans paraître le moins du monde vulgaire, d'enfreindre les règles qu'elle veut voir les autres respecter. Laura manquait volontairement juste assez de distinction parfois : afin de pouvoir se dire qu'elle était décidément une *lady*.

Ce soir-là, la pensée qu'elle offrait peut-être sa toute dernière fête la grisait et lui donnait une humeur plus éblouissante encore qu'à l'ordinaire, et plus féroce.

Que ces gens du monde lui paraissaient ternes et plats ! Comme elle leur trouvait l'air commun pour des nobles.

Prenez la Savelli et mettez-lui une blouse de nylon bleu : elle aurait tout d'une caissière de supermarché, se disait Laura qui n'avait jamais mis les pieds de sa vie dans un supermarché et ignorait donc à quoi ressemblent les caissières. Oh ! et la Caetani avec son diadème ! Un diadème à cinq heures de l'après-midi : elle se croit à l'élection de Miss Trou-les-Flots 52, cette gourde ?

Et les hommes ! Etaient-ce bien là les descendants des croisés et des grands seigneurs qui tenaient le haut du pavé à l'époque de Léon X et de Jules II ? Le Falconeri avec son air étriqué de petit employé de bureau... Son cousin, le prince Salina : beau garçon du moins, et bon danseur, mais si dégénéré ! Si fin de race ! Si stupide !

Et ici, vautré dans ce fauteuil, Baby Boccanera : le plus con de tous ! Pantouflant dans Dieu sait combien de conseils d'administration et si con qu'il suffit qu'on lui confie la direction d'une entreprise pour qu'elle dépose son bilan dans l'année qui suit ! Mais la lâcheté et le snobisme des parvenus de la grande industrie sont tels qu'ils préféreront toujours avoir à la table de leur conseil un Boccanera qu'un bon gestionnaire, intelligent, compétent, ancien élève de la Harvard Business School, mais qui a le malheur d'être le fils d'un petit contremaître et d'une ouvrière.

Un jour, elle s'en souvint, Monsignore l'avait bien fait rire en lui racontant une altercation avec ce taré lors d'un dîner en ville, alors qu'il était tout jeune prélat. C'était il y a vingt, vingt-cinq ans peut-être, et Baby était déjà aussi con, se dit-elle gaiement. Ça ne nous rajeunit pas !

Cependant, elle s'approcha du prince. Il parlait avec un de ses amis, que Laura ne jugeait guère plus intéressant que lui, et parlait précisément du cardinal Flaherty, et osait en parler en mal :

— Oh ! moi, et pour des raisons tout à fait personnelles, je n'ignorais pas que c'était un moins que rien. D'ailleurs, il n'est pas de notre milieu. Tant pis pour les imbéciles qui lui ont fait confiance !

Laura eut du mal à se contenir et à ne pas tenter de relever le défi qu'il lui lançait à son insu : cela aurait fait sans doute trop plaisir au prince Boccanera d'apprendre qu'elle devait se compter parmi ces imbéciles... Ah ! certes non ! Monsignore n'était pas de leur milieu, songea-t-elle, il était né dans la rue, ce n'était à l'origine qu'un petit voyou des bas-fonds de Brooklyn. Mais lui seul aujourd'hui avait la grandeur, avait l'énergie, avait la splendeur, avait le génie d'un prince de la Renaissance.

Après trois mots de froide politesse, elle planta là les deux hommes pour se diriger vers d'autres invités qui la saluaient de loin.

Dans une glace de la galerie, elle aperçut alors, venant du parc et, semblait-il, d'un autre siècle aussi, son cousin le cardinal di Galeazzo-Consalvi. Le vieillard était en soutane de soie écarlate, camail, rochet, mozzette, et enveloppé dans une grande ferraïole d'apparat. Il avançait à petits pas, soutenu par un jeune prélat à boutons, écharpe et gants violets, tandis qu'un autre, noir et tout vêtu de noir, tenait tendu au-dessus de la tête de Son Eminence pour la protéger du soleil, et bien que Son Eminence portât le chapeau rouge à larges bords et cinq rangs de glands, une exquise petite ombrelle de faille mauve bordée de dentelles d'Offida.

Laura était prise entre l'envie de rire, l'envie de s'attendrir, et sa haine à l'égard de l'homme d'Eglise qui avait, il y a vingt-cinq ans, alors qu'elle était à la dérive, si lâchement refusé de la secourir.

Elle lui fit une profonde révérence.

— Ah ! ma fille, dit d'une voix gâteuse Son Eminence quand elle l'eût reconnue, que j'ai de bonheur à me trouver ici cette année encore ! Je viens de la chapelle de Saint-Sixte, je voulais avant tout m'assurer que tu avais reçu les nouvelles reliques. Mais, Mgr de Grandlieu qui, par parenthèses, est un tien cousin puisque sa mère est née Hesse-&-Darmstadt, et l'abbé Ouladh que voici n'ont rien trouvé. Et moi, je suis si vieux, je n'y vois presque plus.

— En effet, répondit la pincesse après avoir salué son très lointain cousin et l'abbé africain, j'ai reçu un courrier de la Sacrée Congrégation pour le Culte Divin m'annonçant l'envoi mais, depuis : plus rien !

— Ah ! comme cela est fâcheux, ma fille. Une chapelle sans ses reliques n'est plus tout à fait une chapelle. Et tu es si bonne chrétienne...

Tu parles ! s'écria intérieurement Laura. Elle avait, en vérité, moins de religion qu'un encyclopédiste du XVIIIe siècle, mais elle tenait aux traditions Cette chapelle contenait des restes de saint

Sixte, la châsse avait été volée, eh bien ! elle en voulait d'autres. Elle en faisait une question de principe.

— Oh ! c'est superbe, fit-elle tout à trac en froissant entre ses doigts, au grand effarement de l'abbé Ouladh, un pan du camail de Son Eminence comme elle eût fait d'un coupon de tissu chez son couturier. C'est une soie de Bucol ! J'ai vu la même chez Valentino...

Tout autour, des invités s'entre-regardaient à la dérobée et ne savaient s'ils devaient rire d'une telle effronterie ou s'en offusquer. C'était là, comme on disait, la « dernière » de la pincesse.

Le vieillard, lui, n'était pas le moins du monde choqué :

— N'est-ce pas que c'est seyant ? répondit-il. Ah ! on ne fait plus de jolies choses comme ça depuis ce maudit aggiornamento — que Dieu me pardonne ! Alors que le faste, le luxe étaient tout à la gloire de Notre Sainte Mère l'Eglise... Sans compter que cela donnait du travail aux humbles ! Maintenant, nous avons des prêtres marxistes... Qui, bien entendu, se soucient comme d'une guigne du sort des ouvriers... Mais, tu es très élégante toi-même, ma chère enfant : cette robe te va à ravir.

— Oui, ça ne fait d'ailleurs que vingt ans que vous me la voyez..., répliqua Laura sur un petit ton narquois.

Puis, parce qu'elle avait repéré l'habile manœuvre de certains invités qui faisaient cercle derrière le cardinal dans l'espoir d'être bénits et qu'elle jugeait déplacé qu'on prît ses salons pour une sacristie, elle s'empara résolument du bras de Son Excellence et lui dit :

— Voulez-vous m'accorder un entretien particulier ?

— Mais, très volontiers.

La Torlonia et l'Aldobrandini, furieuses, durent s'écarter tandis que la princesse menait Mgr di Galeazzo-Consalvi dans l'embrasure d'une fenêtre.

— Dites-moi, vous qui êtes dans le secret des dieux, sinon de Dieu... Quelle décision a-t-on prise au Vatican concernant Mgr John Flaherty ?

Le cardinal di Galeazzo-Consalvi, désarçonné par ce qu'avait d'abrupt et d'indiscret la question, implora d'abord mentalement le Seigneur qu'il lui inspire une réponse dilatoire dans la manière jésuite. Mais, et Laura le savait, il ne pouvait tenir sa langue et aimait faire état de sa puissance, réelle ou illusoire, au sein de la Curie. Le regard fuyant, il murmura du bout des lèvres :

— La demande d'extradition.

— Comment ? Mais c'est honteux ! se récria Laura.

— C'est ce que je pense aussi, ma fille, bien que je ne devrais pas t'en faire l'aveu. Oui, l'extradition, comme pour un vulgaire escroc ! La requête est partie hier au soir par la voie diplomatique ; je n'ai pas pu faire entendre raison au Sacré Collège. Et le Très-Saint-Père est manœuvré par cet intrigant de Olivares de la Huerta. Pourtant, c'est un Isunza y Pacaÿe, un grand d'Espagne !

— Une Isunza s'est alliée à un dell'Orto au XVIIe siècle, si je ne me trompe...

— Personne n'a voulu m'écouter quand j'ai dit que cela ne pouvait que nous causer du tort, ajouta le cardinal.

Il parlait de l'Eglise, du Saint-Siège. La princesse, pensant à sa fortune quant à elle, répondit, énigmatique :

— Vous ne croyez pas si bien dire.

Puis parce qu'elle ne voulait pas lui montrer son inquiétude :

— Permettez-moi de me retirer, mon cousin. Je me dois à mes autres invités aussi, quoique vous soyez le plus éminent d'entre eux.

A vrai dire, elle cherchait du regard Pierluigi Ricci pour lui faire part de la mauvaise nouvelle.

Elle retraversa les salons d'apparat donnant sur le parc. Un journaliste new-yorkais, correspondant à Rome de la *CBS News* et qui était très content d'avoir forgé le néologisme « Vaticangate » dans un récent article sur le scandale Flaherty, parlait lui aussi de « l'Affaire » avec des collègues italiens. Le général Pallavicino, qui se trouvait non loin, intervint dans leur conversation pour déplorer la décadence de l'Eglise — décadence qui, à ses dires, n'affectait pas l'armée. Le banquier Oswald fut de son avis...

C'est ça ! c'est ça ! se fit-elle, dégoûtée. Crachez maintenant sur l'homme qui vous a fait gagner tant d'argent, mes salauds ! Car, que je sache, Palla et cette pourriture d'Oswaldaccio en ont croqué, eux aussi. La Charité Chrétienne les a bien enrichis. Et ça ose venir parler d'honneur, après ! Canailles...

Puis, à voix haute :

— Ah ! enfin quelqu'un d'amusant.

Elle venait d'aviser Willie Evans, un écrivain américain vivant à Rome. Elle l'embrassa, admira son chic négligé de vrai dandy : col cassé et cravate ancienne de soie grise, jean élimé, mocassins vernis. Elle rectifia d'un geste affectueux l'ampleur de son nœud, comme fait une femme. attentive à son mari, une maîtresse à l'homme qu'elle aime. Bien qu'il préférât généralement les garçons, Willie avait été son amant quinze ans auparavant et, sans doute, celui qui avait pris avec le plus de philosophie d'être quitté de façon aussi désinvolte après quelques semaines de bonheur.

— Bonsoir, toi, dit-elle Au moins, tu ne viens pas trop tard, c'est gentil. Les gens sont vraiment impossibles : sous prétexte de ne pas avoir l'air plouc, ils viennent un peu plus tard chaque année. Ils finiront par se présenter pour le petit déjeuner du lendemain. Seulement, on ne me la fait pas ! Je sais très bien qu'ils sont déjà tous sur leur trente-et-un depuis deux heures de l'après-midi et qu'ils regardent la pendule toutes les deux minutes en se disant : « Non, pas encore ! » Alors qu'ils en crèvent d'envie...

Willie Evans éclata de rire complaisamment et ce fut seulement à ce moment-là que Laura s'aperçut qu'il était accompagné d'une femme, qu'il présenta :

— Angela Echinger.

Tiens, il ne manque pas d'aplomb, le petit ! se dit Laura. Amener une maquerelle à ma soirée !

Elle n'ignorait pas en effet qui était Angela Echinger ; elle savait même, parce que, à Rome, dans un certain monde, tout se sait, qu'on la surnommait « la Papesse ». Il lui était arrivé de la croiser chez son coiffeur.

La Papesse ! ne put-elle s'empêcher de ricaner intérieurement. Décidément, on aura tout vu chez moi : des cardinaux, des mères maquerelles, des gens qui ont volé et d'autres qui ont tué... Mais, au fond, cela l'amusait : elle trouvait que c'était assez « Renaissance ».

Puis, avec l'œil critique de la rivale et le manque d'indulgence de la femme élégante, elle se mit à examiner comme un maquignon l'entremetteuse et nota : — se parfume *Arpège* de Lanvin, — se chausse sur mesure chez Marcello, — trois rangs de perles à fermoir breveté Cartier, — et, surtout, une robe noire de Chanel, robe d'après-midi mi-longue dont, passé minuit, on pouvait ôter le spencer pour en faire une robe du soir. Il lui aurait été difficile de ne pas admirer : pour une fois qu'une femme résolvait la quadrature du cercle ! Et après tout, dut-elle admettre, elle avait beaucoup plus de classe que ces mémères et ces boudins titrés qui peuplaient ses salons. Mais, ajouta-t-elle aussitôt mentalement, parce qu'elle ne pouvait supporter l'idée qu'une femme pût la valoir : « Elle est bien trop distinguée pour être une vraie lady. »

— Mon petit, s'écria-t-elle en se pendant aux revers de la veste en velours noir de Willie avec une tendresse exagérée qui était, en fait, une façon indirecte et moqueuse de signifier à Mlle Echinger : « Ma vieille ! je l'ai eu avant toi... » Mon petit bonhomme, veux-tu aller me chercher Pierluigi et me le ramener ici ? J'ai à lui parler, mais je dois demeurer dans les parages pour accueillir les nouveaux arrivants. Je ne sais pas où tu le trouveras. Peut-être là-bas, vers le bassin de Neptune, avec Giovanni...

Willie Evans s'éloigna. Mlle Echinger et la princesse Albano se dirent alors quelques gracieuses banalités. Elles se tenaient l'une et l'autre comme deux tigresses prêtes à s'entre-déchirer, mais un échange de regards pénétrants s'était conclu en pacte de non-agression : l'une comme l'autre n'avait rien à gagner à lâcher des rosseries. Elles les réserveraient pour les gens dénués d'esprit. Et ils sont légion...

— Eh bien, le voilà ! Il n'était pas si loin. Je l'ai enlevé à notre ministre de l'Intérieur ! dit Willie Evans en poussant par les épaules Pierluigi Ricci, lequel, par cocasserie, feignait d'être horriblement intimidé en approchant la princesse.

Il fit l'enfant pour lui dire :

— Oh ! madame, je n'osais pas venir vous saluer...

Mlle Echinger et son ami éclatèrent de rire.

— J'ai à te parler, répliqua, sans souci des convenances, Laura sur un ton autoritaire.

Et tandis que leurs hôtes se retiraient discrètement :

— Moi aussi ! fit Pierluigi.

Puis, selon leur usage quand ils se trouvaient tête à tête sans témoins, ils passèrent au vouvoiement et au français.

— Vous savez pour Monsignore ?

— Oui, Giovanni vient de me dire que le garde des sceaux a reçu hier en consultation Romolli, le nonce apostolique, et que celui-ci l'a informé que le Saint-Siège allait procéder officiellement à la demande d'extradition. C'est une première entre les deux Etats depuis la signature du Concordat en 1929.

— Eh bien, nous ne sommes pas dans la merde !

— Comme vous dites si joliment, Altesse Sérénissime.

— Qu'allons-nous devenir ? Et ce pauvre John... Oh ! Pierluigi, si vous saviez comme cette fête m'assomme ! Et c'est peut-être la dernière, cependant...

Elle tourna un regard mélancolique sur l'enfilade des salons : il y avait maintenant foule devant les buffets et un orchestre dans le parc entonnait des valses...

Soudain, Pierluigi surprit un sourire fugitif sur les lèvres de Laura et sut qu'une pensée lui était venue à l'instant, une idée inpromptue, un caprice auquel, telle qu'il la connaissait, elle n'allait pas résister — la « dernière » de la princesse Albano. Mais il n'osa pas l'interroger.

Après tout, songeait-elle, ils ont à boire et à manger, ils ont de quoi se divertir, et ils n'en mourront pas si je les lâche une heure ou deux...

— Ne me posez pas de questions, exigea-t-elle de Pierluigi. Et ne vous affolez pas si vous ne me voyez pas pendant quelque temps A ceux qui me demandent, dites que je reviens tout de suite..

Sur quoi, elle lui tourna le dos et monta l'escalier qui menait à ses appartements.

Sa femme de chambre, comme tous ses domestiques aujourd'hui, servait en bas les invités. Elle se déshabilla donc sans son aide et, à la hâte, se changea. Elle enfila un tailleur de ville, coiffa un bibi, chaussa des escarpins bas, prit un sac à bandoulière...

Puis, elle poussa une petite porte de service qui ouvrait au fond de sa garde-robe et donnait sur un escalier menant à l'office. De l'office, en passant par les cuisines, le cellier, la salle d'armes, les écuries, elle pouvait se rendre aux garages sans être vue de ses hôtes. Il y a vingt-cinq kilomètres de Frascati à Rome : dans deux heures au plus tard elle serait de retour.

Elle entra à l'office. Les chauffeurs et quelques gardes du corps de ses invités buvaient et se restauraient au buffet qu'elle y avait fait dresser pour eux. Ils la regardèrent, surpris. Ceux qui étaient assis se levèrent. Elle lança, désinvolte, à la cantonade :

— Tout va bien mes amis ?

Sans attendre la réponse, elle poursuivit son chemin ; traversa les cuisines, jetant l'émoi dans son personnel qui s'affairait...

— Tout va bien mes amis ?

Et parvint enfin à ses voitures.

La plus discrète serait encore la Phantom V qui avait des vitres teintées réfléchissantes, estima-t-elle.

Elle appuya sur la commande électrique des portes du garage.

— Ah, merde ! fit-elle à voix haute.

Elle n'y avait pas pensé : une dizaine de limousines qui avaient amené des officiels étaient garées en épi derrière. Il serait trop long de les faire déplacer, et surtout trop peu discret. Elle vit que la limousine qui se trouvait le plus près des grilles et pourrait se dégager le plus vite était celle de l'ambassadeur des Etats-Unis.

Elle retourna à l'office.

— Qui de vous est le chauffeur de M. l'ambassadeur des Etats-Unis ? interrogea-t-elle en américain.

— C'est moi, madame, est-ce que je gêne ? demanda celui-ci.

— Non, vous ne gênez pas. Mais vous allez me conduire à Rome. Vous avez tout le temps : M. l'ambassadeur vient seulement d'arriver et il est assez bien élevé pour rester au moins une heure chez moi, l'heure de politesse.

— Mais... Mais, madame, c'est que... Mais, madame, se mit à bredouiller le chauffeur.

— On dit : madame la princesse ! Et il n'y a pas de mais qui tienne. Allons !

Terrorisé comme un homme qui vient d'être pris en otage sous la menace d'une arme, il suivit donc Laura qui marchait à grands pas vers la longue limousine noire à six portes — une Lincoln officielle portant sur les deux ailes avant les fanions étoilés.

Il lui ouvrit cérémonieusement la portière ; ses mains tremblaient.

— Remettez-vous ! lui dit-elle, d'un ton radouci. Je ne vous demande qu'un petit service de rien du tout. Menez-moi à l'hôpital Ognisanti-al-Parioli.

— Madame la princesse, nous n'irons pas loin : la voiture est munie d'une balise qui signale tous ses déplacements à nos agents du service de sécurité.

— Vous savez la déconnecter ?

— Oui.

— Eh bien, mais qu'attendez-vous ? Allez ! J'aimerais être à l'hôpital avant la fin des visites, figurez-vous.

Sans savoir pourquoi il obéissait à cette voix à la fois impérieuse et charmeuse, le chauffeur s'exécuta. L'ambassadeur lui demandait parfois de suspendre le fonctionnement de cet espion mécanique : quand il avait envie d'un moment de liberté en agréable compagnie, par exemple — il suffisait pour cela de tirer une manette dissimulée sous le tableau de bord. Et il ne songea pas même à tricher, ce dont la princesse Albano n'aurait pu se rendre compte.

Laura, pour sa part, trouvait assez amusant de créer peut-être en cet instant un incident diplomatique.

2
MON COUSIN

Ognisanti-al-Parioli
Accès réservé au personnel soignant et aux ambulances

indiquait un panonceau appendu à la barrière à bascule de la grande entrée de l'hôpital.

Mais Laura avait toujours considéré qu'il n'y avait aucun interdit administratif au monde qui pût concerner la princesse Albano, née dell'Orto.

Par la vitre baissée de la limousine, elle héla le gardien dans sa guérite, qui, estimait-elle, tardait à ouvrir.

— Mon ami, vous ne voyez donc pas qui je suis ?

Non, il ne voyait pas du tout qui elle était, mais il devinait qu'il avait affaire à quelqu'un d'importantissime et, sans hésiter plus longtemps, il actionna le balancier.

A ce moment précis, le déchant déchirant d'une sirène du *Pronto Soccorso* se fit entendre et, dans un éblouissement bleu des gyrophares, une ambulance surgit derrière la voiture de l'ambassadeur des Etats-Unis et la dépassa.

A la demande de Laura, le chauffeur alla s'enquérir du service où se trouvait le cardinal John Flaherty. Mais elle avait déjà compris qu'il devait se trouver dans ce bâtiment-ci : des policiers en gilet pare-balles patrouillaient dans le hall et elle vit deux soldats vêtus de battle-dress de toile grise, un uniforme comme elle n'en avait jamais vu. Ce doivent être des Gardes-Suisses, se dit-elle. Pierluigi Ricci lui avait dit que Monsignore était ainsi doublement protégé, par la police italienne et celle du Saint-Siège — c'est-à-dire, sans doute, doublement prisonnier.

Elle ne se sentait pas d'humeur à devoir décliner, comme le commun des mortels, son identité au contrôle. D'ailleurs, elle n'avait pas de papiers sur elle pour prouver ses dires. Et elle pressentait que cette limousine blindée avec ses fanions américains de laquelle on l'avait vue descendre pouvait éveiller des soupçons. Elle ne savait que faire...

Quand elle avisa l'ambulance qui s'engouffrait dans le service des urgences en passant des portes coulissantes automatiques situées à l'autre bout du bâtiment : elle passerait par là. Et, une fois à l'intérieur, finirait bien par trouver la chambre qu'occupait Monsignore.

Autour de la civière qu'on venait de décharger du fourgon, c'était toute une agitation de policiers, d'infirmiers, de brancardiers, d'internes. Un jeune homme blond et blême comme un mort gisait sur la civière.

— Il est encore en état de choc, disait un médecin. Mais je ne crois pas que ce soit très sérieux.

Un homme du *Pronto Soccorso :*

— Un miracle : le camion était haut sur roues, un véhicule de chantier... Le gars a glissé dessous et il a été traîné sur quelques mètres par un pan de veste sans doute, mais rien de plus.

Quelqu'un demanda :

— On sait qui c'est ?

— Oui, répondit-il. Il avait ses papiers. Voici. C'est un Français mais il a aussi un laissez-passer du Vatican.

— Ah ! un prélat alors.

— Il y a écrit : Chesnaye. Antoine, Charles, Louis. Né le 12 octobre 1947. Herblay, Saône-et-Loire. Profession : il n'y a pas « prélat » mais « prêtre ».

— Et alors ? S'il est prélat c'est qu'il est prêtre.

Laura, que personne n'avait remarquée jusqu'ici au milieu de cette confusion, prit son air à la fois le plus innocent et le plus grande dame pour interroger le jeune interne qui lui semblait le plus susceptible de succomber à l'abattage d'une belle femme :

— Dites-moi, docteur, à quel étage se trouve mon cousin, je veux dire : Mgr John Flaherty. Est-ce assez bête de ma part ! Je n'arrive plus à me souvenir non plus du numéro de sa chambre et je me suis perdue. Nous sommes dans quel service ici ?

— Les urgences, vous le voyez, madame. Vous trouverez son éminence chambre 405, au quatrième.

— Mais, bien sûr : 405. 5, comme le *Numéro 5* de Chanel. Je peux prendre cet ascenseur pour ne pas repasser encore une fois par le hall ? Cela fait deux fois déjà qu'on me demande d'ouvrir mon sac à main. C'est assommant, à la fin !

— Mais, je vous en prie, madame.

Qu'est-ce que c'est que cette toquée ? se demanda l'interne en lui ouvrant galamment la porte de la cabine.

En quelques secondes, Laura fut au quatrième.

Deux policiers italiens et deux Suisses effectuaient leur ronde dans le couloir. Ils furent surpris qu'on ne leur eût pas annoncé par le talkie-walkie cette visite mais ne posèrent pas de question Voyant que le genre fofolle mondaine lui réussissait, Laura minaudait :

« Je suis la princesse Albano, je suis venue rendre visite à mon cousin, Son Eminence Mgr John Flaherty... » et son charme opérait. Ils ne semblaient pas même étonnés qu'elle eût pris un ascenseur réservé aux soins et non celui des visites ; pas même étonnés que cette princesse italienne dont la vie fastueuse avait fait l'objet d'un récent reportage dans *Oggi* fût la cousine d'un cardinal américain dont le même numéro d'*Oggi* informait, dans un autre article, qu'il était né dans les bas-fonds de Brooklyn.

— Ah ! très bien, voulez-vous attendre ici, madame ? Nous allons demander à la garde-malade...

Quelques instants plus tard, la religieuse apparut dans l'entrebâillement de la porte.

Laura répéta :

— Je suis la princesse Albano, voulez-vous m'annoncer à mon cousin ?

Sœur Maria-Pia qui — grâces en soient rendues au Seigneur Tout-Puissant — ne succombait pas aussi facilement à la séduction, se demanda quant à elle par quel miracle un lien de parenté pouvait unir son illustre malade à cette belle dame. Sœur Maria-Pia ignorait tout des bons usages aristocratiques. Bons usages tombés en désuétude pour la plupart, certes, mais que Laura, pour cette raison même, avait à cœur de perpétuer.

Un mot d'explication s'impose ici. Il faut savoir que les cardinaux, quelque obscure que soit leur naissance, ont rang et préséance de prince de sang dès l'instant où ils reçoivent le chapeau. Ce qui, dans l'ancienne civilité, les autorise à nommer rois, princes régnants, princes de sang ou leurs descendants « mon cousin » — et vice versa. Le roi Baudoin, s'il connaît encore les règles de la politesse, peut fort bien commencer sa lettre au cardinal Suenens, vicaire castrense des Belges : « Mon Cousin » ; Mgr Marty, primat des Gaules, quand il est présenté au roi Juan-Carlos d'Espagne en visite à Paris, peut s'adresser à lui en usant de cette charmante familiarité...

Laura était Farnese par sa mère et les Farnese ont régné sur Parme ; elle était Hesse par sa bisaïeule, Bourbon des Deux Siciles par sa trisaïeule et, selon la bienséance, elle était donc parfaitement dans son droit en appelant Mgr Flaherty « mon cousin ».

— Ma cousine ! s'écria gaiement John en la voyant entrer. Ah ! c'est la divine providence qui vous envoie. On m'a débandé la main droite ce matin et la première lettre que je m'apprêtais à écrire était pour vous prier de me faire l'honneur... et la joie d'une visite. Voyez-vous, Notre-Seigneur a exaucé plus vite mon vœu que ma trop humaine volonté...

Dans ces paroles pompeusement édifiantes, Laura reconnut tout de suite la tournure d'esprit et l'ironie de Monsignore : elle comprit qu'elles s'adressaient plus à la sœur soignante, pour lui donner le change, qu'à elle-même dont il n'ignorait pas l'irréligion. Jouant le même jeu, dans un grand mouvement théâtral, elle se jeta à genoux et dit :

— Ah ! mon cousin, bénissez-moi.

Mais ils jugèrent tous deux que la plaisanterie avait assez duré et, d'un même regard autoritaire, enjoignirent à la religieuse de se retirer. Sœur Maria-Pia sortie, John invita Laura à s'asseoir à son chevet et lui prit la main familièrement.

— Quel bonheur de vous voir ! soupira-t-il. Mais, dites-moi, n'était-ce pas aujourd'hui votre grande fête annuelle ?

— En effet, répondit-elle. Et je trouve délicieux de votre part de vous en être souvenu. A vrai dire, je sais depuis toujours que vous êtes le plus fidèle et le plus attentif de mes amis.

— Eh bien : vos invités ?

— Oh ! je m'ennuyais à mourir et j'avais à vous parler. Je les ai plantés là, tous ces emmerdeurs, avec de quoi goûter et se soûler... J'ai en quelque sorte pris en otage un chauffeur pour me conduire ici... Et me voici ! J'ai de bien mauvaises nouvelles à vous apprendre, mon ami.

A sa surprise, John se mit à rire. Il avait l'air détendu et reposé — très sûr de lui. Son admiration grandit encore pour cet homme qui lui avait toujours évoqué irrésistiblement les titans musculeux qu'a peints et sculptés Michel-Ange. Comment ? songea-t-elle : il était alité, blessé, prisonnier sans doute de soi-disant gardes du corps qui, en vérité, devaient faire office de geôliers, elle lui annonçait de très mauvaises nouvelles et il ne s'inquiétait pas même de savoir de quoi il s'agissait ? Il la plaisantait, il lui faisait des compliments sur sa toilette :

— C'est très joli, ce crêpe gris. Et votre perle noire... Mais vos plus beaux joyaux sont, sans conteste, ces deux grands yeux dorés qui ont pleuré récemment, je le devine.

Il lui pétrissait la main avec une manière de violence affectueuse, entre ses mains si viriles et belles, tachées de son et veloutées d'un fin duvet de blond. A l'improviste, elle se souvint de lui avoir fait cette réflexion un jour : « J'avais toujours pensé qu'un Yankee ne pouvait pas avoir de distinction. Et puis j'ai vu Burt Lancaster en Guépard et j'ai changé d'opinion : il était plus princier que tous les princes actuellement vivants réunis. Vous êtes, avec lui, le seul Américain à avoir pu me faire revenir sur mon avis. Vous avez d'ailleurs beaucoup de lui. Et en plus, ce je-ne-sais-quoi pour quoi je vous aime... »

Mais elle jugeait à présent que l'heure n'était plus à la fade galanterie :

— A la fin, s'emporta-t-elle, allez-vous m'écouter ?

— Que voulez-vous me dire de si important ? répliqua-t-il, imperturbable. Que je suis l'objet d'une demande d'extradition de la part du Saint-Siège ?

— Ah, parce que...

Elle se tut, stupéfaite.

— Mais, Laura, poursuivit-il, vous ne me connaissez donc pas ? Serais-je celui que vous, que Ricci, que mes filleuls et quelques autres encore appellent *Monsignore* tout court si je n'étais pas tenu au courant de tout et si je ne régnais ici comme un roi en exil ; un roi qui n'a plus le pouvoir, certes, mais qui s'apprête à le reconquérir et, en attendant, règne toujours sur une petite cour ?

Aussi orgueilleuses que pussent paraître ses paroles, Monsignore ne se vantait pas. Il était en effet déjà parvenu, comme on l'a vu, à débaucher quelques Suisses à son service et, en moins de huit jours, il avait constitué, avec des prélats du clan irlandais venus lui rendre une visite de courtoisie à l'hôpital et l'assurer de leur soutien fidèle, une petite organisation secrète d'émissaires et d'informateurs qui agissaient aussi discrètement qu'efficacement pour le seul grand de l'Eglise dont, hormis le pape, ils reconnaissaient l'autorité.

— Comme je vous admire ! ne put s'empêcher de s'exclamer Laura.

Et, dans un mouvement impulsif, elle l'embrassa.

— Mais moi, reprit-il, puis-je me permettre de vous tenir quelques propos un peu rudes, Laura ? Etes-vous assez forte, assez « dell'Orto » pour supporter d'entendre quelques mots désobligeants ?

— Faites, John : d'avance, je vous donne raison.

— Eh bien, je vous dirai que vous avez peur, Laura ; je l'ai deviné. Vous tremblez pour les lendemains... Et pourtant, je n'ignore pas que, au fond de vous, vous êtes joueuse, je n'ignore pas que vous aimez le risque. Oui, vous avez cette qualité qui était l'apanage de vos ancêtres nobles et que moi qui suis né d'un chômeur ivrogne et d'une pauvre lingère j'ai voulu acquérir et cultiver toute ma vie : la *sprezzatura*. C'est-à-dire le mépris des contingences et du danger, le dédain pour tout ce qui n'est pas mon bon plaisir et ma volonté. Et de laisser aux humbles, le besoin de sécurité, de certitude, de vérité révélée... Et tant pis si, en disant cela, je parais blasphémer... Oui, Laura, vous êtes comme moi de la race des seigneurs. Seulement, vous avez commis une erreur : vous vous êtes déchargée de tout souci sur Pierluigi Ricci... Ne croyez surtout pas que j'essaie en ce moment de le dénigrer : il était, il est toujours le meilleur homme d'affaires dont vous puissiez rêver, un génie à sa manière... Mais en même temps que vous laissiez faire Pierluigi, sans le savoir vous abdiquiez votre... principat, si je puis m'exprimer ainsi. Et maintenant, vous ne le prendrez pas en mauvaise part si je vous redis : Laura, vous avez peur...

— Oui, j'ai peur, John, je l'avoue, j'ai peur ! J'ai peur pour ma fortune, j'ai peur du déshonneur...

— Mais quoi, Laura ! lorsqu'on possède les tableaux, les joyaux, les meubles, les vaisselles que vous possédez, sauf à vivre comme a vécu votre père, on ne peut plus jamais redevenir pauvre ! Et quand bien même les choses tourneraient au pire, c'est-à-dire qu'il y aurait procès... Procès qui n'aura pas lieu, j'en fais le pari et je pourrais presque en prendre l'engagement solennel... Quand bien même on vous taxerait et on vous ferait payer des amendes pour dix milliards de lires ? Mais vous les avez, Laura ! Pour cent milliards de lires ? Mais vous les avez...

— Comment ça ? Si tous mes avoirs sont gelés à l'étranger...

— Combien s'est vendue la *Bethsabée* du Titien de la collection Mendoza qui est passée en vente chez Sotheby il y a quelques semaines ?

— Plus d'un million de livres, deux milliards de lires, quelque chose comme ça. Je me suis dit que, pour vendre un Van Dyck et un Titien à six mois de distance, lady Janet devait avoir des fins de mois difficiles. Depuis qu'elle est à la colle avec ce gigolo de Joe, il faut croire...

— Toujours aussi charitable, chère amie.

— Pardonnez-moi, Eminence révérendissime.

— Dites-moi, combien avez-vous de Titien qui valent bien cette *Bethsabée*, Laura ? Et de Raphaël ? Et de Caravage ? Et de Guido Reni ? Et votre sublime Botticelli... Et vos fameux diamants gris... Et votre vaisselle de Benvenuto Cellini... Je ne compte pas la villa, qui est quasiment un monument national et donc invendable parce que le gouvernement italien ne laisserait pas un émir l'acheter et que seul un émir serait assez riche aujourd'hui pour se l'offrir.. Mais vous n'avez donc pas pensé qu'une dation avec usufruit de votre vivant… Et, après tout, vous n'avez pas de descendants, vous vous moquez bien de savoir à qui tout cela reviendra après votre mort… Vous n'avez pas pensé que, dans le pire des cas, une dation suffirait à apaiser le fisc ? Et je vous rappelle qu'il vous resterait encore le palais du Corso où vous ne mettez jamais les pieds : même si vous n'en possédez plus que deux étages sur la rue, ce sont huit ou neuf cents mètres carrés qui, dans ce quartier, font un milliard comme rien. Et je ne mentionnerai que pour mémoire votre yacht ; et je passerai sous silence les *Bizze* où vous n'êtes jamais allée à cause de ce malheureux accident qui fit de vous une veuve de vingt ans mais qui vous appartient toujours…

— Vous avez donc tout recensé, John ? Ah ! vous êtes étonnant.

— Non, je n'ai fait que mon métier. Je n'ai plus que ça : mon métier. Et ma foi en Dieu. Pour le reste, j'ai tout perdu. J'ai perdu la femme que j'ai aimée le plus après vous. Et même si ce fut beaucoup moins que vous… J'ai perdu mon ami le plus cher : il m'a trahi et il a été tué un peu par ma faute… Je suis suspendu *a divinis,* j'ai perdu ça aussi : la grâce de bénir… Et tout le monde m'a laissé tomber : mon avocat, un filleul sur qui j'avais beaucoup compté, des domestiques que je croyais dévoués et qui ont fui le navire qui coulait comme des rats qu'ils sont en vérité… Je ne possède pratiquement plus rien : mon appartement de la Trinité-des-Monts, où j'avais rassemblé tant d'œuvres d'art… Des portraits de cardinaux…

— Oui, je l'ai appris par les journaux… Quel cachottier vous faisiez !

— A peu près personne n'était autorisé à y entrer, en effet… Il est à moitié incendié et le reste a été placé sous séquestre. J'ai encore à Londres une Rolls que José mon chauffeur a garée Dieu sait où avant de disparaître dans la nature lui aussi… Un hôtel particulier à Belgravia dont je ne suis plus très sûr qu'il m'appartienne en propre ; à New York, un penthouse sur Central Park ; quelque argent en Suisse — mais je m'en moque. Je tire un trait et je recommence tout. Parce que je veux garder ma liberté et continuer de cultiver cette *sprezzatura* dont je vous parlais il y a quelques instants, et que je place au-dessus de tout… Quand on veut gagner, Laura, il faut savoir perdre parfois. Mais perdre volontairement. Se dire : ce qui m'arrive, je l'ai voulu. Ce n'est pas un événement malheureux… Le mot chance, à la Renaissance et jusqu'à une époque récente, ne signifiait pas uniquement : bonne chance. C'était ce qui advenait, simplement. En bien ou en mal. Parce que la chance, j'entends : la bonne, n'est donnée qu'à ceux qui savent saisir la chance et la rendre bonne... Les gens comme vous, comme nous, Laura : les orgueilleux, les audacieux. Ceux qui ont, je ne dis pas la foi, mais du moins foi en eux-mêmes. Ce qui, à mes yeux, est, au reste, une seule et même chose... Laura, que craignez-vous donc ? De qui, de quoi avez-vous si peur ? N'êtes-vous pas une dell'Orto ? Souvenez-vous d'Ottone dell'Orto, Ottone des Bandes Rouges : celui qui fondit sa vaisselle d'or pour lever secrètement une armée dans les Quatre Cantons... Charles Quint croyait le tenir à sa merci enfin, eh bien ! ce fut Ottone qui vainquit à la bataille d'Ascoli en 1552...

— 1554, il me semble... Mais, John, nous ne sommes plus au temps de Charles Quint, et je risque la prison !

— Oh ! Laura, vous voulez rire. Si on mettait les fraudeurs du fisc en prison en Italie, ça se saurait : la moitié de la population et toute la classe dirigeante de ce pays seraient déjà sous les verrous. Neuf députés sur dix croupiraient derrière les barreaux de Regina Cœli. On ne trouverait pas un ministre en liberté... Non, vraiment, vous plaisantez ! Et puis, quand bien même on vous inculperait, quand bien même vous ne réussiriez pas à attendrir, que dis-je ? à envoûter le jury et les juges, ce que, en tout état de cause, je tiens pour impossible, moi qui vous connais...

— Vous êtes gentil...

— Croyez-vous que moi, Mgr John Flaherty, je laisserais jeter en prison la princesse Albano ? Mais, ma chère, c'est bien peu m'estimer ! Je mettrais plutôt l'Italie à feu et à sang — et j'en ai la ressource — que vous imaginer, fût-ce une heure de votre vie, en prison ! En prison, la princesse Albano ? Mais pour vous, princesse, je lèverais une armée de tueurs à gages de la Maffia ! je vous enlèverais en pleine audience du tribunal ! je vous cacherais dans quelque nonciature jouissant de l'immunité diplomatique et où j'ai des amis.. Que ne ferais-je ?

— Eh bien, vous faites déjà mon bonheur, John, et cela me suffit, dit-elle avec des accents amoureux qu'il perçut fort bien et qui firent, à lui aussi, son bonheur.

Mais il continua :

— Et puis, enfin, Laura, vous vous affolez bien vite ! Etes-vous seulement inculpée ? Y a-t-il le plus petit commencement d'instruction ou, simplement, d'enquête sur votre compte ? Non. Et nous avons des semaines, nous avons des mois devant nous pour organiser la riposte et redresser la situation. Aucune raison de céder à la panique !

Laura se laissait peu à peu convaincre et vaincre par l'ascendant extraordinaire de cet homme qui la fascinait comme jamais à ce jour il ne l'avait fascinée, bien qu'elle l'eût toujours éperdument admiré. Mais elle tint à objecter encore :

— L'honneur, cependant... L'honneur, John...

— Ah ! quant à l'honneur, se récria-t-il, je vous dirai ceci, chère amie : lorsque nous sommes princesse Albano ou cardinal Flaherty, c'est nous qui en décidons. C'est nous qui disons : ceci est honorable et cela ne l'est pas... Il y a l'honneur des humbles, et puis le nôtre. Si nous risquons notre vie pour le caprice d'un instant, si nous osons souffrir comme j'ai osé souffrir dans un atroce *in pace* d'un couvent mexicain où j'ai failli mourir dix fois et sombrer dans la folie, si nous avons le courage d'éprouver la puissance divine, n'est-ce pas aussi pour avoir le droit, en retour, de proclamer : ceci est le Bien et cela le Mal ?

Subjuguée par la force de ces propos messianiques, transportée par la beauté bouleversante de ces traits énergiques et ce regard bleu très pâle qui l'avait toujours captivée, Laura se jeta brusquement dans les bras de John :

— Je vous aime, exultait-elle, comme hors d'elle-même. John, je vous aime ! Vous me redonnez vie...

Puis, après un silence, le temps de retrouver son sang-froid :

— Mais, que faut-il faire, dites-moi ? En quoi puis-je vous aider, si je peux vous aider toutefois...

— J'y viens, répondit John.

Et, esquissant un sourire énigmatique :

— J'ai encore un atout dans mon jeu... Non, dans *notre* jeu. Une carte que vous détenez vous.

— Oh ! vous m'intriguez follement. Dites vite...

— Non, je veux savoir d'abord si vous êtes prête effectivement à m'aider, à me soutenir, à prendre quelques risques pour me tirer du mauvais pas où je me suis mis... Et où vous craignez que je vous entraîne...

— De quoi s'agit-il ? Vous me faites mourir !

— Je vais vous l'expliquer ; mais je vous ai dit que je voulais avant toute chose votre assentiment, votre engagement..., reprit-il, inébranlable.

Entre ces deux êtres pétris d'orgueil, il y eut un échange rapide de regards durs : ils se bravèrent l'un l'autre un instant. Puis Laura, la première, s'inclina :

— Vous l'avez.

John sourit avec tendresse :

— Je n'en avais jamais douté, à vrai dire ; c'est bien pour cela que j'allais vous écrire... Et, je vous promets, vous ne le regretterez pas : vous qui vous plaignez de vous ennuyer souvent, vous allez vivre une aventure très excitante… Mais commençons par le commencement. Voyons : savez-vous qui fut le principal instigateur et artisan du Concordat de 1929 ?

— Très certainement. Feu mon beau-père, le père d'Ercole, que je n'ai jamais connu : le prince Umberto.

— Fort bien. Ce fasciste corrompu jusqu'à la moelle, cet ignoble opportuniste… Mais je m'oublie : pardonnez-moi d'attenter à la mémoire d'un parent à vous…

— Oh ! si ce n'est que ça, je vous en prie. Vous n'en penserez jamais autant de mal que moi !

— Donc, puisque vous me permettez : ce sinistre personnage était également un homme remarquable. D'une immense intelligence politique… Le tout premier sans doute, dans l'aristocratie romaine, à s'être rallié aux Chemises noires… Certes, du point de vue de l'idéal aristocratique, ce n'était guère reluisant pour le descendant des Curiaces de s'acoquiner avec ce pantin, ce César de carnaval qu'était Mussolini…

— Je crois entendre mon père…

— Mais, du moins, c'était fichtrement habile. Et votre beau-père n'oublia jamais, dans cette peu glorieuse collaboration, de défendre ses privilèges princiers, grâces lui en soient rendues aujourd'hui. D'autres que lui se sont compromis ignominieusement pour n'en tirer aucun bénéfice…

— Je ne vois toujours pas où vous voulez en venir.

— Laura, vous possédez dans votre bibliothèque une copie somptueusement reliée des Accords du Latran…

— En effet…

— Et un mince volume rouge, tout aussi somptueusement relié, qui contient un curieux avenant au Concordat. Curieux mais authentique et dûment signé par les trois parties qu'il concerne : le Saint-Siège, le gouvernement italien, le prince Albano…

— C'est possible. Il me semble que Pierluigi m'a parlé de tout ça, il y a longtemps. Mais j'ai oublié.

— Il m'en a parlé aussi. C'était un après-midi, après un déjeuner à la villa. Je ne sais plus pourquoi vous vous étiez retirée, nous sommes passés dans la bibliothèque où l'on nous a servi le café. Là, Pierluigi m'a montré les plus beaux livres et les plus intéressants. J'ai eu la curiosité de lire celui-là et je lui ai demandé l'autorisation d'en faire une photocopie. Savez-vous ce que j'ai appris ? Eh bien, que pour le remercier d'avoir mené à bien la difficile négociation entre l'Eglise et l'Italie, les deux parties avaient signé cet acte fondamental reconnaissant, rien de moins, l'exterritorialité de la Villa Albano sise à Frascati.

— C'est-à-dire ? interrogea Laura, surexcitée, et qui commençait d'entrevoir vaguement ce que Monsignore attendait d'elle.

— C'est-à-dire que, au même titre qu'une ambassade étrangère, votre villa et le parc qui l'entoure jouissent, ma chère amie, de l'immunité diplomatique. Immunité garantie conjointement par l'Etat pontifical et par l'Etat italien. Sauf, est-il précisé, en cas de crime de sang. Le prince Umberto a sans doute dû accepter cette restriction après de longues discussions si j'en juge à la longueur et à la confusion de l'énoncé de cette clause...

— Mais, concrètement ?

— Eh bien, si vous voulez mieux : la villa a le statut d'un territoire indépendant dont vous êtes la souveraine. A ceci près que : vous n'avez pas la prérogative de battre monnaie — article 12 ; ni de lever une armée offensive contre l'Italie — article 18, si ma mémoire est exacte ; mais — article 22 — vous avez celle de protéger contre toute agression extérieure votre vie et vos biens ainsi que la vie et les biens de ceux qui y résident. Et le droit vous est concédé de faire appel, pour assurer cette protection, à une milice privée, sans avoir à en demander l'autorisation au ministère de l'Intérieur italien ni à la secrétairerie d'Etat du Vatican — voilà. Umberto, l'air de rien, se réservait ainsi une porte de secours, un lieu d'exil inviolable pour le cas où la collaboration avec le fascisme aurait mal tourné et où les camarades auraient voulu lui faire goûter à son tour l'huile de ricin. Ce qu'il a obtenu était exorbitant quand on sait quel nationaliste, quel irrédentiste délirant était le Duce ! Mais, nul doute, Umberto Albano était tout ce qu'on veut sauf un imbécile... Votre défunt mari, d'ailleurs, n'a eu qu'à se louer, en 1945, d'avoir eu un père si prévoyant. Quand Ercole a compris que, pendant quelque temps, il ne ferait pas bon, pour un ancien de Salò, de trop se montrer sur le Corso, il s'est enfermé dans la villa, bien décidé à faire valoir l'immunité de son territoire au cas où on serait allé lui chercher des poux... Après, par quel miracle cet ex-aide de camp de Mussolini a pu passer pour un partisan et s'acheter des bons points de conduite au marché noir de l'honorabilité : ceci est une autre histoire ! Mais, Laura, voyez-vous maintenant où je voulais en venir ?

— Très bien ! s'écria Laura.

Son regard brillait de plaisir. Pour la première fois de son existence, elle se sentait investie d'un pouvoir à la mesure de son intelligence et de son goût de la gloire. Elle triomphait : elle se sentait plus princesse Albano née dell'Orto que jamais.

Elle ajouta gaiement, avec une emphase volontairement outrée :

— Vous, Votre Eminence le cardinal John Kevin Flaherty,

ressortissant de l'Etat du Vatican, en état d'arrestation après avoir été injustement accusé de malversations et aujourd'hui frappé honteusement d'une mesure d'extradition de la part de votre gouvernement, vous sollicitez le droit d'asile auprès de la princesse Albano, Laura première, régnant par la grâce de Dieu sur l'Etat indépendant et souverain de la Villa Albano...

— Et...?

— Et moi, princesse Laura Albano, parce que tel est mon bon plaisir et que les lois fondamentales de mon pays m'y autorisent, je vous accorde le droit d'asile, vous promets protection et vous invite dès aujourd'hui, le 13 mai de l'an de grâce 1975, à venir élire domicile en la villa.

Ils rirent aux éclats. Mais ils se sentaient assez émus aussi.

Enfin, John retrouva son sérieux pour dire, non sans une certaine ironie, toutefois :

— Je vous remercie du fond du cœur, Laura. Mais alors qu'un demi-millier de personnalités festoient dans vos murs et vos jardins, vous conviendrez avec moi qu'il serait un peu maladroit de m'installer chez vous dès aujourd'hui. Votre proposition est très généreuse, seulement il ne faut rien précipiter. Agir avec prudence... Vous ne devez pas vous cacher qu'il y a du danger... Au reste, la demande d'extradition ne sera pas examinée avant une semaine, je connais les lenteurs de l'administration et comme ni Giovanni, ni Pierleoni, ni personne au gouvernement italien n'a intérêt à me voir partir : ce sont bien deux ou trois semaines dont nous disposons pour organiser parfaitement mon... enlèvement et mon transport chez vous. La chose ne sera pas si aisée : j'ai encore les deux jambes dans le plâtre. Il faudra me sortir d'ici sur une civière. Et déjouer l'attention des espions que le révérend père Olivares de la Huerta, l'âme damnée de Sa Sainteté, hélas ! qui, j'ignore pourquoi, le tient pour un saint homme, ce cagot... il faudra déjouer l'attention des agents qu'il a placés un peu partout dans l'hôpital. Il ne se passe pas de jour que je ne reçoive un faux visiteur, un faux infirmier ou un soi-disant aumônier de l'hôpital dont je sais très bien qu'ils sont à la solde de ce misérable... Et puis, nous devrons régler toutes les questions concernant votre protection et la mienne à l'intérieur de la villa... Quelques Suisses me sont acquis, ils sont prêts à déserter mais il faudra les loger, les entretenir... Et je passe sur des milliers d'autres détails de cet ordre que nous ne pouvons négliger... Ce qui compte, Laura, pour ce soir, c'est que j'aie obtenu votre accord. Maintenant, retournez auprès de vos invités...

Laura, dans cet état de folle nervosité, rêvait déjà souveraineté, armée, drapeaux. Elle songeait qu'elle ferait pavoiser dès demain aux couleurs de son État : azur et or. Elle demanderait à la municipalité de lui prêter ces longues oriflammes jaune et bleu dont elle avait fait don à la ville dix ans auparavant et avec lesquelles on décorait la grand-place et l'hôtel de ville de Frascati les jours de fête.

Ah ! pour le coup, se complaisait-elle à penser, ses amies en crèveraient de jalousie. La Gina Farnese en ferait une jaunisse, la Luisa Chigi devrait s'aliter...

Pour porter au comble son orgueil, John lui dit :

— Laura, j'en fais le serment devant Dieu : à l'abri derrière les grilles de votre villa, je reconquerrai le pouvoir. Sinon pour moi personnellement, du moins pour vous.

Laura l'enlaça amoureusement.

Mi-sérieux, mi-rieur, il fit en la serrant dans ses bras :

— Hé, c'est que vous me faites mal ! Laura, je suis encore un grand convalescent.

Elle se dégagea de l'étreinte :

— Je vous laisse maintenant, murmura-t-elle.

— Oui, vos invités vous attendent. Mais... un instant... je veux vous faire raccompagner jusqu'à Frascati par un de mes Suisses... Vous avez droit aux égards d'une souveraine, désormais.

A la stupéfaction de Laura, le chauffeur de l'ambassadeur des Etats-Unis l'avait attendue pour la ramener à la Villa.

Otto, le Garde-Suisse requis par le cardinal pour l'escorter, monta dans une jeep immatriculée S.C.V. et avança le véhicule pour ouvrir la route à la longue limousine noire.

Le chauffeur l'invita à monter et, tandis qu'il refermait la portière, avec une grâce et une nonchalance princières, elle dit, désinvolte :

— A la maison.

Elle songeait non sans plaisir à la sensation que provoqueraient son retour et son entrée triomphale dans la cour d'honneur du palais, sous les yeux de ses cinq cents invités.

Elle ne pouvait s'empêcher de fredonner entre ses dents et de sourire...

3
MONSIGNORE II

Affable, effacée, sœur Maria-Pia retourna au chevet de son éminent malade dès qu'elle vit la princesse ressortir de la chambre. La vénération que la religieuse vouait à Monseigneur s'était encore accrue de la considération éperdue que cette fille de paysans modestes portait aux reines et aux princesses. Elle avait fini par admettre, sans chercher à en savoir plus sur leur lien de parenté, que la belle dame et le grand cardinal étaient cousins. Car la ferveur qu'elle avait vue à Laura quand celle-ci s'était jetée à genoux devant Monseigneur, la noblesse d'un tel geste d'humilité l'avaient convaincue, dans sa naïveté, que cette grande dame était aussi une sainte femme.

Elle n'osait prendre la parole mais indiquait, par une certaine façon de toussoter modestement, que si Monseigneur l'y autorisait, elle le ferait.

— Allons, ma sœur, qu'avez-vous à me dire ? interrogea John.

Il était agacé de la voir user de ce procédé puéril si justement nommé dans le jargon ecclésiastique : truc de bonne sœur.

— Oh, monseigneur, soupira-t-elle. Serez-vous encore en état de recevoir une nouvelle visite ? Alors que le docteur Rossi vous recommande le repos...

— De qui s'agit-il ?

— Monseigneur, un malheureux jeune prélat qui vient d'être victime d'un accident. Rien de très grave apparemment, encore qu'on le gardera en observation quelques jours — on ne sait jamais. Il est assez fortement commotionné et il ne cesse de répéter qu'il a peur de mourir en état de péché. Il a demandé à se confesser et recevoir les derniers sacrements. Mais notre aumônier, le père Tasseo, est en ce moment même auprès d'un pauvre mourant en cardiologie — que Dieu ait cette âme en miséricorde ! Monseigneur, accepteriez-vous de recevoir, dans l'attente, cet abbé qui paraît se trouver en plein désarroi ?

Un grand sourire illumina le visage de Son Eminence. Décidément, songeait-il, aujourd'hui était un grand jour : il semblait que la divine providence voulût pourvoir à tout. Car ce jeune prélat qu'elle lui mandait après lui avoir amené Laura, cet homme n'était-il pas l'homme pour lequel, sans relâche depuis près d'une semaine, il élaborait des plans grandioses ? N'était-il pas ce successeur qu'il rêvait de former et d'instruire afin d'abandonner entre ses mains, d'ici un an, d'ici six mois peut-être, ou même avant, tous ses pouvoirs, se retirer du monde des affaires et se vouer alors, corps et âme, à la nouvelle et sublime mission qu'il s'était, lui, proposé d'accomplir ? Servir désormais les pauvres, les déshérités...

Mais un soupçon le saisit soudain, et son front se rembrunit. Si cet homme était un espion du R. P. Olivares de la Huerta ? Un espion particulièrement habile qui tentait de s'introduire auprès de lui et d'endormir adroitement sa défiance en jouant les âmes en détresse...

Il demanda à sœur Maria-Pia quelques précisions.

La religieuse lui expliqua que pendant son long entretien avec la princesse, elle était descendue au service des urgences s'enquérir si elle pouvait être utile, secourir quelqu'un...

Là, elle avait vu ce jeune abbé que le *Pronto Soccorso* venait d'amener. Quand ce malheureux avait repris connaissance, elle lui tenait la main. Alors il lui avait dit qu'il était français et travaillait au Vatican où il exerçait ses fonctions dans la Sacrée Congrégation pour le culte divin. Puis, il lui avait raconté comment il avait été renversé sur le Corso par un camion et traîné sur quelques mètres. Il était comme hors de lui, il ne cessait de répéter qu'il craignait de mourir en état de péché, qu'il voulait se confesser et recevoir l'extrême-onction...

— Oh ! vous aurez pitié de lui comme j'ai eu pitié, monseigneur.

Un agent à la solde du R. P. Olivares aurait-il risqué sa vie et conçu un scénario aussi retors pour l'atteindre ? Allons donc ! Monsignore ne pouvait y croire. D'ailleurs, le R. P. Olivares n'avait personne à lui aux Rites, si ce n'était cet abbé Daniel Lynch que son contre-espionnage avait récemment débusqué.

Et puis, c'était plus qu'un pressentiment ou une intuition, c'était maintenant une révélation : ce jeune homme, il en avait la certitude, était son homme.

— Est-il blond ? demanda-t-il, plus affirmatif qu'interrogatif.

— En effet, répondit la religieuse.

— N'a-t-il pas des yeux bleus très pâles comme moi ? N'est-il pas très grand, ma sœur, comme moi ?

— Monseigneur le connaît-il donc ? fit-elle, surprise.

Elle le fut plus encore de l'entendre répliquer rêveusement, le regard perdu dans le vague :

— Non. C'est une vision que j'ai eue et par quoi je l'ai su... Comme je sais que Dieu est grand et miséricordieux... Ma sœur, faites-le venir ici, ce malheureux ; que je recueille sa confession, s'il le souhaite si ardemment...

— Oh ! comme Monseigneur est bon !

Antoine se trouvait encore dans une sorte d'état second. Soutenu par une fille de salle et sœur Maria-Pia, bien qu'il n'éprouvât aucune difficulté physique à marcher, il avançait dans les couloirs comme on avance dans les mauvais rêves, par un décor traîtreux de corridors mous, de galeries sans fin et sans profondeur. Il avait peur...

Peur à en mourir, peur de mourir à présent, lui qui, il y a moins d'une heure, avait voulu mettre fin à ses jours. Mais l'avait-il voulu vraiment ? — il l'ignorait. S'était-il damné ? — il se le demandait encore.

Il se souvint tout à coup du raisonnement que lui avait tenu le père jésuite à qui, enfant, il s'était confessé de l'intention qu'il avait eue de voler dans une mercerie pour offrir son petit larcin à Germaine : son mauvais mouvement partait d'un bon sentiment, aussi Dieu l'avait-il retenu au dernier moment de l'accomplir.

Mais aujourd'hui, ce n'était pas le retour de la conscience sur soi qui avait fait échouer le geste, c'était seulement la maladresse, se disait Antoine.

Puis, succédant à ces accès de moralisme simpliste, venaient de brusques reniements de sa foi : il ne s'était pas damné ; pour cette seule raison qu'il n'y avait pas de damnation ! Ni ciel, ni enfer — non : rien au-delà... Le néant... Et comme sa vie avait été jusqu'à ce jour un désert de sentiments, d'émotions, d'amour, de joie ; ainsi aurait été pour lui la mort, qu'il venait de voir en face. Il n'y avait pas de Dieu.

Alors, dans cet état d'égarement et de doute où il se trouvait, Antoine avait souhaité parler à quelqu'un, parler plus encore que se confesser. Il avait demandé à voir l'aumônier de l'hôpital. Mais celui-ci était occupé au salut d'une autre âme, qui se trouvait dans un état bien plus préoccupant que le sien, lui avait répondu le professeur Michelozzi.

— Eh bien, et Mgr Flaherty ? s'était permis de faire timidement observer sœur Maria-Pia au médecin.

Mgr Flaherty ? Mgr John K. Flaherty ? Antoine avait esquissé un très vague sourire ; il allait donc connaître le cardinal scandaleux

— cet homme si puissant et redoutable, celui dont l'abbé Ouladh et le vieux MacCarthy lui avaient dit que le clan des Irlandais, au Vatican, n'hésitait pas à le nommer, à le sacrer : John XXIV !

Assurément, ce n'était pas de lui qu'il devait attendre des paroles consolatrices, des propos lénifiants et affectueux. A en juger par sa réputation, Antoine ne pouvait imaginer le curateur de l'Institut pour la Charité Chrétienne autrement que sous les traits énergiques de ces cardinaux condottieres de la Renaissance : un caractère violent, passionné et plein de mépris pour les faiblesses humaines...

Mais, au fait, Antoine avait-il besoin de consolations en ce moment ? Non ! estimait-il résolument, mais de vérité. Et cet homme, il le présumait, devait avoir en somme, en dépit de tout, une plus grande sincérité, une plus grande véracité intérieure que tous ces tricheurs, ces menteurs, ces tartufes auxquels lui, Antoine, s'était toujours trouvé confronté. Sans aucun doute le cardinal était-il cynique ; mais il l'était avec grandeur. Et le cynisme, s'il ne procède pas du ressentiment d'une âme médiocre mais, au contraire, de la lucidité d'un esprit supérieur, le cynisme n'est pas pour déplaire à un désespéré. Antoine avait hâte de rencontrer ce personnage hors du commun...

En entrant dans la chambre 405, il se dégagea vivement du soutien que la fille de salle et la religieuse lui offraient pour aller seul jusqu'au lit du cardinal et s'incliner devant lui.

Le cardinal l'invita à s'asseoir et pria les deux femmes de se retirer.

— La confession, vous ne l'ignorez pas, doit demeurer secrète. Je vous rappellerai quand j'en aurai terminé avec monsieur, sœur Maria-Pia.

Les deux hommes d'Eglise furent alors seuls, face à face, et un long silence s'établit d'abord.

Monsignore jetait un regard pénétrant, à la fois critique et plein de bonté, sur ce jeune minutante que le ciel envoyait à son chevet. Sa conviction était déjà faite : oui ! il avait devant lui ce fils spirituel tant espéré. Mais il s'efforçait de ne pas lui montrer sa joie.

Antoine, quant à lui, essayait de se soustraire à ce regard intense, insistant : il se sentait comme sondé jusqu'au tréfonds de son être ; et ses pensées ne lui appartenaient plus. Il se rappela avoir lu dans un traité de psychanalyse que le bon médecin ne contraignait jamais son patient à prendre la parole, car son silence aussi avait un sens et s'analysait. C'était cette impression même qu'il ressentait : le cardinal lisait dans son mutisme, il démêlait l'écheveau confus des sentiments contradictoires qui l'animaient et dont lui-même était, pour le moment, incapable de débrouiller la confusion extrême.

Il crut enfin que Monsignore allait céder et parler le premier pour le tirer d'embarras. Monsignore parla en effet, mais ce fut bien pire :

— Monsieur, commença-t-il sur un ton très distant, je suis suspendu *a divinis.* Je ne peux donc pas vous confesser ; encore moins vous conférer les sacrements. Je le pourrais seulement si vous vous trouviez *in articulo mortis* et qu'il n'y eût pas d'autre prêtre que moi qui pût alors vous secourir. Mais vous n'êtes pas le moins du monde mourant, à ce que je vois. Simplement assez fortement choqué par un... Mais, que s'est-il passé au juste ?

Désappointé par la froideur marquée de l'accueil, Antoine ne répondit pas immédiatement. Deux larmes perlèrent à ses paupières et il fut heureux de retrouver le goût doux-amer des pleurs sur ses lèvres.

— Un accident stupide, dit-il enfin à mi-voix. Je marchais dans la rue ; un malaise : j'ai glissé sous les roues d'un camion...

Monsignore l'interrompit aussitôt, terrible, presque ricanant :

— Pas à moi ! Vous avez tenté de vous tuer, oui !

Antoine, stupéfait, le dévisagea en tremblant.

— Qui êtes-vous ? Comment faites-vous, monseigneur, pour pénétrer les âmes et les cœurs ainsi ? N'avez-vous donc pas pitié ?

— Je n'en ai pas pour le mensonge, monsieur. Surtout quand c'est à soi-même que l'on ment ! Je vois très bien en vous : vous n'auriez certainement pas cherché à me tromper et donc à tromper Dieu si j'avais recueilli votre histoire sous le sceau de la confession. Mais puisque je n'ai pas le droit de vous confesser, vous avez voulu tricher... Et tricher avec vous-même ! Car, dans quelques jours, vous-même auriez commencé à tenir pour vraie cette fable : que vous n'avez pas cherché à vous suicider !

Antoine blêmissait ; il se sentait humilié d'être ainsi mis à nu.

John, estimant qu'il ne pourrait guère aller plus loin dans la cruauté sans risquer de se voir haï et rejeté par ce caractère qu'il devinait fier, au fond, droit, entier, même s'il n'était pas dénué d'une fragilité, d'une vulnérabilité qui faisaient, d'ailleurs, sa grâce, John se radoucit et passa subitement au tutoiement — dès le début de l'entretien il avait adopté le français, qu'il parlait très bien — :

— Moi aussi jadis, j'ai voulu me suicider, mon fils. Moi aussi, j'ai connu cette tentation, ce vertige... Mais je te le dis parce qu'aujourd'hui je le pense : c'est de cette faiblesse que, précisément, j'ai tiré ma force. Je ne crois pas en ceux qui ont toujours été sûrs d'eux et de leur foi : c'est qu'ils manquent de sensibilité, donc d'intelligence. Je n'aime que ceux qui doutent et qui ont le courage d'éprouver leur moi, de sans cesse le remettre en question, même au risque de la mort. Celui qui, de sa vie, n'a jamais été tenté une seule fois de refuser ce que Dieu lui donne, celui-là, à mes yeux, n'est pas digne de ce don. Ecoute, je suis allé jusqu'à me faire jeter dans un des derniers *in pace* qui reste au monde, dans un couvent de bénédictins, au Mexique : je peux dire que j'ai choisi de mourir alors, pour mieux connaître ensuite la valeur de la vie et aimer Celui qui me l'a donnée, cette vie...

L'admiration la plus enthousiaste, en même temps qu'une sorte de terreur sacrée, s'était emparée d'Antoine. Ah ! il commençait à comprendre l'ascendant qu'exerçait Mgr John K. Flaherty sur tant d'esprits — et des esprits pourtant formés à la dure école de l'enseignement religieux qui apprend à ne pas écouter les faux prophètes. Mais cet homme était doué d'un tel charisme qu'on ne pouvait qu'abdiquer et plier devant sa volonté. C'était Jésus disant à Lazare : « Lève-toi ! » Et Antoine, dans un sentiment de bonheur et d'effroi mêlés, se sentait déjà transporté et comme fanatisé : Son Eminence aurait pu en cet instant lui ordonner n'importe quoi. Tel Lazare, il aurait marché...

Son Eminence se contenta d'interroger doucement :

— Quel est ton nom ?

— Antoine Chesnaye.

— Dans quel service de la Congrégation pour le culte es-tu employé ?

— Je suis sous les ordres de Mgr Pompeo Burla.

— Ah ! sinistre personnage que ce Mgr Pompée la Blague ! ne put s'empêcher de noter malicieusement le cardinal.

Antoine sourit timidement. C'était très exactement ce qu'il pensait, en effet : sinistre personnage !

— Mais alors, reprit le cardinal, tu dois avoir un certain abbé Lynch avec toi.

— Oui, l'abbé Daniel Lynch : nous partageons le même bureau.

— Méfie-toi de ce cafard, mon ami : c'est un espion du révérend père Francisco-Javier Olivares de la Huerta. Sais-tu qui est Olivares ?

— Oh ! très très vaguement.

— Sous ses apparences d'anachorète, l'homme le plus important et le plus redoutable de la Curie ; après moi, s'entend. Il y a très peu de gens au Vatican qui connaissent seulement son existence, mais si tu veux y faire carrière, tu le rencontreras tôt ou tard sur ton chemin. Et tu devras choisir d'être pour lui ou contre lui ; autrement dit : contre lui ou avec moi Il n'y a pas de *via di mezzo.* Tu es olivariste et tu portes des soutanes crasseuses, tu mouchardes les conversations privées que tu as surprises pendant les suspensions de séance de la Congrégation, tu as la chance de rencontrer une fois par semaine au détour d'un corridor obscur du palais le chef de ton parti, lequel pour tout remerciement te glisse dans l'oreille : « Sa Sainteté est contente de vous. » Alors que Sa Sainteté ignorera jusqu'à la fin de ses jours et de son pontificat ton existence… Ou bien tu es flahertiste et tu t'habilles proprement ; tu obtiens un crédit de l'Institut pour la Charité Chrétienne, où l'on ferme les yeux sur tes petits découverts ; comme le révérend père de la Force, tu peux être invité tous les soirs à dîner par le pape ; et tu n'as pas encore trente-cinq ans que le cardinal Biasini, qui n'a rien à refuser à son collègue de la Charité Chrétienne depuis une certaine petite indélicatesse qui aurait pu l'envoyer en correctionnelle si son cher collègue n'avait, par un jeu habile d'écritures, effacé toute trace de sa petite escroquerie, tu n'as pas trente-cinq ans, disais-je, que le cardinal Biasini te recommande chaudement pour une nonciature prestigieuse : Madrid, Paris, Brasilia, l'O.N.U., que sais-je ?

— Mais, Eminence, l'interrompit Antoine, abasourdi : vous connaissez donc, vous, jusqu'à l'existence d'un petit minutante comme l'abbé Lynch ?

— Oui, si ce petit minutante m'a été signalé par mes services secrets comme un intrigant et un intrigant ennemi, répliqua John.

A quoi il ajouta avec orgueil :

— Comment crois-tu que l'on devient Mgr le cardinal John K. Flaherty ? En ne négligeant rien, Antoine… Antoine, quel âge as-tu ?

— J'ai vingt-sept ans, répliqua-t-il.

John fit alors une réflexion qu'Antoine jugea bien étrange de la part d'un cardinal :

— Tu pourrais être mon fils ! Dis-moi, as-tu toujours tes parents ?

— Non. Je n'ai pour ainsi dire jamais connu mon père : il est mort en Indochine ; la dernière fois que je l'ai vu, j'avais deux ans. Ma mère est décédée l'année dernière. Je dois être un monstre mais j'avoue que je n'ai pas versé la moindre larme à son enterrement. Et ni avant ni après… Sa disparition m'a laissé indifférent…

— Tu n'es pas un monstre, dit posément John ; c'est elle, assurément, qui était une… eh bien ! osons le mot et que Dieu me pardonne, mais une monstresse.

— Qu'en savez-vous ?

Antoine s'était vivement récrié, un peu de la façon dont on réplique à un indiscret qui vient de percer à jour un secret qu'on aurait voulu garder pour soi. D'ailleurs, l'empreinte de l'éducation catholique était encore assez vive en lui pour qu'il sursautât en entendant les propos si peu chrétiens que lui tenait le cardinal. Mais, en même temps, il était troublé par sa perspicacité, par ce don de voyance qui l'amenait à présenter des suppositions comme autant d'évidences.

Sans se départir de son calme, John reprit :

— Il n'est pas difficile de deviner : tu es d'une sensibilité d'écorché vif et tu me dis que tu n'as pas pleuré : c'est donc que tu n'avais pas à pleurer, c'est donc que Dieu te le refusait... Et, certes, je n'ai pas à juger si cette femme méritait ou non ton indifférence. Mais pourquoi vouloir t'accuser de cette faute... qui n'en est pas une. Laissons les morts enterrer les morts, nous dit le Seigneur. Celui qui est mort en toi est auprès de ta mère... Celui que j'ai devant moi est un homme neuf... Mais, dis-moi, Antoine : tu as dû être un brillant sujet, comme on dit, pour te trouver à vingt-sept ans là où tu en es !

Sans fausse modestie, Antoine exposa succinctement sa carrière universitaire et comment il s'était distingué.

Monsignore l'interrompit dans ses explications d'un ironique :

— *Optime !* Mais, en vérité, si je suis heureux de savoir que j'ai affaire à quelqu'un d'intelligent, de cultivé et de travailleur, ce n'est pas cela qui m'intéresse le plus, mais : ta vie ?

— Oh ! ma vie, soupira Antoine tristement ; ma vie, il n'y a rien à en dire.

Il se trompait.

Patiemment, en l'interrogeant avec habileté, sans le brusquer, Monsignore était parvenu à lui faire raconter de petites anecdotes, d'infimes événements qui avaient tissé sa morne existence. Et Antoine s'était surpris à parler pour la première fois de sa vie ; à évoquer ce passé qui, pour être sans relief, sans couleurs, n'en était pas pour autant sans intérêt. Soudain, il découvrait des monstruosités de ses tantes et de sa mère qui, jusqu'ici, ne lui étaient pas apparues aussi monstrueuses. Des faits de son enfance, qu'il croyait dénués de signification et à jamais oubliés lui revenaient en mémoire avec le même retentissement affectif qu'ils avaient eu pour lui dans son enfance : ils lui avaient laissé des blessures à l'âme, des bleus au cœur, mais il ne le savait pas. Monsignore faisait bien mieux et bien plus que le confesser : il l'aidait à découvrir toute l'ampleur de ses frustrations, de ses manques en affection, de son malheur. Il lui montrait qu'il avait été dépossédé de tout, et surtout de ce qui fait la force d'un homme : la confiance qu'il peut avoir en son père, l'amour que lui porte ce père... Antoine n'était pas seulement vierge sexuellement, il était vierge de ces émotions qui font qu'un être s'accomplira ou qu'il demeurera toujours à l'état d'ébauche...

Mais ce qui avait bien plus surpris Antoine encore, c'était de voir cette figure mythique de la puissance et de la gloire qu'était Monsignore, c'était de voir ce prince de l'Eglise, si terrible et si fort, rengorger péniblement des larmes qui lui venaient : le sort d'Antoine le bouleversait et Antoine en était bouleversé. Il découvrait la richesse humaine, la sensibilité et la spiritualité d'un homme qu'il avait tenu, avant de le connaître, pour un cynique.

John lui dit avec une tendresse toute paternelle :

— J'ai eu une enfance mille fois moins malheureuse que la tienne, moi qui contrairement à toi n'avais rien. Rien ? J'avais la rue du moins. J'avais l'école de la rue, où j'ai appris la vie. Et j'avais Maman, j'avais M'a qui, à sa manière simple de femme simple, m'a aimé — *Deo gratias !* Et j'avais un ami : Eliah Varese...

Sur ce nom, le cardinal se tut et devint rêveur — ses yeux s'emplissaient irrésistiblement de pleurs dont il ne cherchait plus à se cacher...

Il songeait à Eliah mais il songeait aussi à la détresse de celui en qui il voyait désormais un fils. Dans le même temps, il remerciait Dieu de lui avoir envoyé, pour réaliser ses grands desseins, un être à la fois aussi meurtri, aussi innocent et surtout aussi vierge. Car Antoine lui apparaissait comme un bloc de marbre brut et blanc qu'il pourrait façonner à son idée ; il n'avait pas encore vécu, il n'avait pas encore été ni poli ni déformé par l'existence. Et, en même temps, dans cette virginité, dans cette innocence, on décelait une énergie inemployée. Une énergie qui, lorsqu'elle se révélerait, se trouverait décuplée d'avoir été si longtemps contenue, détournée, inutilisée...

En veine de confidences avec quelqu'un qui, enfin, l'écoutait et l'aimait, Antoine le ressentait déjà ainsi, le jeune abbé alla jusqu'à raconter au cardinal cette folle nuit de mai 68, quand il avait fait le mur du séminaire. Le récit de ses déambulations dans les beaux quartiers de Paris et, plus encore, l'histoire du champagne enchantèrent John. Il se rappelait ses équipées dans Manhattan en compagnie de Varese : quand les deux petits voyous de Williamsburg allaient flâner sur la Cinquième Avenue en rêvant d'argent et de luxe. Il en rit et dit :

— Eh bien, c'est probablement ce que j'aurais fait si je m'étais trouvé dans ton cas. J'aurais dit comme toi : « Champagne ! » Vois-tu, Antoine, il faut être dans la vie celui qui peut, à tout moment, claquer dans ses doigts et faire : « Champagne ! »

Mais Antoine quitterait l'hôpital d'ici un jour ou deux, et que deviendrait-il alors ? Allait-il reprendre son emploi débilitant et dérisoire à la Congrégation pour le Culte Divin ; allait-il recommencer à mener cette vie grise, mesquine, étriquée, où sans cesse alternaient la crise légère de mélancolie crépusculaire et le grave accès de dépression nerveuse ?

Mais que pouvait-il, que savait-il faire d'autre ? Plaidait-il auprès du cardinal, lequel le provoquait maintenant sans aucune indulgence.

Et le cardinal, avec une pointe de mépris dans le ton :

— Oui ! et puis, pendant que nous y sommes, recommencer aussi à te précipiter sous les roues d'un camion, n'est-ce pas ? D'un camion qui, ce coup-ci, ne t'évitera pas ! Insensé, pauvre insensé que tu es !

— Que voulez-vous donc que je devienne ? Quand bien même je jetterais mon froc aux orties...

— Hé ! qui te demande de jeter ton froc aux orties ? Qui te dit d'abandonner l'Eglise ? Non, Antoine, non ! Mais moi, je sais ce que tu vas devenir ; moi seul je le sais !

Antoine se rebiffait ; c'en était trop ! Il s'écria avec insolence :

— Ah ! Son Eminence est décidément Toute-Puissante, Son Eminence est Omnisciente ! Elle sait même ce que moi, Antoine Chesnaye, je serai demain ; comment moi, Antoine Chesnaye, j'agirai... Alors que je l'ignore moi-même...

— Mais toi, Antoine Chesnaye, sais-tu seulement comment on me surnomme ? Monsignore ! Monsignore : absolument. Non pas Monsignore Flaherty mais Monsignore tout court. Sans doute juge-t-on que je porte plus dignement ce titre que quiconque...

— Oui, eh bien ?

Monsignore marqua une pause de solennité, en comédien consommé qu'il était, puis dit :

— Eh bien, parce que je le veux, parce que je l'ai décidé, parce que c'est toi que j'ai élu et aucun autre, je t'annonce aujourd'hui : tu seras Monsignore II.

Pour le coup, Antoine éclata de rire. Quoi ? lui, Antoine Chesnaye, Monsignore II ! Flaherty était fou assurément, songeat-il. Il l'avait pris pour un génie et il n'était, en somme, qu'un pitoyable mégalomane...

— Ah ! cela t'amuse, fit John en feignant de partager quelques secondes son hilarité. Et c'est drôle, en effet ! Tu tentes de te tuer, tu te rates, tu me demandes alors de recueillir ta confession, et moi je te réponds : « Sois mon fils, sois Monsignore Second ! » Je suis suspendu *a divinis,* je ne peux t'administrer les sacrements, mais, en revanche, je t'offre un empire... C'est fou, certes. Et il y a de quoi être étonné Et tu penses en ce moment « Ce pauvre Flaherty délire ! » Mais non, ce pauvre Flaherty ne délire pas le moins du monde. Il veut faire de toi son successeur.

Et voici que de nouveau le charme, le charisme opérait. Honteux d'avoir douté, honteux de s'être montré pusillanime, Antoine écoutait attentivement depuis de longues minutes Monsignore lui exposer ses projets. Oh ! il objectait bien ici ou là encore, mais ses objections se faisaient de plus en plus timides ; c'étaient des restrictions purement formelles, il devait se l'avouer. Sur le fond, il était séduit. John, d'ailleurs, avait réponse à tout. Antoine disait :

— Je ne connais rien à l'économie, rien aux finances, à peine si je sais rédiger un chèque !

Il répliquait :

— Il faut trois mois pour apprendre les règles du jeu et trois mois pour apprendre à bien jouer. C'est beaucoup plus simple que les échecs ou le bridge. Ce qui fait la force des grands brasseurs d'affaires comme moi, c'est que la plupart des gens s'imaginent qu'acheter et vendre sont des choses compliquées. C'est le contraire qui est vrai : les opérations les plus complexes sur le marché international seraient à la portée d'un enfant de dix ans si on enseignait le maniement de l'argent à l'école. Mais l'argent est un tel tabou qu'on a peur de se salir ou, pire, de se brûler à son contact... Vois-tu, Antoine, j'affirme qu'il faut six mois pour former un bon financier ; je me donne un an pour faire de toi le meilleur de tous et t'introduire dans ce monde qui te paraît si mystérieux... Un an pour te transmettre les pouvoirs d'Harold Finnegan : Harold Finnegan, c'était le nom et l'identité sous lesquels j'opérais dans le civil, si je puis dire... Mais également un an pour faire de toi le nouveau curateur de l'Institut pour la charité chrétienne... Es-tu prêt à me suivre aveuglément ?

Antoine, très ému, avait enfoui son visage dans les paumes de ses mains. Il ne disait rien.

John reprit :

— Ce que je t'offre, c'est en quelque sorte un pari pascalien : tu fais semblant et bientôt tu croiras. Il n'y a rien à perdre, tout à gagner...

Antoine, de derrière ses mains jointes, entrevoyait pour la première fois une éclaircie dans le ciel sombre, bas et sans horizon de sa vie ; il voyait là-bas une lueur et cela s'appelait : le bonheur.

Alors, il répondit non sans ironie :

— Vous prétendez qu'il s'agit d'un parti pascalien ; je trouve, quant à moi, sauf le respect que je vous dois, qu'il y a quelque chose de méphistophélique dans le pacte que vous me proposez. Je me sens comme Faust devant le tentateur... Mais plus rien n'a d'importance pour moi, je n'ai plus foi en rien et, damné pour damné, je me dis : pourquoi pas ?

— Dans le *Faust* de Goethe, il y a ces paroles : « Celui qui toujours se dépasse, celui-là nous saurons le sauver ! » Je cite de mémoire...

— Mais est-ce Dieu qui prononce ces mots ?

— Qu'importe !

— Vous avez raison : qu'importe !

Antoine se sentait gagné, galvanisé par l'enthousiasme de Monsignore, il s'exaltait : oui ! il serait Monsignore II. Ne fût-ce, songeait-il, que pour se venger des humiliations qu'il avait endurées, des mortifications qu'on lui avait imposées... Ah ! c'en était fini du sacrifice, ce mot qui avait rythmé chaque heure de la vie à Herblay ; le sacrifice, ce mot qu'on lui avait fait répéter comme une litanie au collège Saint-Ignace... Et plus encore que le mot, l'esprit, l'esprit de sacrifice qu'on lui avait inculqué au séminaire des carmes...

— Je veux me venger, s'écria-t-il avec superbe. Je veux venger la mort de Jean !

— Jean ? interrogea Monsignore que cette manifestation de révolte et cette affirmation de soi chez son jeune protégé comblaient de bonheur. Jean ?

— C'était un camarade de séminaire, à Paris. Le pauvre garçon s'est suicidé pour avoir aimé !

— Et tu allais faire de même, Antoine, pour n'avoir jamais aimé ! Ah ! aime, Antoine, aime ! Et vis...

— C'est vous, un cardinal, qui me dites cela ?

— Crois-tu que Dieu veuille d'un homme qui n'aura jamais aimé, jamais vécu, jamais joué avec ce don sublime qu'Il lui a fait ? N'est-ce pas pour sa plus grande gloire, au contraire, que de vivre et d'être fort et grand ? Dieu nous a faits à son image : n'est-ce pas nous moquer de lui que de ne pas soigner cette image, de ne pas chercher à l'embellir ? Est-il digne de se dire chrétien celui qui exhibe un ventre mou, une poitrine creuse, des épaules voûtées, non parce qu'il est infirme ou malade mais parce qu'il s'est négligé ? Antoine, ce sont les héros de Michel-Ange, les vrais chrétiens, ce sont les figures du plafond de la chapelle Sixtine ; ce ne sont pas les hideux ascètes décharnés de la peinture espagnole ! Regarde-toi, Antoine ! T'es-tu seulement jamais regardé ? Tu es grand, tu as un beau visage mélancolique, mais je devine un corps malingre sous ces tristes habits noirs Est-ce que je me trompe ?

Choqué dans sa pudeur maladive, Antoine répondit :

— Je suis en clergyman, comme on dit. Voilà tout.

— Mais, Antoine, même un costume de clergyman peut être bien coupé et te mettre en valeur. Dès que je le pourrai, je te conduirai à Londres, chez Huntman ou chez Denman & Goddard, tu verras... Crois-tu que moi je m'habille en clergyman quand je suis Harold Finnegan ? Et puis, le plus beau des vêtements, c'est encore un beau corps, harmonieusement musclé, des abdominaux bien dessinés, des pectoraux d'athlète antique...

— Oh ! quant à cela, j'ai, hélas ! toujours été dispensé d'éducation physique pendant ma scolarité. A Herblay, je n'avais pas même le droit de courir ou de jouer au ballon dans le jardin. Ma mère et mes tantes comptaient le sport au nombre des péchés capitaux.

— Mais, Antoine, sur ce point aussi, je compte bien faire de toi un autre homme. Je t'apprendrai à créer une *anstalt* au Liechstentein, à transférer des fonds du Saint-Siège aux Bermudes, à investir dans le nucléaire en Inde, à négocier un contrat de fournitures militaires avec Israël, je t'apprendrai à renverser artificiellement la tendance sur le marché-spot de Rotterdam pour obtenir un relèvement de la commission auprès des émirats, oui ! je t'apprendrai tout ça, mais aussi la course à pied, mais aussi la boxe, la lutte, le tir, le close-combat, la gymnastique au sol et aux agrès. Antoine, tu n'as pas fait ton service ?

— J'ai été réformé. Réformé ! le fils du capitaine Chesnaye, le petit-fils du colonel Chesnaye ! comme aurait dit ma mère sur un ton pincé...

— Tu recevras une éducation quasi militaire ; tu souffriras, Antoine. Mais tu découvriras cette volupté : dominer son corps, en être le maître. Et puis, tu aimeras, Antoine, tu aimeras : je te promets.

Alors, se reproduisit la scène qui s'était déjà produite entre les Gardes-Suisses et le cardinal puis entre la princesse Albano et le cardinal. Celui-ci exigea d'Antoine un serment, un engagement solennel avant d'achever de lui révéler ses plans. Antoine devait jurer que, pendant un an, il obéirait à Monsignore et renoncerait à toute volonté propre, s'il acceptait. Il ne s'appartiendrait plus, il servirait Monsignore tout comme les jésuites font le serment de servir le Christ : *Perinde ac cadaver !* — jusqu'au cadavre.

Mais, à l'inverse de Laura, Antoine se montra docile et n'essaya pas de deviner quels étaient ces plans avant de dire :

— Oui, au cas où j'accepterais, je le jure.

Il est vrai qu'il était beaucoup plus exalté encore que ne s'étaient montrés les Gardes-Suisses et la princesse. La seule question qu'il songea enfin à poser — et John était grandement étonné qu'il ne la lui eût pas posée plus tôt — fut :

— Mais pourquoi voulez-vous m'abandonner tous vos pouvoirs ? Pour quelle raison personnelle abdiquez-vous ? Qu'allez-vous faire après ?

A quoi Monsignore, impénétrable, répondit sur un ton grave :

— Ceci est mon secret et tu n'as pas à la connaître pour le moment. Dans un an, jour pour jour, tu l'apprendras. Est-ce toujours oui, dans ces conditions ?

Antoine allait acquiescer. Mais Monsignore prévint son geste :

— Ne me donne pas ta réponse maintenant. Voici ce que tu vas faire. Tu ne vas plus me revoir pendant un mois. Quand tu seras ressorti de l'hôpital, tu solliciteras de la Congrégation un congé d'un an, sans traitement. Tu diras que tu veux te consacrer à des travaux personnels sur les Ecritures, ce sera très bien vu... Si Pompée la Blague te demande des précisions, tu sauras bien improviser... Tu auras alors quatre semaines devant toi pour te décider. Je ne veux pas que tu t'engages aujourd'hui où tu es sous le coup de l'émotion et de la surprise. Je veux que ce soit un engagement raisonné et mûrement réfléchi. Quand ton enthousiasme sera retombé, quand tu auras pesé le pour et le contre et que tu auras fait toute la clarté nécessaire en toi, à ce moment-là seulement tu pourras venir me dire : « Oui » ; et te constituer en quelque sorte mon prisonnier... Mais je préfère dire et penser · mon successeur, mon continuateur, mon fils... Il faut que tu saches qu'il y a d'énormes risques pour toi. Mais, tout à l'heure, je te citais Goethe : « Celui qui s'efforce de toujours se dépasser, celui-là nous saurons le sauver ! » Antoine, je ne te prends pas en traître, je ne cherche pas à abuser de toi : je te donne très exactement un mois. Nous sommes le mardi 13 mai ; si tu acceptes, voici ce que tu feras le 13 juin , un vendredi je crois, et à la même heure, soit huit heures du soir : tu iras à Frascati. Connais-tu Frascati ?

— Non. Depuis quatre ans que je vis à Rome, ça fait partie des choses dont je remets sans cesse la visite, avec Tivoli et la villa Adrienne.

— A Frascati, il y a la Villa Albano Tu te présenteras à la grille, tu donneras ton nom au concierge qui te fera entrer : en effet, tu seras attendu pour dîner par la princesse Albano, et je serai là... Mais, pourquoi as-tu sursauté quand j'ai dit : « La princesse Albano » ? La connaîtrais-tu ?

— Non. Mais voyez comme c'est étrange . ces derniers jours, j'avais justement une correspondance avec cette dame pour une histoire de reliques volées à remplacer. Je vais même vous confier que c'est un peu à cause d'elle, entre mille autres choses, si ces jours-ci je me sentais aussi déprimé.

Antoine raconta alors brièvement, mais avec beaucoup de verve, l'anecdote de la particule et John se mit à rire.

— Oh ! en effet, finit-il par dire. La princesse n'aurait peut-être pas apprécié de voir son nom affublé d'une particule. Pour une fois, j'approuve cet emmerdeur de Pompée la Blague de t'avoir fait recommencer !

Antoine demanda naïvement :

— Cette dame est donc si terrible ?

— Comment l'imagines-tu ? répondit John qui s'amusait follement.

— Oh ! une femme très pieuse et très âgée, sans doute... Pour apeler un chat un chat : une de ces vieilles bigotes tordues comme on en trouve tant dans la haute société romaine ! Mais... c'est peut-être une amie à vous, après tout... Et peut-être que je me trompe du tout au tout, ajouta Antoine qui, soudain, prenait conscience qu'il gaffait.

Si cette dame invite à dîner Monsignore, songea-t-il...

John jouissait de l'embarras de son jeune protégé. C'est d'un ton blagueur, et pour conclure sur une note de détente cette audience qui allait bouleverser leurs deux vies, qu'il s'écria .

— Tu es curieux de savoir à quoi ressemble cette vieille bigote tordue ? Eh bien ! présente-toi vendredi 13 juin à huit heures du soir devant les grilles de la cour d'honneur de sa villa. Mais je te préviens : à cet instant même, tu auras scellé ton destin. Tu ne pourras plus revenir en arrière. Si tu viens à ce dîner où je t'attendrai, c'est que tu auras accepté. Ce sera, en somme, pour te livrer à moi... Je te rappelle aussi que, même si tu te sens sûr de ton fait avant que ne se soit écoulé le mois, tu ne devras pas essayer de me voir, de m'écrire ou de me joindre d'une quelconque manière. Tu seras seul avec toi-même et ce sera une épreuve que tu devras surmonter tout seul... Je pense qu'il est inutile de préciser que, si tu devais te décider le lendemain de l'échéance, si tu devais seulement arriver au dîner avec un quart d'heure de retard, tu ne serais pas reçu. Et tu serais passé à côté de la chance de ta vie.. Voilà ! je n'ai rien d'autre à te dire. Et maintenant, va, mon fils !

Quand il ressortit de la chambre, Antoine était transfiguré. Il marchait droit, le regard fier, le sourire aux lèvres. En le voyant ainsi s'avancer dans le couloir, sœur Maria-Pia fut bouleversée et son admiration pour le cardinal Flaherty grandit encore si le cardinal avait pu en une heure de temps redonner à ce jeune abbé si sombre, si désespéré cette grâce suprême qu'est l'espoir, n'était-ce pas que le cardinal était un saint ?

En entrant dans la chambre, elle n'en douta plus : ses belles mains jointes cachant le bas de son visage, le cardinal priait. Mais on voyait ses yeux bleus très pâles rayonner de bonheur et de sérénité.

Or, il se trouvait par hasard que le cardinal était en effet perdu dans de saintes et hautes pensées : il se disait que, dans un an et un jour, il aurait tout abandonné pour partir soigner et secourir les miséreux en Inde, en Afrique ou en Amérique latine.

Où que ce soit, il connaîtrait cette joie : servir.

4
RENAISSANCE

Il courait dans la belle lumière tendre et légère d'une aube de début d'automne.

Il allait, enivré de cette odeur acide d'herbe humide qu'exhale la terre dans la fraîcheur de l'heure matinale ; il allait à grandes foulées égales par le chemin gravillonné et bordé de ronces qui longeait les hautes murailles du parc de la villa ; il allait, inspirant et expirant profondément, uniment ; il allait, maîtrisant encore les battements violents de son cœur mais rengorgeant sa bave qui, déjà, avait un goût doux-amer de sang...

C'était cette longue montée vers les Cascine, et le pas alors se faisait plus pesant ; plus lourd, le martèlement des talons sur le cailloutis rose et blanc. Ensuite, on traversait ces minces bandeaux d'ombre bleue allongés au pied des cyprès et l'on frissonnait en plongeant sous les frondaisons obscures de la rampe, de la trop courte rampe qui descendait et s'incurvait vers le bassin de Neptune... Puis, les escaliers, qui cassaient le tempo, qui interrompaient douloureusement le rythme acquis et le balancement du torse — les semelles crissent, suraiguës, sur la pierre... Puis, le faux plat, enfin ; le désespérant faux plat qui menait à la cour d'honneur et aux grilles...

Près de quatre kilomètres, déjà. Mais là, il fallait continuer sans s'arrêter. Le même parcours une seconde fois : la montée, la rampe, les escaliers, le faux plat... Et un troisième tour... Et un quatrième...

Est-ce le troisième encore ou déjà le quatrième ? — on ne sait plus. On avance, comme ivre. Chaque nouvelle enjambée est une nouvelle souffrance, le sang tambourine aux tempes, le crâne est pris dans un étau brûlant — dans la conscience, tout se confond alors, tout se fond : le troisième tour, le quatrième... Il faut tenir pourtant. Se dire, se répéter : « Tu peux ! Oui, tu peux ! Oui, tu peux ! » Ou : « Plus que cette allée et c'est fini ! Plus que cette allée et c'est fini ! » — la parole intérieure scandant la foulée…

Antoine courait aux côtés de John, et leurs deux halètements, leurs deux ahans n'en faisaient qu'un.

Mais chaque jour la course était plus dure pour Antoine, la cadence plus soutenue, alors que, chaque jour, lui semblait-il, John s'essoufflait moins et fournissait un moindre effort. Il y avait une raison à cela : dans les premiers temps, les deux hommes avaient commencé à courir lentement, sans se forcer, et augmenté très progressivement les distances, ne couvrant qu'un quart de tour les dix premiers jours, puis un demi les dix suivants, puis un tour entier. John rééduquait ses jambes ; Antoine, en sa compagnie, apprenait à courir et ils s'entraînaient mutuellement. L'un et l'autre en étaient ainsi arrivés à ces cross quotidiens d'une quinzaine de kilomètres qu'ils parcouraient à présent en un peu moins d'une heure — le matin, de six à sept.

Mais maintenant, John avait retrouvé tout son allant et ses prodigieuses capacités athlétiques. Et, quoiqu'il fût âgé de plus de cinquante ans, il courait mieux que son jeune partenaire, en s'épuisant moins vite : c'est qu'il avait cinquante ans de pratique derrière lui et Antoine guère plus de trois mois.

Antoine ne savait toujours pas économiser ses réserves pulmonaires et musculaires ni imaginer une stratégie de course qui lui convînt : il imitait John et se réglait trop servilement sur lui, n'ayant pas encore intimement saisi, c'est-à-dire saisi dans sa chair, son souffle, ses nerfs, le sens de l'enseignement de son maître quand celui-ci lui disait :

— Il y a autant de façons de courir le fond qu'il y a de coureurs. D'ailleurs, le précepte pourrait s'appliquer à cette course de fond qu'est la vie. Antoine, tu dois apprendre à exploiter tes qualités propres.

Mais Antoine se piquait au jeu ; il découvrait dans l'émerveillement ce qu'était le jeu. Et l'émulation, et l'esprit de compétition, et tous ces sentiments délicieusement puérils d'orgueil viril et de bravoure qu'il n'avait jamais connus.

La veille, il s'était senti humilié quand, sur la fin du dernier tour, John, désignant l'ombre d'une statue de Persée qui matérialisait sur le gravier une ligne d'arrivée, l'avait, d'une voix à peine altérée par l'essoufflement, défié :

— Le premier arrivé !

et qu'il était arrivé le premier dans ce sprint d'une centaine de mètres Antoine se promettait de ne pas se laisser surprendre aujourd'hui et de tenir jusqu'au bout.

Mais John avait lancé plus tôt le défi aujourd'hui et, dans un état proche de l'agonie, Antoine, en cet instant, avançait sans plus avancer, lui semblait-il. Il courait au milieu d'un brouillard coloré, il ne sentait plus ses jambes le porter en avant. Son regard se voilait...

Il s'effondra.

Et ce fut seulement quelques secondes plus tard, en entendant John s'écrier :

— Oui, Antoine, oui ! qu'il comprit que c'était lui, oui, lui, Antoine, qui venait de passer le premier la ligne d'arrivée convenue.

Alors, il s'élança dans une folle cabriole sur la pelouse et, comme un enfant, comme l'enfant qu'on l'avait empêché d'être dans son enfance, il poussa un long cri perçant et triomphal.

Son corps ruisselant de sueur qui roulait dans la rosée étincelante... L'éblouissement du jour qui se levait et dorait la façade monumentale de la villa... John qui, accroupi dans l'herbe à ses côtés, lui parlait affectueusement :

— C'est bien, mon grand, c'est bien !

Hé ! mais c'était cela, le bonheur.

La journée ne faisait que commencer.

— Rhabille-toi, mon grand, disait John, sinon tu vas prendre froid. Non, pas ton survêtement. Ton battle-dress : j'ai décidé que ce matin, après la prière et le déjeuner, ce serait séance de tir et crapahutage en sous-bois. Puis, à onze heures, tu auras une leçon de boxe avec moi

A cinq minutes derrière eux, arrivaient maintenant le commandant Jean-Louis Davos et ses hommes, Franz Hackmann et Hans Wallenberg. Non pas qu'ils fussent moins bons coureurs, mais, suivant en cela l'usage disciplinaire dans certains corps d'élite, parmi lesquels la Garde-Suisse, le commandant Davos s'imposait et leur imposait de s'entraîner équipés de leur lourd fourniment de combat : les brodequins, le casque, le baudrier, le treillis de toile forte — éventuellement, par mesure punitive, le masque à gaz sur le visage et le fusil à l'épaule.

Cependant, sur le col et la poche de poitrine de leurs blousons maculés de sueur, un mince ruban azur et or indiquait qu'ils n'appartenaient plus à la Garde-Suisse mais s'étaient engagés dans l'armée de la Villa Albano. Les trois autres soldats de la garde princière : Hugo von Ochs, Léon Coquoz, Adriano Giaccomini avaient été requis pour la ronde de nuit et, en cette heure matinale, dormaient. Comme, d'ailleurs, tous les autres habitants de la Villa.

Après l'office en la chapelle Saint-Sixte et le petit déjeuner, on hisserait les oriflammes aux hampes des grilles. La courte cérémonie terminée, Monsignore retournerait dans ses appartements pour y prendre une douche et vaquer à ses occupations. Mais « le Prince héritier », comme il surnommait Antoine malicieusement, le Prince héritier en aurait, lui, pour toute la matinée à s'entraîner en compagnie des soldats.

Et, de fait, la journée du Prince héritier était réglée comme celle d'un dauphin dans une dynastie régnante : rudes séances d'éducation physique et d'instruction militaire le matin, apprentissage de l'exercice du pouvoir l'après-midi.

Suivant les jours, c'était un parcours du combattant ou deux heures de gymnastique suivis d'une heure de tir, de natation, de lutte ou de boxe. Si c'était lutte ou boxe, Monsignore Ier redescendait alors de son cabinet de travail pour venir surveiller les progrès et conseiller, voire servir de sparring-partner à Monsignore II.

Vers midi, enfin, les traits décomposés, le corps douloureux, Antoine se traînait, pantelant, jusqu'aux douches et à la salle de repos aménagée par la princesse dans les écuries du palais. Les abdominaux tétanisés, les mains durcies de cals s'il s'était exercé au cheval d'arçon et aux barres parallèles, le visage gris de boue séchée si ç'avait été crapahutage ou le bras engourdi d'avoir trop longtemps tenu le fusil, il s'abandonnait quelques minutes sur un banc avant de retrouver la force de se jeter sous le jet d'eau bouillante et goûter à la béatitude de plonger dans le petit bassin d'eau tiède qui jouxtait le sauna.

Au tout début, Antoine avait souffert à hurler, à pleurer parfois et, parfois, il avait été tenté de renoncer — quitte à renoncer par là à la succession. Mais Monsignore lui rappelait alors son serment et il décidait de tenir, coûte que coûte. Il ne voulait pas le décevoir ni se décevoir.

Aujourd'hui, il connaissait la récompense : cette volupté, inimaginable par qui ne l'a jamais éprouvée dans sa chair, cette griserie qu'il y a à dominer son corps.

Alors, toute souffrance est abolie Et la vie devient une fête des sens...

En peignoir blanc, les pieds nus, il remontait sans hâte le grand escalier à double révolution. Vêtue d'un kimono de soie noire, ses mules claquant sur le marbre des marches, Laura, qui sortait à peine de son bain, le descendait

— Bonjour, vous ! s'écriait-elle, enjouée.

Puis, à mi-voix, en l'embrassant tendrement :

— Mon amour, je ne t'ai pas entendu sortir de la chambre ce matin... Quelle belle journée, n'est-ce pas ? Si je demandais à Franco de faire servir le déjeuner sur la terrasse ? Il fait très doux...

Suivant la fantaisie ou l'humeur de la princesse, selon le temps aussi, ses domestiques mettaient le couvert dans le parc, sous un berceau de bougainvillées, ou dans le petit pavillon du bassin de Neptune, ou dans la bibliothèque du premier devant la cheminée, ou dans le salon jaune, ou dans le salon de porphyre, ou dans la salle du Persée.

Avant d'être un plaisir du goût, la table était une fête de l'œil : la vaisselle ancienne, les bouquets, la cristallerie composaient des harmonies raffinées et sans cesse renouvelées qui s'accordaient au décor de la pièce où elle était dressée. Une coupe de fruits était choisie et garnie de façon à rappeler les natures mortes d'un petit maître flamand qui ornaient les murs de la salle à manger, ou bien c'était une nappe damassée de fil d'or qui paraissait flamber devant le feu de bois dans le studiolo, ou bien un panier de crudités arrangées comme un Arcimboldo et posé devant un tableau de ce peintre, ou bien de sobres assiettes blanches aux armes des dell'Orto et des plats de verre transparents qui faisaient ressortir la beauté d'une mosaïque romaine montée sur des tréteaux...

On se retrouvait vers une heure et demie — Laura, John, Pierluigi et Antoine. Parfois, la princesse ou le cardinal recevait le chef militaire de la maison princière, le commandant Jean-Louis Davos, ou quelques invités de l'extérieur.

Le cuisinier de la princesse passait pour un des meilleurs d'Italie et le menu proposé par le maître d'hôtel était chaque fois un chef-d'œuvre d'équilibre : quelques plats exquis, sophistiqués mais très légers car « le Cabinet », c'est-à-dire Monsignore, Monsignore II et Ricci, avait devant lui tout un après-midi de conférence.

La conversation pendant le déjeuner était à la hauteur des grands vins qu'on y servait. Laura, John et Pierluigi faisaient assaut d'esprit et d'intelligence. Antoine, pour sa part, disait peu de chose, mais il apprenait l'art de la repartie brillante et recueillait sur le monde les mille détails, anecdotes, médisances qui l'aideraient plus tard à paraître dans ce monde, à s'y affirmer et réussir parmi la faune extravagante et cruelle qui le peuple.

Dans les premiers temps, il devait poser un carnet à côté de son assiette et prendre des notes pour s'y retrouver entre tous ces noms, ces prénoms et ces surnoms jetés dans la discussion. Il lui fallait se souvenir que Lady Janet, c'était Lady Janet Mendoza ; Grigri, le prince d'Agrigente ; Kalo, l'armateur Kalogeropoulos et, donc,

Kalino, son fils ; dear Henry, Henry Kissinger mais dear Harry, Harry Moore, le président de West Coast Investments — la W.C.I. Autre difficulté, justement : se rappeler les sens des sigles innombrables qui désignaient les sociétés avec lesquelles Monsignore ou Ricci se trouvaient en relation d'affaires. Et, surtout, ne pas confondre les particularités de caractère ou de goût des hommes qu'il serait amené à rencontrer bientôt dans ses voyages.

— Par exemple, exposait John, si tu es invité à la cour des Farouh-Ahbat, tu ne couperas pas à la partie de poignards avec un des fils de l'émir. C'est un divertissement rituel et, si tu essaies de te défiler, tu ne pourras jamais plus avoir leur confiance par la suite . ils resteront très polis avec toi mais ils ne signeront pas. Moi, j'ai dû en passer par là : à la guerre comme à la guerre. Remarque que, j'ai beau savoir me battre, j'avoue que je n'en menais pas large ce jour-là. Mais je me suis souvenu de nos bagarres entre *Devils* et *Black-Fangs,* quand j'étais môme... Et j'ai envoyé le prince Loucif au tapis avec trois centimètres de lame dans l'estomac. Comme c'est un grand seigneur, il m'a félicité avant de s'évanouir. Et comme, en dehors de ça, il est très moderniste, il a fait installer un bloc opératoire complet dans la salle où ont lieu les duels... Ils sont presque tous balafrés dans la famille... A ce propos, Jean-Louis, vous apprendrez à Antoine à manier le poignard. Bien que, pour les raisons que nous connaissons tous, j'aie suspendu toutes nos relations avec l'émirat, on ne sait jamais : ça pourrait lui servir plus tard...

— Tokihoshi, notait Ricci, est tout de même un partenaire moins dangereux en affaires : il n'a qu'une passion, ce sont les instruments anciens. Il en a toute une collection. Il y a deux ans, au prix d'un Crémone du XVIIIe, j'ai obtenu d'être l'unique avocat pour la rédaction du contrat entre la Portindustria et la ville d'Osaka. Cent cinquante mille dollars d'honoraires...

— Valéry, c'est la chasse au gros gibier. N'importe quoi pourvu qu'il puisse rapporter à Paris une peau, un beau trophée, des défenses d'éléphant...

— Oui. Cavendish l'avait invité à une chasse à la grouse juste un peu après son élection. Il nous a raconté que ç'avait été une vraie boucherie : le président tirait sur tout ce qu'il voyait bouger. Il a même descendu le pauvre chat des gardiens du château qui passait par là. Je crois qu'il ne sera pas réinvité de sitôt !

— Il n'y a que ces foutus Scandinaves et ces foutus Allemands qui ne soient à peu près pas corruptibles

— Ah ! mon cher, intervenait gaiement Laura, c'est la faute au protestantisme ! Notre Sainte Mère l'Eglise catholique romaine est plus accommodante si elle est, en esprit, moins démocratique Mais aussi, je pense comme Stendhal : notre corruption et notre décadence sont beaucoup plus vivables. « En Amérique, dans cette société de boutiquiers, disait-il, je devrais faire la cour à mon bottier. Et, là-bas, pas d'opéra ! »

Savourant son effet, elle jetait à la ronde un regard malicieux de fausse modestie et se mordait les lèvres comme pour se faire pardonner sa cuistrerie. Les quatre hommes la dévisageaient amoureusement et elle jouissait de se sentir l'objet unique de leur désir et de leur admiration. Mais, en maîtresse de maison accomplie, elle avait l'élégance de ne pas s'attarder sur ses succès personnels, et, du coin de l'œil, continuait à superviser la bonne marche de son service.

— Franco, murmurait-elle en désignant à son maître d'hôtel l'assiette d'Antoine, faites resservir monsieur de feuilleté au sandre... Il l'a mérité, il se dépense tellement le matin. N'est-ce pas, commandant ?

Et, se penchant à l'oreille du jeune abbé, elle ajoutait, plus bas encore :

— Et je ne dis rien de nos nuits, canaille !

Antoine lui prenait la main et la portait furtivement à ses lèvres.

Tendres apartés, bonne chère, grands vins, luxe de la table — hé ! mais c'était cela aussi le bonheur !

Et il y avait encore d'autres fêtes, d'autres plaisirs : les fêtes de l'intelligence, les plaisirs de l'intrigue...

Après le déjeuner, Antoine et John s'enfermaient dans le salon de lecture où Laura leur avait offert d'installer ce qu'elle appelait moqueusement « l'Ecole de la principauté Albano » ou « l'Université Princesse-Laura Ire » — école, université qu'elle avait intentionnellement placées sous le magistère de Machiavel. Un très beau portrait de l'auteur du *Prince* par le Pontormo ornait en effet un des murs de la classe.

Là, tous les jours jusque vers neuf heures du soir, John initiait Antoine aux affaires. Il lui expliquait les rouages de cette machinerie complexe qu'est une grande banque internationale ; il lui donnait des cours de mécanique monétaire et boursière, des cours de géographie politique et d'économie. Pierluigi Ricci se joignait parfois à eux pour apporter ses lumières dans le domaine du droit des sociétés qu'il connaissait admirablement L'enseignement n'avait rien de livresque ; c'étaient des cours vivants où un exemple concret venait toujours à l'appui d'une thèse L'avocat tout comme le cardinal parlaient à la première personne de leurs expériences . « J'ai acheté ceci revendu cela, signé tel compromis organisé un repli sur tel marché, converti tant d'or en devises ou tant de devises en or... » Quel professeur d'une grande école peut en dire autant ? Antoine n'aurait pas rêvé meilleurs maîtres.

D'autant que la théorie était complétée par la pratique : pendant les leçons, le cardinal continuait de mener ses affaires avec tout l'univers et, progressivement, il avait incité Antoine à prendre certaines décisions à sa place, à répondre à son courrier, à négocier en son nom — ou, plutôt, au nom d'Harold Finnegan — avec un cambiste ou le fondé de pouvoir d'un groupe d'investissements. Antoine apprenait ainsi comme en s'amusant et, chaque jour un peu plus, il pouvait vérifier le bien-fondé de la définition que Monsignore lui avait donnée des affaires : « C'est ni plus ni moins qu'une partie d'échecs. »

Au début de la partie, dès les premiers cours, John lui avait confié un petit capital, charge à lui de le gérer et le faire fructifier comme il l'entendrait. L'enseignement avait porté : trois mois plus tard, Antoine pouvait se vanter d'une différence de 19 % en sa faveur.

L'élève avait si rapidement progressé que, depuis le début du mois, Monsignore lui confiait des missions, de courts voyages de vingt-quatre ou quarante-huit heures à l'étranger. Pour le moment, Antoine Chesnaye représentait Monsignore en tant que personne privée et tenait son mandat de sociétés telles l'A.M.D.G. — il jouait en somme le rôle que Robert Berg avait souvent joué pour Harold Finnegan alias John K. Flaherty. Mais viendrait bientôt le jour où il représenterait également le cardinal non sous son pseudonyme et son identité laïque d'emprunt, mais en tant que curateur de l'Institut pour la charité chrétienne et nonce extraordinaire du Saint-Siège...

John le savait par ses émissaires secrets et, depuis peu, par la presse elle-même, car la nouvelle commençait à s'ébruiter, commençait à s'étaler au grand jour : la banque du Vatican se trouvait en état de cessation de paiements et courait à une faillite dite « technique » — une faillite non pas due au manque de fonds mais à un arrêt du fonctionnement normal de la trésorerie. Déjà certains salaires de juillet et août n'avaient pu être payés et de nombreuses créances à quatre-vingt-dix jours dont l'échéance tombait au début de l'été n'étaient toujours pas acquittées fin septembre.

Les créanciers laïques commençaient à estimer que l'Eglise, comme souvent en pareil cas, abusait des appels à leurs bons sentiments de bons chrétiens. Quand on est en affaires avec le Vatican, on constate vite que la charité s'exerce toujours dans le même sens ; à la fin, ils trouvaient lassants ce chantage moral et ces remboursements en indulgences et en suaves paroles évangéliques.

Leurs récriminations étaient venues jusqu'aux oreilles des journalistes, un nouveau scandale couvait, un nouveau « Vaticangate » — selon le mot qui, décidément, faisait fureur. Un grand quotidien milanais du soir s'apprêtait à titrer à la une : « Banqueroute au Vatican ». In extremis, sous la pression du nonce apostolique en Italie, l'article avait sauté au marbre ; on ne pourrait cependant empêcher très longtemps les gens de parler...

Mais les nombreux conseillers financiers appelés en consultation par la secrétairerie d'Etat se révélaient, l'un après l'autre, incapables de redresser une situation catastrophique dont tout leur échappait pour la raison que, depuis dix ans, tout n'avait reposé que sur le génie d'un seul homme : Mgr John K. Flaherty. Or, Mgr John K. Flaherty détenait lui seul jusqu'aux codes des ordinateurs, jusqu'au chiffre dans lequel, suivant en cela une tradition de la Curie, il rédigeait certains actes compromettants pour la dignité pontificale. Comment, dans ces conditions, ne pas renoncer ? Etablir un bilan, relever l'état des comptes, même, s'avérait impossible.

Au sein de l'administration apostolique, la tension était à son comble. Les flahertistes clamaient maintenant tout haut ce que beaucoup pensaient tout bas : il était grand temps de rappeler Monsignore, quitte à « passer l'éponge » — comme on osait le dire familièrement. Cet accès de moralisme aigu du Sacré Collège n'avait que trop duré, on en voyait les conséquences : le Vatican allait à la ruine. Opinion qui, chez certains casuistes subtils, s'exprimait en termes théologiques : pour châtier la faute plus que vénielle d'un pauvre pécheur, l'Eglise se dépouillait et, par là même, volait l'assemblée de ses fidèles. La lettre était peut-être respectée, mais l'esprit des Evangiles ? Mais le devoir qui est fait à tout chrétien de pardonner ? Et puis, n'était-il pas plus juste de laisser l'ancien curateur de l'Institut pour la Charité Chrétienne réparer en personne ?

Oui, le cardinal John K. Flaherty en avait la certitude : le Vatican finirait par céder. NN. SS. McAwkleen et Nichols, le R.P. Olivares de la Huerta lui-même ne sauraient indéfiniment imposer leur point de vue à Sa Sainteté. Ce n'était plus qu'une question de semaines, calculait-il : cette fois-ci, c'est le pape qui irait à Canossa et implorerait le curateur de rentrer dans ses fonctions — et avec les honneurs, le curateur y comptait.

Or, dans trois, quatre semaines, son disciple étant fin prêt à assurer la relève si lui continuait de le contrôler encore quelque temps, Monsignore pourrait dire : « Non, je suis indigne de reprendre la direction de l'Institut et, d'ailleurs, je veux faire retraite et me vouer à un tout autre apostolat. Mais j'ai un nom à proposer : celui de l'abbé Antoine Chesnaye. Je l'ai formé moi-même pour continuer mon œuvre... » Et le Saint-Siège, trop heureux de n'avoir pas à se désavouer publiquement en redonnant sa confiance à un homme qui avait été emprisonné sans jugement quelques mois auparavant, le Saint-Siège, nul doute, s'inclinerait.

En attendant, son protégé lui donnant toute satisfaction — satisfaction d'un maître envers un élève brillant, satisfaction d'un père envers un fils aimant —, il accélérait sa formation et l'envoyait en stage à l'étranger...

C'est ainsi qu'Antoine avait déjà effectué trois aller retour : un Rome-New York, un Rome-Londres, un Rome-Genève. C'est ainsi qu'il avait découvert, après tant d'autres plaisirs que l'existence lui prodiguait à profusion depuis le début de l'été, l'ivresse de la puissance.

Les première classe, les chauffeurs qui vous attendent à l'arrivée, les lignes téléphoniques réservées à votre seul usage dans les bureaux de vos correspondants ; et n'avoir pour tout bagage qu'un élégant attaché-case de croco noir ; pour tout argent sur soi que trois ou quatre cartes de crédit négligemment glissées dans la poche intérieure du veston, sous le holster du revolver ; mais comme sésame, le statut de V.I.P. et surtout ce passeport des passeports, le seul qui dispense de tout contrôle, de toute attente dans les aéroports, ce passeport que Monsignore était parvenu à lui procurer Dieu seul savait comment — le passeport du Vatican.

Et puis, il y avait la griserie du danger, car Monsignore n'avait pu lui cacher qu'il risquait certaines désagréables rencontres avec des hommes de la Maffia, voire des tueurs à gage recrutés par le R. P. Olivares.

Mais aussi, le bonheur de donner du bonheur — voici comment. Il se trouvait un jour à Genève-Cointrin pour rentrer à Rome, mais le vol Alitalia de douze heures trente venait d'être annulé et le vol Swissair de quinze heures était complet. Aucune possibilité avant dix-neuf heures quinze, via Milan. Il avait certes la ressource de louer un avion-taxi — n'était-il pas, après tout, Monsignore II ? — et s'apprêtait à le faire quand, s'accoudant au comptoir de la compagnie d'affrètement, il vit une affiche touristique de la Bourgogne où figuraient sur de larges flèches bleues les distances depuis Genève. Mâcon se trouve à moins de cent quarante kilomètres — en un instant sa décision était prise : il demanda à un taxi de le conduire à Herblay.

Non, il ne voulait pas revoir sa maison natale, encore moins ses deux tantes qui régnaient toujours, telles de cruelles harpies, sur les lieux ; mais Germaine, la douce, la bonne Germaine qui, au milieu de l'été, avait vu soudain une manne lui tomber du ciel : Antoine, son Antoine, lui avait fait parvenir quelques centaines de milliers de francs pour qu'elle s'achète une jolie maison et abandonne enfin à leur triste sort ses deux tortionnaires.

Il passa deux heures en compagnie de la vieille servante, laquelle n'en revenait pas de le voir si changé.

— Tu es si beau, disait-elle, si fier et si gai et si rayonnant . Ah ! tu es un homme, maintenant. Mais tu seras toujours mon petit enfant…

Deux heures de tendresse et de nostalgie, deux heures de sourires et de larmes — de délicieuses larmes.

Quand il repartit, tandis que la limousine de location filait sur l'autoroute vers Lyon-Satolas où il espérait trouver une place sur le vol pour Milan de dix-huit heures trente, il se dit que oui ! c'était décidément cela, le bonheur…

5

PREMIER AMOUR

Tout avait été si vite, si vertigineusement vite !

A lui qui avait manqué de peu de commettre l'acte, le seul acte irréparable aux yeux de l'Eglise, parce que le seul impardonnable, le suicide, le même jour, et à peine plus d'une heure après, Monsignore était apparu tel l'envoyé de la Providence et lui avait proposé ce pari qu'il avait qualifié de pascalien mais qui n'était en somme rien d'autre qu'un pari sur le bonheur. Un pari qu'Antoine n'avait jamais osé faire jusqu'ici, un défi qu'il avait voulu relever en ce vendredi 13 juin 1975 — et il avait gagné.

Et maintenant, il se trouvait là, dans la chambre à coucher de Laura comme dans quelque beau rêve qu'on regrettera au réveil. Sauf que ce n'était pas un rêve...

Son regard vaguait au plafond parmi les nuages rose tendre et azur où trônaient, enveloppés dans des drapés baroques, les dieux de l'Antiquité. Jupiter, Minerve et Mars, c'est-à-dire la Puissance, la Sagesse et la Combativité, accueillaient dans l'empyrée trois héros casqués et cuirassés d'or, couverts de sang et de poussière : les trois Curiaces... Et c'était comme s'ils le recevaient lui aussi, lui semblait-il, comme s'ils lui rendaient cet honneur. La fresque d'Annibal Carache, *Le Triomphe Albano,* aurait pu tout aussi bien s'intituler : *Le Triomphe Chesnaye.*

Il était étendu sur le grand lit à baldaquin, à demi nu dans le peignoir de satin nacré qu'il avait emprunté à Laura en sortant du bain et dont il avait laissé les deux pans dénoués flotter de part et d'autre de son corps.

Son corps, ce corps délicieusement rompu par les exercices de la matinée, humide encore et exhalant le parfum léger d'un très rare savon anglais à l'amboine que Laura lui avait offert, ce corps il le devinait là-bas dans le miroir ovale d'une psyché — ce torse bien dessiné d'athlète, et qui était le sien, il devait s'en convaincre, non une illusion avantageuse.

Un grand feu de bois d'olivier crépitait dans la cheminée vis-à-vis le lit. Il avait mis de la musique : bien entendu, le concerto pour piano de Schumann qui était, en quelque sorte, pour Laura et lui, l'hymne national de leur amour. Sous les envolées lyriques du piano, il percevait dans les lointains un remuement d'eau, des rires : la princesse s'attardait dans son bain du soir et plaisantait avec sa femme de chambre. Dans quelques minutes, elle entrerait dans la chambre, belle, reposée, parfumée, habitée par le désir — cette grâce —, et, se penchant sur lui pour lui voler un baiser, dirait très simplement :

— Mon amour !

L'attente elle-même était exquise. Ce moment où tout semblait en suspens, jusqu'aux battements du cœur — ce moment d'éternité passagère. Chez les grands mystiques chrétiens, songeait Antoine, chez sainte Thérèse d'Avila, chez saint Jean de la Croix, ces sublimes instants d'éternité qui surgissent dans la banalité de la vie ont un nom : les béatitudes.

Ses béatitudes à lui, pour être profanes, n'en étaient pas moins des béatitudes.

Mais il se rappelait alors le long mois de doute, le terrible mois de doute au prix duquel il avait d'abord payé ce bonheur.

Monsignore ne l'avait certes pas trompé en lui annonçant une épreuve : il fallait choisir, il fallait risquer... C'était là quelque chose d'absolument neuf pour Antoine. Jusqu'à ce 13 mai, toute sa vie il s'était laissé mener par des volontés extérieures à lui-même : il n'avait fait que subir sinon acquiescer. Aujourd'hui, c'était à lui, à lui seul de décider. Or, il n'était pas si facile de prendre une décision de sang-froid alors que tout était vicié par le scandale et l'énorme publicité que la presse lui donnait.

Antoine, s'il relevait le défi de Monsignore et disait oui, Antoine irait en quelque sorte se livrer corps et âme aux deux personnes qui, depuis quelques jours, occupaient le plus les quotidiens, les magazines, la télévision et la radio en Italie : le cardinal John K. Flaherty et son hôtesse, la princesse Laura Albano.

Car, au matin du 23 mai, dix jours après son suicide manqué et, donc, dix jours après l'entrevue qui allait changer le cours de sa destinée, Antoine, en écoutant au réveil la radio, comprit pourquoi Monsignore lui avait donné rendez-vous le 13 juin à la Villa Albano. Le 13 mai, son coup était conçu, peut-être même déjà organisé. Ce coup de force extraordinaire plongeait le Vatican, l'Italie et, au-delà des Alpes, le monde catholique sinon le monde entier dans une stupeur qui surpassait de très loin l'étonnement dans lequel on avait appris, le matin de l'Ascension, l'attentat dont avait été victime, place du Peuple, un cardinal.

Car voici que ce même cardinal venait d'être enlevé dans de mystérieuses conditions à l'hôpital Ognisanti-al-Parioli. Des Gardes-Suisses qui se trouvaient là en faction avaient, au moyen de gaz incapacitants, neutralisé les policiers italiens chargés de la protection de Son Eminence. Ils s'étaient ensuite emparés de Son Eminence pour l'emporter sur une civière et le charger dans une ambulance — ambulance munie de fausses plaques minéralogiques...

Destination le Vatican, s'était-on imaginé d'abord. Et déjà, le gouvernement italien, profondément choqué par ces procédés terroristes auxquels l'avaient habitué les Brigades Rouges mais certainement pas l'Eglise, s'apprêtait à convoquer le nonce apostolique pour exiger des explications et des excuses... Mais non ! A l'effarement général, on apprenait une heure plus tard que le cardinal avait été conduit à Frascati, Villa Albano. On apprenait aussi, par la même dépêche signée du cardinal en personne et contresignée par ses six ravisseurs, que ceux-ci avaient agi sur son ordre, et qu'ils ne se considéraient plus comme soldats de la Garde-Suisse, du moins temporairement, jusqu'à ce que justice ait été rendue au cardinal. En attendant, ils venaient de s'engager dans une milice privée, inconnue à ce jour des services de la police italienne et nommée « Garde-Princière ».

Dans les ministères, dans les chancelleries, à la chambre des députés tout comme à la Curie et au Sacré Collège, l'effervescence était à son comble. A peine si on commençait à saisir la signification de cet audacieux pseudo-enlèvement ; à peine si on commençait à saisir dans toute son ampleur le caractère exceptionnel et quasi irréel de la situation...

Quand, nouveau sujet de stupéfaction, nouveau scandale, à midi de ce même jour, la princesse Laura Albano recevait la presse dans le grand salon des Glaces de sa villa et là, devant les micros tendus et les caméras de télévision, lisait une courte déclaration :

— Mesdames, mesdemoiselles, messieurs, je ne vous retiendrai guère de temps mais, afin de couper court à toutes allégations fantaisistes et mensongères, je tenais à vous informer de ce qui suit :

« En vertu de l'Avenant au Concordat de 1929 dit « Accords du Latran » et passé entre Notre Sainte Mère l'Eglise catholique et le royaume d'Italie puis confirmé par la République italienne, droit m'est donné et conjointement garanti par le gouvernement de mon pays et le Souverain Pontife, Successeur du Prince des Apôtres de ma foi, à moi, Laura Albano née dell'Orto, unique et dernière héritière du titre princier, d'offrir asile à tout réfugié qui n'aura pas commis de crime de sang et l'autoriser à jouir de l'immunité diplomatique accordée à toute personne résidant sur le territoire de la Villa Albano, ainsi que défini par le susdit avenant. »

Puis, après avoir ri elle-même de ce pompeux préambule et savouré l'effet qu'elle venait de provoquer dans l'assistance :

— En clair, j'ai invité Son Eminence Mgr John Flaherty, qui avait été injustement emprisonné sans jugement au Vatican et qui craignait, avec quelque raison, pour sa liberté et même, hélas ! sa vie, à l'hôpital Ognisanti, j'ai invité Mgr John Flaherty à venir s'installer ici, où il sera plus en sécurité. Le cardinal regrette que ce soit là le seul moyen qu'il ait trouvé de faire respecter par le Saint-Siège les droits de la défense et, plus généralement, les droits de l'homme. Ennemie de tous les totalitarismes, je l'accueille aujourd'hui bien volontiers. Je n'ai rien à ajouter. Mesdames, mesdemoiselles, messieurs, je vous remercie de votre attention.

Ce fut alors, tandis qu'au milieu du crépitement des flashes elle descendait en souveraine de l'estrade, un feu nourri de questions sur cet « Avenant au Concordat » ; questions auxquelles elle laissa son avocat, Pierluigi Ricci, répondre. Celui-ci, après une courte allocution, se contenta de faire circuler parmi les journalistes quelques photocopies d'extraits de l'acte signé en 1929 par le cardinal Pietro Gasparri pour le pape Pie XI, le duce Benito Mussolini pour le roi Victor-Emmanuel III et le prince Umberto Albano pour lui-même.

Qu'était-ce donc que cette extravagance ?

On s'interrogeait fiévreusement dans les allées du pouvoir. On ne voulait pas croire que cela fût possible. Empoignades à Montecitorio — la Chambre des députés — ; débats fiévreux dans les ministères et à la présidence du Conseil ; folles rumeurs dans les salles de rédaction des journaux et les studios de la R.A.I. Puis, il fallut se rendre à l'évidence : il ne s'agissait pas le moins du monde de la dernière invention d'une princesse Albano en mal de publicité, non il ne s'agissait pas de sa « dernière ». Le territoire de la Villa Albano jouissait bien, en effet, de l'immunité : en fin de journée, le ministre des Affaires étrangères le confirmait dans un communiqué.

Aussitôt, le ministère de l'Intérieur faisait discrètement poster des policiers en tenue et des policiers en civil autour des murailles de la Villa. L'Italie donnait ainsi, à peu de frais, l'impression de vouloir riposter à l'insolence de la princesse En réalité, le cordon sanitaire avait été mis en place pour protéger Monsignore contre un éventuel coup de main venu de l'extérieur ; loin de vouloir se montrer belliqueux à l'égard de Son Altesse, on apportait en somme du renfort à sa minuscule armée — mais les apparences étaient sauves. Et Giovanni jubilait car il voyait la fin de ce cauchemar qui l'avait hanté toutes ses nuits depuis le jour de l' Ascension : que le cardinal Flaherty fût extradé et à nouveau emprisonné au Vatican et qu'il y perdît, lui, une partie de sa fortune placée à l'étranger par l'Institut pour la Charité Chrétienne. Sans même mentionner le scandale qui mettrait fin aussitôt à sa brillante carrière politique.

Ce soulagement, nombre de ses collègues du gouvernement le partageaient, et pour les mêmes raisons : en se mettant ainsi à l'abri des poursuites judiciaires tant vaticanes qu'italiennes, Mgr John K. Flaherty les mettait eux à l'abri des retombées de l'affaire et des éclaboussures de boue. On assista alors au Parlement à quelques scènes dignes des meilleures bouffonneries de la commedia dell'arte. Les ministres se succédaient à la tribune pour de grandes tartines patriotiques et, des larmes de crocodile dans la voix, déploraient cette regrettable défiance de Mgr John K. Flaherty à l'endroit des capacités de la police et de la justice italiennes à le protéger. Mais c'était pour affirmer aussitôt après, et avec la plus grande fermeté martiale, que jamais la République italienne ne manquerait à sa parole : elle prenait acte de la sécession de la principauté Albano, elle respecterait ses engagements et s'efforcerait par tous les moyens en son pouvoir de garantir l'immunité accordée aux résidents de la Villa par l'Avenant aux Accords du Latran. Ce qui était un moyen détourné de signifier au Saint-Siège qu'elle protégerait le curateur de l'Institut pour la Charité chrétienne contre toute tentative de violation de cette immunité.

— Force doit rester à la loi ! s'était écrié d'une voix vibrante, et avec des effets de menton de tribun romain, le ministre Giovanni.

A quoi, de son banc, un député communiste avait répliqué :

— Certes ! Mais s'il s'agit d'une loi fasciste ?

— Eh bien ! puisque ni l'Italie ni le Saint-Siège ne l'ont dénoncé en 1946, lors de l'instauration de la République, cet avenant aux Accords du Latran ? Pas plus, d'ailleurs, que tant de lois qui n'ont jamais été abrogées. L'Avenant, je vous le rappelle, a été reconduit par le gouvernement De Gasperi. Si les honorables députés qui siègent dans cette chambre veulent revenir là-dessus, qu'ils prennent leurs responsabilités !

En disant cela, Giovanni savait qu'il n'encourait guère de risques : tant de parlementaires avaient intérêt à ce que Mgr John K. Flaherty échappât à la justice du Vatican s'ils voulaient, eux, échapper à celle de leur pays. Le ministre avait la quasi-certitude que l'avenant ne serait pas remis en question. Et, au pire, songeait-il, ce seraient des mois et des mois de discussions et de débats contradictoires : des mois et des mois de gagnés pour lui !

Etrange fascination qu'exercent sur le public les tout petits pays d'opérette : Monaco, San Marino, Andorre, le Liechtenstein...

Dès le 24 au matin, une petite foule de curieux se massait derrière les grilles de la principauté et, à midi, dans les magasins de souvenirs de Frascati, on ne trouvait plus une seule carte postale de la célèbre Villa Albano. Le 25, on sut que la princesse avait fait hisser ses couleurs sur la façade ainsi que dans la cour d'honneur, et l'affluence s'accrut encore : on essayait d'apercevoir les fameux déserteurs de la Garde-Suisse, de distinguer sur leurs treillis de baroudeurs le ruban azur et or. Ces rubans azur et or, de petits marchands forains avisés en vendaient à la sauvette aux badauds. D'autres, plus avisés encore, s'empressèrent dans les jours qui suivirent de faire tirer, d'après des photos de presse, des portraits de la princesse et du cardinal qu'ils offraient pour cinq cents ou mille lires. On voyait aussi de pauvres hères, des mendiants, des illuminés, des déclassés qui cherchaient à faire parvenir à la princesse leurs demandes pour quelque secours, quand ce n'étaient pas des projets délirants de constitution ou de gouvernement. De petits escrocs comme il en abonde sur les lieux de miracle tentaient de vendre aux plus naïfs, pour cinq ou dix mille lires, de faux passeports leur accordant une prétendue « citoyenneté albane ». Les carabiniers requis pour la surveillance de la villa et le service d'ordre avaient fort à faire au milieu de cette atmosphère de kermesse...

Tout autre était l'ambiance au Vatican.

En retournant à la Congrégation pour le culte divin afin d'y demander à Mgr Pompeo Burla son congé sans émoluments, en traversant cours, couloirs et galeries, Antoine, qui jusqu'ici avait été indifférent à ces sortes d'impressions mais regardait maintenant tout d'un œil neuf, la jugea excessivement sombre et crispée.

Le coup d'éclat du cardinal John K. Flaherty ; la déclaration de la princesse Albano, si injurieuse à l'égard de la justice vaticane ; la désertion de quelques-uns des éléments d'élite de la Garde-Suisse ; dans la presse, l'étalage d'informations que la Curie aurait préféré voir tenues secrètes ; à Montecitorio, les débats fracassants où sa politique était sans cesse mise en cause — tout contribuait à alourdir le climat, déjà assez austère d'ordinaire derrière les murs de la Cité Léonine. Et l'on racontait qu'au Sacré Collège comme à la secrétairerie d'Etat, entre les réunions et les audiences, ce n'étaient plus que pénitences et mortifications. Quant au R. P. Olivares, non content de porter le cilice et de se fustiger jusqu'au sang chaque soir avant sa visite secrète au pape, il avait retrouvé avec délices le corset de contrition d'un Isunza y Pacaÿe de ses ancêtres, saint Javier du Cœur de Jésus — corset dont il ne s'infligeait l'intolérable torture que dans les très grandes occasions d'affliction pour l'Eglise. Le Saint-Père, lui, passait ses nuits en prière et s'était choisi pour châtiment de dîner seul, sans ses chers commensaux, les abbés Aldovino et de la Force.

Seul l'abbé Chesnaye, ce jour-là, respirait la joie et la fierté. Et l'abbé Ouladh, qui l'avait vu si souvent sombre et dépressif, n'en crut pas ses yeux quand il le rencontra par hasard au détour d'une galerie du palais apostolique.

— C'est toi, c'est bien toi ? s'écria-t-il en reculant d'un pas pour mieux l'observer. Que t'est-il donc arrivé ? Est-ce d'avoir réchappé par miracle à cet accident, mais... Je ne sais pas comment te le dire, c'est à peine si je te reconnais. C'est bien toi, et cependant on dirait un tout autre homme. Comme tu as changé ! Pardon de te poser une question d'ordre aussi intime, une question aussi indiscrète : serait-ce que tu as retrouvé la foi ?

— Oui... Oui... si l'on veut, répondit évasivement Antoine. J'ai retrouvé... Non, j'ai trouvé la foi.

En même temps, il esquissa un sourire énigmatique et l'attaché de l'avocat du diable, comprenant qu'il ne tirerait de lui rien d'autre de personnel, demanda :

— Tu as vu ce qui se passe avec Flaherty ? C'est fou, non ? Qu'est-ce que tu en penses ? Quel personnage, ce Flaherty !

Antoine, toujours sur ce même ton rêveur, se contenta de répéter :

— Oui, quel personnage !

Et, après avoir serré sur son cœur son ami dans une accolade fort affectueuse — ce qui au Vatican « ne se fait pas », comme on dit dans les manuels de bons usages —, il s'éloigna avec son secret.

Mgr Pompeo Burla qui, uniquement obsédé par la question de son salut, ne prêtait qu'une attention très médiocre à son entourage, fut lui-même stupéfait de la métamorphose de son jeune minutante tant elle était éclatante. Il avait lui aussi, quoique avec moins de clairvoyance que Monsignore, soupçonné de n'être qu'un suicide déguisé cet accident dont l'abbé Chesnaye avait été victime sur le Corso, et il s'attendait à voir entrer dans son cabinet de travail un homme encore plus abattu qu'il ne l'avait vu avant son séjour à l'hôpital. Mais Antoine, après s'être fait annoncer, s'était avancé jusqu'au bureau du prélat d'un pas décidé, et là, très sûr de lui, il s'était assis dans le fauteuil destiné aux visiteurs et non sur la chaise dévolue au secrétaire quand il prenait en note une lettre sous la dictée de son supérieur. Puis, sans s'embarrasser de préambules polis ni de formules rituelles inutiles, il était allé droit à l'objet de sa visite.

A son étonnement, le prélat ne fit aucune difficulté pour lui accorder son congé : Mgr Burla, en effet, le voyant si confiant en lui-même, si sereinement souriant, s'imagina qu'il voulait mettre à profit cette année sabbatique pour vivre un grand élan mystique qui lui était venu soudain — une grâce. Or, si en tant que secrétaire de la Congrégation il regrettait la défection d'un de ses meilleurs assistants, le chrétien s'en serait voulu de détourner un de ses frères sur le chemin de Damas...

Ce n'était pas le chemin de Damas, c'était le chemin de Frascati.

Et maintenant, Antoine se revoyait en ce vendredi 13 juin devant les grilles de la Villa Albano, il se revoyait à la fois tremblant d'émotion et exalté par un sentiment inconnu de lui où se mêlait un peu de terreur sacrée à beaucoup de bonheur Combien de fois n'avait-il pas eu la tentation de dire non ? Et combien de fois celle de chercher à revoir Monsignore pour obtenir de lui des éclaircissements, des explications, et qu'il l'aide à surmonter ses doutes, à dissiper ses craintes ? Mais il avait été le plus fort, il avait su se dominer et aguerrir dans la solitude sa volonté Aujourd'hui, pour la première fois de son existence, en affirmant : « Je le veux ! » il savait qu'il ne mentait pas ni ne se mentait à lui-même. Pour la première fois, c'était lui, Antoine Chesnaye, qui avait décidé lui-même de son destin.

A Frascati, l'esplanade devant la Villa Albano avait retrouvé son aspect d'avant le 23 mai : à la longue, les curieux s'étaient lassés de l'indifférence marquée dans laquelle la princesse avait accueilli toute cette agitation populacière des premiers jours autour de sa principauté. Les vendeurs de souvenirs et les escrocs avaient disparu pour exercer en d'autres lieux où leurs petits trafics s'avéraient plus rentables. Les carabiniers et les agents en civil s'étaient fait plus discrets depuis qu'il semblait que la situation de sécession de la Villa dût être durable. Dans la douceur de cette belle soirée de juin, on ne voyait sous les platanes que les habitants de Frascati qui se promenaient à la fraîche, avant le dîner, comme ils l'avaient fait de tout temps. Les deux-roues des garçons pétaradaient gaiement, les enfants disputaient une bruyante partie de ballon, les amoureux sur les bancs échangeaient des serments — visiblement, personne ne se préoccupait de ce qui se passait derrière les hautes murailles de brique romaine qui délimitaient les frontières de la principauté.

Huit heures sonnèrent au campanile de la cathédrale. Deux gardes princiers, tenant chacun un berger allemand en laisse et sur l'épaule une mitraillette, se présentèrent derrière les grilles de l'entrée d'honneur.

— Vous êtes l'abbé Antoine Chesnaye ? l'interrogèrent-ils avant qu'il ait eu le temps de s'annoncer dans l'interphone.

Antoine acquiesça d'un hochement de tête. Ils lui ouvrirent — tout était joué en cet instant, il ne pourrait plus reculer désormais, il en avait conscience.

Les gardes Coquoz et Von Ochs l'escortèrent alors jusqu'au perron de la villa. A mi-chemin, le majordome s'avança pour l'inviter très cérémonieusement à le suivre et un domestique se saisit de sa valise et de son sac. Ce sac, cette valise à l'aspect misérable de bagage d'ecclésiastique, Antoine en eut soudainement honte. Allons ! se dit-il ironiquement, me voici déjà saisi par le goût du luxe, par la folie des grandeurs.

On l'introduisit dans la grandiose galerie des Ambassades, ainsi nommée parce que c'était là que, jadis, les princes Albano recevaient leurs hôtes de marque, en particulier les chanceliers des pays étrangers. Antoine entendit bientôt sur le pavement de marbre des pas scandés par le martèlement métallique d'une paire de béquilles, il se retourna : c'était Monsignore qui l'accueillait d'abord, en maître de maison. Il est vrai qu'un cardinal, où qu'il se trouve, excepté chez un roi, un empereur ou le pape, est considéré selon les règles de la civilité comme la personne invitante. C'est lui que l'invité doit saluer et remercier en premier, avant même de saluer et de remercier le propriétaire des lieux.

John ne fit pas de phrases. Il donna à Antoine une accolade de père à son grand fils et dit très sobrement :

— Bonsoir. Je t'attendais. Je n'ai jamais douté que tu viendrais. J'en ai si peu douté que, ce matin, j'ai fait porter en ton nom une gerbe de fleurs à la princesse. Aussi, ne te montre pas étonné si elle t'en remercie. Mais, justement, la voici...

Du fond de la galerie, Laura s'avançait en effet, marchant avec cette nonchalance élégante qui n'était qu'à elle. Déjà, un trouble indéfinissable s'emparait d'Antoine. Oh ! certes, pour avoir vu son portrait dans les journaux, pour avoir lu dans un magazine une interview d'elle, il savait qu'elle ne ressemblait en rien à l'image de vieille bigote revêche et bornée, dans le genre de tante Irénée ou de tante Honorine, qu'il s'en était fait lorsqu'il rédigeait pour Mgr Pompeo Burla la lettre lui annonçant l'envoi des reliques de saint Sixte Albano. Mais la vision qui s'offrait à lui surpassait encore en beauté, en charme, en grâce, en féminité l'image qui s'y était peu à peu substituée dans son esprit et qui avait habité de récentes rêveries de victoire amoureuse et de gloire.

— Ah, monsieur ! que j'ai de joie à vous recevoir, fit-elle en lui tendant sa main à baiser. Venez ! vous êtes ici chez vous. L'hôte de John mais aussi le mien, j'y tiens. John m'a déjà beaucoup parlé de vous et il m'a fait rire comme une folle avec cette histoire de particule. Ce Mgr Burla est vraiment ridicule : pensez si je me serais formalisée pour un petit *d'* devant mon nom ! Après tout, je suis née *dell'*Orto ! Mais, dites-moi, est-ce vrai que vous m'imaginiez comme une affreuse grenouille de bénitier ? Est-ce que vous êtes déçu ou rassuré, en me voyant ?

Antoine rougit, baissa les yeux et ne répondit rien. On eût dit un garçon de douze ans qui, devant une belle femme entreprenante, sent en lui s'éveiller la sensualité mais ne sait pas encore donner un nom au sentiment qu'il éprouve. Il avait déjà tout perdu de cette mâle assurance qu'il s'était composée pour se présenter à Monsignore. Laura, dans la séduction, lui paraissait soudain plus redoutable que le cardinal. Or, son éducation religieuse exagérément rigoriste avait tendu à lui inspirer de la terreur pour toute espèce de séduction, ce diabolisme ; mais, en dehors de quelques entreprises dérisoires qu'il avait dû repousser au séminaire, jamais il n'avait eu à affronter de séducteurs. Et voici qu'il se trouvait désarmé sous le regard bleu pâle de cet homme magnifique qui lui avait promis la puissance et la gloire ; désarmé sous le regard doré de cette femme très belle qui lui promettait plus encore, lui semblait-il : le bonheur.

Il ne répondit pas mais, pour se donner une contenance, se contenta de sourire. Et ce fut au tour de Laura de se sentir désarmée.

— Oh ! il est adorable, s'écria-t-elle, attendrie, comme elle aurait dit d'un enfant. Cependant, il faut qu'on vous gronde : cette corbeille d'orchidées ! Ce n'est vraiment pas raisonnable. Mais je dois tout de même avouer, monsieur, que j'ai été charmée : ce sont mes fleurs préférées...

Antoine alors se ressaisit et se surprit lui-même à dire sur un ton de mondain accompli et avec un aplomb qui enchanta aussitôt Monsignore :

— Eh bien, je l'avais deviné.

Il osa relever les yeux sur elle Elle se tut. Il y eut entre eux un long échange muet où se mêlait du défi à l'attirance, à la fascination que l'un et l'autre éprouvaient déjà l'un pour l'autre.

Dès cet instant, dans ce silence, tout fut dit. Huit jours plus tard, la princesse invitait l'abbé à venir la rejoindre dans sa chambre après le souper.

Le lendemain, au déjeuner, elle s'aperçut que Pierluigi avait les yeux rougis et se montrait exagérément aimable avec Antoine comme fait un homme supérieurement éduqué pour dissimuler tout en la lui marquant sa haine à un rival.

Elle en fut surprise, peinée et, tandis que ses hôtes prenaient le café en compagnie des soldats de sa garde, sur la terrasse, elle le prit à part pour quelques pas avec lui à l'écart, au bord du bassin de Neptune.

— Qu'y a-t-il, Pierluigi, demanda-t-elle, vous avez pleuré ?

Il ne répondit pas tout d'abord.

Alors, la princesse :

— Parlez, mon ami. Voyons, nous sommes entre grandes personnes, et entre grandes personnes éminemment civilisées. Nous pouvons nous dire ces choses, nous n'allons pas commencer à finasser : au fait ! Vous souffrez parce que vous avez découvert que j'ai un petit béguin pour ce jeune homme. Oui, j'ai un petit béguin pour lui, en effet. Mais enfin ! Pierluigi, j'ai déjà eu bien d'autres passades avant celle-ci, j'en aurai sans doute d'autres encore... Vous ne m'aviez jamais fait d'histoires, passez-moi la trivialité de l'expression. Et il me semblait qu'il y avait entre nous, depuis toujours, ce que j'appellerai un *gentlemen's agreement,* non ? Vous ai-je jamais fait la moindre scène quand vous vous êtes amouraché de Sibyl, pour ne mentionner qu'elle ?

Les dents serrées, refoulant des larmes qui lui venaient, Pierluigi dit sur le ton le plus dépassionné dont il fût capable en cet instant :

— Vous savez très bien qu'avec ce petit abbé, il s'agit de bien autre chose que d'une passade ; vous savez très bien que vous l'aimez, Laurella. Ne me mentez pas et ne vous mentez pas à vous-même !

— Mais, Piero...

— Oh ! je n'ignore pas qu'il n'y a rien de plus ridicule qu'un jaloux ; surtout un jaloux qui s'est toujours vanté de ne pas connaître ce sentiment dégradant, ce sentiment avilissant ! Eh bien, c'est ainsi pourtant.

— Mais tu.

— Tu ?

— Tu, oui, tu...

— Tu vois donc bien que vous ne m'aimez plus . vous me tutoyez !

— Oh ! Pierluigi, non. Pas ça !

Laura, agacée et cependant émue aussi, voulut l'enlacer Il se dégagea tout aussitôt.

— Nous voilà bien, dit-elle avec une gaieté forcée, pour cacher son dépit d'avoir été repoussée. Nous voilà bien, pour deux libertins... Pour deux cyniques...

— Cyniques ? Parlez pour vous, mon amie. Mais non, d'ailleurs ! cynique, vous ne l'êtes pas plus que moi. Vous ne l'êtes plus, Laura, puisque vous aimez.

— J'aime, oui, j'aime ! s'écria-t-elle dans un accès de colère froide. J'aime Antoine. Je l'ai aimé dès le premier instant. Voilà, êtes-vous satisfait maintenant que vous m'avez contrainte à vous blesser, à vous avouer une vérité humiliante pour vous ?

— Je vous en prie, ne vous donnez pas le beau rôle en plus, Laura. Vous aimez et voilà tout. Sait-on pourquoi on aime ? Aussi bien, je n'ai rien à redire à cela et je m'en garderai, je vous en fais le serment : je me tairai désormais, je me tairai. Seulement, à moi qui vous aime depuis vingt-cinq ans, Laura, et non depuis huit jours, laissez-moi ajouter ceci, qui sur le coup vous paraîtra une de ces formules grandiloquentes et ridicules d'amant trahi... Mais plus tard, vous me remercierez de vous l'avoir dit... Je vous dis : Prenez garde, Laura ! Ce garçon est dangereux, il vous détruira. Sous ses apparences de Chérubin qui découvre les charmes de l'existence et de l'amour, c'est un ambitieux et un violent. Sous ses apparences de jeune chiot tout fou, c'est un monstre froid. Il est bien le « fils » de Monsignore si je puis dire. Ces hommes-là, les hommes d'Eglise, n'aiment que leur mère ou les putains. Dans le cas d'Antoine, il n'a pas même aimé sa mère, c'est comme s'il n'avait jamais eu de mère, il nous l'a dit lui-même l'autre jour. Laura, vous vous lasserez vite de jouer les mamans et, que je sache, vous n'êtes pas une putain...

— Ecoutez, Pierluigi, l'interrompit-elle sèchement. Je vous laisse, j'en ai trop entendu pour aujourd'hui.

Et, lui tournant le dos, elle retourna à la villa, l'abandonnant là à sa résignation, avec ses pleurs rentrés.

Par une sorte de convention tacite, ils n'en reparlèrent plus jamais.

D'où venait la fascination de Laura pour Antoine ?

Sait-on jamais de quoi est faite une passion naissante ? Il y avait sans doute, en premier lieu, qu'Antoine ressemblait à John la même haute taille, la même blondeur, les mêmes yeux d'un bleu délavé qui conféraient à son égard je-ne-sais-quoi d'inquiétant et de secret qu'on voulait irrésistiblement sonder, scruter et pénétrer enfin ; le même état ecclésiastique aussi. Il y avait également qu'il était âgé de quinze ans de moins qu'elle et qu'elle avait toujours cherché dans ces différences d'âge avec ses amants le principe d'une domination et la satisfaction de ce qu'elle-même appelait son côté « Pygmalion » : elle aimait déniaiser intellectuellement les hommes jeunes, les former. Or, celui-ci, moins vain et plus intelligent, plus ambitieux que tous ceux dont elle s'était éprise jusqu'ici, serait, estimait-elle, plus rétif, plus ombrageux et malaisé à dompter. D'autant que, sur le plan de cette formation intellectuelle, elle se trouvait en concurrence avec Monsignore, dont l'influence sur Antoine était, évidemment, incomparable à la sienne. Mais cela n'était pas pour la rebuter, au contraire : Laura aimait le défi, le jeu, les risques. Et si en son for intérieur elle analysait lucidement ce sentiment nouveau pour elle, elle ne pouvait ignorer qu'elle avait très mal pris la remarque de Pierluigi pour la seule raison qu'elle la savait tout à fait fondée : quelque chose dans la virginité, dans l'innocence d'Antoine la troublait profondément. C'était une fausse innocence : il y avait, comme le disait si justement Pierluigi, du monstre froid dans ce Chérubin. Et, bien entendu, cela l'excitait d'autant plus.

Oui, tout cela concourait à le faire aimer d'elle et, peut-être même, parce que jusqu'à ces infimes détails sont importants dans la naissance du sentiment amoureux, le simple fait qu'Antoine parlât français, cette langue qui avait toujours été pour Laura la langue de l'amour. Oui, tout cela y contribuait et, outre cela encore, qui est tout et rien à la fois, cette chose ineffable mais essentielle qui fait qu'on aime soudain.

« Parce que c'est lui, parce que c'est moi et voilà tout », ne cessait-elle de se répéter quand elle tentait de saisir pourquoi ce qu'elle vivait était, en somme, un premier amour.

D'où venait, en retour, l'attirance d'Antoine pour Laura ?

Les raisons en étaient plus simples à deviner, et Antoine se posait beaucoup moins de questions. Il avait connu l'hiver avant le printemps mais aujourd'hui, tel Chérubin, il s'éveillait miraculeusement à la vie et au désir. Cette femme belle, sensuelle, raffinée s'offrait à lui comme la première initiatrice, la première maîtresse. Elle était la princesse de son conte de fées. Pourquoi aurait-il refusé ce premier amour, comment aurait-il pu y renoncer ? Il aimait comme aime un adolescent : en prenant le plaisir qui vient, de la façon dont il vient, sans se soucier du lendemain. Il serait toujours temps de connaître plus tard le doute et la souffrance sans quoi il n'est pas d'amour vrai.

— Mon amour ! fit-elle à mi-voix, ainsi qu'il s'y était attendu, tandis qu'elle revenait de la salle de bains et s'avançait vers le grand lit à baldaquin.

Elle se pencha sur lui pour lui voler un baiser au creux de l'épaule. Il dénoua le turban qu'elle s'était arrangé avec un drap de bain pour retenir sa longue chevelure sombre et parfumée.

L'auteur n'est pas un voyeur : que le lecteur de ce livre l'autorise à refermer ici les portes de la chambre à coucher comme le fit en cet instant, très discrètement, la femme de chambre.

6

UNE VISITE

Comme tous les après-midi, Monsignore et Monsignore II travaillaient dans le petit salon de lecture du premier étage de la villa, sous le regard sarcastique de Machiavel.

Ce jour-là, Monsignore exposait à son futur successeur le projet grandiose qu'il avait conçu depuis déjà quelque temps pour le Saint-Siège. C'est un projet qui trouve sans cesse plus de partisans dans la Curie et qui finira par se concrétiser, sinon sous le pontificat actuel — Jean-Paul II y opposant encore quelques réticences —, du moins sous le prochain si la tendance, unanime chez les cardinaux présentement *papabili,* devait se confirmer. Il s'agit d'ouvrir les frontières du Vatican aux multinationales et, au prix d'un loyer, de leur offrir toutes facilités pour y installer leur siège social et échapper ainsi aux impôts sur le bénéfice ou sur le capital qui les frappent dans leurs pays d'origine. Le Liechtenstein et la principauté de Monaco, pour ne citer que ces deux tout petits États indépendants d'Europe, tirent leur colossale richesse de cette pratique. Pourquoi cet autre tout petit État indépendant d'Europe qu'est le Vatican n'userait-il pas des mêmes avantages que lui confèrent le droit international et sa propre constitution ? Pourquoi, derrière les portes de Saint-Pierre, à défaut de trouver le paradis, les grosses sociétés ne trouveraient-elles pas un paradis fiscal ? L'Eglise, elle, y trouverait son compte.

Question de morale ? Mais en quoi l'universalité du grand capital est-elle plus condamnable que l'existence dans chaque pays d'un petit capitalisme national souvent plus réactionnaire, âpre au gain et dur avec ses ouvriers, moins respectueux des vertus et de l'idéal chrétiens ? D'ailleurs, l'Eglise elle-même ne se veut-elle pas catholique, c'est-à-dire universelle, supranationale ? Et puis, ne serait-ce pas là un excellent moyen de moraliser les pratiques commerciales de ces multinationales, un moyen d'humaniser leur politique sociale ?

Tels étaient les arguments ordinairement développés par le cardinal John K. Flaherty. Et comme, dans ses entreprises, il ne négligeait aucun point de détail car c'est cette qualité qui distingue le génie des affaires du velléitaire sans envergure, il n'omettait pas de traiter la question épineuse de l'installation des sièges de ces grosses sociétés à l'intérieur des murs très resserrés de la Cité Léonine. Même s'il ne devait s'agir que de représentations quasi symboliques comme il en est tant à Vaduz ou à Monte-Carlo : quatre ou cinq bureaux, un télex, une salle pour les conseils d'administration, la direction effective de ces sociétés étant située ailleurs, les quarante-quatre hectares déjà surpeuplés du Saint-Siège semblaient bien exigus pour accueillir en plus I.B.M., Texaco, I.C.C., la Royal Dutch, Nestlé, Sony et cinquante ou cent autres compagnies. Quand on lui objectait l'impossibilité matérielle où l'on se trouverait de les loger, le cardinal Flaherty déployait alors une carte au dix millième du Vatican et montrait, à la pointe septentrionale du mur léonin qui fait pendant à l'héliport pontifical, le vaste terre-plein de forme pentagonale que délimitent à cet endroit les remparts.

Il y avait là, selon lui, un terrain tout trouvé pour construire un gratte-ciel de trois ou quatre cents mètres de haut qui, édifié contre la frontière, pourrait jouir ainsi d'une entrée indépendante sur l'Italie. L'interlocuteur était-il saisi d'effroi à l'idée de voir un jour se dresser cette construction qui ne manquerait pas de déparer le site historique ? Le cardinal balayait d'un revers de main ces pusillanimités : qu'y a-t-il de plus beau qu'un beau gratte-ciel ? Rome serait-elle appelée la Ville Eternelle si les Romains n'avaient pas sans cesse à travers les siècles construit de nouveaux monuments ? Au reste, c'était souvent au prix d'une destruction qu'on avait édifié — témoin : les pierres volées au Colisée pour la façade de Saint-Pierre ou la démolition du pittoresque quartier gothique pour laisser place à ce hideux monument à Victor-Emmanuel que les titis romains ont surnommé « la machine à écrire » Tandis qu'ici on ne détruirait rien, on ne défigurerait rien. Le cardinal faisait remarquer que l'immeuble, très élancé et tout en glaces, ne se trouverait de toute façon pas dans l'axe de Saint-Pierre ; il ne déséquilibrerait pas l'ordonnance architecturale de la place et des palais ; il respecterait l'esprit des lieux.

Enfin, en dernier recours et comme ultime argument, le cardinal sortait de grands cartons à dessins les plans, les coupes et les élévations d'un projet exécuté à ses frais par un grand architecte italien de ses amis, Corrado Gherardini. Les cartons avaient brûlé dans l'incendie de son attique mais Corrado Gherardini avait conservé des doubles et des photostats de ses esquisses et, récemment, il avait fait cadeau à Monsignore d'une maquette en bois et en verre de cette tour pentagonale qu'il avait imaginée.

Tout en écoutant attentivement les commentaires de son maître, Antoine en observait avec lui la conception élégante et hardie, quand on frappa à la porte.

— Qu'est-ce que c'est ? interrogea très sèchement Monsignore qui détestait être interrompu au milieu d'une leçon même si cette leçon se trouvait être, en l'occurrence, plus une récréation qu'un cours magistral.

De derrière la porte, le commandant Davos répondit sur son ton traînant de Valaisan :

— Eminence, c'est M. John-Kevin Varese qui demande à être reçu.

— John-Kevin !

Le cardinal se leva aussitôt de son fauteuil et courut pour ouvrir, tout en s'écriant d'une voix nouée par l'émotion :

— John-Kevin... Dites-lui de monter ! Non, attendez ! Je vais à sa rencontre... John-Kevin ! Antoine, c'est John-Kevin...

Souvent il avait évoqué devant l'abbé sa longue amitié avec Eliah et, à plusieurs reprises, il avait mentionné l'existence de deux fils Varese, dont celui-ci, l'aîné, était son filleul et portait ses prénoms. Que ne lui avait-il pas raconté sur Eliah et lui ? Leur rivalité de chefs de bande quand ils avaient douze ans et faisaient régner la terreur sur le quartier de Williamsburg, à Brooklyn. L'alliance entre les *Devils* et les *Black-Fangs,* leur fric-frac raté dans la sacristie de Sacred Heart, leurs virées dans les beaux quartiers de Manhattan, leur folle nuit au Morocco pour fêter l'ordination de John, leurs retrouvailles à Rome pendant la guerre puis dans les années cinquante en Corée ; l'association qu'ils avaient formée pour assainir Las Vegas quand John y était curé de l'église Holy Trinity et Eliah le propriétaire de plusieurs casinos...

John en venait alors aux souvenirs les plus récents, les plus cruels : la trahison de son ami d'enfance. Et chaque fois qu'il en reparlait, Antoine voyait son visage énergique s'assombrir, ses yeux rieurs s'emplir de tristesse. Ce dont il souffrait le plus, disait-il, c'était de n'avoir pas revu les fils d'Eliah, c'était de ne pas savoir quel sort la vie allait leur réserver..

Mais déjà John-Kevin s'avançait.

Comme il avait changé en quelques mois ! constata son parrain aussitôt. John avait bien devant lui ce jeune Américain aux allures nonchalantes et libres — un mélange d'intellectuel new-yorkais, portant lunettes à la Woody Allen, et de sportif de la côte Ouest, mince, élancé et hâlé comme un surfer, chaussé de tennis, vêtu d'une paire de blue-jeans élimés, d'un T-shirt blanc et d'un blouson d'aviateur acheté dans quelque surplus de l'armée… Et pourtant, c'était un autre homme : c'était un homme. Et non plus l'adolescent trop vite grandi qu'il avait connu jusqu'ici. Le malheur l'avait mûri : dans son regard grave et tranquille, dans ses traits plus marqués on lisait qu'il avait craint pour sa vie et douté de lui-même, qu'il avait haï son père et pleuré sa mort…

Le parrain et son filleul s'étreignirent longuement, trop bouleversés d'abord pour se parler.

Puis ce fut John qui rompit le silence, disant à mi-voix :

— C'est toi, c'est bien toi ! Oh ! que je suis heureux, John-Kevin ! Mais, dis-moi, les gardes ne t'ont pas fait de difficultés avant de te laisser entrer, au moins ? J'espère qu'ils ne t'ont pas fouillé comme ils fouillent la plupart des visiteurs inconnus d'eux…

D'un hochement de la tête, John-Kevin confirma qu'il n'avait pas été soumis à la fouille, en effet.

— Vois-tu, poursuivit John, j'avais donné aux hommes des instructions précises pour le jour où ce serait toi, enfin, qui te présenterais aux grilles de la villa. Parce que j'avais la certitude que, tôt ou tard, tu viendrais et que tu n'aurais pas de mauvaises intentions… Non, mais que tu serais comme le Fils Prodigue quand il est retourné auprès de son père… Selon la loi de Dieu, tout comme dans mon cœur d'ailleurs, je suis ton père désormais, John-Kevin… Tu es mon fils…

Tous deux prirent place dans un canapé de cuir qui faisait face à la cheminée. Antoine s'apprêtait à s'éclipser discrètement en emportant sous le bras un dossier qu'il irait étudier dans sa chambre, mais tandis qu'il passait derrière le canapé, le cardinal se retourna et étendit la main pour le retenir.

— Non, reste ! dit-il. Tu es mon autre fils.

Et, après avoir présenté l'un à l'autre les deux jeunes gens :

— Je veux que vous soyez l'un pour l'autre ce que ton père, John-Kevin, ce que ton père et moi avons été pendant près de cinquante ans : deux amis, deux frères.

John-Kevin tendit la main à la française. Antoine, avec une familiarité très américaine, lui donna à l'épaule une légère bourrade affectueuse. John, qui ne pouvait cacher combien il était touché, répéta à l'adresse de son filleul :

— Je savais que tu viendrais, je le savais.

A quoi celui-ci répondit en esquissant un sourire douloureux :

— Ça ne m'a pas été facile, tu sais. J'ai dû faire effort sur moi.

— Oui, fit John doucement, je m'en doute, mon pauvre enfant, je m'en doute.

Le jeune avocat new-yorkais raconta alors brièvement et sans céder au pathos son calvaire. Comment, ayant tenté de libérer Honey-Pie, il avait été fait prisonnier par son père — oui, son propre père. Comment il avait passé de longues heures dans une cave humide et noire à l'appeler, à le supplier, à tenter de le raisonner mais en vain. Comment il avait été libéré par les Gardes-Suisses envoyés par son parrain et comment il avait vu alors Leo Carter et son père, oui, son propre père tomber sous ses yeux, le corps criblé de balles.

Il avait craint de devenir fou de chagrin ; il s'était révolté contre la cruauté de son destin... Et puis il avait fallu subir à la questure les interrogatoires interminables ; et ne rien dire pour ne pas accuser plus ce père criminel. S'empêcher parfois de crier pour ne pas ternir encore l'image de cet homme ; s'empêcher de clamer son amour malgré tout, afin de ne pas paraître son complice. Et puis, il avait fallu assister à Palerme à l'enterrement grandiose de ce père honni et adoré ; il avait fallu suivre le cercueil porté selon la coutume sicilienne par six proches, par six tueurs qu'on méprise du fond du cœur et dont la présence est comme une insulte à ce deuil. Et puis, il avait fallu leur échapper à ces hommes ; il avait fallu fuir les autres, tous les autres qui, tels des charognards, tentaient maintenant de démanteler l'empire Varese pour s'en approprier les débris. Se sentir traqué et prendre parti pour une cause dont on sait que c'est une mauvaise cause et une cause désespérée. Se taire, surtout, toujours se taire par égard pour sa mère et son frère cadet...

— Mais j'ai décidé de tout te dire à toi aujourd'hui, John, fit John-Kevin, la voix très blanche. A vous aussi, Antoine, si vous voulez. Vous pouvez rester...

Il chercha un instant la façon de présenter les choses, puis commença assez solennellement :

— John, c'est moi qui ai tiré sur la Porsche où tu te trouvais avec ce journaliste que j'ai tué, place du Peuple... Mikaël Wyatt... Oui, c'est moi qui...

John l'interrompit vivement :

— Non, mon grand, non ! Ce n'est pas toi, ce n'est pas toi qui as manqué de peu de me tuer... Non, ce n'est pas toi qui as tiré. Entends-tu, John-Kevin ? Ce n'est pas toi ! Pour moi, il n'a jamais fait de doute que c'était ton père, hélas ! que c'était Eliah. Et, en somme, je ne me mens pas en pensant ça : il était l'instigateur, n'est-ce pas ?

— Mais cependant, c'est moi qui.

— Ecoute, John-Kevin : pour moi, ce n'est pas toi, voilà tout Si on devait t'accuser un jour, je remuerais ciel et terre, je ferais tout ce qui est en mon pouvoir, je donnerais ma vie pour que tu obtiennes le non-lieu... Tu n'as pas tué Wyatt, cette affaire n'a pas eu lieu... D'ailleurs, les enquêteurs n'ont toujours rien trouvé...

— Est-ce toi, Son Eminence le cardinal Flaherty, qui me demande d'oublier que j'ai une conscience ?

John-Kevin s'était levé et parlait avec véhémence, tout à coup. John ne se départait pas de son calme.

— Quant à cela, mon fils, répondit-il, je peux recueillir ta confession, si tu le désires. Mais sache que l'absolution, je te l'ai déjà accordée *in petto.* Je te l'ai accordée dès l'instant où j'ai soupçonné que... Mais non ! tu ne me feras pas dire ce que je refuse de dire, de penser : que c'est toi qui as tué. Je sais que ton repentir est sincère, John-Kevin, je sais aussi que tu as, au risque de ta vie, tenté de libérer Honey-Pie, et cela suffit au prêtre que je suis...

— Et cependant, parrain...

— Non, non et non ! Je ne veux plus en entendre parler. Mais, dis-moi : est-ce qu'on t'a posé des questions sur l'attentat de la place du Peuple, lors des interrogatoires ?

— On m'a seulement demandé si papa y était pour quelque chose.

— Et qu'as-tu répondu ? Tu n'es pas allé t'accuser, au moins ? Non, sans doute que non : on t'aurait inculpé dans ce cas...

— Je ne me suis pas accusé, je n'ai pas signé d'aveux, sois rassuré. Mais... Pour papa... J'ai honte de le dire : je n'ai pas nié farouchement comme j'aurais dû. J'ai dit simplement que je n'en savais rien.

— Tu as très bien fait et tu n'as pas à avoir honte. Mais que cherchaient-ils à savoir, surtout ? Tu l'as deviné ? Ont-ils vraiment fait le rapprochement entre l'attentat contre Wyatt et l'enlèvement de son amie, Honey-Pie ?

— Je n'en suis pas sûr du tout. Ce qu'ils voulaient savoir, c'est si j'étais au courant des activités de mon père et jusqu'à quel point... Par exemple, si je n'avais pas été, au début, complice dans l'enlèvement d'Honey-Pie. Car, en ce cas, je n'étais plus seulement un malheureux otage à qui on demandait son témoignage : on m'inculpait aussi. J'ai su me défendre, j'ai joué les innocents et ils ne sont pas plus avancés...

— C'est ce que j'ai fait également quand j'ai dû finir par les recevoir à l'hôpital et qu'ils m'ont interrogé sur l'attentat : je n'ai rien vu, rien su, rien compris, rien entendu... Mais, pour en revenir à Honey-Pie, qu'est-elle devenue ?

— Elle est retournée vivre aux Etats-Unis. Là-bas, je lui ai fait attribuer une bourse de cent mille dollars par la fondation Varese de l'aide aux jeunes artistes. Que pouvais-je faire d'autre pour réparer ce gâchis ?

— C'est bien, John-Kevin. Tu as agi comme j'aurais agi. J'admire ton sang-froid et ton intelligence. Et tu avais compris, tu l'avais peut-être même compris avant moi, dans quel délire paranoïaque ton père commençait à sombrer... Tu as compris à temps que tout allait finir dans le sang et la folie...

— Pas tout à fait à temps : j'ai exécuté ce malheureux journaliste...

— Non, ce n'est pas toi... Mais c'est toi qui, comme moi, as tout risqué pour libérer l'amie de ce malheureux journaliste...

— Oui. Et c'est comme ça que papa a été assassiné sous mes yeux !

— Non, John-Kevin, non ! Je t'en supplie... Tu ne dois pas te sentir coupable, pas plus que je me sens coupable. Tu ne dois pas porter le poids de sa faute : c'était lui ou toi, tu le sais. Et j'approuve celui de mes Suisses qui a tiré quand il fallait... Ecoute ce que nous dit le Seigneur : « Laissez aux morts d'enterrer les morts... » Toi, mon fils, tu dois réapprendre à vivre, maintenant. Tu dois vivre. C'est-à-dire : oublier.

— John, c'était mon père. Mon père, John... Et c'était ton ami...

— En effet. Et je lui ai pardonné. Et je peux te jurer sur ma foi que je ne lui garde pas la moindre rancune ; je peux te jurer que je n'ai plus aucun ressentiment : j'ai fini par effacer de ma mémoire jusqu'au souvenir de l'offense. Le Seigneur m'y a aidé... Vois-tu, John-Kevin, moi aussi je me suis révolté au début. Je me suis révolté contre cette monstruosité : avoir été trahi par Eliah, par Bébé. Oui, Bébé qui était plus qu'un ami pour moi, plus qu'un frère... Et puis j'ai cherché à comprendre, et Dieu m'a inspiré. Je lui ai pardonné.

— Parrain, peux-tu me pardonner aussi ?

— Je te l'ai dit, John-Kevin, je te le répète : je n'ai pas à te pardonner puisque, à mes yeux, tu n'as pas fait le mal. Je prie que Dieu t'ait en miséricorde après tant d'épreuves. Ce que tu as connu dans les caves de la via della Nocetta, c'est l'horreur que connut Isaac quand il vit son père, son propre père ! s'apprêter à l'égorger. Mais Dieu retint le geste d'Abraham. Et mes valeureux Gardes-Suisses, *Deo gratias,* ont empêché qu'Eliah commette sur toi l'irréparable. Crois-tu que le fils qui a réchappé de peu à l'infanticide, le fils qui n'oubliera jamais cet instant où il a découvert la folie criminelle dans le regard de son père, crois-tu qu'Isaac, Dieu ne lui accorde pas une bienveillance particulière ? Moi, je le crois.

Monsignore se tut. L'émotion était à son comble. Au récit des malheurs de John-Kevin, les yeux d'Antoine s'étaient embués de larmes. A lui qui n'avait pour ainsi dire pas connu son père, le jeune Américain lui semblait beaucoup plus orphelin qu'il ne s'était senti lui-même orphelin pendant toute sa triste enfance, sa désespérante adolescence. Le pire, songeait-il, le pire n'est-il pas d'être trompé, floué, trahi, dévoyé puis renié par celui que l'on aimait et qui avait le devoir de vous aimer en retour, de vous protéger et de vous montrer le droit chemin ? Une compassion vraie et une soif de fraternité le poussaient vers John-Kevin. Certes, John-Kevin avait encore un frère, un frère qui portait d'ailleurs le prénom du père ; certes, John-Kevin avait une mère, une vraie mama italienne, pour lui apporter affection et tendresse. Mais, par d'autres côtés, il était maintenant comme lui et comme Monsignore : un délaissé, un déraciné, un loup solitaire...

Est-ce un malheur ou est-ce une chance de ne pouvoir compter que sur soi-même ? Un malheur ou une chance d'être, en somme, mis en demeure de devenir un héros sous peine de n'être rien ou de mourir, sinon ?

En disant oui à Monsignore, Antoine avait choisi : l'héroïsme plutôt que la mort. Et ainsi John-Kevin, en trouvant le courage de venir implorer le pardon de son parrain. A l'un comme à l'autre, on avait voulu leur faire porter le fardeau d'une faute qui n'était pas la leur ; l'un et l'autre, aujourd'hui, déposaient le fardeau pour s'élancer, légers et libres, dans la vie. La vie qui venait — et ses promesses de bonheur, de gloire, d'amour, de fortune...

— Que veux-tu faire maintenant ? demanda John à son filleul. As-tu l'intention de continuer ce qu'avait entrepris ton père ?

— Certainement pas ! répliqua énergiquement le jeune avocat. Je me suis toujours souvenu de ce que tu m'as dit à l'anniversaire d'Eliah junior à Palerme, quand nous en avons parlé, l'année dernière ; tu te souviens ? Quand nous avons parlé de mon avenir... Et de la nécessité du changement... Comment disais-tu, déjà ? Ah oui ! « Utiliser de façon plus rationnelle et plus moderne les possibilités de succès temporel, de profit, qu'offre une société aussi diversifiée et sophistiquée que la nôtre. » Quelque chose comme ça, n'est-ce pas ?

— C'est bien possible en effet.

— J'ai repris contact avec les 3 K. Surtout Kauff et Kauffman qui ont été formidables avec moi, qui m'ont énormément aidé à me tirer de ce merdier... Vois-tu, parrain, je suis le fils d'Eliah Varese, le grand, le fameux Eliah Varese, et c'est un héritage, une succession que je ne peux pas entièrement refuser. Mais je suis aussi moi-même : John-Kevin Varese. Avec mes objectifs à moi, mes méthodes à moi, mon intelligence et ma force... Et tant pis si en disant ça j'apparais comme un affreux petit con prétentieux...

— Au contraire, John-Kevin. Et tu ne peux pas savoir comme tu me fais plaisir en raisonnant ainsi. J'étais désespéré de l'influence néfaste que ton père avait sur toi, surtout ces derniers temps. Mais tu as compris maintenant, j'en suis sûr. Tu as compris la leçon... Une leçon cher payée... Et pourtant, si ce n'était pas manquer de tact, je te dirais : « A quelque chose malheur est bon ! » Et puis, après tout, voilà ! je l'ai dit... Prends-le comme tu voudras...

— Je le prendrai bien, comme tout ce qui vient de toi, John . Et parce que je sais ce que papa a été pour toi...

— John-Kevin, les voies du Seigneur nous demeureront toujours impénétrables. Regarde ! tu as devant toi Antoine... Dans une crise de désespoir, Antoine, il y a quelques mois, a tenté de se suicider. Eh bien, le jour même, je décidais de faire de lui mon successeur, le futur curateur de l'Institut pour la charité chrétienne, le futur président de l'A.M.D.G. En quelques mois, j'ai fait de cet enfant perdu un homme. Un homme à tous les sens du mot... Mais il manquait encore une pierre à mon édifice, et c'était toi. Toi, c'est-à-dire le complice, le camarade, l'ami, le frère sans qui un homme n'est pas tout à fait un homme... Cet ami, ce frère que ton père avait été pour moi, depuis notre enfance misérable à Williamsburg jusqu'à ce jour fatal, il y a quelques mois... Je pensais sans cesse : Dieu y pourvoira. Et, en effet, aujourd'hui, te voici... Vois-tu, John-Kevin, je suis comme toi : j'ai perdu une bataille mais je n'ai pas perdu la guerre. J'ai été abattu mais je me suis relevé pour de nouveaux combats. Et je le dis : on va encore entendre parler de moi. Antoine, John-Kevin, mes fils, on va entendre parler de vous comme on a souvent entendu parler, ces dernières années, de Varese et du curateur de l'Institut pour la charité. Voici le nouveau curateur et voici le nouveau Varese. Tout recommence !

A la fois exalté et attendri, Monsignore regardait alternativement les deux jeunes gens. Antoine avait rougi, gêné d'avoir entendu évoquer sa tentative de suicide devant John-Kevin, en présence de qui il avait peur de paraître pusillanime et indigne de son amitié. John-Kevin était habité des mêmes craintes : Antoine, pour avoir été choisi comme successeur par son parrain, Antoine était assurément un esprit exceptionnel, un être hors du commun. Serait-il, lui, à sa hauteur ?

Mais cette double inquiétude, ces doutes partagés les rapprochaient un peu plus tous deux. Tout comme la volonté commune de ne pas décevoir ce père spirituel qu'ils s'étaient donné, ce maître.

Monsignore était le plus serein des trois : lui savait. Il savait que ce rêve qu'il avait fait de reconstituer l'association Varese-Flaherty allait maintenant se réaliser. Il savait que sa volonté triompherait par-delà la trahison et la mort d'Eliah Varese : oui, tout recommençait ainsi qu'il venait de le proclamer fièrement.

Et, dans ce mélange d'orgueil surhumain et de sentimentalité qui avait toujours fait le fond de son caractère, il contemplait ses deux fils : la même jeunesse, la même détermination, la même ambition, la même force athlétique et la même puissance intellectuelle, la même soif de vivre et le même goût de l'effort, ou mieux : du dépassement de soi.

Jusqu'à leur beauté virile et leur nonchalance qui les faisaient frères, jusqu'à ces mêmes jeans propres mais râpés et délavés, jusqu'à ces mêmes T-shirts de coton blanc moulant leurs torses bien dessinés... Mais, au fait, cette façon décontractée de s'habiller, cette nonchalance sportive ne venaient-elles pas de lui, ne lui étaient-elles pas empruntées ? N'était-ce pas à son imitation que John-Kevin avait abandonné les costumes d'une élégance trop voyante, trop italo-américaine qu'il avait arborés jadis pour plaire à son père, Eliah ? N'était-ce pas sur ses conseils qu'Antoine avait appris à ne plus porter de ces tristes vêtements informes, sans grâce, sans chic, et qui révèlent, presque aussi sûrement que le faisaient la tonsure naguère, la condition ecclésiastique ? N'était-ce pas parce qu'il leur avait inculqué à tous deux sa passion du sport qu'ils se trouvaient tous deux dans une telle plénitude physique ? Et n'était-ce pas parce qu'il la leur avait inspirée qu'ils étaient animés de cette volonté prométhéenne qui ferait d'eux des hommes d'exception ?

Oui, c'était parce qu'ils l'admiraient et le révéraient comme un père révéré, admiré, aimé ; oui, c'était parce qu'ils l'avaient choisi pour figure de père que ces deux garçons étaient ses fils...

Alors, John voulut réunir sous un même toit ces deux fils, ces deux frères.

— Où vis-tu ? demanda-t-il à John-Kevin.

— Ici et là. Nulle part, répondit-il.

— Veux-tu habiter avec nous la villa ? Au moins le temps de te ressaisir et de faire le point avec toi-même. Ça me ferait plaisir Antoine et toi vous apprendriez à vous connaître, à vous apprécier Et je pourrais, moi, te mettre au courant des affaires dans lesquelles j'aimerais que vous soyez associés.

— Mais... la princesse Albano ? objecta John-Kevin.

A quoi, sur un ton non dénué d'ironie, son parrain répondit :

— Oh ! mais la princesse serait charmée de t'accueillir, je n'en doute pas. Au reste, je te rappellerai que c'est moi qui invite ici : je suis cardinal et je suis donc chez moi, ne l'oublie pas.

— J'ai vu que ta barrette est exposée dans l'entrée, pour respecter l'usage... Eh bien... Si je suis le bienvenu... Si on me trouve assez comme il faut... Oui, pourquoi pas ? Cela me permettrait de souffler un peu et d'y voir plus clair : les hommes du Syndicat n'oseront pas venir me relancer ici. Et puis tes Suisses me protégeraient...

— Très certainement. Mais, ne va pas gaffer : ils ne sont plus Gardes-Suisses à présent, ils sont soldats de la Garde-Princière !

— Ah, parrain ! Tu me feras toujours rire. Décidément, tu aurais dû naître à une autre époque ! Sous Sixte Quint ou sous Jules II...

— Antoine et toi vous pourriez courir ensemble le matin. Je me souviens que tu cours très très bien. Tu as même été champion de ton collège, non ?

— Oui, je dois avouer que je ne suis pas mauvais.

— John-Kevin, tu vas m'entraîner ce petit : il a encore de sérieux progrès à faire...

L'air faussement geignard, Antoine se récria avec drôlerie :

— Oh non ! Pour l'amour de Dieu, pitié ! J'en bave déjà assez comme ça...

— Mais t'affole pas, Antoine ! Tu prendras ta revanche à la boxe : ce morveux-là avec des gants, c'est zéro. A l'anniversaire d'Eliah junior, l'année dernière, je lui ai flanqué une dérouillée sévère... N'est-ce pas, John-Kevin ?

— Hou là là ! je peux vous montrer, Antoine : j'en ai encore des bleus partout...

Tous trois éclatèrent de rire. On eût dit deux, non trois gamins, songea plus tard Monsignore, trois mauvais garnements de Williamsburg.

Il songea aussi que là était une des clefs de son génie : dans cette éternelle enfance. Dans ce goût du jeu qui n'appartient qu'à l'enfance...

La princesse fut enchantée d'accueillir le fils aîné de cet Eliah Varese dont John lui avait plusieurs fois parlé. Elle jugea tout de suite le jeune homme séduisant et, ma foi, pas trop mal élevé pour le fils d'un maffioso américain — elle en fit la remarque au cardinal... Et puis, cela l'amusait d'élargir encore sa cour : car, bien entendu, dès les présentations elle sut qu'elle allait compter, à ses déjeuners et à ses dîners, un soupirant de plus — quelque chose dans le regard de John-Kevin le lui disait.

Quant à Pierluigi Ricci, il approuva aussi : il espérait vaguement que cette présence d'un autre jeune homme ferait diversion à cette folle passion de Laura pour Antoine — passion dont il suivait les progrès dans une frayeur grandissante.

— Décidément, mon ami, fit gaiement la princesse quand John vint lui demander d'héberger son filleul, je crois que nous allons devoir rompre unilatéralement l'Avenant aux Accords du Latran et nous lancer dans une politique résolue de conquêtes. La principauté doit envahir l'Italie pour agrandir son espace vital. Sus à Rome !

C'était bien dans sa manière spirituelle de dire oui.

Le soir même, John-Kevin s'installait dans l'appartement qu'avait occupé Antoine les premiers jours, appartement où celui-ci ne faisait plus que passer deux ou trois fois par jour pour se changer.

Le lendemain matin, l'abbé constata que ses craintes étaient fondées : John-Kevin courait beaucoup mieux que lui et il était infatigable.

Plus tard dans la matinée, avec quel indicible bonheur Monsignore les découvrit qui, dans la petite salle parquetée où ordinairement il donnait à son élève sa leçon de boxe, tous deux étaient là à se battre et rire aux éclats comme deux voyous, deux aimables voyous.

Eliah et moi ! ne put-il s'empêcher de penser. *Devils* contre *Black-Fangs !* Tout recommence...

QUATRIÈME PARTIE
ET ÉPILOGUE

GLORIA IN EXCELSIS DEO

1

UN SAINT HOMME

Un coup de feu dans le silence de la nuit. Et, aussitôt, les aboiements déchirants des deux bergers allemands.

Antoine s'éveilla en sursaut. Et John-Kevin. Et Monsignore.

— N'y va pas ! N'y va pas, mon amour ! Laisse faire les gardes, ils sont là pour ça ! D'ailleurs, ce n'est peut-être rien, s'écria Laura qui venait de s'éveiller aussi. Non, je t'en prie...

Elle tentait de retenir son amant par la taille. Mais Antoine se dégagea d'entre ses bras. Il enfila une paire de jeans, des tennis et, tout en passant un sweat-shirt, il sortit en courant de la chambre.

Déjà John-Kevin dévalait l'escalier à double révolution, revolver au poing.

Et Monsignore, ajustant son holster sous l'aisselle, l'autre volée.

Les trois hommes se retrouvèrent au pied de la *Médée* du Bernin.

— On se bat dans le parc, dit Antoine.

Le garde Giaccomini apparut :

— Il faut prévenir le commandant, fit-il essoufflé. Léon a été blessé. Ils sont deux, peut-être trois... Ils ont dû passer par la petite porte des Cascine.

Sur ses pas entra alors Léon Coquoz qui se tenait le bras et grimaçait de douleur. Mais il eut assez de force pour dire :

— Ne vous inquiétez pas. Ça ne sera rien, je pense.

C'était maintenant Pierluigi Ricci qui, dans une somptueuse robe de chambre de soie rouge et blanche, descendait l'escalier monumental flanqué du majordome et de son valet, lesquels avaient revêtu à la hâte, au-dessus de leur pyjama, celui-là sa veste de frac et celui-ci son gilet rayé.

Pierluigi leur donna l'ordre de s'occuper du blessé tandis qu'il appelait au téléphone le service des urgences de l'hôpital de Frascati. Tout le monde se montrait résolu et plein de sang-froid.

Venant de la conciergerie où ils logeaient sur le côté de la cour d'honneur, le commandant Davos et les sergents von Ochs et Wallenberg surgirent à leur tour : ils finissaient qui d'ajuster son baudrier, qui de boucler ses brodequins, qui d'armer son Magnum.

Après eux, Antoine, John-Kevin et Monsignore, comme s'ils s'étaient donné le mot, s'élancèrent tous trois sur la terrasse — vers l'obscurité du parc, vers le danger.

Seul Antoine n'avait pas d'arme. Aussi, tandis qu'il courait à ses côtés, héla-t-il Giaccomini :

— Hé, passe-moi ton revolver, Adriano, puisque tu as déjà ton Magnum...

Il était au comble de l'excitation, il en aurait crié de joie. Il avait si longtemps ignoré ce plaisir instinctif, primitif que l'homme éprouve à se battre, ce plaisir qui lui vient sans doute de la nuit des temps ; il l'avait si longtemps refoulé qu'il était d'autant plus vivace en lui depuis qu'il en avait eu la révélation...

La nuit était froide et claire. La lune dessinait des ombres menaçantes entre les grands arbres. Le marbre blanc de la statue de Neptune brillait avec l'éclat bleuâtre du néon au-dessus du miroir terni de la pièce d'eau. John se sentit saisi d'une impression étrange de déjà-vu, de déjà-vécu.

Où avait-il donc connu cela ? Mais oui ! il se le rappelait comme s'il le revivait aujourd'hui : pendant la guerre, dans le parc du château royal de Caserte. Il patrouillait là avec le soldat Jim Butley à qui il venait de montrer son coutelas *Fright Silver Special,* ce coutelas non réglementaire que « le Révérend », comme on le surnommait alors dans l'armée, portait toujours sous sa chemise, le manche retenu par la chaîne du crucifix en or qu'il avait autour du cou.

Avec Jim, ils avaient rampé vers le grand bassin et s'étaient postés sous le socle de l'Apollon, cherchant à localiser dans le noir d'où provenaient les rafales tirées par le commando allemand. Quand, tout à coup, une ombre s'était jetée du piédestal sur lui : ce S.S. qu'il avait fini par plaquer au sol au moyen d'une prise de sa façon. Avant de l'égorger...

— Là ! Là ! Quelqu'un ! cria John-Kevin.

A l'instant, John revint à la réalité présente. Il se rua sur l'homme qui s'enfuyait, l'immobilisa d'une clef dans le dos tandis que John-Kevin lui décochait un uppercut et qu'Antoine, d'un revers de main lui faisait lâcher son revolver.

Avec sa torche électrique, Wallenberg, qui était accouru, éclaira le visage de l'intrus.

— L'abbé Daniel Lynch ! s'exclama Antoine, stupéfait

— Ah ! très bien, dit John Comme ça, on sait déjà d'où vient le coup !

Et, interrogeant le prisonnier à qui le Garde-Princier passait une paire de menottes :

— Combien êtes-vous ?

— Il n'y a que moi, gémit l'abbé.

D'un direct du droit, John lui fit éclater la cloison nasale ·

— Et de ça, t'en veux combien : deux, trois ?

Terrorisé, ruisselant de sang, Lynch rectifia en bégayant ·

— N-n-on... T-t-t-rois... N-n-ous sommes t-t-t-rois...

— Qui sont les autres ? lui hurla au visage Monsignore tandis que John-Kevin et Antoine, à l'appel du commandant Davos, couraient vers la terrasse du palais.

Mais Lynch, au comble de la frayeur, ne parvenait pas même à articuler :

— Le ré-rév... Le ré-rév...

— Le révérend père qui ?

John le menaçait d'un nouveau coup de poing quand il entendit son filleul crier :

— Ici ! Ici ! A moi...

Il entrevit sur les marches qui menaient à la terrasse un corps-à-corps confus. Puis il vit les faisceaux croisés de deux torches : von Ochs et Davos se précipitaient.

Quelques instants plus tard, ils revenaient vers lui tenant fermement un homme tout vêtu de noir :

— Le révérend père Riolacci, dit le commandant Davos.

John, ivre de colère, s'exclama :

— Ah ! de mieux en mieux. Et le troisième larron, c'est Olivares, n'est-ce pas ?

En guise de réponse, les deux prélats se contentèrent d'un hochement de tête humble et apeuré.

Au même moment, Antoine courait avec Giaccomini vers une ombre qu'ils venaient de distinguer tous deux. Comme il était juste sous les fenêtres de la chambre de Laura et qu'il la vit qui scrutait l'obscurité, il lui lança à la cantonade, entre ses mains placées en porte-voix :

— Fais éclairer le parc ! Vite !

Les chiens aboyèrent. Une détonation retentit.

— *Nein ! Nein !* rugit un garde en allemand — Franz Hackmann sans doute.

Le parc, alors, parut s'embraser. Et Antoine, qui se précipitait vers le bosquet d'où provenait ce « *Nein !* » désespéré, vit l'homme plus distinctement.

— Je le tiens, il est là, fit-il.

John et John-Kevin se ruèrent dans sa direction. Antoine, d'un coup de pied bien placé, avait désarmé l'inconnu. Puis il était parvenu à le faire tomber et il le tenait en respect sous la menace de son revolver — le visage en pleine lumière.

— Ah ! s'exclama John en s'approchant, c'est bien ce que je pensais : le révérend père Francisco-Javier Olivares de la Huerta de Isunza y Pacaÿe, j'espère que je n'ai rien oublié ! Oui ! c'est le révérend père Olivares soi-même que tu tiens là, Antoine. Et je tiens à te féliciter ! Pour ton premier coup, c'est un coup de maître.

Puis, au commandant Davos qui les avait rejoints :

— Nous le tenons, Jean-Louis ! Ne vous inquiétez plus de rien. Occupez-vous plutôt de ce pauvre Franz. Ce salaud d'Olivares a failli le descendre...

— Regardez, fit John-Kevin : il a du sang sur la cuisse... Mais je ne vois pas où la balle est... Ah ! mais j'entends l'ambulance que Pierluigi a demandé...

— Oui, ils ont fait vite !

Déjà l'ambulance repartait avec les soldats Coquoz et Hackmann.

Antoine lui ayant fait dire par le majordome qu'il n'y avait plus de danger, la princesse en personne était descendue de ses appartements. Tous les domestiques s'étaient levés et avaient accouru auprès d'elle. Elle souriait et remerciait son monde en vraie souveraine.

Les trois prélats avaient été regroupés, menottes aux poings, dans le salon de porphyre.

Blêmes, les traits décomposés, l'humiliation des vaincus dans le regard, ils se tenaient dos à la muraille et agenouillés face à John, John-Kevin, Antoine, Pierluigi et les quatre Gardes-Princiers qui les surveillaient l'arme à la main.

Le R. P. Olivares, en pantalon de toile militaire à poches rapportées et col roulé noir, feignait de s'abîmer dans une contemplation mystique. Le R. P. Riolacci, mains jointes et yeux baissés, marmonnait un ave. L'abbé Lynch, quant à lui, tentait de stopper l'hémorragie de son nez en le tamponnant avec des mouchoirs en papier que Pierluigi lui avait charitablement cédés.

— Antoine, fouille le père Olivares ! ordonna John. Ce saint homme a peut-être bien d'autres armes sur lui. Il faut s'attendre à tout avec des pseudo-mystiques dans son genre : ce sont les pires tueurs, souvent !

L'instruction militaire qu'Antoine avait reçue du commandant

Davos était très complète : il lui avait même appris à pratiquer une fouille sans se sentir le moins du monde embarrassé. Antoine découvrit ainsi successivement · deux poignards de para glissés le long de la tige des demi-bottes que portait le religieux pour la circonstance, cinq grenades offensives dans ses vastes poches cuissardes ainsi que trois chargeurs. Puis il lui ôta son holster vide mais, en tâtant au niveau du torse, sentit sous la laine du pull-over l'épaisseur d'une autre courroie. Que cachait donc encore ce saint homme ? Antoine, toujours aussi gêné, roula le pull-over jusque sous les aisselles...

— Un saint homme, en effet ! commenta-t-il sur un ton narquois.

Cette courroie qui l'avait intrigué n'était autre, en effet, que la sangle d'ajustage d'un corset de pénitence.

Monsignore reprit :

— Oui, un très saint homme ! Et qui n'aurait pas hésité à tuer. *Ad majorem Dei gloriam*, n'est-ce pas, mon père ? Ou, sinon pour la plus grande gloire de Dieu, du moins pour la plus grande gloire de l'Eglise !

Le dévot feignait de ne rien entendre. Il se murait dans un mépris hautain et très castillan. Il ne veut pas parler mais il parlera quand même ! se faisait en lui-même Monsignore dont la fureur grandissait encore.

Cependant, il sut ne pas se départir de sa grandeur cardinalice. Et ce fut avec une ironie féroce de grand seigneur qu'il s'adressa à ce grand seigneur :

— Dites-moi, mon père : j'ai le sentiment très net que, en haut lieu, on vient de décider la levée de l'injuste sanction qui me frappait et mon rappel à la direction de l'Institut pour la charité chrétienne. Est-ce que je me trompe ? Et est-ce que je me trompe si j'ajoute que l'idée de mon retour aux affaires vous était si insupportable que, de votre propre et seul chef, vous avez décidé de m'abattre, rien de moins ? Parce que, bien que vous ayez, selon la règle des jésuites, prononcé un vœu d'obéissance au pape, je ne peux pas croire un instant que c'est sur ordre de Sa Sainteté que vous avez tenté de me supprimer ? Je n'imagine pas non plus le cardinal Veuillot louant les services d'un tueur à gages, même si ces services sont gratuits. On a surnommé le cardinal Veuillot « le Gangster lyonnais », sans doute ; mais enfin, nous savons, vous comme moi, que ce sont là des enfantillages : notre secrétaire d'Etat n'est pas le moins du monde, Dieu me pardonne, un gangster. Tout au plus a-t-il su s'enrichir... Non, vraiment, ça ne peut venir de lui. Ni même de McAwkleen ou de Nichols. Quelle que soit leur haine à mon égard, eux aussi font passer l'intérêt de l'Eglise avant leurs rancœurs personnelles. Ils font également passer leur intérêt personnel avant leurs rancœurs : ces deux millionnaires ne s'aviseraient pas de faire supprimer le curateur de l'Institut pour la Charité avant d'avoir récupéré leurs millions. Charité bien ordonnée, dit le proverbe... Non, non ! ce ne sont donc pas Nichols, ni McAwkleen, ni Veuillot, ni Sa Sainteté qui vous ont inspiré votre geste... Ce n'est pas Dieu non plus : j'en ai l'absolue certitude puisque je crois en Lui... J'en conclus que c'est vous seul qui avez voulu vous venger. De quoi ? C'est ce que j'ignore et ce que j'ignorerai probablement toujours. On peut deviner les mobiles d'un homme sain d'esprit mais certainement pas ceux d'un faux mystique dévoyé qui confond l'amour du Christ avec ses fantasmes masochistes. Pour assouvir vos désirs pervers, il y a des maisons : la « Minerve » par exemple, « Vatican II » comme on appelle le bordel de Madame Angela, la Papesse ! Mais vous, vous avez pris l'Eglise pour un bordel, la religion pour une pratique sexuelle, et c'est cela que je ne saurais tolérer chez les gens de votre espèce.. C'est cette immense hypocrisie, c'est ce mensonge dans lequel vous vivez... Car le pire, c'est que vous n'êtes pas vraiment fou ! Non, seulement névrosé. Obsédé de pureté. Et vous croyez incarner la vraie foi. Mais vous n'êtes en somme qu'un vulgaire assassin... Et l'histoire est pleine d'assassins dans votre genre : les obsédés de la pureté. Pureté de la race, pureté de la classe : les Hitler, les Staline... Les tyrans en un mot... Tous les tyrans...

Brusquement, tandis qu'il achevait sur ces mots sa véhémente diatribe, Monsignore crut percevoir dans le murmure ininterrompu du père Riolacci le mot « démon ».

— Que dis-tu ? demanda-t-il au prélat en lui portant la main au cou comme pour l'étrangler.

— Seigneur ! Eloigne de mes yeux ce démon, répéta le R. P. Riolacci à voix plus haute et sur un ton où il y avait du défi.

La main qui s'apprêtait à étrangler, eût-on dit, remonta vers le visage qu'elle gifla à toute volée.

— Pardonne-lui, Seigneur, il ne sait pas ce qu'il fait, s'écria alors le R. P. Olivares.

Cette belle parole, le cardinal l'accueillit dans un immense éclat de rire.

— Ah ! voilà la meilleure, fit-il en prenant à témoin l'assistance. Ces trois fous viennent ici pour me tuer et ils prétendent maintenant m'enseigner la morale chrétienne. Et ils prétendent au martyre par-dessus le marché. Non, c'est trop drôle !

Puis, dans un rugissement rageur :

— Seulement, la plaisanterie a assez duré à mon goût. Par

votre faute, mes amis Franz et Léon sont à l'hôpital et je n'ai pas le cœur à rire plus longtemps, figurez-vous. Non ; j'ai le cœur à me venger ce soir. Et ma revanche, je la tiens enfin !

En s'emparant du téléphone posé sur un guéridon, il ajouta :

— Olivares, vous allez appeler immédiatement le Très-Saint-Père. Vous allez lui dire où vous vous trouvez en ce moment, comment et pourquoi. Vous allez lui raconter ce que vous avez tenté contre moi. Et puis, comme vous êtes de ses familiers, si j'en crois la rumeur publique, vous solliciterez pour moi et pour l'abbé Chesnaye que voici une audience solennelle demain... c'est-à-dire : aujourd'hui, vendredi, à dix heures du matin. Et qu'il veuille bien convoquer pour la même heure messeigneurs McAwkleen, Nichols, Maraîcher et Galeazzo-Consalvi. C'est compris ?

Il jeta le combiné au pied de son prisonnier et, réarmant son revolver muni d'un silencieux, le pointa à bout portant contre la tempe du religieux.

Celui-ci, en un instant, était devenu blême comme un mort, et une sueur nauséabonde et glacée commençait d'inonder son front.

La seule crainte de John était qu'il fût assez exalté et assez déséquilibré pour s'offrir au martyre plutôt que d'obéir. Aussi outré de colère qu'était alors le cardinal, il n'avait nullement l'intention d'exécuter le R. P. Olivares, en effet. Et il risquait de se trouver alors dans une situation délicate sous les yeux de ses deux élèves, Antoine et John-Kevin, qu'il ne voulait pas décevoir...

C'était l'affrontement de deux orgueils implacables, de deux volontés hors du commun : l'ascète et le jouisseur...

Monsignore sut qu'il avait gagné quand il entendit enfin le R. P. Olivares lui parler. Même si c'était pour objecter :

— Il est une heure du matin, je ne peux décemment pas déranger Sa Sainteté maintenant.

A quoi il répliqua :

— Vous savez aussi bien que moi que le Saint-Père veille jusque vers deux, trois heures du matin.

Le R. P. Olivares hésita encore quelques longues minutes, quelques longues minutes où il sentait le cercle froid du canon du silencieux lui vriller la tempe.

La tension était extrême. John-Kevin, Antoine, Pierluigi et les Gardes-Princiers observaient la scène en silence. Le R. P. Riolacci priait et l'abbé Lynch sanglotait de frayeur

Monsignore fit jouer négligemment sous son index le déclic du chargeur

Rengorgeant sa salive, le R. P. Olivares murmura, à peu près inaudible :

— C'est bon.

Et, les mouvements de la main entravée quelque peu par ses menottes, il commença à composer avec difficulté sur le clavier le 6982 qui est le numéro unique du central du Saint-Siège, celui par lequel on obtient toutes les communications en les murs de la Cité vaticane.

Ce que voyant, John frappa du tranchant de la main la fourche du combiné :

— Ne jouez pas au plus malin avec moi ! dit-il. Vous savez très bien que le central ne fonctionne plus passé onze heures et demie du soir sauf pour appeler l'*Osservatore Romano* ou la radio. Je suis sûr que vous connaissez le numéro de la ligne directe du Saint-Père, le numéro de la ligne rouge.

— N-n-non, gémit le R. P. Olivares lamentablement. N-non, je vous prie de me croire...

Pour une fois, le jésuite avait l'air parfaitement sincère ; le cardinal en fut frappé.

— Mais alors, s'écria-t-il avec une gaieté féroce, vous n'êtes... ou plutôt, depuis ce soir, devrais-je dire, car votre temps est bien fini : vous n'étiez... Mais alors, vous n'étiez pas si important que ça ! Vous ne comptiez guère pour le Saint-Père. Nous sommes tout de même au moins une trentaine à le connaître, ce numéro. Et vous qui vous imaginiez l'Eminence grise... Ah ah ! vous qui vous imaginiez le Fouché de Sa Sainteté ! Mais vous n'êtes rien, Olivares, rien ! Et dire que j'ai failli moi aussi y croire, à votre puissance...

Alors, se tournant vers Antoine, c'est à lui que, pour humilier un peu plus le R. P. Olivares, il dit :

— Tiens, fais-le donc ce numéro puisque toi qui n'es qu'un petit minutante, puisque toi-même tu le connais !

Antoine se remémora la courte liste des numéros de téléphone indispensables autant que secrets que John l'avait obligé à apprendre par cœur, comme un enfant ses tables de multiplication. Il appuya sur les touches 6, 9, 1, 6, 1 et à nouveau 6.

A l'autre bout de la ligne, la sonnerie retentit une fois, deux fois, trois fois...

Le combiné tremblait légèrement dans sa main, il était terriblement ému.

— Allô ? entendit-il enfin. Allô ?

C'était la voix douce et sénile de Paul VI.

Alors, celui qui serait bientôt Monsignore II se ressaisit et, clairement, posément, énonça :

— Je prie Sa Sainteté de ne pas quitter. Je lui passe le révérend père Francisco-Javier Olivares de la Huerta qui veut lui parler.

Et il entendit le pape s'écrier :

— Mon Dieu ! Que se passe-t-il ?

2

TRIOMPHE ROMAIN

Qui de l'entourage immédiat de Sa Sainteté ou qui des cardinaux McAwkleen, Nichols, Maraîcher, di Galeazzo-Consalvi avait parlé, avait trahi le secret ? Quelle sœur standardiste indélicate, quel indiscret bussolante du service de l'antichambre pontificale, quel irresponsable secrétaire particulier de quelle Eminence ? Et comment la nouvelle avait-elle pu se répandre si vite ?

C'était là un mystère comme il en est tant dans ce pays mystérieux qu'est le Vatican. Mais toujours est-il que la Cité Léonine se trouvait depuis le matin en émoi et que la rumeur courant les cours et les couloirs du palais apostolique ne cessait d'enfler : Mgr Flaherty avait gagné, la Curie cédait. A dix heures, le curateur de l'Institut pour la charité chrétienne serait reçu en audience extraordinaire et avec les honneurs par le Très-Saint-Père.

Les prélats, flahertistes, antiflahertistes ou indifférents, le savaient déjà tous. Mais aussi le personnel de moindre importance et qui constitue ce qu'il faut bien appeler le peuple de cet Etat qui ne compte pas mille habitants : les Suisses, les employés des congrégations, les religieuses de l'Annone, les surveillants en civil... Le bruit avait atteint jusqu'à l'abbé MacCarthy en son silencieux cabinet des Reliques ; jusqu'à Mgr Saint-Vast qui ne vivait que pour les précieux manuscrits de la Bibliothèque vaticane dont il avait la charge : les minutes du procès des Templiers, la correspondance de Michel-Ange avec le pape Jules II, le plus vieux au monde des Ancien Testament...

La nouvelle avait même franchi les murailles de la Cité : des journalistes italiens l'avaient apprise. Et si leurs collègues de l'*Osservatore Romano,* observant la loi de *l'omertà* plus encore que le cours des événements, prétendaient ne rien savoir, ils étaient toute une nuée de paparazzi et de reporters qui se pressaient dès neuf heures du matin place Saint-Pierre, devant la porte de l'Arc des Cloches par où, vraisemblablement, le cardinal John K. Flaherty ferait son entrée dans un peu moins d'une heure.

Les deux hallebardiers qui gardaient les grilles avaient fort à faire pour maintenir libre l'accès. Mais l'atmosphère était gaie et bon enfant. Et la pureté du ciel, la belle lumière d'un beau matin d'hiver contribuait encore à donner à ce jour un air de gloire.

Il était dix heures moins le quart quand, au milieu du petit rassemblement de curieux, deux sœurs lingères de la sacristie de Saint-Pierre, surexcitées comme des midinettes guettant à l'entrée des artistes le passage de leur vedette favorite, s'écrièrent ensemble :

— Les voilà ! Les voilà !

Et l'on vit alors, en effet, provenant de la triomphale via della Conciliazione et roulant avec la lenteur majestueuse qui sied à ce genre de cortège, la file des quatre voitures officielles de la principauté Albano.

Devant, ouvrant la route, venaient deux employés de la princesse montés à moto. Par un enfantillage bien dans sa manière, Laura les avait récemment équipés de combinaisons de cuir, de bottes, de gants et de casques bicolores azur et or. Sur leurs grosses cylindrées à carénage bleu et jaune, ils avaient fière allure.

Puis, c'était la jeep que Monsignore avait offerte à ses fidèles gardes du corps et dont le capot arborait aussi des fanions aux couleurs des Albano. Malgré le froid, elle était découverte et, aux yeux des Romains, avait exhibé depuis Frascati ce spectacle très étonnant et même très choquant de trois hommes humiliés publiquement et qu'on promenait comme on promenait jadis les condamnés dans les charrettes qui les conduisaient au supplice. Le R. P. Olivares, le R. P. Riolacci et l'abbé Lynch étaient les trois prisonniers frappés d'infamie. Par mesure de sécurité, les gardes avaient fait passer la chaîne de leurs menottes au-dessus de l'arceau de sécurité du tout-terrain, ce qui faisait que, les bras levés au ciel, ils paraissaient implorer la miséricorde divine et cacher la honte sur leur visage. Ils étaient surveillés par Hans Wallenberg, assis à l'arrière sur le longeron des roues, et Hugo von Ochs qui avait pris place à l'avant, au côté d'Adriano Giaccomini qui conduisait.

En second, c'était la Jaguar Mark X bleu nuit de Pierluigi Ricci où se trouvaient l'abbé Antoine Chesnaye et le cardinal John K. Flaherty qui, pour la circonstance, avaient tous deux revêtus la soutane — noire pour l'abbé, noire à boutons et écharpe écarlate pour le cardinal. John avait voulu associer Pierluigi Ricci à sa victoire mais l'avocat, s'en tenant à ses principes de refus des honneurs, avait décliné l'offre.

— Non, vous savez comme j'ai en horreur tout ce qui ressemble de près ou de loin à de la publicité ! avait-il répondu à Monsignore qui l'invitait. Mais, pour l'obliger, cet homme vraiment élégant lui avait prêté sa luxueuse berline carrossée par Van der Plas ainsi que son chauffeur pour le conduire au Vatican.

Laura, pour sa part, n'avait pas hésité un instant : oui ! elle viendrait. Ne serait-ce que pour assouvir son goût immodéré de la provocation et du succès.

Aussi voyait-on, à la suite de la Jaguar, sa Rolls-Royce décapotable conduite par son chauffeur à elle. Pour mieux jouir de son triomphe, et malgré le froid vif, la princesse — c'était là sa « dernière » et, avec nostalgie, elle pressentait que ce serait sans doute sa dernière « dernière » —, la princesse avait fait décapoter aux abords du Tibre et elle saluait les passants de sa main gantée de blanc.

En raison d'un privilège concédé par Clément XIV à la maison Albano, elle partageait avec les souveraines catholiques la prérogative de se présenter au pape non en noir, ainsi que l'exige le protocole pour toutes les femmes reçues par le Saint-Père, mais en blanc. Cependant, comme elle ne voulait pas plus renoncer à l'élégance qu'au privilège, au lieu de porter la sévère robe longue et la mantille qu'elles doivent revêtir en cette occasion, elle avait osé le tailleur blanc avec un châle de cachemire blanc sur les épaules et, en guise de mantille, s'était coiffée d'une capeline sur laquelle elle avait fait draper à la hâte, par sa femme de chambre, une voilette de tulle.

La princesse se montrait assurément plus princesse que jamais. Dans son allégresse, elle ne manquait pas même de ressentir cette sourde mélancolie qui, selon les poètes, donne tant de charme aux princesses et sans laquelle elles ne sont pas tout à fait princesses à leurs yeux. La fête allait se terminer en même temps qu'elle mettrait fin à la sécession de la principauté ; Laura songeait avec amertume que, dès le lendemain, elle retrouverait la monotonie de sa vie oisive et inutile. On décrocherait de la façade de la villa les oriflammes azur et or ; les Gardes-Princiers, absous par le pape assurément, réintégreraient aussitôt le corps des Suisses ; Monsignore, n'ayant plus besoin de son hospitalité, la quitterait pour reprendre sa luxueuse existence, errante et libre, de nonce extraordinaire et d'homme d'affaires. Quant à Antoine, hélas !

Mais non, elle ne voulait pas y penser — pas encore : elle avait de trop cruels pressentiments si elle y pensait. Et pour l'instant, elle voulait jouir de l'instant, comme elle avait toujours fait : en vraie aristocrate. Demain ? Eh bien ! on verrait demain n'est-il pas un autre jour ?

Mais pourquoi ne cessait-elle de se retourner ainsi ? Etait-ce le passé, l'heureux passé qu'elle regardait s'enfuir ? Etait-ce John-Kevin qu'elle regardait ?

Car, derrière la Rolls, fermant la marche, c'était, dans sa Lancia noire qu'il conduisait, John-Kevin avec, à son côté, le commandant Jean-Louis Davos.

L'Eglise a toujours recherché en tout la discrétion. Son goût de la réserve et du secret avait été fort malmené ces derniers temps par ce qu'on appelait « l'affaire Flaherty » ou, plus simplement, « l'Affaire ». Mais aujourd'hui, avec le retour au Vatican du curateur de l'Institut pour la Charité Chrétienne, la Curie mesurait combien elle avait été imprudente de lui chercher querelle, car elle se trouvait devoir affronter un tapage encore plus scandaleux que tous les scandales qui s'étaient succédé depuis le début de l'affaire : loin d'être un Canossa, le retour du cardinal prenait des airs de triomphe romain. Dans l'Antiquité, c'était ainsi que, précédé des prisonniers qu'il avait faits pendant ses campagnes, un général victorieux entrait dans la ville. Et on l'acclamait comme on acclamait maintenant devant la porte de l'Arc des Cloches Monsignore. Dans la petite foule de badauds massée devant les grilles, on entendait même ici et là de très provocants :

— Vive John XXIV !

Bien mieux : on acclamait ainsi jadis le général victorieux mais il se trouvait toujours un bouffon dans le cortège pour l'apostropher tout le long du parcours et lui rappeler l'inanité des honneurs. Et, de même, Angelaccio — « le Vilain Ange » —, un vieil infirme à demi fou qui, depuis des années, exhibe ses moignons de bras et quête sur les marches de Saint-Pierre, se fraya un chemin jusqu'à la luxueuse berline où se trouvait le cardinal Flaherty pour lui lancer d'une voix menaçante :

— Vanité des vanités ! Et tout est vanité !

Alors, on vit le cardinal baisser la vitre et, s'accoudant à la portière, prononcer avec une certaine emphase solennelle ces paroles :

— Ah certes, mon fils, tu as raison ! Tout est vanité en ce monde, et c'est bien pour cela que je m'apprête à l'abandonner

Ceux qui, alentour, entendirent furent très surpris. Et Antoine se récria vivement :

— Abandonner le monde ?

Monsignore lui sourit avec affabilité mais ne daigna pas lui donner un quelconque éclaircissement.

Déjà les hallebardiers, qui avaient fraternisé avec leurs anciens compagnons d'armes et échangé quelques commentaires sur la capture des prisonniers, manœuvraient la barrière à balancier qui démarque la frontière entre l'Italie et le Saint-Siège. Au milieu des vivats, des applaudissements et du crépitement des flashes, les deux motards, la jeep, la Jaguar, la Rolls-Royce et la Lancia s'avancèrent vers la place des Protomartyrs.

La grande force de Monsignore avait toujours été de savoir « jusqu'où aller trop loin » — comme on dit. Il avait compris que sa démonstration de force devait impressionner la Curie, l'indisposer même quelque peu contre lui afin de mieux frapper les esprits : *Oderint, dum metuant,* aurait dit le cardinal di Galeazzo-Consalvi, si féru de citations latines — « Qu'ils me haïssent, pourvu qu'ils me craignent ! » Mais il avait également compris qu'il devait modérer les effets de cette démonstration quand il serait en présence du pape et de son entourage immédiat. Par égard pour la dignité pontificale et surtout parce que Paul VI lui avait toujours secrètement gardé estime et amitié depuis ce jour où, à Bombay, il lui avait sauvé la vie. Il s'agissait de ne pas trop heurter la pudeur et la sensibilité tout évangélique de Sa Sainteté. Aussi Monsignore avait-il demandé à Adriano Giaccomini de ne pas pénétrer dans la cour Saint-Damase avec la jeep mais de traverser directement la cour du Belvédère pour mener les prisonniers à la caserne des Suisses. Les motards de la princesse avaient reçu même consigne : le cardinal craignait que les prélats attachés à la personne du Saint-Père, gens compassés et timorés, ne fussent désagréablement troublés au spectacle insolite de ces deux grands gaillards harnachés comme des coureurs sur un circuit de compétition. N'entrèrent donc dans la cour Saint-Damase que les trois voitures.

Mgr Durand, préfet de la maison pontificale, accompagné de trois prélats en violet spécialement chargés des réceptions et du protocole, était descendu en personne de son cabinet pour accueillir les visiteurs. C'est là un privilège réservé aux hôtes de marque et Monsignore en conçut, dès qu'il le vit s'avancer vers la voiture dont un camérier s'empressait d'ouvrir la portière, une joie qu'il eut peine à dissimuler en son for intérieur. Car il y voyait la confirmation que le pape, horrifié par les révélations que le R P. Olivares avait dû lui faire dans la nuit sous la menace du revolver, avait accepté de donner à la réhabilitation du curateur de l'Institut pour la Charité Chrétienne le caractère de solennité qu'il avait souhaité ou, pour mieux dire, exigé... Belle revanche ! le proscrit d'hier, suspendu *a divinis,* était aujourd'hui reçu en chef d'Etat : tandis qu'il descendait de l'auto, un détachement de trois Gardes-Suisses lui rendit les honneurs.

Mgr Durand savait son monde : il salua d'abord le cardinal, puis la princesse, puis le commandant, puis l'abbé et, en dernier, ce jeune homme sans nulle distinction d'ordre ecclésiastique, aristocratique ou militaire : John-Kevin Varese. Le temps des politesses accordées à chacun semblait strictement mesuré à l'importance de la personne.

— Altesse Sérénissime, mon éminent collègue, mon commandant, monsieur l'abbé, monsieur, dit le préfet, vous serez reçus par Sa Sainteté dans la salle du trône. Sa Sainteté vous accordera ensuite, à vous mon éminent collègue ainsi qu'à monsieur l'abbé, l'audience que vous avez sollicitée dans sa bibliothèque, en présence de mes éminents collègues messeigneurs di Galeazzo-Consalvi, Nichols, Maraîcher et McAwkleen.

Par l'ascenseur, on monta au second étage du palais apostolique où sont les appartements officiels du Souverain Pontife. C'est une suite de salles d'apparat d'un aspect fort austère mais qui ne manquent pas d'élégance dans leur sobre décoration. Les murs y sont tendus de velours gris perle ou chamois ; les fenêtres, de rideaux blancs qui adoucissent l'éclat du jour sur le sol de marbre clair. Des projecteurs éclairent les fresques des plafonds et les très rares et très belles œuvres d'art de la Renaissance qui viennent atténuer quelque peu, ici et là, la sévérité des lieux.

Précédé par le préfet d'honneur, le petit groupe traversa la salle Clémentine, la salle du Consistoire et entra dans la salle du trône au moment exact où les portes à l'opposé étaient ouvertes par les camériers pour l'entrée du Saint-Père — dix heures sonnaient. Le rituel protocolaire du Saint-Siège, quoique considérablement allégé et épuré par les cinq derniers papes, a encore la grandeur et la précision maniaque des rituels qui réglaient la vie de cour dans les monarchies absolues des siècles passés. De part et d'autre de la porte à doubles battants, deux officiers de la Garde-Suisse en grand uniforme de cérémonie — culottes et pourpoint de velours amarante, fraise tuyautée, cuirasse damasquinée, casque à cimier de plumes écarlates — vinrent se poster au garde-à-vous.

— Sa Sainteté, annonça un prélat.

Entouré de deux jeunes abbés qui marchaient à un pas derrière lui pour le soutenir en cas de défaillance, Paul VI apparut sur le seuil de la salle et s'avança comme en hésitant Blême, les traits crispés, il paraissait plus accablé encore qu'en temps ordinaire par le grand âge et les soucis de son écrasante charge

Les cinq visiteurs s'agenouillèrent mais, d'un geste de la main, il les invita à se relever immédiatement, les dispensant par là même de baiser son anneau. Il demeura debout : le cardinal Flaherty et le lieutenant-colonel Davos, très au fait des usages pontificaux, devinèrent aussitôt que l'entrevue serait brève.

Le pape leva les yeux au ciel, joignit les mains et commença d'une voix très douce, récitant apparemment une allocution qu'il avait rédigée dans la nuit et apprise par cœur de peur de se laisser trahir par l'émotion :

— Madame, monseigneur, mes bien chers fils, ce matin Nous relisions dans saint Luc la parabole de l'enfant prodigue. Vous la connaissez tous et Nous ne ferons pas l'injure de la rappeler aux fidèles chrétiens que vous êtes. Mais, à Nous qui sommes un peu votre père à tous, qu'il Nous soit permis de redire ce que dit le père au fils aîné. Celui-ci, vous vous en souvenez, récrimine parce qu'on tue le veau gras pour fêter le retour du cadet qui a dilapidé toute sa fortune en compagnie des courtisanes, alors que lui, le bon fils, le fils travailleur, le fils soumis, lui n'a jamais reçu de son père ne fût-ce qu'un chevreau pour festoyer avec ses amis. Le père dit alors : « Mon enfant, tu es toujours avec moi, et tout ce que j'ai est à toi. Mais il fallait bien faire la fête ; car ton frère était mort et il est revenu à la vie ; il était perdu et le voici retrouvé. » Oui, madame, oui, monseigneur et vous, mes bien chers fils, permettez à votre père de vous dire : vous voici revenus à la vie, vous voici retrouvés, c'est jour de fête !

Les propos joyeux étaient quelque peu démentis par le ton funèbre sur lequel ils étaient prononcés. Mais, après ce préambule biblique, le Saint-Père poursuivit en s'adressant plus familièrement à chacun en particulier :

— Vous, monseigneur, mon très cher fils, vous connaissiez cette mort qu'est pour un berger des âmes la suspension *a divinis.* Mais Nous avons levé la sanction qui vous frappait et vous voici rentré en grâce, vous voici retrouvé. Soyez béni et allez en paix...

Le cardinal Flaherty s'inclina profondément. Mais il était si grand que Paul VI fit le signe de croix à hauteur de sa poitrine et non de son front, comme il se doit.

— Vous, madame, continua le Saint-Père en se tournant alors vers la princesse, vous que Nous nous autoriserons à appeler affectueusement : notre fille ; vous avez douté de la justice de Notre Sainte Mère l'Eglise. Hors de l'Eglise vous étiez morte, mais vous voici retrouvée. Soyez bénie et allez en paix...

Seconde bénédiction ; Laura baisa l'anneau du pêcheur comme elle venait de le voir faire Monsignore. Et elle se surprit à se trouver, pour la première fois de sa vie peut-être, à court d'insolence ou simplement d'esprit : elle ne parvint pas à prononcer un mot, encore moins un bon mot. On ne lui vit pas même ce sourire ironique, ambigu et distant, qu'on lui remarquait habituellement en société, dans ces sortes de comédies mondaines...

Puis, ce fut le tour du lieutenant-colonel Jean-Louis Davos :

— Sois béni et va en paix, toi aussi, lui dit Sa Sainteté. Te voici retrouvé ! Retrouvé en l'Eglise et retrouvé par tes compagnons d'armes de la Garde-Suisse. Tout comme sont pardonnés...

Le Saint-Père se fit souffler par un des jeunes prélats qui l'entouraient les noms des Suisses débauchés par Monsignore :

— Tout comme sont retrouvés mes fils : Hugo von Ochs... Franz Hackmann... Hans Wallenberg... Léon Coquoz... et... Adriano Giaccomini. Nous te chargeons de leur transmettre en Notre nom et en celui du colonel Helmuth Höfflin von Brag la bonne nouvelle...

Le lieutenant-colonel Jean-Louis Davos, gentilhomme de Sa Sainteté, était un viril et valeureux soldat et néanmoins un grand sentimental : deux grosses larmes roulèrent au long de ses joues et les quelques paroles de remerciement qu'il voulut proférer, en son nom et au nom de ses hommes, demeurèrent inarticulées sur ses lèvres. Cependant, telle est la force de l'habitude acquise dans un dressage disciplinaire comme celui auquel sont soumis les Suisses, il sut exécuter à la perfection ce curieux salut militaro-religieux qui n'est plus pratiqué que par eux : genou droit à terre, main droite à la tempe. Il serait plus juste d'écrire aujourd'hui : n'*était* plus pratiqué que par eux puisque le pape Jean-Paul II, au grand regret des passéistes, a récemment aboli cette dernière survivance d'une tradition semi-millénaire.

Enfin, Paul VI s'adressant conjointement à l'abbé Antoine Chesnaye et à John-Kevin Varese :

— Messieurs, fit-il, mes fils, soyez pareillement bénis et allez en paix, vous qui avez courageusement défendu la vie de Son Eminence le cardinal John Flaherty.

« Oui, répéta-t-il à l'adresse de tous, soyez bénis et allez en paix ! »

L'audience n'avait pas duré dix minutes. Dans l'assistance, les sentiments étaient divers. Les deux cardinaux, Mgr Durand et Mgr Flaherty, qui connaissaient le mieux les règles non écrites du protocole pontifical, jugeaient l'un et l'autre que cette brièveté signifiait pour Monsignore et son entourage : réhabilitation totale et victoire. Le plus souvent en effet, l'assentiment du Saint-Père à une cause était inversement proportionnel au temps qu'il y consacrait. De sa part, si c'était oui, l'audience prenait à peine plus de temps qu'il n'en faut pour dire « oui » ; le non, au contraire, entraînait de longues discussions dilatoires et d'interminables séances de réflexion.

John avait du mal à ne pas laisser éclater sa joie, cette sorte de joie enfantine qui s'empare, à moins qu'il ne soit un saint, de tout homme au moment où il tient une revanche longtemps attendue.

Mgr Durand, en habile courtisan qu'il était, souriait platement à celui en qui il voyait à nouveau un puissant avec lequel il faudrait recommencer à compter.

Le lieutenant-colonel Davos, réintégré dans son corps et avec même grade, aurait voulu quant à lui voir se prolonger l'entrevue car, accablé par les remords qu'il avait eus de sa déloyauté, il goûtait enfin à la paix et au repos du juste.

Antoine, très ému à la pensée que son destin allait se jouer dans les minutes qui venaient mais très déçu de ce que le pape lui eût à peine accordé quelques mots, une bénédiction presque distraite et pas un seul regard, reprit confiance en saisissant le clin d'œil complice que Monsignore lui adressait à la dérobée et qui n'avait d'autre sens que : « Tout va bien ! »

John-Kevin, pour sa part, avait assisté à l'audience en spectateur plus qu'en participant. Ce qui l'avait intéressé, c'était la visite de ces salles interdites au public, c'était le pittoresque de ce cérémonial désuet et le langage exagérément recherché de Sa Sainteté ; ce qui l'avait amusé, c'était d'être reçu ici, lui le fils d'Eliah Varese.

Mais Laura se sentait triste et comme frustrée de son triomphe. Quoi ? Quelques mois de fête, quelques mois de bonheur devaient donc s'achever ainsi en quelques minutes, sur ce discours ridiculement ampoulé et... pontifiant — c'était le cas ou jamais de le dire ? Et elle, elle n'avait pas su montrer à sa manière à elle combien elle se moquait de ce discours ; elle n'avait pas su, elle n'avait pas pu charmer, éblouir, provoquer à son habitude ; encore moins lancer sa « dernière » — on ne lui en avait pas laissé le temps...

Il y avait pire : dans son discours, elle y repensait brusquement, c'était à son égard que le pape s'était montré le moins indulgent. Il avait eu la bonté de ne pas reprocher ses erreurs au cardinal ni au militaire mais à elle, qui était femme, il lui avait rappelé sa faute. D'ailleurs, songeait-elle à présent avec colère, toute l'attitude de Paul VI envers elle et jusqu'à sa façon de lui adresser la parole révélaient cette écœurante misogynie des hommes d'Eglise. Au reste, c'était aujourd'hui la victoire des hommes : John, Antoine, John-Kevin, Jean-Louis... et c'était sa défaite à elle, la femme. A ces hommes, elle avait offert son hospitalité, mais dès demain ils l'auraient oubliée, abandonnée : son rôle, son rôle de femme était terminé. « Mère ou putain ! » comme avait noté si justement Pierluigi Ricci à propos des femmes qui plaisent aux ecclésiastiques : elle avait, en somme, été l'une et l'autre pour ces hommes ; mais jamais une partenaire, jamais une égale. Il en va ainsi dans toutes les révolutions, dans toutes les guerres d'indépendance nationale : les épouses, les sœurs partagent les luttes et les souffrances de leurs frères, de leurs maris. Mais le jour du défilé de la victoire, ils les renvoient au foyer... Laura avait perdu pour la seule raison qu'elle était une femme et que l'Eglise, que le pouvoir, que la force, que la gloire ont été inventés par les hommes pour les hommes.

Elle avait ignoré jusqu'à ce jour ce qu'on appelle l'esprit de l'escalier, mais c'était maintenant, alors que tout était fini déjà, c'était seulement maintenant que lui venaient tant d'idées brillantes ; maintenant que ses belles lèvres dédaigneuses recommençaient d'esquisser un sourire ironique et presque méprisant.

Puis, pour la première fois depuis bien longtemps, elle eut une pensée tendre pour Pierluigi. Lui, au moins, avait refusé de s'associer à cette cérémonie... à cette mascarade ; lui était un être supérieurement civilisé, un être supérieur. Parce qu'il avait cette féminité en lui ; parce qu'il avait une sensibilité dont il n'avait pas honte et qu'il n'essayait pas de cacher comme font la plupart des hommes... Et pourtant, Pierluigi était un passionné aussi : n'était-il pas allé jusqu'au meurtre par amour pour elle ? Mais il n'avait pas cette soif de puissance et d'honneur, ces idées qu'on prétend viriles et qui ne sont, au fond, que puériles — des idées de scout, des idées de petit garçon. Pierluigi, lui, était le seul être absolument adulte qu'elle eût jamais connu... Qu'elle eût jamais aimé...

Et tout à coup, Laura comprit le sens des paroles qu'il lui avait dites un jour — la citation d'un écrivain, mais elle ne se souvenait plus lequel : « La gloire est le deuil éclatant du bonheur. »

Elle s'aperçut avec une manière d'effroi qu'en cet instant elle n'aimait presque plus Antoine. Hélas ! ce jour aurait dû être un jour de triomphe, mais c'était dans son cœur un jour de deuil...

Les yeux perdus dans le vague, elle en était là de ses amères pensées quand Mgr Durand s'approcha d'elle. Avec le tact du prélat d'honneur qu'il était, avec la maîtrise du chorégraphe qu'il eût pu devenir pour avoir organisé par milliers de ces mises en scène protocolaires que sont les audiences pontificales, d'un geste de la main, il invita la princesse à suivre John-Kevin Varese et le lieutenant colonel Jean-Louis Davos qui, eux, avaient déjà compris qu'ils devaient se retirer...

Sans un regard pour Antoine ni pour John, sans un sourire respectueux à l'endroit du Saint-Père, sans un mot de politesse pour les prélats qui la raccompagnaient, elle ressortit de la salle du trône. Elle avait retrouvé cette démarche altière et élégamment déhanchée qui avait toujours été son truc — comme on dit. Et ses talons hauts claquaient, sonores, sur le marbre.

En retraversant la salle du consistoire, elle leva les yeux sur le grand crucifix appendu au mur du fond et, à l'effarement scandalisé des prélats, elle lança avec superbe le vers de Dante :

— « Hélas ! On te recrucifie ici chaque jour... »

Il ne serait pas dit que la visite de la princesse Laura Albano, née comtesse dell'Orto, à Sa Sainteté le pape Paul VI en ce jour de décembre 1975 serait oubliée de sitôt...

L'heure de l'affrontement final avait sonnée pour Monsignore, l'heure de la victoire — il n'en doutait plus. Et ce n'était pas sans émotion qu'il entrait maintenant, à la suite de Sa Sainteté, dans cette bibliothèque où, neuf mois plus tôt, il avait été humilié par les quatre cardinaux de la commission de vigilance de l'Institut pour la Charité Chrétienne. C'était d'ailleurs pour cette raison même qu'il avait exigé que l'audience extraordinaire en leur présence fût convoquée en ces lieux.

Des appartements officiels du souverain pontife, la bibliothèque est la seule pièce quelque peu habitée. Paul VI y travaillait fréquemment, aussi la décoration et l'ameublement y étaient-ils moins austères et dépouillés que dans les autres salles. Il y avait, derrière le bureau, une belle tapisserie d'après des cartons de Raphaël. Sur le mur du fond, une *Résurrection* du Pérugin. Aux angles opposés, deux consoles supportant des statues de bois allemandes du XVe siècle et, sur une longue table de couvent, c'était tout un amoncellement de bibelots et de livres pieux, gros in-quarto ou ravissantes bibles miniatures de la Renaissance.

Comme neuf mois auparavant, une table volante qu'on ajoutait pour les conseils avait été installée auprès de la cathèdre où siégeait le pape dans les séances de travail qui revêtaient quelque caractère de solennité. Les cinq mêmes fauteuils avaient été disposés autour de même façon, tout comme le pupitre du minutante sténographe.

Les deux officiers de la Garde-Suisse exécutèrent ensemble un demi-tour pour précéder l'entrée du Saint-Père. Un camérier qui exerçait l'office d'*aboyeur*, comme on disait jadis, annonça selon l'usage :

— Sa Sainteté.

Puis :

— Son Eminentissime et Révérendissime Excellence le cardinal John Flaherty.

Enfin :

— Monsieur l'abbé Antoine Chesnaye.

Le pape prit place dans sa cathèdre, le cardinal s'avança vers le grand fauteuil que ses collègues lui laissèrent libre en se rasseyant, et l'abbé sur le tabouret tendu de velours rouge et frappé aux armes de Saint-Pierre qu'un prélat d'honneur lui indiqua du doigt.

Ainsi, Monsignore se retrouvait face à ses quatre accusateurs de la commission cardinalice de vigilance : NN. SS. McAwkleen, Nichols, Maraîcher et di Galeazzo-Consalvi.

Mgr Patrick McAwkleen, l'ancien archevêque de Los Angeles, cet homme à l'allure militaire avec ses cheveux coupés en brosse apparents sur le devant de la calotte écarlate, mais aux mains molles et blanches qui lui conféraient aussi on ne savait quoi de désagréablement dévot dans l'aspect.

Mgr Paul Nichols, le prélat d'origine australienne, cet arriviste forcené dont le regard froid derrière de petites lunettes à monture d'acier était celui d'un serpent ; le compte 63-89-46 de l'I.C.C., ne pouvait s'empêcher de songer Monsignore en l'observant ; car ce fils d'ouvrier qui posait à l'ascète détaché des biens de ce monde avait constitué en quelques années, Dieu et le curateur seuls savaient comment, une des plus grosses fortunes parmi les résidents permanents du Vatican.

Mgr Jean Maraîcher, un Périgourdin jovial, au franc-parler chaleureux et rocailleux jusqu'au comique. Sans doute, le moins faux, le moins corrompu, le plus sincère des collègues ici présents.

Enfin, Mgr Tancredi-Umberto di Galeazzo-Consalvi, un noble cadavre vivant vêtu de soie écarlate et de dentelles anciennes, un cardinal grand seigneur ressorti par miracle, trois ou quatre siècles après sa mort, aurait-on dit, de quelque grandiose tombeau de marbre baroque...

Le vieillard était trop gâteux pour bien saisir l'enjeu des débats. Par ailleurs, il avait toujours manifesté estime et affection à l'endroit de son collègue le cardinal Flaherty en qui il voyait un de ces cardinaux condottieres qui avaient fait la gloire de l'Eglise à la Renaissance. Enfin, par pur réflexe aristocratique, il avait assez goûté à l'insolente rébellion de sa cousine — il lui avait trouvé un certain panache. Aussi était-il le seul des membres de la commission à ne pas se montrer tendu ni crispé. Les trois autres avaient l'air mortifié de personnes auxquelles on vient d'extorquer un consentement contre leur gré.

Monsignore supposait cependant que si NN. SS. McAwkleen, Nichols et Maraîcher arboraient ce qu'on appelle familièrement des mines d'enterrement, ce n'était pas tant de s'être laissé extorquer ce consentement qu'à cause de la précipitation avec laquelle on le leur avait extorqué : ils se sentaient bafoués dans leur puissance et leur dignité cardinalices ; ils se sentaient, pour ainsi dire, violés.

C'est que, Monsignore le devinait, leur décision était prise depuis quelques jours sinon quelques semaines de faire lever la sanction qui frappait le curateur de l'Institut pour la Charité Chrétienne par Sa Sainteté, et de le rappeler aux affaires. Assurément, les cardinaux de la commission avaient fini par admettre que de deux maux, il fallait choisir le moindre : c'est-à-dire céder pour éviter à l'Eglise une banqueroute scandaleuse.

Certes, c'était à contrecœur et après maintes hésitations qu'ils en étaient venus à cette conclusion. Mais ils voyaient d'un mauvais œil l'influence grandissante du R. P. Olivares sur le Saint-Père : ce noble castillan n'était après tout qu'un gueux et ils trouvaient vexant pour eux, éminentissimes et révérendissimes membres du Sacré Collège, d'être moins écoutés que ce fou dangereux. Le R. P. Olivares poussait le pape sur la voie de l'intransigeance à l'égard du cardinal Flaherty : pour cette raison même, mais aussi parce que c'était le simple bon sens et le réalisme politique qui l'exigeaient, ils avaient conçu de contrecarrer le jésuite dans ses vues extravagantes et ses idées de vengeance. Il fallait rappeler au plus vite le curateur — ils étaient tombés d'accord là-dessus et en avaient récemment fait part au Saint-Père.

Seulement, ils avaient souhaité qu'on donnât le moins possible d'éclat et de publicité à cette réhabilitation. Et ils s'étaient attendus à ce que ce retour se déroulât dans la grande tradition de silence feutré et de secret chuchoté du Vatican.

Au lieu de quoi, à cause d'un accès de démence de cet hystérique R. P. Olivares, le cardinal Flaherty revenait aux affaires en vainqueur, en triomphateur. Nul doute qu'il écraserait maintenant de sa morgue et de son mépris ses anciens accusateurs... Et avec quelle frayeur, avec quelle stupeur, réveillés avant matines par le téléphone, ils avaient appris de la bouche même de Paul VI ce qui s'était passé dans la nuit, Villa Albano ; avec quelle fureur rentrée ils avaient entendu le pape leur signifier ce qu'il attendait d'eux ce matin même, à dix heures...

Oui, ils avaient été mis devant le fait accompli et, à leur corps défendant, ils devaient s'incliner maintenant ; ils devaient s'humilier à leur tour devant celui qu'ils avaient, neuf mois auparavant, montré du doigt et appelé pécheur...

Mais autre chose encore mettait le comble à leur exaspération, une question : qui était donc cet abbé Antoine Chesnaye ? De quel droit ce petit minutante se trouvait-il assister à cette séance solennelle de la Commission Cardinalice de Vigilance ? Avec quels arguments le curateur avait-il convaincu le Saint-Père de lui faire un tel honneur et pourquoi le Saint-Père avait-il accepté ? Quel était ce nouveau mystère ?

Après une courte prière de l'assemblée pour implorer l'Esprit Saint de l'inspirer, le pape invita Mgr Maraîcher à prendre la parole.

Le cardinal di Galeazzo-Consalvi était le doyen de la commission, mais ses collègues, qui n'avaient pu se retrouver pour conférer qu'une heure à peine avant cette séance extraordinaire, avaient jugé qu'il était décidément trop débile pour rédiger un discours cohérent. Aussi étaient-ils convenus de laisser ce soin au Français, d'autant que celui-ci s'était toujours montré le plus modéré à l'encontre du cardinal Flaherty.

Mgr Maraîcher semblait avoir perdu toute la faconde bonhomme qui lui était naturelle, toute sa gaieté de bon vivant amateur de grands vins. Il n'était pas moins embarrassé que Mgr McAwkleen ou que Mgr Nichols : par contraste avec ses manières habituelles, il paraissait encore plus affligé et guindé qu'eux.

— Très-Saint-Père, mes éminents collègues, commença-t-il d'une voix atone, j'ai l'honneur d'être ici le rapporteur de la commission cardinalice de vigilance de l'Institut pour la charité chrétienne. La commission ayant examiné contradictoirement et dans un esprit de justice la cause du curateur de l'Institut, notre éminent collègue le cardinal John Flaherty, a délibéré et statué comme suit : les faits reprochés à notre éminent collègue n'ayant pu être établis en aucune manière, la commission déclare qu'il n'y a pas lieu de poursuivre et éteint ainsi l'action entreprise. Elle prie instamment notre éminent collègue de bien vouloir, dès ce jour, reprendre ses fonctions à la direction de l'Institut pour la Charité Chrétienne et Dieu de l'aider dans sa tâche. »

Esquissant alors un sourire d'une amabilité toute contrainte, Mgr Maraîcher ajouta sur un ton moins pompeux :

— En mon nom personnel et, je crois pouvoir le dire, au nom de mes collègues, je veux vous exprimer ici nos regrets pour les injustes soupçons que la commission a pu paraître nourrir contre vous. Je veux aussi vous demander, comme nous l'avons demandé au Seigneur, de nous pardonner ; et vous souhaiter, en frère plus encore qu'en collègue : « Bonne chance ! »

La réplique de John fut d'abord un silence

Il jubilait intérieurement à la seule pensée de ce qu'avait dû coûter à l'amour-propre de ses collègues l'élaboration d'un pareil texte. Jetant à la dérobée un regard sur Mgr McAwkleen puis sur Mgr Nichols, il devina aussi que la dernière partie, la partie non officielle du discours, n'avait pas été prévue ; que c'était ce brave Maraîcher qui, spontanément, de sa propre autorité, avait choisi de conclure sur ces paroles bienveillantes — ces paroles d'absolution. Et le spectacle du dépit des deux cardinaux qui lui étaient restés le plus hostiles augmentait encore son plaisir.

Mais John était un grand cabotin. Loin de montrer sa joie et de remercier immédiatement ses collègues, il enfouit son visage au creux de ses mains comme pour s'abîmer dans quelque méditation mystique.

L'assistance retenait son souffle : qu'avait-il donc à déclarer qui justifiât un tel temps de réflexion ?

Enfin, après trois longues minutes de mutisme, estimant tout de même que les meilleurs effets au théâtre doivent prendre fin à un moment ou à un autre, il prit la parole pour dire, d'une voix altérée par une grande émotion tout juste contenue — que cette émotion fût jouée ou vraiment ressentie :

— Mes éminents collègues, je ne saurais vous exprimer toute la joie que j'ai d'être lavé aujourd'hui des accusations injustes et cruelles dont j'étais l'objet, toute la joie que j'ai d'avoir retrouvé enfin votre confiance. Mais je n'avais jamais douté dans mon cœur qu'avec la Grâce de Notre-Seigneur la vérité finirait par faire entendre sa Voix. Vous me prouvez cette confiance en me faisant l'honneur insigne de me rappeler à la direction de l'Institut pour la Charité Chrétienne et j'y suis, croyez-le bien, extrêmement sensible. Mais, hélas ! je vais devoir, et j'en suis, croyez-le aussi, fort navré… je vais devoir vous décevoir : à moins d'en recevoir expressément l'ordre de Sa Sainteté en personne, car elle est la seule autorité à laquelle j'obéirai désormais, je refuse, en effet, de reprendre mes fonctions à l'Institut…

Avec ce sens aigu de la mise en scène qu'il avait toujours eu, il ménagea ici une pause dramatique. L'assistance était interdite, comme frappée d'effroi. Quoi ? On s'était humilié devant cet homme qu'on haïssait, on l'avait blanchi au prix d'une tricherie avec sa conscience et, au moment où se dessinait enfin un espoir pour les affaires de l'Eglise, tout était remis en question ! Quelle était la signification de cet inimaginable refus ? S'agissait-il d'une ruse diabolique de la part du cardinal Flaherty ou était-ce simplement une coquetterie, scandaleuse venant d'un chrétien : la volonté de se faire désirer ?

Il reprit :

— Mais je prie Sa Sainteté, je la supplie de n'en rien faire. Très-Saint-Père, et vous, mes éminents collègues, je vous conjure de m'écouter avant de conclure trop hâtivement que je suis lâche et que je me dérobe honteusement devant une charge qui m'accable moi qui, créé cardinal, ai fait le serment de servir l'Eglise jusqu'à l'effusion de sang... Non ! ce n'est pas une forfaiture de ma part. . Mais, tandis que j'étais pour ainsi dire proscrit, tandis que je souffrais en mon âme de cette terrible punition qu'est une suspension... Eh bien, pendant ces terribles moments, Dieu m'est apparu et m'a parlé : Il m'a montré ma misère morale... Et Il m'a dit : « Va au-delà des mers secourir les miséreux ! » Oui, Très-Saint-Père et vous, mes éminents collègues, je suis appelé ailleurs... Et je veux aller maintenant où je suis appelé... Vous pouvez, Très-Saint-Père, m'ordonner de rester. Je vous obéirai, je subirai sans rien dire ce martyre que serait pour moi de reprendre la curie de l'Institut mais je vous implore une fois encore de n'en rien faire... Mais je vous supplie de me laisser partir...

Antoine était comme frappé d'hébétude. Par bonheur, songeait-il, personne ne se préoccupait de sa présence alors. Car, aussi bouleversé qu'il fût, il était encore assez conscient pour deviner qu'il devait avoir l'air à proprement parler stupide. Lui à qui John avait intimé l'ordre de se montrer réservé comme se doit d'être un jeune abbé, certes, mais néanmoins sûr de soi et de sa foi, paraissait alors absolument désemparé, hagard, égaré.

Il l'était. Comment, se demandait-il anxieusement, c'était donc cela le secret de John ? Et si John l'avait séduit puis formé pour faire de lui, un orphelin, son fils en quelque sorte, eh bien ! ce n'était pas par intérêt ou compassion pour ce fils adoptif qu'il avait sauvé du suicide, ce n'était pas par amour pour lui... Non, mais pour répondre à l'appel de Dieu, mais pour accomplir en tout égoïsme sa propre mission, son apostolat. Et Antoine, en somme, devait se sacrifier maintenant pour le salut de John...

Mais il s'en voulut aussitôt d'avoir eu une pensée aussi mesquine et basse. Le sacrifice n'était pas un sacrifice : en échange, son père spirituel lui avait donné le bonheur — n'était-ce donc rien à ses yeux ? Avait-il déjà oublié que John avait fait de lui un homme, et un homme heureux ? Alors, Antoine comprit tout à coup de quoi il avait si peur : de se retrouver orphelin de nouveau. John, cependant, ne lui avait jamais caché ce qui l'attendait ; Antoine savait qu'il serait bientôt jeté dans la vie : c'était pour cette raison même qu'il avait reçu une éducation de prince, c'était pour devenir roi à son tour... Mais jusqu'à ce jour, il avait été comme l'enfant ; l'enfant pour qui l'âge, la maturité, les responsabilités sont des notions trop abstraites et lointaines pour être saisies tout à fait. Et surtout, il ne s'était jamais imaginé que John l'abandonnerait complètement à son sort ; il n'avait jamais envisagé qu'il quitterait le Vatican, Rome, l'Italie, l'Europe... Antoine découvrait avec horreur qu'il allait se retrouver seul — et il ressentait une indicible angoisse.

Les cardinaux et le pape, pour d'autres raisons, étaient à peine moins touchés. Si Mgr Nichols et Mgr McAwkleen étaient encore assez sceptiques quant à cette vocation nouvelle, quant à cet irrésistible appel divin auquel souhaitait se rendre leur collègue, s'ils craignaient une mystification dont, par ailleurs, ils ne parvenaient pas à saisir la nécessité, à déchiffrer le sens caché, Mgr di Galeazzo-Consalvi, Mgr Maraîcher et surtout Paul VI croyaient, pour leur part, en l'absolue sincérité du curateur de l'Institut. Et ils songeaient, chacun selon les préjugés qu'il avait nourris antérieurement à son égard, combien tous avaient été injustes envers lui ; combien ils s'étaient trompés. Le cardinal scandaleux, comme on le qualifiait très fréquemment, cet homme qu'on tenait pour un dévoyé, pour un viveur, pour un monstre de corruption et de perversité, presque pour un athée... cet homme avait une foi, une ferveur plus authentiques que bien d'autres qui jouaient aux saints. Dieu, assurément, l'avait éclairé de sa grâce...

Car Dieu préfère les pécheurs repentis à ces Pharisiens qui, par lâcheté et non par fidélité à la parole divine, ne commirent jamais, croyaient-ils, de péchés...

Le pape observait John à son insu. Il lui trouvait cette beauté intérieure, ce rayonnement d'une âme animée par la foi.

Que devait-il décider ? s'interrogeait-il. Pouvait-il contrarier cette ardente aspiration à la Vérité ? A cette brebis qui s'était égarée de son troupeau, Dieu aujourd'hui montrait la vraie voie : avait-il, lui, le successeur du Prince des Apôtres, le droit de bafouer la volonté du Seigneur en exigeant du curateur qu'il reprenne ses fonctions à la tête de l'Institut pour la Charité Chrétienne ? L'immense fortune bancaire de l'Eglise valait-elle plus que le salut d'une seule âme ? Au reste, n'était-il pas tout simplement scandaleux de mettre les deux en balance, comme s'il y avait une quelconque équivalence entre l'or et l'Esprit ?

Les regards de l'assistance ne cessaient de se porter alternativement sur le cardinal Flaherty et sur le Saint-Père — on était suspendu à leurs lèvres.

Ce fut le cardinal qui reprit la parole le premier alors que le pape, il le pressentait, allait lui faire part de son embarras :

— Sa Sainteté, mes éminents collègues, dit-il, sans avoir la vanité de penser que je suis irremplaçable à la curie de l'Institut, je n'en devine pas moins vos inquiétudes : maintenant que vous venez de me renouveler votre confiance, vous vous demandez à qui d'autre l'accorder ; vous vous demandez qui serait capable de reprendre les hautes fonctions que j'exerçais...

Mgr Maraîcher, qui venait de saisir déjà le pourquoi de sa présence, tourna alors les yeux vers Antoine.

— Oui ! mon éminent collègue, fit John en s'adressant à lui plus particulièrement, oui, cet homme existe. Et je voudrais vous présenter celui qui pourrait dès demain me succéder, et, j'ose le dire, me succéder avantageusement car il a pour lui l'énergie de la jeunesse ; je veux vous présenter l'abbé Antoine Chesnaye...

Ce fut comme un coup de tonnerre et tous les regards convergèrent sur le jeune abbé qui, fort heureusement pour lui, avait retrouvé une certaine contenance.

On voulut se récrier : « Quoi, cet inconnu ? Cet enfant ? Pourquoi lui ? » Et que signifiait cette nouvelle fantaisie, que signifiait cette nouvelle extravagance de Mgr Flaherty ? Etait-il devenu tout à fait fou pour oser songer à donner à un minutante qui, visiblement, n'avait pas trente ans, un pouvoir aussi exorbitant que celui de curateur de l'Institut pour la charité chrétienne ?

Monsignore prit les devants et, pour couper court à toutes les objections, dit :

— J'ai moi-même entrepris de former l'abbé Chesnaye. Depuis six mois, je lui apprends cette spécialisation du métier de banquier que constitue la curie de l'Institut. Je lui ai transmis mon expérience des affaires et, je l'affirme, il est dès à présent en mesure de me remplacer. Antoine est un être d'exception, une intelligence hors du commun et, j'en ai le sentiment, un meilleur chrétien que je ne l'ai été, je le dis tout net, sa modestie, qui est très grande, dût-elle en souffrir. Vous êtes, Très-Saint-Père et vous, mes éminents collègues, libres de choisir quelqu'un d'autre. Mais je vous prie de considérer combien de temps a déjà été perdu, pour le plus grand dommage de l'Institut ; je vous prie de considérer combien il faudrait en perdre encore avant de trouver un homme aussi capable que l'est l'abbé Chesnaye. J'ajouterai, pour apaiser vos inquiétudes légitimes et quoique j'estime inutile de prolonger la passation des pouvoirs, j'ajouterai que, afin qu'elle se fasse sans heurts, je m'engage, si vous le désirez, à seconder pendant trois mois encore l'abbé Chesnaye. Pendant ces trois mois, la commission de vigilance pourra vérifier aisément si la confiance que j'ai mise en lui était justifiée. Pour ma part, j'ai la certitude qu'elle l'était... Qu'elle l'est...

Pour la deuxième fois de la matinée, les cardinaux de la commission subissaient une véritable vexation, presque un affront :

leur collègue les plaçait pratiquement devant le fait accompli. Et ce minutante, sorti d'on ne savait où, allait jouir d'une faveur inouïe. Cela ressemblait fort, estimaient-ils, à ce honteux népotisme qui avait été la plaie de l'Eglise au temps des Borgia et des Médicis. Quant à Mgr Nichols, esprit excessivement tortueux, il effectuait mentalement un rapprochement hardi entre le fait que la défunte maîtresse du cardinal Flaherty, Claudine Lambaire, était française et le fait que ce jeune abbé, grand, blond et qui avait les mêmes yeux bleus très pâles que le cardinal, était français lui aussi. Il allait jusqu'à soupçonner l'expression « népotisme » d'être, dans le cas présent, un aimable euphémisme comme ce le fut souvent dans l'histoire des papes et des cardinaux...

John, qui devinait aisément les pensées peu amènes de ses collègues à l'égard d'Antoine, leur exposa alors en quelques phrases sa carrière, ses brillantes années d'étude au séminaire des Carmes à Paris, la thèse pour laquelle il avait été distingué parmi ses condisciples de la Grégorienne, et il eut l'habileté de souligner que c'était Mgr Veuillot en personne qui l'avait remarqué et à qui le jeune abbé devait son poste à la Congrégation pour le culte divin. Enfin, avec des accents pathétiques, il redit combien il lui était nécessaire à lui, pauvre pécheur, de faire maintenant son salut et de le faire en paix — c'est-à-dire avec la certitude que l'Institut pour la charité chrétienne serait en de bonnes mains.

Et, une fois de plus, son charisme hors du commun opérait. En l'écoutant plaider sa cause et celle de son protégé, le pape retrouva des souvenirs lointains qui le liaient à John. C'était du temps où John était son minutante à la secrétairerie d'Etat dont lui, Mgr Montini, était alors le substitut. L'abbé Flaherty était le plus jeune de ses rédacteurs, plus jeune encore que ne l'était cet abbé Chesnaye, et cependant le plus compétent de tous ses collaborateurs. Un soir, il s'en souvenait comme si c'était hier, il l'avait félicité à sa manière de grand-bourgeois mondain, en lui disant :

— Les autres minutantes m'accablent de rapports que je n'ai jamais le temps de lire, vous avez, au contraire, la tournure d'esprit d'un homme d'Etat... Déjà ! Savez-vous qu'il y a quelques témérités de votre part à vous montrer si intelligent à votre âge ? C'est une chose qui ne pardonne guère au Vatican. Avez-vous quelque protecteur au moins ? N'ayez pas la bêtise de me répondre : Dieu ou Sa Sainteté...

Pourquoi, se demandait-il, pourquoi cet abbé Chesnaye n'aurait-il pas été un nouveau Flaherty ? Et pourquoi lui n'aurait-il pas fait confiance dans le jugement hors pair que le cardinal portait sur les hommes ?

Alors, émotif et impulsif comme il lui arriva parfois de se

montrer sur les derniers temps de sa vie — peut-être parce qu'il voyait avec horreur que la mort ne le laisserait pas achever sa tâche —, Paul VI se retourna vers Antoine et lui dit :

— Venez, venez ici, mon fils ! C'est à vous de parler maintenant...

Antoine se leva et s'approcha du souverain pontife. Il se sentait exalté mais il avait retrouvé toute son assurance et marchait la tête haute, d'un pas décidé. Le terrible dressage, tant physique que psychique, auquel l'avait soumis Monsignore avec l'aide du commandant Davos avait porté ses fruits : il était admirable de sang-froid et fit forte impression sur les cardinaux de la commission qui le dévisageaient pourtant sans nulle indulgence.

Le pape poursuivit :

— Voyons, mon fils, estimez-vous... En votre âme et conscience, estimez-vous que vous avez les capacités requises pour diriger l'Institut pour la Charité Chrétienne ?

— Je le crois. Très-Saint-Père, répondit-il. Je crois qu'avec l'aide de Notre-Seigneur, je saurais en effet succéder à Mgr Flaherty. Je veux me montrer digne de lui et de l'enseignement qu'il m'a si généreusement prodigué. J'ajouterai que l'exemple sublime qu'il nous donne de renoncement aux vanités du pouvoir me conforte dans ma foi et me donne la volonté de faire aussi bien que lui, s'il est possible, à la curie de l'Institut.

Cela fut dit d'un ton simple, égal et convaincu qui séduisit immédiatement Sa Sainteté. Et les préventions des cardinaux de la commission commencèrent à tomber quelque peu : ce jeune abbé avait, à tout le moins, du caractère. John, pour sa part, remercia Antoine d'un clignement d'yeux tout empreint de tendresse paternelle : il n'aurait pas mieux fait, estimait-il. Et tout, dans le maintien, dans la façon de se présenter et de parler, sans arrogance mais aussi sans fausse humilité, touchait à la perfection. Il ne pouvait que se féliciter de son élève... De son fils..

Paul VI eut alors un nouvel élan du cœur. Se penchant vers le prélat qui l'assistait, il lui désigna l'annuaire pontifical posé sur son bureau et lui dit à voix basse :

— Veuillez me l'ouvrir à la page des sièges titulaires.

Quoiqu'ils n'eussent pas entendu, à l'exception de Mgr di Galeazzo-Consalvi, les cardinaux de la commission avaient déjà compris et ils étaient absolument scandalisés : Paul VI allait sur-le-champ, *motu proprio* selon les termes du droit canon, créer évêque titulaire l'abbé Chesnaye.

Le droit canon autorise le pape à le faire pour tout prêtre : il lui suffit pour cela de retirer son anneau du pêcheur et de le lui passer au doigt symboliquement en disant à voix haute ou même, s'il le désire, *in petto :* « Je te nomme évêque de... »

Il faut savoir que les évêchés sont de deux sortes : les évêchés résidentiels, qui administrent les diocèses et, d'autre part, les évêchés titulaires qui sont d'anciens diocèses aujourd'hui disparus et situés *in partibus infidelium :* dans les régions habitées par les infidèles. A titre honorifique, ces derniers sont attribués aux évêques de curie. Pour cette raison, on appelait autrefois les prélats en violet : « évêques *in partibus* ». Depuis 1882, ils sont appelés : évêques titulaires. Ainsi, par exemple, le cardinal John K. Flaherty était « évêque titulaire » d'Aurea Azurea de Phrygie. La liste des quelque deux mille sièges titulaires est contenue dans le gros volume, relié en toile rouge et frappé aux armes de Saint-Pierre, de ce *Who's who* ecclésiastique qu'est l'Annuaire Pontifical. Ici et là, dans la liste, une ligne de pointillés signale un siège vacant...

Le prélat, après avoir feuilleté un instant les pages de l'annuaire s'arrêta sur l'intitulé d'un siège à pourvoir et, refermant en boucle le signet pour entourer le nom comme d'un cercle au crayon, le montra au Saint-Père. Celui-ci acquiesça d'un hochement de tête après avoir lu :

— Ortosia di Fenicia, ruines de Bordj-Hacmon-El-Yeoudi.

Puis, il fit coulisser entre ses doigts son anneau du pêcheur et, se saisissant de la main droite d'Antoine, se contenta, selon la coutume, d'esquisser le geste de le lui glisser à l'index.

Antoine se jeta à genoux. Paul VI déclara en français, avec solennité :

— Antoine, je te nomme évêque d'Orthosie de Phénicie. Dans trois mois, par décret, tu seras nommé curateur de l'Institut pour la Charité Chrétienne dont je confie jusqu'au 30 mars la curie au cardinal John Flaherty, que tu assisteras. Sois béni, mon fils, et va en paix !

Antoine éclata en sanglots — sanglots qui furent aussitôt jugés de bon aloi par les cardinaux de la commission. Et ceux-ci, faisant, comme on dit, contre mauvaise fortune bon cœur, l'acclamèrent comme il est de règle quand on a l'honneur d'assister à une création, fût-elle *motu proprio.*

John, bouleversé, s'était levé pour donner l'accolade à son protégé. Au moment où le pape invitait l'abbé à se relever, un rayon de soleil vint frapper une petite châsse de cristal exposée sur le bureau du Saint-Père parmi des bibelots. L'éclat diffracté par les facettes jeta un grand éblouissement, diapré et très fugace, au milieu de la bibliothèque. .

On y vit un signe du ciel : Dieu voulait cet étonnant triomphe

Et Son Eminence le cardinal Tancredi-Umberto di Galeazzo

Consalvi qui, décidément, ne pouvait s'empêcher, dans ses rares moments de lucidité, de faire étalage de sa culture latine, se tournant vers le nouvel évêque, de s'écrier :

— *Ad augusta per angusta*[1] !

---

1 « Aux honneurs par des voies étroites. »

3

LE CHEMIN DE DAMAS

— Je vous remercie, fit-elle sèchement aux prélats d'honneur de Sa Sainteté qui l'avaient raccompagnée jusqu'à sa voiture dans la cour Saint-Damase.

Puis, à son chauffeur qui s'empressait de lui ouvrir la portière :

— Non, Fabio, je vais devant, je prends le volant !

Quand elle sentait la colère l'envahir, elle aimait conduire et épuiser ainsi quelque peu sa nervosité à malmener violemment le levier de vitesses, la pédale d'embrayage et les freins dans une conduite très rapide et risquée. Evidemment, son plaisir était moins grand avec la Rolls, voiture à boîte automatique, et voiture pesante, assistée, suspendue à l'excès, dont la longueur et l'empattement rendaient d'ailleurs impossible de s'amuser à se faufiler au milieu de l'anarchique trafic romain.

Le chauffeur, qui avait donc pris place sur le siège avant, à côté de sa patronne et, par tact, remis la casquette qui indiquait son état et empêchait qu'on le tînt pour ce qu'il n'était pas : un ami, un amant... le chauffeur redoutait cette épreuve dont il avait déjà fait à maintes reprises l'expérience. Car la princesse, dans ces moments-là, maniait la lourde et molle Phantom décapotable comme s'il se fût agi de sa Mini Morris ou de sa Porsche. Le mieux pour le passager était encore de fermer les yeux alors, de s'agripper au précieux tableau de bord en loupe de noyer ciré, et de prier saint Christophe ou la Madone des automobilistes qui a sa chapelle sur l'autoroute du Soleil, non loin de Florence.

Avant même d'être hors des murs de la Cité Léonine, la princesse brûla le feu rouge de l'Arc des Cloches, créant ainsi un précédent au Vatican — pays qui, on s'en doute, n'est pas répertorié dans les statistiques sur les accidents et les délits de la circulation dans le monde, pour la simple raison qu'il ne s'en est jamais produit.

Place Saint-Pierre, elle doubla sa Lancia noire, que conduisait

John-Kevin : à la façon dont elle le fit, Fabio comprit qu'il allait connaître quelques émotions fortes jusqu'à Frascati. Et en effet, dans les rues de Rome, Laura déboîtait à tout instant pour changer de file au risque de se retrouver face à face avec un trolley-bus. Elle ne s'arrêtait à aucun feu rouge et, place de Venise, monta sur le trottoir pour couper plus vite à droite en direction des Forums...

Sur la large avenue des Forums Impériaux, où la circulation était beaucoup plus dégagée, elle poussa une pointe à plus de 110 km/h pendant quelques dizaines de mètres. Tout un groupe digne et discipliné de touristes japonais qui venaient de s'engager dans un passage protégé s'éparpilla avec des cris de frayeur. Et, devant le Colisée, dans la grande courbe, les pneus émirent un gémissement strident. Voici qu'entre les mains de la princesse, la célèbre voiture anglaise prenait des allures populacières d'italienne, voici que son chuchotement distingué de lady se faisait bel canto songeait avec dégoût Fabio dont le snobisme, défaut ordinaire des employés de grande maison, se trouvait chez lui encore aggravé, si l'on peut dire, du fait qu'il avait été formé à l'Ecole spéciale des mécaniciens de Rolls-Royce à Crewe. Il se tenait coi, cependant, et cachait du mieux qu'il pouvait ses sentiments, sachant que s'il s'était permis de suggérer à la princesse de ralentir, elle eût aussitôt, par défi, accéléré encore.

Mais Laura, peu à peu, perdait le contrôle du véhicule. Sa vue se brouillait de larmes et elle commettait des imprudences folles...

Soudain, sur la via Appia Nuova, ce fut le refus de priorité à une modeste Fiat conduite par une modeste religieuse qui freina désespérément... et ce fut le choc.

— Descendez voir ce que c'est ! ordonna aussitôt Laura à Fabio.

Elle n'était pas le moins du monde émue comme on l'est habituellement en pareil cas ; simplement agacée.

— Rien de grave ? Je peux rouler, moi ? poursuivit-elle, indifférente au sort de la sœur de Sainte-Marie-Auxiliatrice qui, pour sa part, paraissait assez choquée.

— Oui, madame la princesse, répondit le chauffeur, il n'y a que la portière d'abîmée. Mais la *127* a son devant tout défoncé et la roue... Comme vous le voyez...

Laura tira de son sac à main une carte de visite, la lui tendit par la portière dont la vitre avait été brisée sous la violence du coup et lui dit :

— Eh bien, je vous laisse, Fabio : vous vous arrangerez avec cette pauvre petite ; vous ferez envoyer une note à la villa pour que je la dédommage un peu mieux que les voleurs de sa compagnie d'assurances ; et vous rentrerez à Frascati en bus. A tout à l'heure !

Alors que deux policiers se frayaient un chemin au milieu du petit attroupement de curieux qui s'était formé déjà, elle redémarrait. Ils tentèrent de l'arrêter — mais en vain.

Elle n'avait plus qu'une seule pensée : Pierluigi ! Elle voulait le retrouver tout de suite. Elle voulait lui confier son désarroi et sa peine ; elle voulait lui avouer qu'elle était malheureuse en ce jour qui aurait dû être pour elle un jour de gloire... Et qu'elle l'aimait, oh oui ! qu'elle l'aimait, qu'elle n'avait jamais vraiment aimé que lui ; elle saurait le lui dire aujourd'hui.

La fin du trajet se passa sans autre incident notable, si ce n'est que, sur la Tuscolane, elle manqua de peu renverser des enfants qui avaient improvisé à un carrefour une mascarade pour implorer la Beffana —la Mère Fouettard des petits Italiens — d'être généreuse avec eux la nuit de Noël.

Cette atmosphère enjouée qui régnait dans Rome à l'approche des fêtes de fin d'année augmentait encore en elle ce sentiment poignant d'amertume et de tristesse. « Quelle idiote j'ai faite ! se répétait-elle à elle-même, quelle idiote de n'avoir pas compris que Monsignore se servait de moi comme il s'est toujours servi de tout le monde à ses seules fins, pour mener à bien ses affaires... *Ad majorem Flahertii gloriam,* en quelque sorte ! Oui, pour sa plus grande gloire... Et dire, dire que je n'ai pas même songé un instant que toute cette aimable plaisanterie prendrait fin un beau matin ! Et qu'il me laisserait tomber le jour même où il aurait gagné... »

Elle entrait dans Frascati.

La Rolls-Royce surgit si vite sur l'esplanade devant la villa que des passants poussèrent un cri d'effroi. Elle écrasa la pédale des freins. La voiture vint s'immobiliser tout contre l'entrée : entre le pare-chocs et les grilles, il n'y avait pas l'espace pour glisser un doigt.

Tandis qu'elle appelait sur le radio-téléphone de bord pour qu'on vînt lui ouvrir, elle leva le regard sur la façade du palais. Les grandes oriflammes avaient été retirées et les Gardes-Princiers n'étaient plus là pour faire le guet dans la cour d'honneur — la fête était finie.

— Oui, bien finie ! soupira-t-elle en posant son front sur le volant, dans un mouvement de lassitude.

Ce fut seulement à ce moment-là qu'elle se souvint des deux motards qui l'avaient escortée à l'aller, de ses deux employés, un jardinier et un garçon d'écurie, tous deux amateurs de moto, qu'elle avait eu la fantaisie d'équiper de casques et de cuirs azur et or... Eh bien, au retour, elle les avait tout bonnement oubliés ! A l'heure qu'il était, ils devaient être encore à traîner dans quelque café du Borgo Pio, du côté de Saint-Pierre...

Le concierge manœuvra la commande électrique des grilles puis sortit de sa loge pour s'assurer qu'elles ouvraient bien et saluer respectueusement la princesse...

— Qu'est-ce que c'est que ce camion ? lança-t-elle par la vitre brisée du côté passager.

Une grosse fourgonnette rouge était en effet garée devant le perron. Et, tout contre, la vieille et énorme canadienne Rover que Pierluigi Ricci utilisait à la chasse et dont le hayon baissé laissait voir tout un amas de bagages en cuir fauve frappés d'un *P* et d'un *R* entrelacés. Le chauffeur et le manutentionnaire du camion y chargeaient des caisses de livres tandis que Leonello, le valet de chambre de Pierluigi, était occupé à déblayer entre les valises un peu d'espace à l'arrière du station-wagon afin d'y introduire deux gros sacs de golf bourrés de clubs et trois fusils dans leurs étuis

— C'est le professeur Ricci... bafouilla le concierge, l'air visiblement embarrassé.

— Comment ça ?

Elle craignait d'avoir déjà trop bien compris.

Elle descendit de la Rolls et claqua violemment la portière, ce qui acheva de faire tomber de la portière opposée ce qu'il y restait de verre. Elle se précipita à l'intérieur du palais, monta deux à deux les marches du grand escalier, jetant en chemin son chapeau et son châle. De l'entrée de la galerie qui menait aux appartements de son ami, elle commença à l'appeler, éperdue :

— Pierluigi ? ! Pierluigi ? ! Pierluigi ? !

Il ne répondait pas — il n'entendait donc pas ?

— Pierluigi ? ! redit-elle.

Elle poussa la porte de l'antichambre.

— Luigino ! Mon luigino !

Elle le vit alors.

Il était assis à un secrétaire et rédigeait un chèque. Il y en avait ainsi une dizaine déjà remplis et empilés sur l'abattant de marqueterie avec, posé dessus, une petite statuette de Donatello qu'elle lui avait offerte quelques années auparavant et qu'il venait de faire empaqueter dans du papier de soie comme les quatre ou cinq autres souvenirs qu'il avait choisi d'emporter. En se penchant sur son épaule, Laura s'aperçut que Pierluigi inscrivait le nom du cuisinier de la villa pour bénéficiaire de celui-ci...

— Pierluigi ! s'écria-t-elle. Mon ami, mon amour... Mais que fais-tu ? Je ne comprends pas...

Elle était trop bouleversée pour lui parler autrement que dans sa langue natale ; la langue primitive, la langue de la souffrance primitive — du cri.

Il se retourna. Elle devina tout de suite qu'il avait pleuré. Et pourtant, ce fut d'un ton résolu qu'il dit, ou plutôt qu'il constata — et, quant à lui, avec assez de sang-froid pour respecter leur convention amoureuse du français et du vouvoiement :

— Vous avez très bien compris, Laura : je m'en vais.

Elle se pendit à son cou. Elle ne pouvait y croire : l'idée lui était trop intolérable, trop intolérablement douloureuse...

— Non ! Non ! Ce n'est pas possible ! Dis-moi que ce n'est pas vrai. Dis-moi que c'est un avertissement que tu voulais me donner... Dis-moi... Non ! Oh non ! je ne sais pas, Pierluigi, je ne sais plus... Je deviens folle...

Il se dégagea de l'étreinte et la repoussa. Sans violence, mais aussi sans nulle tendresse.

— Pourquoi ? Dis-moi pourquoi, continuait-elle d'implorer en se tordant les mains.

— Comme si vous ne le saviez pas !

— Antoine ? C'est ça, n'est-ce pas ? Antoine ?

Elle paraissait hésiter entre le fou rire et la crise de larmes.

— Antoine ! répéta-t-elle. Mais mon pauvre Luigino... Antoine n'est rien... Rien pour moi...

— Tu mens et tu te mens, Laura ! D'ailleurs, je ne suis pas ton « pauvre Luigino » ! Tu pourrais te dispenser de me parler comme une bonniche qui vient d'être lâchée par son loulou !

Elle, si orgueilleuse naturellement, ne réagit pas même à l'insulte. Pour la première fois de sa vie, il l'injuriait ; pour la première fois elle s'humiliait. En cet instant, elle eût tout supporté de lui plutôt que l'idée qu'il allait la quitter et que dans une heure elle se retrouverait seule. Oui, seule...

— Oh, pardon ! Pardon ! fit-elle, désespérée. Pardon...

— Pardonne-moi, toi : j'ai été ignoble.

— Non, non, mon amour ! Mais... Mais si c'est à cause d'Antoine... Pourquoi maintenant... ? Il fallait... Il fallait partir quand... Non, ce n'est pas ce que je voulais dire : de toute façon, il ne faut pas que tu partes... Non, il ne faut pas...

— Laura, je suis resté pour vous défendre au cas où votre petite aventure politico-diplomatico-judiciaire aurait mal tourné. Je suis votre avocat, et c'est l'avocat qui est resté ici pour vous protéger s'il y avait eu du danger. Ce n'était plus l'ami, je suis au regret de vous l'apprendre...

— Oh ! Pierluigi, comment pouvez-vous... ?

— Aujourd'hui que la... sécession, si je puis dire ; oui, aujourd'hui que la sécession de la Villa vient de prendre fin, je m'en vais parce que vous n'avez plus besoin de moi. Je n'ai pris, comme vous pourrez le constater, que ma garde-robe, quelques livres et quatre ou cinq souvenirs qui me viennent de vous et auxquels je tiens beaucoup. Tout le reste : mes tableaux, mon mobilier personnel, ma bibliothèque, et même *The Giaour* sont à vous : je vous les offre.

— Il s'agit bien de ça ! Mais, Pierluigi, c'est toi que je veux ! Toi ! Tu ne peux pas me laisser seule ; non, tu ne peux pas m'abandonner ; tu ne peux pas me faire ça !

— Tu n'es plus seule : vous avez Antoine !

— Antoine ! Antoine ! Toujours Antoine ! Je me contrefous d'Antoine, si tu veux savoir ! Il n'existe pas, Antoine ! C'est toi ! C'est vous, Pierluigi, vous... Ah ! et dire que je venais justement à vous pour vous avouer combien je t'aime. Dire que j'ai roulé à tombeau ouvert pour être ici plus vite, auprès de toi... J'ai démoli la Rolls... Et toi, mon amour... Toi... Oh non ! Non !

Les sanglots venaient — la scène qu'il avait tant redoutée et voulu éviter en quittant la Villa pendant qu'elle serait reçue en audience par le pape. Après avoir fait charger les bagages et les colis empaquetés rapidement dans la nuit, il aurait pris le temps de lui écrire une courte lettre d'adieux, tendre et généreuse. Tout aurait été beaucoup plus facile : par écrit, on ne se dit jamais les choses horribles qu'on peut se lancer au visage dans le feu de la conversation... Mais Laura était rentrée de Rome plus tôt qu'il n'avait prévu. Et maintenant, il ne voulait pas la voir pleurer ; il ne voulait pas risquer de se laisser attendrir une nouvelle fois, une nouvelle fois séduire...

— Je vous avais lancé un appel de détresse, fit-il du ton le plus détaché qu'il put feindre. Je vous avais lancé un appel que vous n'avez pas entendu, Laura. Parce que vous n'avez pas voulu l'entendre. Vous étiez bien trop occupée par votre histoire avec Antoine... Au reste, vous vous êtes toujours imaginée qu'on pouvait jouer impunément sur les sentiments des gens...

— Mais, Pierluigi, ce n'est pas pour me justifier mais... Combien de fois avant Antoine... Combien de fois... ?

— Ce n'était pas la même chose. Vous le savez très bien, cessez de vous abuser ! Vous aimez Antoine... Et puis, il y a autre chose que je ne pouvais supporter : c'était que ça se passe ouvertement, devant moi, dans cette Villa Albano où j'habite avec vous depuis bientôt vingt-cinq ans... J'y vois, d'ailleurs, la preuve qu'Antoine compte beaucoup plus pour vous que tous les garçons qui l'ont précédé : vous ne prenez plus la peine de vous cacher, vous vous moquez bien de ce que je peux, moi, ressentir... Alors que, jusqu à lui, vous aviez toujours eu la délicatesse de vivre en partie double, si j'ose m'exprimer ainsi... Oui, vous aviez cette politesse qu'on appelle politesse du cœur, Laura !

— Mais quelle importance, mon ami ? Quelle importance puisque je vous répète que vous vous trompez : je n'aime pas Antoine... C'était juste une histoire amusante... Et que je croyais sans conséquences, pauvre idiote que j'étais ! Oh ! Pierluigi, Pierluigi, je vous ai fait du mal, sans doute, et je veux bien le reconnaître... Mais soyez le Pierluigi que j'ai toujours connu : montrez-vous indulgent avec moi... Je me suis trompée, j'ai été atroce avec vous mais pardonnez-moi, je vous en supplie, pardonnez-moi !

— Quoi ? C'est vous... Vous, Laura . C'est vous qui me demandez la charite ? Et vous pouvez concevoir que nous pourrions vivre ensemble de cette façon : par charité l'un envers l'autre ? Comme un vieux couple ordinaire de gens ordinaires ? Quoi, c'est vous, Laura, vous qui avez envie de cette médiocrité maintenant ? De ces compromis sordides ? Vous, la princesse Albano ?

— Non ! Non ! Mais de t'aimer, simplement, de t'aimer ! Ne comprends-tu pas ?

Elle éclata en sanglots enfin.

A nouveau, elle tenta de l'embrasser, de l'enlacer. Mais, dans un sentiment ambigu de haine et de pitié mêlées, il se débattait pour se soustraire à ses baisers passionnés, à ses caresses...

— C'est trop tard maintenant, s'écria-t-il. Trop tard ! Tu m'entends ? Tu as tout gâché ! Laura, c'était lui ou moi : tu as joué et tu as perdu.. Moi aussi, d'ailleurs. Mais cela ne regarde que moi...

— Je deviens folle ! se mit-elle à hurler brusquement. Folle !

Elle se laissa tomber à genoux sur le tapis et, à la façon d'une folle, en effet, commença à tirer d'une valise de Pierluigi que Leonello n'avait pas encore achevé d'emplir, des chemises et des brassées de cravates qu'elle jeta à la volée alentour.

Puis, tout en continuant de joncher le sol de linge et de papier, elle se mit à répéter :

— Tu t'en iras pas ! Tu t'en iras pas ! Tu t'en iras pas ! Tu t'en iras pas ! Tu t'en iras pas ! Tu t'en iras pas !

Alors, perdant patience, il la saisit fermement par le bras et lui cria :

— Ça suffit comme ça ! Epargnez-moi le mélo, voulez-vous ? C'est indigne de vous. Indigne de celle que j'ai aimée... Et que j'aime encore...

Et, tandis qu'elle lui résistait tout en proférant de ces cris suraigus et inarticulés symptomatiques de l'hystérie, il la traîna sans ménagements, en lui tordant le poignet, jusqu'au-dehors de ses appartements.

Sur quoi, il recula vivement pour refermer au verrou la porte derrière elle.

Les domestiques, affolés, ne savaient s'ils devaient aller à son secours ou la laisser délirer sans intervenir. La crise de nerfs venait d'éclater. Laura déambulait à travers les galeries et l'enfilade des salons de l'étage noble de la villa, riant et sanglotant tout à la fois, avançant par brusques enjambées, s'arrêtant aussi brusquement, retournant sur ses pas pour grimacer à son image qu'elle découvrait dans une glace — son image grimaçante, qui l'épouvantait... Elle lançait d'incohérentes menaces, tantôt chuchotées et tantôt hurlées, dans lesquelles revenaient les noms de Monsignore, d'Antoine, de Pierluigi et même d'Ercole Albano...

Passant devant une console de bois doré où étaient exposées de précieuses porcelaines de Capodimonte, d'une gifle elle les envoya se briser en mille éclats sur le pavement de marbre. Sa femme de chambre, alertée par le fracas, osa enfin accourir auprès d'elle pour la supplier de se calmer. Mais elle était si effrayée qu'elle ne savait dire que :

— Madame la princesse ! Oh ! madame la princesse...

Laura la repoussa avec violence.

Puis elle entra dans sa chambre à coucher, se laissa choir sur le pouf capitonné placé devant sa coiffeuse et posa son front sur le dessus de table en miroir pour s'abandonner aux larmes.

Mais, aussitôt, elle se releva précipitamment en poussant un cri d'horreur : non ! non ! non ! ce n'était pas possible, pas possible... Non ! ce n'était pas elle... Ce n'était pas la belle, la divine Laura cette femme enlaidie par le chagrin, cette femme défigurée par la folie...

Non ! Non ! s'écria-t-elle désespérément. Non !

Et, quelques instants après, d'une voix éteinte par un sentiment d'horreur qui, maitenant, venait tout emporter, tout anéantir — jusqu'à sa colère :

— Je suis vieille... Je suis vieille... Je suis vieille...

Elle se jeta alors sur son lit, enfouissant son visage au creux de ses bras repliés — comme pour se cacher des regards du monde. Et ne plus se voir...

Elle pleura jusqu'à l'étouffement ; jusqu'à la nausée ; jusqu'au malaise.

Elle eut des accès de noir désespoir et songea au suicide alors. Elle connut aussi quelques brefs moments d'apaisement en repensant aux dernières paroles que lui eût dites Pierluigi : il l'aimait encore... Eh bien, ne saurait-elle pas le reconquérir patiemment, ne saurait-elle pas le faire revenir ? Dans son chagrin, elle esquissait un sourire. Tout n'était peut-être pas irrémédiablement fini.

Puis, c'étaient les sanglots à nouveau. Non ! estimait-elle, elle se leurrait. Pierluigi avait trop d'amour-propre : s'il la quittait, ce serait pour toujours... Et elle aurait beau se traîner à ses pieds, elle aurait beau s'humilier : cela ne ferait que l'éloigner d'elle un peu plus et détruire en lui jusqu'aux souvenirs heureux de leur passé à deux.

Pour toujours ! « Mais alors, à quoi bon vivre ? » se récriait-elle. Et que faire à présent ?

Parfois, tel était son égarement qu'elle raisonnait encore comme elle eût pu le faire la veille : « Je vais demander conseil à Pierluigi », se disait-elle.

Mais c'était pour reprendre aussitôt conscience que cela aussi était fini et bien fini : s'en remettre pour tout à Pierluigi. Il était parti — oui, parti ! Elle était seule.

Hélas, non ! Elle n'était pas tout à fait seule : Antoine, John, John-Kevin allaient rentrer maintenant. Ils allaient retourner à la Villa, tous ces hommes qui s'étaient servis d'elle ; tous ces hommes qui l'avaient flouée — ces salauds ! Ces salauds qui lui faisaient découvrir aujourd'hui sa faiblesse — elle qui se croyait si forte.

Et l'homme, le seul homme qui l'eût jamais respectée, le seul qui l'eût jamais aimée comme elle avait mérité d'être aimée, celui-là, Pierluigi, l'homme de sa vie — comme on dit —, celui-là, elle venait de le perdre. A jamais...

Elle était repartie dans une crise de larmes quand la porte de sa chambre fut ouverte à toute volée...

C'était Antoine qui entrait. En vainqueur.

Surprise, elle se redressa pour lui hurler haineusement :

— Qu'est-ce que c'est ? Tu peux pas frapper ? Tu te crois où ? Sors d'ici ! Et tout de suite ! Va-t'en, petit con ! Fous-moi le camp ! Tu m'entends ?

Frappé de stupeur, lui qui venait à elle un bouquet à la main, il se figea sur place et laissa tomber les fleurs.

— Mais, Laura... Laura..., répliqua-t-il en bredouillant lamentablement.

— Qu'est-ce que tu voulais de moi, hein ? poursuivit-elle.

Qu'est-ce que tu cherchais en moi, minable petit puceau ? Une maman ? Une putain ?

Antoine, blêmissant sous l'affront, se ressaisissait déjà. Il lui répondit rageusement :

— Et toi ? Un gigolo, sans doute...
avant de ressortir en claquant la porte.

Elle s'était levée et arpentait de long en large sa chambre. Il lui venait des idées de meurtre, puis de suicide, puis de renoncement, puis de meurtre à nouveau, et à nouveau de suicide ; à nouveau de renoncement.

Elle se baissa alors pour ramasser les fleurs — ses fleurs préférées, des orchidées. Tout comme celles qu'il lui avait fait porter la première fois...

Et, brusquement, ce fut irrésistible en elle : elle sortit de sa chambre et courut vers l'appartement d'hôte où Antoine continuait de ranger ses affaires. C'était là qu'elle le trouverait, s'imaginait-elle ; là qu'elle lui demanderait de bien vouloir lui pardonner. Et de rester, oh oui ! de rester... De ne pas l'abandonner à son tour..

Antoine, encore sous le coup de l'émotion, n'était pas retourné dans son ancienne chambre ; il s'était affalé sur un canapé dans la galerie qui y menait.

A peine Laura le vit, elle se jeta à ses pieds pour l'implorer, telle une reine de tragédie antique :

— Pardon, oh ! Pardon, Antoine... Je ne sais plus ce que je disais, j'étais folle... Mais je t'aime, Antoine, je t'aime... Abandonne l'Eglise et je t'épouserai ! Oui, tout sera à toi : la villa, le yacht, ma fortune... Tout ce que tu voudras mais reste ! reste ! je t'en conjure...

En même temps, elle s'agrippait à ses genoux, comme pour le retenir en effet, comme pour l'empêcher de partir.

Il se mit à ricaner et, tout en la repoussant, jeta avec mépris :

— Ah ! c'est ça. Tu croyais donc qu'avec ton fric, tu pouvais tout t'acheter ! Même un mari... Tu croyais pouvoir t'offrir un homme comme tu t'offres une nouvelle Porsche ou une robe d'Yves Saint-Laurent ! Parce que tu es une Albano, sans doute, tu t'imagines qu'on peut tout obtenir du moment qu'on y met le prix ! Mais pour qui me prends-tu, hein ? Pour qui ? Je suis depuis une heure évêque... Et je serai dans quelques semaines curateur de l'Institut pour la charité chrétienne...

La réplique lui parut si grotesque et dérisoire qu'elle éclata de rire avant de lui cracher au visage :

— Pauvre petit cureton de merde ! Pauvre petit arriviste de

merde ! C'était donc ça, Antoine ? C'était donc ça que j'ai cru aimer ? Mais c'est à vomir... Allez ! ouste ! fous-moi le camp de cette baraque ! Allez, décampe ! Je t'ai assez vu, pauvre petite ordure ! Je t'ai assez vu toi, et Flaherty et ce minable petit voyou de Varese... Allez ! foutez-moi le camp tous autant que vous êtes, bande de salauds...

Puis, se parlant à soi-même mais à voix haute :

— Mais qu'est-ce qu'il t'a pris, Laura ? Tu étais folle, folle, complètement folle ! Toi, une dell'Orto ! Recevoir cette lie chez toi, recevoir cette crapule Villa Albano... Ah ! ils étaient jojo mes invités : un gangster, un maffioso et une petite frappe pour faire le trio ! Laura, Laura, mais qu'est-ce qu'il t'a pris ? Que s'est-il passé ?

Et maintenant, elle errait sans but dans le parc de la Villa. tout à la fois exaltée et abattue comme il arrive que paradoxalement on le soit, parfois, dans une crise de démence.

Monsignore avait tenté d'obtenir une entrevue avec elle pour la ramener à la raison et, s'il le pouvait, lui rappeler ses devoirs de maîtresse de maison. C'était peine perdue : elle lui avait fait répondre par son majordome qu'elle ne le reverrait jamais plus et qu'elle lui laissait, d'ailleurs, tout juste une heure pour faire ses bagages et quitter les lieux avec ses deux jeunes protégés.

Elle se trouvait du côté des Cascine quand la limousine retenue par John au téléphone vint chercher les trois hommes ; aussi ne les entendit-elle pas partir.

Elle s'était reprise à pleurer mais c'était à présent avec une sorte de résignation douce : quelque chose en elle venait de se briser. Sa fierté, peut-être, son orgueil...

Elle revint vers la villa par l'allée des charmes.

Au bout du chemin, dans la belle lumière hivernale de ce midi, la coupole de la chapelle de Saint-Sixte Albano resplendissait et, sous les rayons du soleil, la croix qui la surmontait lui sembla tout à coup de l'argent en fusion.

Des oiseaux chantaient — ce fut comme une vision mystique. En son cœur, comme une révélation...

— Dieu ! s'écria-t-elle en se jetant à genoux dans les feuilles mortes, Dieu ! ne m'abandonne pas, moi qui t'ai abandonné !

4

PAPABILE

Près de trois ans avaient passé.

Paul VI venait de mourir. Quelques semaines auparavant, Mgr Antoine Chesnaye, curateur de l'Institut pour la Charité Chrétienne, avait eu l'honneur d'être invité, en compagnie du R. P. Aldovino et du R. P. de la Force, au dernier dîner où le pape, déjà très affaibli par la maladie, avait été en mesure de recevoir ses commensaux favoris. Les trois jeunes prélats, dont l'intelligence, la culture et — quoiqu'il s'en défendît — la beauté virile captivaient toujours autant le Saint-Père, avaient, pour leur part, été effrayés de constater le déclin intellectuel et physique du vieillard. Le souverain pontife paraissait absent ; il se trouvait, alléguait-t-il lui-même dans les moments où il avait assez de lucidité pour souffrir de son état de décrépitude, il se trouvait dès à présent devant son Juge et Seigneur. Ce soir-là, il fit écourter le service du repas et renvoya ses hôtes plus tôt qu'à l'ordinaire en prononçant ces paroles bibliques :

— Allez en paix, mes fils ! Vous êtes l'Eglise de demain !

Aucun des trois ne devait le revoir vivant.

Antoine pleura sincèrement la mort de Sa Sainteté. Mais sa tristesse fut tempérée par un espoir : revoir John à l'occasion du conclave. Mgr John K. Flaherty, dont nul au Vatican n'avait plus entendu parler sinon par une rumeur persistante selon laquelle le « cardinal scandaleux » menait désormais une vie édifiante, bien proche de la sainteté et exerçait sa charitable mission dans les paroisses les plus déshéritées du Brésil, Monsignore, comme on ne pouvait s'empêcher de le surnommer encore, Monsignore ne viendrait-il pas à Rome pour l'élection du nouveau pape ?

A la grande déception d'Antoine, il ne vint pas. Et ce fut à peine si on remarqua son absence. Le Sacré Collège était trop occupé à la bataille sans merci que se livraient deux tendances adverses : celle du cardinal Benelli et celle du cardinal Siri. Pour faire bref : la ligne technocratique représentée par le premier, substitut à la secrétairerie d'Etat, et la ligne intégriste défendue par l'archevêque de Gênes.

Les deux partis en présence pouvaient compter sur un nombre à peu près égal d'électeurs, mais aucun des deux, pour cette raison même, ne pouvait prétendre obtenir une majorité décisive. Dans son discours d'ouverture, le cardinal camerlingue avait émis le désir que le conclave fût de courte durée : on risquait, tout au contraire, de piétiner des jours et des jours sans parvenir à un accord.

Des voix se portèrent alors sur le nom du cardinal polonais Karol Wotjyla — en particulier les voix des cardinaux du Tiers Monde. Mais le Sacré Collège ne semblait pas encore tout à fait acquis à l'idée d'élire un pape non italien. Et, comme cela est arrivé souvent en pareil cas dans l'histoire de la papauté, faute de voir se dessiner une ébauche d'unanimité sur un grand nom, on se rabattit dès le troisième tour sur un quasi-inconnu : le cardinal Albino Luciani. Lequel, pour rendre hommage à Jean XXIII et à Paul VI conjointement, choisit d'être sacré sous le nom de Jean-Paul Ier.

Il fallut moins d'une semaine de conseils et d'audience aux anciens de la Curie pour découvrir que ce pape de compromis, élu à la va-vite, n'avait pas tout à fait l'envergure d'un chef d'Etat. On lui reconnaissait pour qualité une foi immense en Dieu. Mais, comme le faisait cyniquement remarquer Mgr McAwkleen qui, lui, avait voté Wojtyla : « Ce n'est pas sa pratique religieuse personnelle qui fait un grand pape, ni même un bon pape... »

Dès les premiers jours de son pontificat, Jean-Paul Ier fit preuve de tant de maladresse dans l'art de gouverner qu'il tomba sous la coupe de ceux qu'on appelle les « Durs » au Vatican, c'est-à-dire les pragmatiques.

Quand cet homme faible, sensible et versatile, qu'on comparait volontiers au président Carter, comprit qu'il avait été abusé et qu'on appliquait, en la lui attribuant, une politique contraire à ses principes et ses aspirations, quand il voulut se rebiffer, il était déjà trop tard pour faire machine arrière : les « Durs » exerçaient le pouvoir en son nom, ils n'étaient pas près de le lâcher.

Pour un chef d'Etat, ce chef d'Etat fût-il aussi et avant tout un chef spirituel, c'est sur son comportement dans les trois premiers jours où il doit exercer sa puissance que tout se joue, dit-on. Un seul faux pas, une seule hésitation, un seul atermoiement et jamais plus il ne saura se faire obéir. Cette cruelle loi, Jean-Paul Ier put la vérifier à chaque station du chemin de croix de cinq semaines que fut son pontificat. Rarement pape fut plus contredit, plus humilié par son entourage, rarement pape endura plus d'outrages et d'avanies. Dante a précipité dans l'Enfer de sa *Divine Comédie* plusieurs de ces papes velléitaires : il estimait que l'Eglise ne peut être menée par des lâches — c'était ainsi qu'il qualifiait les indécis. Mais Dieu est certainement plus indulgent que le poète florentin ; sans doute, après tant d'épreuves sur cette terre, Jean-Paul Ier aura-t-il été admis parmi les bienheureux...

Cette situation d'impéritie pontificale servait admirablement tous ceux qui devaient leur carrière dans la Curie à des intrigues douteuses, des protections peu avouables ou, plus simplement, une faveur de Sa défunte Sainteté, laquelle, sur la fin de sa vie, eut quelques engouements subits qui furent à l'origine de promotions foudroyantes — ce fut le cas pour Mgr Antoine Chesnaye.

Mais ils n'avaient guère à redouter d'éclats de la part de Jean-Paul Ier : l'unique fois de son pontificat où celui-ci voulut faire preuve d'autorité, il échoua. Pour éloigner du Saint-Siège un cardinal jugé par trop intrigant, il voulut lui confier le patriarcat de Venise que sa très récente élection venait de rendre vacant. Une violente disputste, une dispute comme on avait perdu l'habitude d'en entendre depuis la déplorable époque des Borgia, retentit dans les appartements pontificaux et le Saint-Père, qui avait horreur de la violence, capitula lamentablement et finit par éclater en sanglots.

Aussi ne recommença-t-il jamais l'expérience de vouloir destituer quelqu'un. Et Antoine se savait en paix : il était aussi intouchable que l'avait été, au temps de sa plus grande puissance, Monsignore.

Monsignore II n'avait d'ailleurs rien à envier à son illustre prédécesseur. A trente ans, cet héritier était parvenu à la Fortune, au renom international et, hormis le cardinalat qu'il était encore trop jeune pour briguer, aux honneurs auxquels son père spirituel n'avait vraiment atteint qu'à l'approche de la cinquantaine. Mais, du moins dans sa jeunesse, l'héritier ordinairement s'empresse d'affirmer son indépendance en reniant l'héritage spirituel du père. Antoine, au contraire, n'avait pas seulement accepté l'héritage financier de John, il avait adopté sa façon d'être dans la vie — il vivait la vie même qu'avait vécue le cardinal Flaherty alias Harold Finnegan pendant des années.

Mieux : Antoine était si sûr de lui et de l'impunité dont le laisserait jouir l'Eglise qu'il n'avait pas même pris la peine de se retrancher, pour le côté « peu catholique » de son existence — si l'on ose s'exprimer ainsi —, derrière un pseudonyme et une fausse identité comme l'avait fait John. Plus rien, semblait-il, ne pouvait scandaliser la hiérarchie depuis ce jour où avait éclaté l'affaire Flaherty. Et, somme toute, si le nouveau curateur avait, à la façon de l'ancien, mené une double vie, peut-être eût-on jugé cela plus immoral que son immoralité sereinement affichée. En acceptant de transiger avec Monsignore, l'Eglise avait signé sa propre démission morale et s'était désormais interdit d'exercer une quelconque autorité religieuse sur l'Institut pour la Charité Chrétienne. Une première compromission avait ouvert la porte à toutes les abdications, à toutes les renonciations. La commission cardinalice de vigilance avait reproché à Monsignore sa double vie et puis avait fini par dire *amen* à tout ; pouvait-elle maintenant faire le reproche inverse à Monsignore II et exiger de lui qu'il prenne une fausse identité ?

Aussi Mgr Chesnaye ne se cachait-il nullement pour vivre cette même vie aventureuse, amoureuse, violente et fastueuse qu'avait vécue avant lui le cardinal John K. Flaherty. Et il limitait le mystère autour de sa personne à ce qui était strictement nécessaire pour mener à bien certaines affaires délicates — affaires privées ou affaires de l'Institut pour la Charité Chrétienne. *Monseigneur* Antoine Chesnaye retirait alors la croix d'argent piquée au revers de son élégant costume trois-pièces gris anthracite pour devenir *Monsieur* Antoine Chesnaye. Dans l'intimité, en compagnie d'une hôtesse de la Minerve, à l'entraînement au tir et, surtout, pour certaines opérations dangereuses où il se trouvait engagé en compte à demi avec John-Kevin Varese, il arrivait assez souvent aussi qu'il fût en jeans, tennis et T-shirt, dissimulant un holster sous ce beau et souple blouson de peau qui avait appartenu à John et que John lui avait offert, et s'appelât alors Tony — tout court.

Mais pour le reste : le somptueux attique de quatre cents mètres carrés qu'il venait d'acquérir Piazza Navona était au nom de Mgr A. Chesnaye. Et au nom de Mgr A. Chesnaye, la Rolls-Royce Silver Shadow, ce caprice de nouveau riche auquel il n'avait su résister. Au nom de Mgr A. Chesnaye les suites louées dans les palaces de Zurich, New York, Londres ou Hong-Kong. Au nom de Mgr A. Chesnaye la cave particulière de cigares chez Davidoff à Genève et les cotisations annuelles de 15 000 dollars au Cercle sportif L.I.S.C. de Long Island. Au nom de Mgr A. Chesnaye les réservations bi-hebdomadaires sur le Concorde et les tables de douze couverts au Four Seasons. Mais — parce qu'on a beau vivre dans le luxe le plus insouciant, on ne s'en soucie pas moins d'économies bien comprises —, engagés et payés par l'Institut pour la Charité Chrétienne, le secrétaire particulier, le valet de chambre et les quatre religieuses au service du célibataire ; et acheté et entretenu aux frais de ce même Institut, pour le seul usage de son curateur, le Lear Jet qui lui permettait de traiter une affaire à Genève, Londres ou Abù Dhabi dans la matinée...

Antoine ne s'était pas encore lassé de sa nouvelle existence dorée de personnalité éminente du jet set. Ce perpétuel tourbillon de voyages rapides à travers l'univers, de fêtes fracassantes chez les grands de ce monde, d'aventures galantes et sans lendemains avec les beautés du moment le grisait toujours. Cette sorte de drogue dure qu'est l'exercice du pouvoir, conjuguée aux effets hallucinogènes des décalages horaires continuels et des excès de champagne, des excès sportifs, des excès sexuels — cette *défonce* sans fin, tant physique que psychique, lui procurait l'euphorie, la béatitude recherchées par les toxicomanes dans l'usage du hachisch, de la cocaïne ou de l'héroïne. Sa vie était en somme un *trip :* une bousculade éperdue d'émotions fortes et de sensations rares dans laquelle il n'y avait pas de place pour la réflexion, l'hésitation, le doute. Alors, c'étaient des décisions portant sur plusieurs millions de dollars et prises en dix minutes, le temps d'une correspondance dans un aéroport international... C'étaient de fiévreuses parties de poker à bord du yacht d'un milliardaire... C'étaient d'épuisantes séances d'entraînement dans un camp de boxe... Des tête à tête voluptueux en compagnie d'une vedette dont on aurait oublié demain le numéro de téléphone et la couleur des yeux... Et des messes à l'aube, dans quelque église glaciale, après une nuit sans sommeil et un voyage de dix mille kilomètres...

Etait-il heureux ?

Il s'amusait. Et, quand on s'amuse, c'est qu'on ne l'est pas tout à fait. Il se vengeait de son enfance sans joie, sans plaisirs ; il se vengeait de la méchanceté et de la mesquinerie des sœurs Laguiolle ; il se vengeait des tristes pèlerinages, des sinistres repas de pénitence, du petit lit aux draps rêches où sa mère ne venait pas le reborder et l'embrasser le soir : au lieu de Lourdes, c'était Capri : au lieu du plat de lentilles, le caviar à la cuiller à soupe ; et tous les soirs quand il se trouvait à Rome, dans sa chambre à coucher, le valet de chambre allumait un grand feu de bois et plaçait sur la table de chevet une bouteille de Dom Pérignon dans son seau à glace... Antoine vengeait, croyait-il, Jean — son camarade de séminaire mort pour avoir aimé.

Mais justement, c'était là comme une ombre portée sur son bonheur éblouissant : pas plus que dans son enfance, Antoine n'aimait d'amour. Il connaissait le divertissement, il ne connaissait pas vraiment l'amour — ni l'amour du prochain ni l'amour de Dieu. Tout le passionnait dans cette vie exaltante qui était la sienne désormais, mais pour cette raison il n'avait pas de passion. Aussi, parce qu'il se croyait heureux, lui venaient parfois, sans qu'il sût pourquoi, d'atroces accès de mélancolie, de brusques bouffées de tristesse, des moments de découragement où un sentiment indéfini de honte, de regret et de frustration mêlés s'emparait de tout son être et le terrassait, quelques minutes ou quelques heures, comme eût fait un arrêt du cœur. Et c'était, en somme, un arrêt du cœur... Il s'était imaginé avoir triomphé d'une destinée misérable, mais elle lui paraissait amère, tout à coup, la victoire. Dérisoire, cette existence comblée mais vide de tendresse...

Ce fut, par exemple, quelques semaines après sa glorieuse élévation à l'épiscopat, quelques jours après que Monsignore l'eut abandonné à son sort si enviable, ce pluvieux matin d'avril où il lut dans le journal un entrefilet en dernière page : on informait du suicide de l'avocat Pierluigi Ricci qui avait été retrouvé pendu dans son appartement de Milan. Antoine décommanda tous ses rendez-vous de la journée et pleura comme un enfant...

Ce fut surtout cette nouvelle, qui bouleversa le Tout-Rome, de la spectaculaire conversion de la princesse Albano. Laura, après avoir fait don de toute sa fortune à des œuvres charitables, fit retraite au couvent des sœurs de Marie-Auxiliatrice de Frascati, ne gardant par-devers elle que le strict nécessaire pour vivre, ou plutôt survivre en attendant la mort. Pour la première fois depuis plus de vingt-cinq ans qu'elle amusait et agaçait la bonne société de ses mots d'auteur, de ses fantaisies et de ses insolences, personne ne pensa, même parmi les plus mauvaises langues, qu'il s'agissait là de sa « dernière ». Et, de fait, son renoncement au monde et à sa vanité était absolument sincère : elle croyait.

Hélas ! la princesse qui, du temps de ses frasques libertines, s'était trompée de siècle, se trompait aussi maintenant qu'elle retournait vers Dieu dans la grande tradition classique de la conversion spectaculaire. Elle ignorait que l'Eglise exige à présent des nouveaux convertis une discrétion d'autant plus grande que le pécheur ou la pécheresse aura été plus célèbre, plus puissant, plus riche avant son chemin de Damas.

Naguère encore, l'Eglise tirait gloire de ces exemples éclatants ; aujourd'hui, elle craint que les humbles y voient une sorte de provocation à leur misère et ne leur donne plus aucune publicité, tout comme si elle en avait honte...

Antoine avait voulu revoir, fût-ce pour un instant, une dernière fois, Laura. Il avait voulu lui demander son pardon ; lui dire qu'il ne l'avait pas oubliée, qu'il ne l'oublierait jamais...

Or, il se trouva que la mère supérieure des sœurs de Marie-

Auxiliatrice de Frascati sollicita du curateur de l'Institut pour la Charité Chrétienne une audience car elle ne savait comment investir et faire fructifier la dot considérable que sa célèbre pensionnaire avait apportée en demandant asile au couvent. Mgr Chesnaye fit savoir qu'il se déplacerait volontiers lui-même pour en discuter avec mère Antonietta du Sacré-Cœur-de-Jésus et qu'il serait heureux d'obtenir, à l'occasion de sa visite, une courte entrevue avec la généreuse donatrice.

Mais dès que la mère supérieure prononça devant la princesse le nom de Mgr Chesnaye, celle-ci devint blême comme si elle allait s'évanouir et implora la religieuse avec une véhémence qui effraya cette douce et sainte femme :

— Ma mère, voulez-vous demander à monseigneur de laisser en paix une pauvre pécheresse tourmentée par le repentir et de ne plus essayer de me revoir jamais ? Voulez-vous lui dire aussi que je prie tous les jours pour le salut de son âme ?

Sur quoi elle referma violemment la porte basse du petit appartement des béguines.

La supérieure, stupéfaite devant une pareille réaction, eut beau tenter de remontrer à la princesse que, même si elle n'y était pas tenue absolument, n'ayant pas encore prononcé ses vœux, elle devait obéir à l'évêque, dont les souhaits sont des ordres pour une vraie et bonne chrétienne ; elle eut beau la supplier les mains jointes de ne pas déshonorer son couvent, rien n'y fit : Laura refusa d'accorder la moindre entrevue à son ancien amant.

La malheureuse ignorait que cet acte de rébellion pèserait très lourd plus tard dans la décision de lui refuser le voile. On estima que l'orgueil de la grande dame n'était pas encore suffisamment brisé, même si l'on jugea qu'elle avait quelque raison pour ne pas daigner recevoir le jeune et séduisant monsignore. A la lecture d'un rapport secret sur le passé peu édifiant de sa pensionnaire envoyé par le vicaire général de l'évêché de Frascati, mère Antonietta du Sacré-Cœur-de-Jésus avait, en effet, deviné bien des choses...

Mère Antonietta fit donc grande pénitence afin de se permettre un pieux mensonge au curateur : elle lui déclara que la princesse, gravement indisposée, était absolument désolée de ne pouvoir lui rendre ses devoirs.

Antoine se contint à grand-peine pour ne pas montrer son émotion à la religieuse. Il écourta l'audience autant qu'il put le faire sans manquer à la politesse et repartit du couvent, triste à pleurer, montant dans sa luxueuse limousine noire immatriculée *SCV* sans se retourner. S'il l'avait fait et levé un regard vers les combles de l'édifice baroque, il eût sans doute entraperçu, à un œil-de-bœuf, le frisson d'un rideau blanc tiré subrepticement : derrière la vitre ronde, Laura, plus belle, plus altière que jamais dans sa robe noire très simple et avec ses cheveux défaits, le regardait s'en aller...

Ce soir-là, Antoine ne put trouver le sommeil. Le remords, un remords indéfini et cependant lancinant, l'accablait ; la pensée confuse que, dans son succès, il était passé à côté de quelque chose — mais de quoi ?

Il se rhabilla et sortit flâner dans Rome. Des heures, il erra dans les vieux quartiers de la piazza Navona, de la fontaine de Trévi, de la Trinité-des-Monts ; entrant ici dans un bar encore ouvert pour y boire une *grappa* au comptoir, s'asseyant là sur les marches d'une église en réfection ou s'accroupissant sur le pavé pour discuter des preuves de l'existence de Dieu avec une petite bande de chats comme on en voit tant la nuit dans ces étroites ruelles...

Puis, légèrement ivre, il s'en revint chez lui vers deux heures du matin par la place Montecitorio et le Panthéon. Quand ses pas, sans qu'il y eût prêté attention, le portèrent non vers Saint-Louis-des-Français mais vers la Minerve et la rue du Gesù — vers « Vatican II », en vérité...

A peine s'il hésita quelques secondes avant de sonner à la porte. L'hôtesse d'accueil le reconnut immédiatement : c'était ce jeune abbé qui avait provoqué un esclandre l'an passé, un soir de mai où il avait été amené par l'abbé MacCarthy. Mais l'hôtesse connaissait son monde ecclésiastique sur le bout du doigt ; elle n'ignorait pas que le jeune abbé était entre-temps devenu un monsignore puissant et respecté. Aussi le laissa-t-elle entrer sans sourciller.

Malgré l'heure avancée, il y avait encore dans les salons une clientèle nombreuse parmi laquelle Antoine reconnut deux Eminentissimes et Révérendissimes Excellences avec qui il avait été en affaires récemment. Echange de regards entendus, sourires affables ; puis il se dirigea vers le bar après avoir choisi une fille. D'emblée, il lui dit qu'il ne lui ferait pas l'amour, qu'il n'en avait pas envie. Il cherchait simplement une femme à qui parler... La fille, qui ne manquait pas d'une certaine intelligence de son métier, lui répondit qu'il y avait beaucoup mieux qu'elle pour la conversation avec le client. Elle ne savait pas bien consoler, ce n'était pas sa « spécialité », précisa-t-elle — et elle le dit absolument comme si Antoine lui avait demandé la fellation ou le fouet. Mais elle avait du tact : comme la Papesse entrait à ce moment précis dans la salle pour sa discrète tournée d'inspection, elle se leva et alla lui parler à l'oreille.

Madame Angela, qui tenait à connaître le nouveau curateur de cet Institut pour la Charité Chrétienne, dont sa maison était un des plus gros clients depuis que le cardinal John K. Flaherty lui avait ouvert un compte, vint s'asseoir à la table d'Antoine. Et la fille assista ainsi à une étourdissante leçon de savoir-faire, avant de se retirer quand elle comprit qu'elle allait bientôt faire figure à cette table de « tiers incommode » — comme disent les Italiens. Sa patronne, en effet, se lança tout de suite dans un badinage élégant et tendre comme un marivaudage. En quelques paroles mi-ironiques et mi-affectueuses, elle parvint à dérider ce beau garçon mélancolique. Puis, quelques gorgées de whisky plus tard, à le faire rire aux éclats. Il est vrai qu'elle n'avait guère à forcer son talent : elle le trouvait follement séduisant.

Lui aussi était déjà sous le charme. Il n'avait jamais vu un tel abattage, peut-être pas même chez Laura. Et, avec cette muflerie caractéristique des hommes — et singulièrement des hommes d'Eglise —, comparant l'une à l'autre mentalement comme un maquignon comparerait les qualités de deux bêtes à la foire, il se dit à lui-même que si la princesse était plus belle, plus racée, la maquerelle avait ce piquant et cette subtile vulgarité qui rendent les femmes faciles... eh bien ! mais plus faciles à vivre, précisément, moins compliquées, moins ennuyeuses. C'est-à-dire, pensa-t-il — avec de sa part à lui une franche vulgarité — : plus baisables !

Au même moment, mais il ne pouvait le deviner, Mlle Echinger qui, de par sa profession, était au courant de tous les potins mondains, songeait en elle-même, non sans humour, qu'elle était sans doute destinée à recueillir les laissés-pour-compte de la princesse Albano : après Willie Evans, serait-ce le tour d'Antoine Chesnaye ? Elle aurait pu s'en trouver vexée ; elle s'en trouvait, au contraire, très flattée. Car, pour ce qui était de la beauté, de l'esprit, de l'élégance, de la classe en un mot, Laura Albano avait été en somme, pendant ces vingt-cinq dernières années, la référence absolue et l'insurpassable modèle. A la vente publique des biens de la princesse, un événement qui avait rameuté le Tout-Rome, Mlle Echinger venait d'acquérir sa célèbre Rolls-Royce *Phantom V*, pourquoi ne se serait-elle pas offert maintenant, autre occasion de première main, son « ex » ?

Cependant, la déontologie de la galanterie interdit à une mère maquerelle de tomber amoureuse d'un client de son bordel. Très stricte sur les principes, Angela craignait d'y faillir pour Antoine ; mais elle ne l'invita pas moins à revenir la voir souvent. « A *La Maison*, dit-elle, ou mieux : à la maison ! » — elle entendait par là : chez elle. Elle habitait piazza Navona et elle avait appris qu'il venait d'y acheter un appartement en terrasse, ils seraient donc voisins à deux numéros près, n'était-ce pas amusant ?

Antoine ne se fit pas prier. Désormais, il lui arriva fréquemment de passer une heure ou deux en compagnie d'Angela. C'était après sa journée au Vatican et avant le rendez-vous de chantier qu'il donnait d'habitude en fin de soirée à son architecte pour s'assurer avec lui de la bonne marche des importants travaux de rénovation entrepris dans son attique.

Le curateur profita de cette relation privilégiée avec Madame pour accroître la participation de l'Institut pour la Charité Chrétienne dans la gestion du bordel ecclésiastique.

Quand on exerce le proxénétisme, on est souvent amené, par la force des choses, à pratiquer aussi d'autres formes de gangstérisme en col blanc. Certes, Antoine avait soigneusement évité de recommencer dans les émirats la malheureuse expérience de racket qui avait coûté à son prédécesseur, par la faute d'Eliah Varese, sa destitution et son emprisonnement au Vatican. Mais, en compte à demi avec le fils Varese, John-Kevin, il se lançait maintenant, comme l'avaient fait avant eux Eliah et John, dans de vastes opérations financières dont la légalité n'était pas la qualité majeure.

Les deux principales trouvailles de John-Kevin étaient le trafic international du sang et ce prélèvement sur les bénéfices des banques que les criminalistes appellent : « le coup de l'ordinateur ». La Commission Cardinalice de Vigilance de l'Institut pour la Charité Chrétienne avait définitivement abdiqué toute espèce d'autorité depuis son humiliante défaite dans l'affaire Flaherty. Et les enquêtes de moralité menées par la dite commission étaient maintenant aussi courtes et sommaires que son titre officiel paraissait long et tarabiscoté. Personne n'eut donc jamais assez de curiosité ou de courage pour demander au curateur quelles étaient les activités des sociétés Hema-Caritas-International et Bank-Average Inc., dont l'Institut était le principal commanditaire.

Ces affaires peu catholiques réunissaient souvent, ici ou là dans le monde, Antoine et John-Kevin. Une solide amitié était née entre les deux jeunes hommes qui se sentaient, en somme, frères pour s'être choisi tous deux le même père spirituel. Aussi était-ce toujours pour eux un bonheur de se retrouver tantôt à Rome, tantôt à Zurich, tantôt à New York, Londres ou Paris. La plupart du temps, ils s'arrangeaient de façon à combiner rendez-vous d'affaires et partie de plaisir. Ils se téléphonaient d'un continent à l'autre : il y avait un match de boxe ce soir à Madison, Antoine pouvait-il prendre le Concorde à Paris et apporter à John-Kevin le projet d'accord avec les Libanais ? Il irait le chercher à Kennedy Airport… Lady Mendoza donnait le bal du siècle dans son château d'Exeton, pourquoi John-Kevin ne viendrait-il pas y présenter à Antoine Louella, sa nouvelle conquête ? Antoine l'attendrait au

Clermont Club de Londres demain midi pour y déjeuner et signer les contrats préparés à Genève par ses avocats. Puis, on ferait la fête chez Janet... Kalogeropoulos voulait les voir l'un et l'autre pour cette histoire de tankers japonais. Et s'ils suggéraient à l'armateur grec de les inviter ensemble pour une croisière de trois jours en mer Egée ?

Alors, c'étaient des nuits de délire ; des virées entre copains, de bar en bar, ou des soirées avec des filles pour qui on flambait des dix mille, des cinquante mille dollars en quelques heures. Alors, comme lorsque John et Eliah se retrouvaient autrefois, c'étaient des beuveries, des gamineries et des fous rires à n'en plus finir...

Mais il y avait toujours un moment poignant de nostalgie au milieu de la fête la plus échevelée : soudain, l'un ou l'autre, l'un et l'autre éprouvaient le besoin irrésistible de parler de Monsignore, d'évoquer son souvenir.

Qu'était-il devenu ? Ils n'en savaient rien ni l'un ni l'autre. Sinon, Antoine, que l'Institut pour la Charité Chrétienne virait chaque mois, au nom du cardinal John K. Flaherty, un chèque important à une banque de Rio de Janeiro ; sinon, John-Kevin, que son parrain avait fait dire une grand-messe de Requiem à Saint-Patrick de la Cinquième Avenue pour l'anniversaire de la mort d'Eliah.

A Paris, une nuit où, sortant de Maxim's, ils rentraient au Ritz à pied dans l'espoir de dessoûler quelque peu en marchant dans le froid, John-Kevin buta tout à coup sur une poubelle. Voyant rire Antoine, il fit alors cette étrange réflexion inopinée :

— Merde, c'est dur d'être orphelin tout de même !

A quoi Antoine, redevenu grave à l'instant, répliqua tout aussi bizarrement :

— Oui. Surtout quand on sait que son père vit encore... Quand on sait que Monsignore n'est pas mort...

La nouvelle tomba à l'aube du 28 décembre 1978 sur tous les télescripteurs et frappa de stupeur le monde chrétien. Ce matin-là s'achevait un des plus brefs pontificats de l'histoire. Retournant à Cracovie après le conclave qui avait élu pape le cardinal Luciani, son collègue le cardinal Wojtyla avait fait dire des neuvaines en la cathédrale pour implorer Dieu d'accorder longue vie à Jean-Paul Ier. Mais Dieu n'avait pas voulu entendre la voix de ses fidèles polonais : Jean-Paul Ier venait de mourir.

Il venait de mourir dans des circonstances assez bizarres pour donner à penser à certains mauvais esprits qui hantent la Curie qu'il s'agissait peut-être bien d'une « borgiade » — cette pratique pontificide, si on ose dire, tombée en désuétude depuis le XVIIe siècle. La rumeur malveillante affabula à partir de deux ou trois éléments d'enquête — éléments assez troublants, il est vrai, pour être relevés : le Saint-Père était mort à trois heures du matin environ, la lumière allumée au-dessus de son lit et ses chaussures au pied. Son visage portait l'empreinte d'une grande frayeur. Sur sa table de chevet était posé bien en évidence et signé d'une main tremblante le bref par lequel il graciait et libérait des prisons du Saint-Siège les R. P. Olivares, Lynch et Riolacci. Pour le reste, on parla de sang et de marques de coups de poignard partout sur le corps — dans la tradition des assassinats borgiesques. Mais les embaumeurs firent si vite leur travail que personne ne put vérifier le bien-fondé de ces assertions qui semblent pour le moins fantasques. Cependant, une seule question demeurera à jamais sans réponse : pourquoi demanda-t-on aux embaumeurs de tant se hâter et pourquoi ceux-ci, ayant obtenu sans l'avoir demandé une importante pension de la part de l'administration apostolique, ont-ils tous changé de métier, de domicile et même de ville depuis ? Que redoutent-ils donc ?

A l'heure de l'Angélus, alors que la plupart des prélats devaient se composer un visage de circonstance tout en remerciant intérieurement le Seigneur d'avoir écourté un pontificat qui s'annonçait désastreux, l'un d'eux avait encore plus de mal que les autres à ne pas laisser transparaître son bonheur. C'était Mgr Antoine Chesnaye : il venait de recevoir du Brésil un télégramme ainsi rédigé :

Serai demain 29, 12 h 30, Fiumicino. Viens me chercher.
John.

Oui, il allait revoir John. Oui, il allait le retrouver, ce père tant aimé et qui lui avait tant manqué. Sur le chemin de l'aéroport, il exultait. S'il ne s'y était pas fait conduire par son chauffeur dans la limousine de l'Institut pour la Charité Chrétienne, il aurait chanté à tue-tête pour manifester sa joie... Dans moins de vingt minutes, Monsignore serait là, devant lui. Et il l'embrasserait...

Antoine, tout à son allégresse, n'avait pas songé que le cardinal John K. Flaherty ne serait pas seul à arriver aujourd'hui à Fiumicino ; il n'avait pas songé que déjà d'autres Eminences convergeaient de tous les coins de la terre sur Rome pour assister aux funérailles de Jean-Paul Ier et ouvrir le nouveau conclave. Dans le hall de l'aéroport, Mgr Durand et Mgr Moosbrugger, prélat d'honneur chargé des questions protocolaires, se trouvaient là en compagnie d'une demi-douzaine de *monsignori* pour les accueillir officiellement. Et, alentour, c'était toute une petite foule de journalistes de l'*Osservatore Romano*, de photographes, de policiers en civil et de badauds désœuvrés comme il s'en trouve toujours à Rome pour assister à n'importe quel événement aussi dénué d'intérêt soit-il.

Antoine, en entrant et en se rendant auprès du tableau d'affichage des arrivées, comprit en un sens regard qu'il ne pourrait guère se livrer à des démonstrations d'affection. Tout le monde observait tout le monde en se saluant à distance d'un respectueux hochement de tête ; et tout le monde, après avoir esquissé un demi-sourire dévot et on ne pouvait plus mielleux, reprenait aussitôt l'air contrit qu'on affecte dans les enterrements. L'Eglise était en deuil, il ne devait pas l'oublier. Et cependant, s'il s'était approché de la petite cour de Mrg Durand et avait tendu l'oreille, il eût pu surprendre au milieu des chuchotis évangéliques de la conversation quelques bonnes et franches médisances comme il s'en échange beaucoup entre prélats à la veille d'un conclave. Vrai ou inventé, le bruit courait depuis une heure d'une gaffe étonnante de Mgr Karol Wojtyla ; d'un acte manqué qui eût certainement enchanté Freud tant il était significatif : on prétendait que le cardinal polonais était si sûr de son élection qu'il n'avait pris qu'un aller simple sur le vol Varsovie-Rome de ce matin...

Antoine leva les yeux sur le tableau d'affichage et fut surpris de constater qu'aucun vol en provenance du Brésil ou de l'Amérique n'était annoncé pour 12 h 30. Et il allait aux renseignements quand la voix troublante de l'annonceuse susurra dans les haut-parleurs du plafond :

— En provenance de Paris...

Sans doute Monsignore y avait-il fait escale, estima Antoine. Et il se rendit à la porte indiquée...

Il patienta une dizaine de minutes et, soudain, il le vit : en tête du groupe des passagers, il marchait de son pas décidé de baroudeur : Monsignore !

Du baroudeur, Monsignore avait d'ailleurs le teint hâlé, les joues creuses et mal rasées, la musette en toile de l'U.S. Army jetée sur l'épaule, la veste de combat kaki au-dessus du T-shirt de coton vert militaire, les lourds brodequins de para ; mais c'est à quoi ressemblent maintenant les missionnaires catholiques : des mercenaires. Au contrôle de la police des frontières, cependant, le préposé ne fut pas peu étonné de se voir présenter un passeport du Saint-Siège...

Les *monsignori*, qui attendaient deux cardinaux français, lesquels par esprit d'humilité avaient voyagé en classe économique, ne prêtèrent pas attention à ce voyageur des première ; mais déjà

Antoine, sans se soucier du qu'en-dira-t-on, courait vers lui et l'embrassait.

Les deux hommes s'étreignirent comme père et fils, trop émus pour parler d'abord : ils avaient tant de choses à se dire !

Ce fut Antoine qui commença enfin. Par une banalité :

— Vous venez donc de Paris ?

— Oui, répondit Monsignore, j'ai pris le Concorde pour venir de Rio. J'ai même eu le temps, entre Roissy et Orly, de faire halte une heure au Plaza pour y petit-déjeuner. Je crois bien qu'avec mes fringues et ma barbe de trois jours, j'ai fait sensation dans la salle du Régence, heureusement que Joseph, le maître d'hôtel, me connaît bien...

Antoine se mit à rire et dit, très ému :

— Ah ! je vois que vous êtes bien toujours le même ; je vois que vous êtes le Monsignore que j'ai connu et aimé. Je dois vous avouer que je craignais de retrouver un homme changé par son nouvel apostolat chez les humbles...

— Que croyais-tu ? répliqua John, que j'allais seulement servir là-bas ? Mais, enfant, n'as-tu jamais lu les Evangiles, ne sais-tu pas qu'en servant, c'est soi-même que l'on sert ? C'est sa propre destinée... Quoi ? Tu n'avais donc pas compris que j'étais là-bas pour me faire oublier aussi, le temps qu'il fallait ? Et me racheter aux yeux de mes éminentissimes et révérendissimes collègues en m'achetant une conduite...

— En somme, fit Antoine gaiement, voici que s'ouvre le second conclave de l'année, et déjà vous songez au prochain !

— Tu ne crois pas si bien dire !

— Vous entendez par là que vous serez, au prochain conclave, *papabile ?*

Eperdu d'admiration, Antoine scruta le regard énigmatique et quelque peu ironique que lui jetait John.

John, ménageant ses effets, marqua un silence avant de s'écrier malicieusement :

— Je serai pape !

Puis, se reprenant :

— Si Dieu le veut...

Si l'on avait des millions à distribuer, il serait encore possible de faire un pape.

François-René,
Vicomte de CHATEAUBRIAND

TABLE DES MATIÈRES

Achevé d'imprimer le 17 avril 1981
sur presse CAMERON,
dans les ateliers de la S.E.P.C.
à Saint-Amand-Montrond (Cher)
pour le compte des éditions Robert Laffont
6, place Saint-Sulpice — 75279 Paris Cedex 06

Dépôt légal 2e trimestre 1981
N° d'Édition M 064 N° d'Impression 579 / 320